A SERPENTE DO ESSEX

Título original: *The Essex Serpent*
Autora: Sarah Perry

© Sarah Perry 2016
Todos os direitos reservados.

Tradução: Helena Ramos e Dila Gaspar/João Quina Edições
Revisão: Isabel Neves
Paginação: João Jegundo

Capa de FBA sobre *design* de Peter Dyer
Imagens da capa: © iStock e William Morris
Fotografia da autora: © Jamie Drew

Biblioteca Nacional de Portugal – Catalogação na Publicação

PERRY, Sarah, 1979-

A serpente do Essex
ISBN 978-989-99785-1-5

CDU   821.111.31"20"

Depósito Legal n.º 422454/17

Impressão e acabamento:
Papelmunde
para
Minotauro
em
março de 2017

Esta obra está protegida pela lei. Não pode ser reproduzida,
no todo ou em parte, qualquer que seja o modo utilizado,
incluindo fotocópia e xerocópia, sem prévia autorização do Editor.
Qualquer transgressão à lei dos Direitos de Autor será passível
de procedimento judicial.

A SERPENTE DO ESSEX

SARAH PERRY

MINOTAURO

Para Stephen Crowe

Se me obrigassem a dizer porque o amava, sinto que a minha única resposta seria: «Porque ele era ele e eu era eu.»

Michel de Montaigne, *Acerca da Amizade*

VÉSPERA
DE ANO NOVO

Um jovem caminha ao longo das margens do Blackwater à luz fria do luar. Bebera o ano que findava até às borras, até ficar com os olhos a arder e o estômago às voltas, e estava cansado das luzes e do ruído.

– Vou só ali a baixo até à água – disse, e beijou o rosto mais próximo.
– Volto antes das badaladas.

Olha na direção de oriente, da maré a mudar, do estuário lento e negro, das gaivotas que brilham sobre as vagas.

Faz frio e ele devia senti-lo, mas bebeu muita cerveja e traz o casaco mais grosso. A gola arranha-lhe a nuca: sente-se confuso, parece-lhe que sufoca e tem a boca seca. *Um mergulho*, pensa, *e vou sentir-me melhor*. Desce o carreiro e fica sozinho junto do sapal, onde na lama escura os inúmeros regatos aguardam a chegada da maré.

– *I'll take a cup o'kindness yet* – canta com uma voz doce de tenor de igreja, depois ri-se, e alguém se ri como se lhe respondesse. Desabotoa o casaco e segura as abas para o manter assim, aberto, mas não lhe basta: quer sentir o vento cortante na pele. Aproxima-se da água e com a ponta da língua sente o sabor a sal da maresia. *Sim, vou dar um mergulho*, pensa, e atira o casaco para o pântano. Nem sequer é a primeira vez. Já o fez antes, em rapaz, e em boa companhia: a ousadia e a irresponsabilidade de mergulhar no ano velho para emergir com o ano que começa. A maré está baixa, o vento amainou, e o Blackwater não o assusta: deem-lhe um copo que ele também o bebe, sal e conchas e ostras e tudo o mais.

Mas alguma coisa se modifica numa volta da maré ou numa viragem do vento: a superfície do estuário desliza, parece pulsar e latejar (e ele dá um passo em frente), para depois se tornar lisa e brilhante, antes de se sacudir num espasmo, que parece uma resposta a algo vindo de fora. Aproxima-se mais. Ainda não tem medo. As gaivotas levantam voo uma a uma, e a última lança um guincho de angústia.

O inverno aproxima-se como uma pancada nas costas. Sente-o invadir-lhe a camisa e chegar-lhe aos ossos. O ânimo dado pela bebida já se foi e sente-se desamparado no escuro. Procura o casaco, mas as nuvens escondem a Lua e cegam-no. Respira com lentidão; o ar apunhala-o quando lhe penetra nos pulmões. Aos seus pés, a água subiu de súbito no pântano, como se alguma coisa a tivesse deslocado. *Não é nada, não é nada*, pensa, a tentar animar-se, mas lá está outra vez, um momento suspenso curioso, como se olhasse para uma fotografia, seguido de um movimento frenético e intermitente de algo enorme, que não pode ser um mero repelão da Lua no movimento das marés. Julga ver – *tem a certeza* de ver – a deslocação lenta de alguma coisa vasta, encurvada, sinistramente coberta de escamas enrugadas sobrepostas. Depois desaparece.

No meio da escuridão é dominado pelo medo. Sente que há ali alguma coisa à espreita – implacável, monstruosa, nascida na água, e que não tira os olhos dele. Depois de longamente adormecida nas profundezas veio por fim à tona: imagina-a a enfrentar as vagas, farejando o ar com avidez. É dominado pelo terror – tem a impressão de que o coração lhe para no peito. No espaço de um momento é acusado, condenado e levado perante o juiz. Oh, tem sido um pecador. No fundo, o seu coração é negro! Sente-se despojado, esvaziado de toda a bondade: não tem nada a mostrar em sua defesa. Olha as águas negras do Blackwater e lá está de novo – algo que corta a superfície das águas e depois volta a desaparecer. Sim, sempre esteve ali, à espera, e por fim descobriu-o. É dominado por uma calma curiosa. Afinal tem de se fazer justiça e não se sente constrangido a confessar-se culpado. Tudo é remorso sem redenção, tudo é merecido.

Mas depois o vento levanta-se e impele a nuvem que oculta a Lua, revelando o seu rosto outra vez. A luz é mínima, mas reconforta-o – e afinal ali está o casaco, a menos de um metro do sítio onde ele se encontra, com lama na bainha. As gaivotas regressam à água e é dominado por uma sensação de absurdo. Do caminho acima vem o som de risadas: uma rapariga e um rapaz com roupas festivas. Ele acena-lhe e grita:

– Estou aqui! Estou aqui!

E eu aqui, pensa ele. Aqui no pântano que conhece melhor que a própria casa, onde a maré está a mudar e nada há a temer. *Monstruoso!*, ri-se de si mesmo, entontecido com o indulto, como se ali não houvesse senão arenques e cavalas.

Nada a recear no Blackwater, nada de que se arrependa: apenas um momento de confusão no escuro e demasiado álcool. A água vem ao encontro dele e voltou a ser a sua velha companheira. Para o provar, aproxima-se e molha as botas, estende os braços.

– Aqui estou! – grita, e ouve a resposta das gaivotas. *Só um mergulho rápido*, pensa, e liberta-se da camisa.

O pêndulo oscila entre um ano e o seguinte, e as trevas cobrem o abismo.

I
NOTÍCIAS ESTRANHAS DO ESSEX

JANEIRO

1

Era uma da tarde de mais um dia como muitos e o balão do tempo deslizou no Observatório de Greenwich. Havia gelo no primeiro meridiano, e também no cordame das muitas barcas de grande calado que desciam o Tamisa. Os capitães anotavam a hora da maré e preparavam as velas de um vermelho sujo contra o vento de nordeste; um carregamento de ferro seguia para a fundição de Whitechapel, onde cinquenta sinos batiam na bigorna como se corressem contra o tempo. Tempo era o que não faltava a quem fora condenado a passar o seu entre as paredes da prisão de Newgate, e era desperdiçado pelos filósofos nos cafés do Strand; era perdido por aqueles que sonhavam que o passado se tornasse presente e odiado pelos que desejavam que o presente fosse passado.

O tempo era dinheiro no Royal Exchange, onde os homens passavam as tardes a ver as suas esperanças de fazer passar camelos por buracos de agulhas ser despedaçadas, e nos escritórios de Holborn Bars a roda dentada de um relógio mestre produzia uma descarga elétrica que fazia soar uma dúzia de relógios escravos. Todos os empregados levantaram a cabeça, suspiraram e voltaram a mergulhar nos livros. Em Charing Cross Road o tempo trocava o carro por carruagens de praça e autocarros em frotas impacientes, e nas enfermarias do Barts e do Royal Borough a dor fazia horas de minutos. Na capela de Wesley rezavam para que o tempo passasse mais depressa e, a alguns metros, o gelo derretia nas campas de Bunhill Fields.

Em Lincoln's Inn e Middle Temple os advogados olhavam as agendas e viam delitos prescrever; nos quartos de Camden e de Woolwich o tempo era cruel com os amantes, que não percebiam como se fizera tarde tão cedo, até que na devida altura se tornava amável com as suas feridas banais. De um lado ao outro da cidade, em esplanadas e quartos arrendados, na alta sociedade e entre más companhias, o tempo era aproveitado e perdido, poupado e desperdiçado, e enquanto isso chovia uma chuva gelada.

Em Euston Square e Paddington as estações de metro recebiam os passageiros, que afluíam como matérias-primas prontas a ser trituradas, fundidas e adaptadas a moldes. Numa carruagem da Circle Line em direção a ocidente as luzes intermitentes mostravam que o *Times* não tinha nada de bom a contar e várias peças de fruta estragada caíam de um saco pousado na coxia. Cheirava a chuva ou a casacos encharcados e entre os passageiros, enfiado na sua gola levantada, o Dr. Luke Garrett enumerava as partes do coração humano.

– Ventrículo esquerdo, ventrículo direito, veia cava superior – ia recitando, ao mesmo tempo que contava com a ajuda dos dedos, esperando que a litania acalmasse as batidas ansiosas do próprio coração.

O homem ao seu lado olhou-o de relance, surpreendido, até que se virou com um encolher de ombros.

– Aurícula esquerda, aurícula direita – enumerava Garrett em surdina. Estava habituado a chamar a atenção de desconhecidos em lugares públicos, mas tentava não o fazer sem necessidade. Chamavam-lhe *Mafarrico*, por ser tão baixo que raramente passava do ombro dos outros homens e ter um andar insistentemente elástico, que dava a impressão de a qualquer momento poder dar um salto até ao parapeito de alguma janela. Mesmo através do sobretudo deixava transparecer uma energia que mantinha os seus membros em estado permanente de prontidão e as sobrancelhas sobressaíam-lhe no rosto como se tivessem dificuldade em conter o alcance e a ferocidade do seu intelecto. Na testa, o cabelo formava uma longa franja negra que lembrava uma asa de corvo. Por baixo desta, escondiam-se olhos escuros. Tinha trinta e dois anos e era um cirurgião com uma mente ávida e insubmissa.

As luzes apagaram-se e voltaram a acender-se e o destino de Garrett aproximou-se. Daí a duas horas era esperado no funeral de um doente, e nenhum homem jamais usara o luto com mais ligeireza. Michael Seaborne morrera seis dias antes de cancro da garganta, depois de ter suportado o sofrimento provocado pela doença e os cuidados do médico com igual desinteresse. Mas, naquele momento, não era ao morto que os pensamentos de Garrett se dirigiam e sim à viúva, que (pensou com um sorriso) talvez estivesse naquele instante a pentear o cabelo desordenado ou a procurar um botão em falta no seu melhor vestido preto.

O luto de Cora Seaborne fora o mais estranho que já presenciara. Na verdade, percebera que alguma coisa não estava certa mal chegara à sua casa em Foulis Street. O ambiente naquelas salas de tetos altos confirmava um mal-estar que não tinha muito que ver com a doença. Nessa altura o paciente ainda estava relativamente bem, embora inclinado a usar lenços de pescoço como ligaduras. Os lenços eram sempre de seda, sempre de cores pastel e muitas vezes estavam quase impercetivelmente manchados. Num homem tão meticuloso era impossível imaginar que se tratasse de distração. Luke desconfiava que o objetivo do doente era fazer as visitas sentirem-se pouco à-vontade. Seaborne dava a impressão de ser alto por ser tão magro, além de falar tão baixo que obrigava as pessoas a aproximarem-se para o ouvirem. Tinha uma voz sibilante. Era cortês, e em geral tinha as unhas roxas. Resistira com calma à primeira consulta e declinara a proposta de cirurgia.

– Tenciono partir deste mundo como entrei –, explicara, acariciando a seda que lhe protegia o pescoço. – Sem cicatrizes.

– Não há necessidade de sofrer – replicara Luke, oferecendo um consolo que não lhe fora solicitado.

– Sofrer! – Era óbvio que a ideia o divertia. – Tenho a certeza que a experiência vai ser instrutiva – acrescentara, como se uma ideia viesse no seguimento natural da outra. – Diga-me, já conhece a minha mulher?

Garrett recordava com frequência o seu primeiro encontro com Cora Seaborne, embora na realidade a memória não fosse de fiar, construída como fora à imagem de tudo o que se seguiria. Cora chegara nesse preciso momento, como se obedecesse a uma convocatória, e detivera-se junto da porta para observar o visitante. Depois cruzara a carpete, inclinara-se para beijar a sobrancelha do marido e estendera a mão a Luke, de pé atrás da cadeira em que o marido se sentava.

– Charles Ambrose disse-me que nenhum outro médico nos convém. Deu-me o seu artigo acerca da vida de Ignaz Semmelweis. Se cortar como escreve, havemos de viver para sempre.

A lisonja reconfortante fora irresistível e Garrett sentiu-se compelido a responder inclinando-se sobre a mão que lhe era oferecida. Apesar de não ser tranquila, a voz dela era profunda e, ao princípio, parecera-lhe discernir a pronúncia nómada dos que nunca viveram muito tempo no mesmo país, mas na realidade tratava-se de um pequeno defeito de fala que disfarçava detendo-se em certas consoantes. Vestia-se de cinzento e com simplicidade, mas o tecido da saia brilhava como o pescoço de um pombo. Era alta, e não esbelta. Os seus olhos também eram cinzentos.

Nos meses que se seguiram, Garrett acabara por compreender um pouco o constrangimento que se misturava com o cheiro a sândalo e iodo da atmosfera de Foulis Street. Mesmo no meio do pior sofrimento, Michael Seaborne exercia uma influência maligna que pouco tinha que ver com o habitual poder dos inválidos. A mulher estava sempre tão pronta com roupas adequadas e bom vinho, tão disponível para aprender a introduzir uma agulha numa veia, que seria capaz de memorizar um manual sobre deveres femininos até à última sílaba. No entanto, Garrett nunca viu nada que se parecesse com afeto entre Cora e o marido. Chegou a desconfiar que ela desejava que o pequeno sopro se extinguisse e, quando preparava a seringa, receava que ela o chamasse de parte para lhe pedir que lhe desse mais, «só um pouco mais». Quando se inclinava para beijar o rosto de santo famélico sobre a almofada era como se pensasse que ele podia erguer-se a qualquer momento e torcer-lhe deliberadamente o nariz. Poucas enfermeiras, contratadas para limpar, fazer curativos e manter os lençóis limpos, ficavam mais de uma semana. A última (uma jovem belga muito devota) passara por Luke no corredor e murmurara *Il est comme un diable!* ao mesmo tempo que o ameaçava com um punho fechado, embora não estivesse ninguém à vista. Apenas o cão sem nome – leal, sarnento, sempre próximo da cama – não tinha medo do senhor, ou se tinha acostumara-se.

Com o tempo, Luke Garrett acabou por se familiarizar com Francis, o filho silencioso e de cabelo negro dos Seaborne, e com Martha, a ama do rapaz, inclinada a abraçar Cora pela cintura num gesto possessivo que desagradava a Luke. Uma avaliação apressada do estado do doente era rapidamente despachada (afinal o que havia a fazer?) e Luke era levado para dar o seu parecer sobre um dente fóssil que Cora recebera pelo correio, ou para ser interrogado em pormenor sobre as suas ambições para contribuir para o avanço da cirurgia cardíaca. Submetia-a a hipnose, depois de lhe ter explicado como a técnica fora usada durante a guerra para facilitar a amputação de membros dos soldados, ou jogavam xadrez, para agravo de Cora, ofendida com a maneira como o médico mobilizava contra ela as suas forças. Luke diagnosticou a si mesmo uma paixão para a qual não procurou cura.

Estava sempre consciente de uma espécie de energia que havia nela, armazenada e à espera de ser libertada; ocorreu-lhe que quando chegasse o fim de Michael Seaborne os seus pés produzissem faíscas azuis no chão ao caminhar. O fim chegou e Luke esteve presente para o último suspiro, que foi difícil e ruidoso, como se no derradeiro momento o paciente tivesse esquecido a *ars moriendi* para pensar apenas em viver mais um momento. E, depois de tudo, Cora revelou-se imperturbável, nem enlutada nem aliviada. A sua voz alterou-se quando contou que o cão fora encontrado morto, mas não percebeu se por ter vontade de rir ou de chorar. Assinada a certidão de óbito, e repousando tudo o que restava de Michael Seaborne noutro lugar, deixou de haver uma razão sólida para Garrett continuar a frequentar Foulis Street, mas todas as manhãs acordava com essa ideia em mente, e ao aproximar-se do gradeamento de ferro percebia que era esperado.

O metro aproximou-se da estação de Embankment e Luke foi arras- tado ao longo da plataforma com a multidão. Sentiu-se dominado por uma tristeza que não tinha que ver com Michael Seaborne nem com a viúva: o que o perturbava era o facto de os seus encontros com Cora poderem ter chegado ao fim, que a última vez que a via podia ser ao voltar-se enquanto os sinos dobravam a finados.

– Ainda assim – disse – tenho de estar lá, nem que seja para ver fechar a tampa do caixão.

Para além da barreira onde se entregavam os bilhetes, o gelo derretia nos pavimentos; o Sol começava a pôr-se.

Vestida de acordo com as exigências do dia, Cora Seaborne estava sentada à frente do espelho. Das orelhas caíam-lhe duas lágrimas de pérolas encastradas em ouro; os lobos estavam doridos porque fora pre- ciso voltar a furá-las.

– No que respeita a lágrimas – disse em voz alta –, estas terão de servir.

O pó que usara no rosto fazia-a parecer pálida. O chapéu preto não lhe ficava bem, mas tinha véu e plumas pretas, o que transmitia o nível adequado de luto. Os botões forrados dos punhos não abotoavam e deixavam ver uma orla de pele branca entre a bainha e a luva. O decote do vestido era um pouco mais aberto do que Cora gostaria, e deixava ver uma cicatriz com o comprimento e a largura aproximada do seu polegar sobre a clavícula. Era uma réplica perfeita das folhas de prata do candelabro que iluminava o espelho, e que o marido calcara na sua pele como se marcasse com o sinete algumas gotas de lacre. Chegara a pensar em pintá-la, mas acabara por se lhe afeiçoar, além de saber que em certos círculos corria invejosamente que tivera uma tatuagem.

Voltou as costas ao espelho e observou o quarto. Qualquer visita se deteria surpreendida à porta, vendo, de um lado, a cama alta e macia e os cortinados de damasco de uma mulher rica e, do outro, os aposentos de um letrado. O canto mais afastado estava coberto com gravuras de botânica, onde escrevera com a sua letra em maiúsculas citações de várias obras (NUNCA SONHES ENQUANTO ESTIVERES AO LEME! NÃO VOLTES AS COSTAS À BÚSSULA!). Sobre a lareira, cerca de uma dezena de amonites estavam arrumadas por tamanho; acima, presa numa moldura dourada, Mary Anning e o cão observavam um fragmento caído das rochas de Lyme Regis. Pertencer-lhe-ia tudo agora – a carpete, as cadeiras, o copo de cristal que ainda exalava o aroma do vinho? Supunha que sim, e a ideia fez uma espécie de leveza entrar-lhe no corpo, como se se libertasse das leis de Newton e desse por si colada ao teto. A sensação foi suprimida com a decência devida, mas bastou para que lhe tivesse dado um nome; não se tratava precisamente de felicidade, nem sequer de contentamento, mas de alívio. Também era composta de sofrimento, era verdade, e sentiu-se grata por isso, já que, por mais que o tivesse odiado, ele era responsável por quem ela se tornara, pelo menos em parte. De que serve odiarmo-nos a nós próprios?

– Ele fez-me, sim – disse ela, e as recordações soltaram-se como fumo de uma vela apagada com um sopro.

Dezassete anos e vivia com o pai numa casa sobranceira à cidade, a mãe há muito desaparecida (mas não sem se ter assegurado de que a filha não seria condenada a uma educação feita de francês e bordados). O pai – inseguro quanto ao que fazer com a sua modesta fortuna, e simultaneamente amado e desprezado pelos inquilinos – partira em viagem de negócios e regressara acompanhado de Michael Seaborne. Apresentara a filha com orgulho – Cora, descalça, com o latim na ponta da língua – e o visitante pegara-lhe na mão, admirara-a e ralhara-lhe por causa de uma unha partida. Voltou, voltou, e voltou, até começar a ser esperado; trouxe-lhe livros finos e pequenos objetos sem utilidade. Troçava dela, pondo-lhe o polegar sobre a palma da mão e apertando até ficar magoada e lhe parecer que toda a sua consciência se concentrava naquele ponto preciso. Na presença dele, as piscinas de Hampstead, os estorninhos ao anoitecer, as marcas das ovelhas em forma de trevo na terra mole, tudo parecia pobre, inconsequente. Começou a envergonhar-se dela – da sua roupa larga e desarranjada, do seu cabelo despenteado.

Um dia ele dissera: «No Japão remendam a louça partida com gotas de ouro fundido. Como seria estupendo quebrar-te para mais tarde sarar as tuas chagas com ouro...» Mas ela tinha apenas dezassete anos e nunca sentira a faca espetar-se. Limitara-se a rir, como ele. Quando fez dezanove trocou o canto das aves por leques de plumas e as cigarras nas ervas altas por um casaco com pintas de asas de besouros; foi atada com ossos de baleia e furada com marfim e o seu cabelo foi preso com carapaças de tartaruga. Começou a falar mais devagar para esconder o defeito de fala; isto não a levou a lado nenhum. Ele deu-lhe um anel de ouro demasiado apertado e, um ano mais tarde, deu-lhe outro, mais apertado ainda.

O som de passos lentos e precisos como o tiquetaque de um relógio acordou a viúva do seu devaneio.

– Francis – disse. Ficou sentada, quieta, à espera.

Um ano antes de o pai morrer, e talvez seis meses depois de a doença ter feito a sua primeira aparição, à mesa do pequeno-almoço (um alto na garganta que impedia a passagem da torrada), Francis Seaborne tinha sido mudado para o quarto piso da casa e para o lado mais afastado das escadas.

O pai não se interessava pelos arranjos domésticos, embora na altura não estivesse a dar apoio ao Parlamento com a aprovação de leis relativas a habitação. A decisão fora tomada apenas pela mãe e por Martha, contratada como ama quando ele ainda era bebé e que, como ela própria apresentava as coisas, nunca se decidira a partir. Pareceu-lhes que era melhor Francis ficar mais próximo da ama, já que tinha um sono irrequieto e mais de uma vez aparecera à porta e mesmo, uma ou duas vezes, à janela. Nunca pedia água, nem mimos, como poderia acontecer com outra criança; limitava-se a ficar à porta com um dos seus muitos talismãs na mão até que a inquietação fizesse alguma cabeça erguer-se do travesseiro.

Depois da mudança para o que Cora chamava «o quarto de cima» perdeu o interesse pelas errâncias noturnas e pareceu contentar-se com arrecadar (nunca ninguém disse «roubar») o que quer que lhe caísse na fantasia. Estes objetos eram dispostos numa série de padrões complexos e imprevistos que mudavam sempre que Cora fazia uma visita maternal; eram de uma beleza e de uma estranheza que teria admirado mesmo que fossem o trabalho do filho de outra pessoa qualquer.

Uma vez que era sexta-feira, e o dia do funeral do pai, Francis vestiu uma roupa especial. Tinha onze anos e, portanto, já sabia tanto para que lado ficavam os botões da camisa como a sua utilidade em matérias de ortografia («É NECESSÁRIO que uma camisa tenha apenas um Colarinho, mas duas Mangas»). Sentiu a morte do pai como uma calamidade, mas nem maior nem menor que a perda de um dos seus tesouros no dia anterior (uma pena de pombo, absolutamente vulgar, mas que era possível enrolar num círculo perfeito sem a partir). Quando lhe deram a notícia – observando que a mãe não estava a chorar, mas sim rígida e também um tanto cintilante, como se rodeada pela luz de um relâmpago – a primeira coisa que pensou foi: *Não percebo porque é que estas coisas me acontecem a mim*. Mas a pena desaparecera, o pai morrera e ao que tudo indicava teria de ir à missa. A ideia agradou-lhe. Consciente de que estava a ser demasiado polido para as circunstâncias, afirmou:

– A mudança é tão boa com o repouso.

Nos dias que se seguiram à descoberta do corpo de Michael Seaborne, o cão foi o que mais sofreu. Fartara-se de ganir à porta do doente, nada o consolava; uma carícia talvez o tivesse conseguido, mas, como ninguém esteve para meter as mãos no pelo nojento, a preparação do corpo foi acompanhada pelos mesmos lamentos lúgubres. O cão, entretanto, já morrera. *É claro,* pensou Francis, acariciando com satisfação um tufo de pelos recolhido na manga do casaco do pai, de maneira que o único ser enlutado reclamava agora por sua vez que lamentassem a sua morte.

Francis não estava seguro quanto aos rituais que rodeavam a remoção dos corpos, mas achou melhor ir preparado. O seu casaco tinha vários bolsos, cada um dos quais continha um objeto não precisamente sagrado, mas *adequado à função,* pensou o rapaz. Uma lente rachada, que oferecia uma visão fragmentada das coisas; o tufo de pelos (tinha esperança que ainda ali houvesse uma pulga ou uma carraça e lá dentro, com sorte, uma gota de sangue); uma pena de corvo, o melhor de todos, por ser azulada na ponta; um pedaço de tecido que arrancara da bainha do vestido de Martha, por ter ali observado uma nódoa persistente com a forma da ilha de Wight; e um seixo com uma perfuração perfeita no centro. Com os bolsos preenchidos e bem fechados, os seus bens contados e recontados, desceu as escadas para ir ter com a mãe. Em cada um dos trinta e seis degraus ia recitando:

– *Hoje aqui, amanhã além. Hoje aqui, amanhã...*

– Frankie – *como era pequeno,* pensou ela.

O rosto dele, que curiosamente pouco se assemelhava ao de qualquer dos pais, exceto quanto aos olhos negros e aparentemente inexpressivos de Michael Seaborne, parecia indiferente. Tinha-se penteado e o cabelo formava ondas coladas ao crânio. Sentiu-se comovida por ele se ter dado ao trabalho de se arranjar e estendeu a mão na direção do filho, mas acabou por deixá-la cair vazia no colo. Francis ficou à sua frente a apalpar cada um dos bolsos à vez até que disse:

– Onde é que ele está agora?

– Está à nossa espera na igreja.

Será que devia abraçá-lo? Verdade fosse dita, o filho não parecia precisar de ser reconfortado.

– Frankie, se quiseres chorar isso não é vergonha nenhuma.

– Se eu quisesse chorar, chorava. Se quisesse fazer alguma coisa, fazia.

Não lhe ralhou. Na realidade tratara-se de pouco mais que uma constatação. O filho voltou a apalpar os bolsos e ela observou delicadamente:

– Trazes os teus tesouros.

– Trago os meus tesouros. Tenho um tesouro para si *(pat)*, um tesouro para a Martha *(pat)*, um tesouro para o pai *(pat)*, um tesouro para mim *(pat, pat)*.

– Obrigada – agradeceu ela, desorientada, mas por fim lá vinha Martha, que como sempre iluminava a sala em que entrava, dissipando com a sua presença a ligeira tensão que se havia formado. Tocou Francis ao de leve na cabeça, como se se tratasse de qualquer outra criança; o seu braço forte rodeou a cintura de Cora. Cheirava a limões.

– Vamos então – disse ela. – Ele nunca gostou que nos atrasássemos.

Às duas, os sinos de St. Martin dobraram a finados, atravessando o ar de Trafalgar Square.

Francis, com uma audição impiedosamente aguçada, tapou os ouvidos com as mãos enluvadas e recusou-se a atravessar a soleira da porta enquanto a vibração da última badalada não se extinguiu, de maneira que quando a viúva e o filho chegaram um pouco atrasados a congregação em peso pôde voltar-se e suspirar gratificada: como estavam pálidos! Que apropriado! E aquele chapéu!

Cora observou o espetáculo da tarde com um interesse desprendido. Ali na nave, a obscurecer o altar – numa urna assente no que lhe parecia um cavalete de talhante –, encontrava-se o corpo do seu marido, que não recordava ter alguma vez visto por inteiro, mas apenas em vislumbres por vezes amedrontados de carne muito branca disposta sobre um esqueleto de grande elegância.

Ocorreu-lhe que nada sabia sobre a sua vida pública, passada (imaginava ela) em salas do mesmo tipo na Câmara dos Comuns, em Whitehall, e no clube que ela não podia frequentar, devido à infelicidade de ter nascido mulher. Talvez nos outros lugares se comportasse com bondade – sim, talvez fosse isso –, e ela fosse uma espécie de câmara de compensação para a crueldade merecida noutros sítios. Havia nisso uma espécie de nobreza, se pensasse bem: olhou as mãos como se esperasse que essa simples ideia tivesse feito surgir estigmas.

Acima dela, no varandim alto e escuro que à luz escassa do interior parecia flutuar acima das colunas que o suportavam, estava Luke Garrett.

Mafarrico, pensou. *Olhem só para ele!* O seu coração quase pareceu mover-se na direção do amigo, e sentiu a sua pressão contra as costelas. O casaco dele adequava-se tanto à circunstância como uma bata de cirurgião, além de que teve a certeza que estivera a beber antes de vir, e que a jovem ao seu lado era um conhecimento recente e para além das suas posses. No entanto, apesar da escuridão e da distância, sentiu descer sobre ela, num único olhar sombrio, um incitamento ao riso. Martha também o sentiu, e por isso beliscou-a na coxa, de maneira que mais tarde, quando se serviam copos de vinho em Hampstead, Paddington e Westminster, alguém disse: «A viúva de Seaborne soluçou de tristeza quando o padre disse *mesmo morto, viverá*. De certa forma foi bonito.»

Ao lado dela, Francis ia sussurrando, a boca pressionada contra o polegar, os olhos fechados com força; parecia outra vez um menino pequeno. Deu-lhe a mão. Continuava a adaptar-se perfeitamente à dela e estava muito quente. Ao fim de um bocado, Cora levantou a mão e voltou a pousá-la no regaço.

Mais tarde, quando as batinas pretas voavam como gralhas entre os bancos da igreja, Cora deixou-se ficar à porta a cumprimentar os que saíam, todos eles bondade, todos solicitude – esperavam que soubesse que tinha amigos na cidade; era sempre bem-vinda, bem como o seu lindo filho, quando quisesse aparecer para jantar; seria sempre recordada nas suas orações. Passou tantos cartões de visita a Martha, tantos ramos de flores, tantos livrinhos de recordações e bordados com debrum negro que alguém que por acaso fosse a passar poderia confundir a ocasião com um casamento, embora um tanto sombrio.

A tarde ainda não chegara ao fim, mas o gelo ia-se formando nos degraus com um brilho duro à luz do candeeiro, ao mesmo tempo que o nevoeiro encerrava a cidade numa tenda pálida. Cora tremeu e Martha aproximou-se um pouco mais, de maneira a sentir o calor que se desprendia do corpo compacto envolvido no seu segundo melhor casaco. Francis mantinha-se a alguma distância, com a mão esquerda a investigar o conteúdo do bolso do casaco ao mesmo tempo que a direita alisava o cabelo. Não parecia propriamente ansioso, ou uma das mulheres tê--lo-ia aproximado das duas e pronunciado os murmúrios de conforto que teriam surgido com a maior facilidade se tivessem sido procurados. Em vez disso, parecia educadamente resignado à perturbação introduzida numa rotina muito apreciada.

– Deus tenha piedade de nós! – disse o Dr. Garrett quando o último participante no funeral partiu com o seu chapéu preto, aliviado por tudo estar acabado e já a pensar no divertimento dessa noite ou nas obrigações da manhã seguinte. Depois, com a transição rápida para o tom sério tão irresistível nele, tomou a mão enluvada de Cora.

– Muito bem, Cora. Comportou-se lindamente. Posso acompanhá--la a casa? Deixe-me ir consigo. Estou cheio de fome. A Cora não está? Sinto-me capaz de comer um cavalo e mais a cria!

– Um cavalo não está ao alcance das suas posses.

Martha nunca se dirigia ao médico sem ser num tom impaciente. Fora *ela* que o alcunhara de *Mafarrico*, embora já ninguém se lembrasse disso. A presença dele em Foulis Street – primeiro por obrigação, mais tarde por devoção – era uma contrariedade para Martha, que considerava a sua própria devoção mais que suficiente. O médico separara-se da companheira e metera no bolso do peito do casaco um lenço debruado a preto.

– O que me apetecia mesmo era dar um passeio – confessou Cora.

Como se se tivesse apercebido do seu cansaço súbito e da oportunidade que isso lhe proporcionava, Francis aproximou-se rapidamente e pediu-lhes que fossem para casa de metro. Como sempre, o pedido não foi apresentado na forma de uma súplica de criança que, se concedido, lhe daria prazer, mas como uma verificação atrevida. Garrett, que ainda não aprendera a lidar com os desejos implacáveis do rapaz, respondeu:

– Por hoje já tive o suficiente do reino do Hades – e fez um gesto a chamar uma carruagem de praça que ia a passar.

Martha pegou na mão do rapaz, que ficou tão surpreendido com a audácia do gesto que a deixou ali ficar, na luva dela.

– Eu levo-te, Frankie. Pelo menos está quente e eu já nem sinto os dedos. Mas, Cora, com certeza não vais fazer esta distância toda a pé. São pelo menos quatro quilómetros...

– Cinco – esclareceu o médico, como se tivesse sido ele próprio a pavimentar o caminho. – Cora, permita-me que a acompanhe – o cocheiro fez um gesto impaciente e recebeu uma resposta obscena. – Não devia fazer isso. Não pode ir sozinha...

– Não devia? Não posso? – Cora descalçou as luvas, tão eficazes contra o frio como uma teia de aranha, e atirou-as a Garrett. – Dê-me as suas. Gostava de perceber porque continuam a fazer luvas destas, e as mulheres a comprá-las. Posso andar e é o que vou fazer. Estou vestida para isso, vê? – levantou um pouco o vestido e mostrou as botas, que teriam sido mais adequadas para um rapazinho de escola.

Francis voltara costas à mãe, desinteressado da reviravolta que a noite poderia dar; tinha muito que fazer no quarto de cima, além de alguns novos artigos *(pat, pat)* que requeriam a sua atenção. Soltou a mão da de Martha e largou em direção à cidade. Martha, com um olhar de desconfiança a Garrett e outro pesaroso à amiga, despediu-se e desapareceu no nevoeiro.

– Deixe-me ir sozinha – pediu Cora, a calçar as luvas, tão coçadas que pouco mais aqueciam que as dela. – As minhas ideias estão de tal maneira confusas que vou precisar de mais de um quilómetro só para as desembrulhar. – Tocou o lenço bordado a preto no bolso do médico. – Se quiser venha amanhã à campa. Eu disse que ia sozinha, mas talvez a questão seja essa. Talvez estejamos sempre sós, seja qual for a nossa companhia.

– A Cora devia andar sempre acompanhada por um secretário que tomasse nota das suas pérolas de sabedoria – replicou o *Mafarrico* com sarcasmo, soltando-lhe a mão. Fez uma vénia extravagante e retirou-se para a carruagem. Bateu a porta para se defender do riso dela.

Deslumbrada com a capacidade dele para mudar daquela maneira o seu estado de espírito, Cora começou por se virar não para ocidente, para casa, mas para o Strand. Gostava do sítio onde o rio Fleet fora desviado para o canal subterrâneo, a leste de Holborn; havia uma grelha em que nos dias mais tranquilos se conseguia ouvir o rio correr em direção ao mar.

Quando chegou a Fleet Street pensou que se se esforçasse talvez ouvisse o rio a correr através do seu longo túmulo, mas apenas deu pelo ruído de uma cidade que nem gelo nem nevoeiro afastavam do trabalho ou do prazer. Além disso alguém lhe dissera que o rio já pouco passava de um esgoto, engrossado não pelas águas da chuva que escorriam de Hampstead Heath mas pela humanidade amontoada nas suas margens. Deixou-se ficar mais um pouco, até as mãos lhe doerem com o frio e os lobos das orelhas perfuradas começarem a latejar. Com um suspiro pôs-se a caminho de casa. Descobriu que o constrangimento que em tempos acompanhara a imagem da casa branca de Foulis Street ficara para trás, algures entre os bancos da igreja.

Martha, que aguardara com ansiedade o regresso de Cora (pouco mais de uma hora depois, com sardas a brilhar através do pó de rosto e o chapéu preto à banda), dava grande valor ao apetite como sinal de uma mente sã e por isso observou com enorme prazer a amiga comer ovos mexidos com torradas.

– Tomara que esteja tudo acabado – suspirou ela. – Todos estes cartões, estes apertos de mão... Estou cansada da etiqueta da morte.

Na ausência da mãe, a criança, tranquilizada pelo metro, subira para o quarto com um copo de água e sem uma palavra e adormecera com um caroço de maçã na mão. Martha ficara à porta do quarto, a observar as suas pestanas negras contra o fundo branco da pele, e sentira o coração suavizar-se. Um tufo do pelo do amaldiçoado cão arranjara maneira de ir parar à almofada do rapaz; imaginou-o a pulular de piolhos e pulgas e inclinou-se sobre ele para o libertar e permitir que dormisse em segurança. No entanto, o pulso da ama deve ter tocado na almofada porque o rapaz acordou no tempo que ela levou a inspirar. Quando viu o tufo de pelo na mão dela, o rapaz deu uma espécie de grito enraivecido, de tal maneira que ela largou aquela imundície e fugiu. Quando descia as escadas pensou: *Como é possível que eu tenha medo dele? Afinal não passa de um pobre rapaz que acaba de ficar órfão!* Sentiu-se meio inclinada a voltar atrás e a exigir-lhe que entregasse a recordação nojenta, e talvez até a consentir um beijo. Depois ouviu uma chave ser introduzida ruidosamente na fechadura e ali estava Cora, a tirar as luvas e a preparar-se para ser abraçada.

Mais tarde, Martha, a última a deitar-se, parou à porta do quarto de Cora: nos últimos anos habituara-se a verificar que tudo estava em ordem com a amiga. A porta de Cora estava entreaberta. Na lareira, um tronco soltava faúlhas. Junto à ombreira, Martha perguntou:

– Estás a dormir? Queres que entre?

Como não recebeu resposta deu um passo sobre a carpete espessa de cor pálida. A pedra da lareira estava coberta de cartões de visita e de pêsames, com margens pretas e uma escrita cerrada; um ramo de violetas caíra. Martha inclinou-se para lhes pegar e quase lhe pareceu que elas lhe fugiam para se esconderem de novo atrás da sua forma de coração. Pô-las num copo de água, que deixou num sítio onde a amiga as visse mal acordasse, e inclinou-se para a beijar. Cora murmurou qualquer coisa e mexeu-se, mas não acordou e Martha lembrou-se do dia em que chegara a Foulis Street, onde esperava encontrar uma matrona altiva, apalermada pela maledicência e pela moda, e como se sentira desconcertada pelo ser inconstante que a recebera à porta. Ao mesmo tempo enfurecida e deslumbrada, descobriu que mal se acostumara a uma Cora outra emergia no seu lugar: a jovem aparentemente contentíssima com a sua própria inteligência desaparecia para dar lugar à amiga de muitos anos; a mulher que dava jantares de uma elegância extravagante praguejava mal o último convidado se despedia, soltava o cabelo e sentava-se a rir à frente da lareira.

Mesmo a voz dela lhe despertava uma admiração confusa – entre o sotaque e o defeito de fala, que aparecia quando ela estava cansada, e as consoantes que pronunciava com dificuldade. As feridas visíveis por baixo da sua inteligência sedutora (que, como Martha observou, podia ser aberta e fechada como uma torneira) apenas contribuíam para aumentar o seu afeto por ela. Michael Seaborne tratava Martha com a mesma indiferença que reservava ao bengaleiro: não lhe atribuía a menor importância – nem sequer a olhava quando se cruzavam nas escadas. No entanto, a Martha nada passava despercebido – estava atenta a todos os insultos corteses, observava todas as nódoas negras ocultadas –, e só com grande esforço se continha para não cometer um assassinato pelo qual teria sido alegremente enforcada. Menos de um ano depois de ter chegado a Foulis Street – de madrugada, quando ninguém dormia – Cora entrara no quarto dela. Alguma coisa lhe tinham feito ou dito que a deixara a tremer de forma violenta, embora a noite estivesse quente. O seu cabelo espesso e desordenado estava húmido. Sem dizer uma palavra, Martha afastara os lençóis e tomara Cora nos seus braços. Erguera as pernas para a rodear completamente e abraçara-a com força, de tal maneira que sentira o tremor da outra mulher ser-lhe transmitido. Libertada das convenções do osso de baleia e do tecido o corpo de Cora era grande e forte; Martha sentira as omoplatas moverem-se nas suas costas estreitas, o ventre macio que ela aconchegara contra o seu braço, os músculos poderosos das pernas: fora como se agarrasse um animal que nunca mais consentiria em imobilizar-se daquela maneira. Tinham acordado ainda abraçadas, completamente à-vontade, e separaram-se com uma carícia.

Achou animador que Cora não tivesse recorrido à proteção da sua cama no momento do luto, mas ao velho hábito de se aferrar ao que se habituara a chamar os seus «estudos», como um rapazinho a preparar-se para os exames. Na cama, ao lado dela, estava a velha pasta de cabedal que pertencera à mãe e já perdera o dourado do monograma, e que (insistia Martha) continuava a cheirar ao animal que em tempos fora. Também ali estavam os seus apontamentos, escritos numa letra pequena e legível, com as margens preenchidas, as folhas intercaladas por ervas e arbustos secos e um mapa de uma secção da costa marcado a tinta vermelha. A toda a sua volta estava distribuída uma pilha de papéis e Cora adormecera com a sua amonite do Dorset na mão. No entanto, durante o sono agarrara-a com demasiada força e desfizera-a na mão, que ficara como que enlameada.

FEVEREIRO

1

– O que eu quero dizer é, por exemplo, o jasmim. – O Dr. Luke Garrett varreu os papéis que se encontravam em cima da secretária como se por baixo esperasse encontrar botões de flores brancas a desabrochar, mas descobriu em vez disso uma bolsa de tabaco pronta para preparar um cigarro de enrolar. – O cheiro é tão doce que é ao mesmo tempo agradável e desagradável. As pessoas aproximam-se e recuam, aproximam-se e recuam... Não sabem se lhes repugna ou se as seduz. Se fôssemos capazes de reconhecer a dor e o prazer, não como pólos opostos mas como aspetos diferentes de uma só experiência, talvez por fim compreendêssemos... – perdeu o fio à ideia e deteve-se a tentar recuperá-la.

Habituado a estas prédicas, o homem de pé em frente da janela bebeu um gole de cerveja e, sem parecer atribuir grande importância ao assunto, disse:

– Ainda a semana passada concluíste que todos os estados de sofrimento são malignos e todos os estados de prazer são bons. Recordo as palavras com precisão porque as repetiste várias vezes. Na verdade, até as escreveste, não fosse eu esquecer-me. Até me parece que trago comigo... – apalpou ironicamente os dois bolsos e por fim corou. Nunca soubera usar convenientemente um tom trocista e afetuoso.

George Spencer era tudo o que Garrett não era: alto, rico, louro, tímido, com sentimentos demasiado profundos para a rapidez do seu raciocínio. Os que os conheciam desde os tempos de estudantes divertiam-se a chamar-lhe a consciência do *Mafarrico*, que por alguma razão lhe fora amputada, e continuava sempre em luta por alcançá-lo.

Garrett enterrou-se mais profundamente no cadeirão onde estava sentado.

– É verdade que *parece* contraditório e impossível de justificar, mas por outro lado as melhores mentes conseguem defender duas ideias opostas ao mesmo tempo. – Franziu o sobrolho, uma expressão que quase fazia os seus olhos desaparecerem, e esvaziou o copo. – Deixa-me explicar...

– Bem gostava, mas tenho um encontro com amigos para jantar.

– Tu não *tens* amigos, Spencer. Nem sequer eu gosto de ti. Repara: é inútil negar que provocar ou ser sujeito a sofrimento é a mais repelente das experiências humanas. Antes de sermos capazes de adormecer os doentes, os cirurgiões eram capazes de vomitar de horror perante a ideia do que estavam prestes a fazer. Um homem ou uma mulher no seu pleno juízo preferiria encurtar vinte anos a sua vida a enfrentar o bisturi, e o mesmo dirias tu, e eu! Mas ainda assim é impossível dizer o que *é* realmente a dor, ou o que é realmente sentido, ou se aquilo que faz sofrer uma pessoa é o mesmo que faz sofrer outra. É mais uma questão ligada à imaginação que ao corpo. Estás a ver por isso como a hipnose pode ser valiosa? – semicerrou os olhos para observar Spencer. – Se me disseres que te queimaste e tens dores, como posso saber se as sensações a que te referes têm alguma semelhança com as que eu teria se sofresse a mesma lesão? Tudo o que posso dizer com certeza é que ambos tivemos uma resposta física a um estímulo idêntico. É claro que ambos podemos gritar e mergulhar a queimadura em água fria, e por aí fora, mas como posso ter a certeza de que sujeito à mesma sensação eu próprio não gritaria de uma maneira completamente diferente? – com um esgar canino, mostrou os dentes. – Será que isso tem importância? Modificaria o tratamento escolhido pelo médico? Se começarmos a questionar a verdade, ou, suponho eu, o valor da dor, como podemos evitar tratar ou negar tratamento de acordo com um critério que nós próprios admitimos ser completamente arbitrário?

Desinteressando-se, Garrett inclinou-se para apanhar papéis espalhados no chão e começou a dispô-los em montes bem ordenados.

– Seja como for, de uma perspetiva prática, não tem a menor importância. A ideia ocorreu-me, simplesmente. Às vezes as ideias ocorrem-me e gosto de falar delas e não tenho mais ninguém. Devia arranjar um cão.

Vendo como o amigo parecia ter ficado de súbito abatido, Spencer pegou num cigarro e, ignorando o tiquetaque do relógio, sentou-se numa cadeira e pôs-se a observar a sala. Estava fanaticamente asseada. Por mais que tentasse, o parcimonioso sol de inverno não conseguia apanhar um grão de poeira que fosse. Havia duas cadeiras e uma mesa, feita de dois caixotes virados ao contrário. Um pedaço de tecido pregado à janela estava completamente desbotado de tantas lavagens. A lareira era de uma pedra clara e brilhava como se nunca tivesse sido usada. Pairava no ar um cheiro forte a limões e antisséptico e duas fotografias emolduradas a preto de Ignaz Semmelweis e John Snow decoravam a lareira. Acima da secretária estava pregado um desenho (assinado LUKE GARRETT TREZE ANOS) de uma serpente enrolada num bastão e a língua bífida de fora: o símbolo de Esculápio, retirado do útero da mãe na sua pira funerária e que viria a transformar-se no deus da Medicina. A única comida e bebida que Spencer vira naquela sala no alto de três lanços de degraus caiados haviam sido bolachas de água e sal da *Jacob's* e cerveja barata. Olhou o amigo, consciente da batalha familiar entre frustração e afeto que este sempre despertara nele.

Ainda recordava com toda a clareza o primeiro encontro dos dois, nas salas de aula do Royal Borough, o hospital escolar onde Garrett se revelara melhor que os professores tanto em teoria quanto em capacidade de compreensão e onde suportara com pouca tolerância a sua autoridade – excluindo no que dizia respeito ao estudo da anatomia cardíaca e do sistema circulatório, matéria em que se mostrara tão cândido e entusiástico que muitas vezes os professores desconfiavam que troçava deles e expulsavam-no da sala. Spencer, que sabia que a única maneira de ocultar e vencer os limites da sua inteligência era estudar, e estudar muito, evitava Garrett. Desconfiava que não podia resultar nada de bom de ser visto na companhia dele, além de que tinha um certo medo do brilho negro por trás dos seus olhos. Um dia em que o encontrou no laboratório já depois de todos terem saído e quando a porta estava fechada, Garrett começou por lhe parecer profundamente perturbado. Estava sentado a uma bancada velha e queimada pelos bicos de Bunsen, a olhar intensamente para qualquer coisa nas suas mãos abertas.

– Garrett? – perguntou. – És tu? Estás a sentir-te bem? O que é que estás aqui a fazer a esta hora?

Garrett não respondera, mas voltara-se para ele e a expressão sardónica que em geral marcava o seu rosto desaparecera. Em vez disso, acolheu o colega com um sorriso tão cheio de doçura e felicidade que Spencer pensou que o confundira com um amigo. No entanto, Garrett gesticulara e convidara-o:

– Olha! Vem ver o que eu fiz!

Spencer chegou a pensar que Garrett andava a aprender a bordar. A ideia não era tão estranha como isso: todos os anos havia um concurso entre cirurgiões para ver quem conseguia coser os pontos mais elegantes num pedaço de seda branca, e alguns asseguravam que haviam praticado a fazer renda. Na realidade o que absorvia a atenção de Garrett era um objeto magnífico que se assemelhava a um leque japonês em miniatura com uma borla de enorme complexidade num dos extremos. Não era mais largo que o seu polegar, mas os padrões de azul e escarlate sobre uma cor creme amarelada eram de tal forma delicados que os fios que se mesclavam com a seda só dificilmente se viam. Inclinando-se para observar mais de perto e aguçando a vista, acabou por perceber do que se tratava. Era uma porção delicada da camada interior de um estômago humano, cortada tão fina como uma folha de papel e injetada com tinta para revelar os vasos sanguíneos e depois montada entre duas lamelas de vidro. Nenhum artista teria conseguido igualar o fino traçado de veias e artérias, que não obedecia a qualquer padrão, mas no qual Spencer julgou vislumbrar a imagem de uma árvore despida de folhas na primavera.

– *Oh!* – o seu olhar cruzou-se com o de Garrett e partilharam um deslumbramento que formara um laço que até então nunca fora cortado. – Foste tu que fizeste isto?

– Fui eu, sim! Uma vez quando era miúdo vi uma imagem parecida feita por Edward Jenner, se não me engano. Disse ao meu pai que havia de fazer uma, mas parece-me que ele não acreditou. E, no entanto, aqui está ela. Entrei às escondidas na morgue. Não contas a ninguém?

– Não, nunca! – assegurou Spencer, fascinado.

– Estou convencido que a maior parte das pessoas, eu pelo menos, merece mais ser vista por dentro do que por fora. Se me virarem do avesso até sou capaz de me tornar um homem bem-parecido. – Garrett pôs as lamelas numa caixa de cartão, atou-a com cordel e meteu-a no bolso do casaco com a reverência de um sacerdote. – Vou mandá-la emoldurar em ébano. O ébano é caro? Talvez em pinho ou carvalho... Ainda não perdi a esperança de vir a conhecer alguém que a ache tão bela como eu. Queres beber um copo?

Spencer olhou para os cadernos de exercício que trouxera e depois para o rosto de Luke. Ocorreu-lhe pela primeira vez que ele era tímido e, provavelmente, solitário.

– Porque não? – retorquiu. – Se de qualquer maneira vou chumbar o melhor é não pensar mais nisso.

– Nesse caso, espero que tenhas dinheiro que eu não como desde ontem.

Depois avançou a trote pelo corredor, a rir-se consigo mesmo, ou para Spencer, ou de alguma velha anedota que tivesse acabado de lhe ocorrer.

Era evidente que Garrett ainda não encontrara um caixilho adequado para o seu trabalho, porque, anos mais tarde, ali continuava ele na sua velha caixa, reverentemente exposta sobre a pedra da lareira, com o cartão já amarelecido num dos lados. Spencer enrolou o cigarro e perguntou:

– Ela já se foi embora?

Garrett olhou para ele e pensou em fazer-se desentendido, mas percebeu que não valia a pena.

– Cora? Foi a semana passada. As persianas estão descidas em Foulis Street e a mobília está coberta por panos. Sei porque espreitei. Quando lá passei já se tinha ido embora. A bruxa da Martha estava lá, mas não quis dar-me o endereço. Disse que ela precisava de paz e sossego e que na altura própria daria notícias – comentou com uma expressão irritada.

– A Martha é só um ano mais velha que tu – disse Spencer tranquilamente. – E tens de admitir que paz e sossego são duas coisas que não andam com frequência associadas a ti.

– Eu sou *amigo* dela!

– Sim, mas nem pacífico nem sossegado. Para onde é que ela foi?

– Para Colchester! Colchester! Que diabo há em Colchester? Ruínas e um rio, e campónios palmípedes, e *lama*.

– Andam a encontrar fósseis ao longo da costa, li qualquer coisa acerca disso. As senhoras elegantes começaram a usar colares de dentes de tubarão encastrados em prata. A Cora deve estar contente como um rapazinho de escola, enterrada em lama até aos joelhos. Brevemente hás de voltar a vê-la.

– Que me interessa vê-la *brevemente?* Que me interessa Colchester? Que me interessam os *fósseis?* Foi há pouco mais de um mês, ainda vai estar de luto – quando disse isto os dois homens evitaram olhar-se. – Devia estar acompanhada por pessoas que gostam dela.

– Está com a Martha, e nunca ninguém gostou tanto dela como Martha – Spencer não falou de Francis, que já o derrotara várias vezes ao xadrez. Por alguma razão, não lhe parecia adequado sugerir que o rapaz pudesse amar a mãe. O tiquetaque do relógio fez-se ouvir mais alto e Spencer observou em Garrett o fogo lento do seu temperamento colérico. – Tenho andado para te perguntar como está a correr o artigo – acrescentou, como se a ideia tivesse acabado de lhe ocorrer, lembrando-se do jantar que o esperava, do vinho, da casa aquecida e com carpetes macias.

Acenar a Garrett com a perspetiva do êxito académico tinha em geral o mesmo resultado que mostrar um osso a um cão, e ultimamente não havia muitas outras coisas capazes de desviar a sua mente de Cora Seaborne.

– Artigo? – a palavra saiu-lhe como alguma coisa desagradável que tivesse comido sem contar. – Sobre a possibilidade de substituir uma válvula da aorta? Sim, está a correr bem – acrescentou, um pouco mais tranquilo. Quase sem olhar, retirou habilmente uma dúzia de folhas com uma escrita cerrada a preto do meio de uma pilha de cadernos de apontamentos. – O fim do prazo é domingo. O melhor é agarrar-me a ele. Vai-te embora, está bem?

Voltou-se, inclinou-se sobre a secretária e pôs-se a aparar um lápis com uma lâmina de barbear. Depois desdobrou uma folha de grande formato com uma secção muito ampliada de um coração humano, com anotações misteriosas a tinta preta e outras riscadas e posteriormente sublinhadas e marcadas com vários pontos de exclamação. Qualquer coisa numa das margens chamou-lhe a atenção. Praguejou e começou a escrevinhar.

Spencer tirou uma nota do bolso, pousou-a silenciosamente no chão, num sítio onde o amigo pudesse pensar que ele próprio a tivesse deixado cair sem dar por isso, e fechou a porta ao sair.

2

Depois de ter esquadrinhado o rio à procura de guarda-rios e o castelo à procura de corvos, Cora Seaborne continuou a caminhar com Martha pelo braço e um chapéu de chuva a protegê-las a ambas. Não vira nenhum guarda-rios («Num cruzeiro pelo Nilo provavelmente; Martha, vamos segui-los?»), mas a torre de menagem estava cheia de gralhas, com o seu ar sério, a caminhar em todas as direções.

– Belas ruínas – comentou Cora –, mas gostava de ter visto uma forca, um incréu com os olhos arrancados pelos pássaros.

Martha, que tinha pouca paciência para o passado e estava sempre de olhos postos em qualquer coisa brilhante a vários anos de distância na direção do futuro, respondeu-lhe:

– Mas há sofrimento, se estiveres mesmo determinada a encontrá-lo – e apontou na direção de um homem com pernas que terminavam acima dos joelhos e que se pusera em frente de um café para despertar mais facilmente o sentimento de culpa dos turistas que saíam de barriga cheia. Martha não escondera o incómodo que sentira por ser arrancada da casa da cidade. Apesar de o seu penteado e os seus braços fortes lhe darem a aparência de uma rapariga do campo com um fraco por natas, poucas vezes na vida estivera a leste de Bishopsgate, e achava os bosques de carvalhos do Essex sinistros e as casinhas pintadas de cor-de-rosa pareciam-lhe moradas de atrasados mentais. A sua surpresa por servirem café num sítio tão retrógado só teve comparação com a repugnância pelo líquido adstringente que lhe foi servido. Falou com todas as pessoas que encontraram com a cortesia extravagante reservada às crianças estúpidas. Ao mesmo tempo, ao longo das duas semanas desde que haviam saído de Londres – tinham tirado Francis da escola, para evidente, apesar de silencioso, alívio dos professores –, Martha quase começara a gostar da pequena cidade pelo efeito que esta tinha na amiga, que, afastada dos olhares observadores de Londres, abandonara o seu luto deferente e recuara dez anos, a uma versão mais feliz dela própria. Mais cedo ou mais tarde, pensou, acabaria por perguntar delicadamente a Cora quanto tempo tencionava continuar a viver nos dois quartos que ocupavam na rua principal, sem fazer mais nada senão caminhar até ficar estafada e agarrar-se aos livros. De momento, a felicidade de Cora bastava-lhe.

Ajustando o chapéu de chuva, que tudo o que conseguira fora conduzir com mais eficácia a chuva miúda para as golas dos casacos das duas, Cora seguiu com os olhos na direção que Martha apontava. O aleijado estava a proteger-se da chuva bem melhor que elas, e a julgar pela satisfação com que olhava para o conteúdo do chapéu estendido às moedas tivera um bom dia. Estava sentado no que Cora começou por julgar um banco de pedra, mas que mais ao perto percebeu ser um pedaço de alvenaria caído. Tinha pelo menos um metro por um pouco mais de meio metro e o lado esquerdo dos cotos das pernas do pedinte deixava ver parte de uma inscrição latina. Ao perceber que era observado por duas mulheres com bons casacos do outro lado da rua, o pedinte assumiu a sua expressão mais miserável, que depressa percebeu ser demasiado óbvia e substituiu por outra de nobre sofrimento, com a sugestão implícita de que, embora considerasse a sua ocupação odiosa, não podia ser acusado de fugir às suas responsabilidades. Cora, que adorava o teatro, soltou o braço bruscamente do de Martha e, ocultando-se por trás de um autocarro que passava nesse momento, aproximou-se do homem com gravidade, um pouco protegida por uma entrada.

– Boa tarde – cumprimentou Cora, e procurou a carteira.

O homem olhou para o céu, que nesse momento pareceu abrir-se e mostrou um pedaço surpreendente de azul.

– Nem por isso. Mas ainda pode vir a ser, lá isso pode – retorquiu o homem.

A breve claridade iluminou o edifício por trás dele, que Cora verificou ter sido desfeito como por uma explosão. Uma das secções permanecera mais ou menos como o arquiteto tencionara – um edifício de vários andares que poderia ter sido uma casa de grandes dimensões ou uma câmara municipal –, mas do lado direito uma parte parecia ter sido amputada e ter-se enterrado perto de um metro abaixo do nível do chão. Um suporte de traves e pranchas impedia-o de se desmoronar sobre o pavimento, mas a estrutura não parecia firme e Cora teve a impressão de distinguir o ruído do ferro sobre a pedra através do rumor do tráfego lento. Martha surgiu ao seu lado e instintivamente Cora pegou-lhe na mão, sem saber se recuar se levantar um pouco a saia e aproximar-se para ver melhor. O que a impelia era o mesmo impulso que a levava a partir pedra em busca de amonites até o ar cheirar a cordite: conseguia vislumbrar uma sala com uma lareira intacta e um pedaço de carpete vermelha solta para além do chão fendido como uma língua. Um pouco acima, um rebento de carvalho começava a ganhar raízes ao lado da escadaria e um fungo de cor pálida, que se assemelhava a uma justaposição de mãos sem dedos, colonizara o estuque do teto.

— Cuidado, menina! — Alarmado, o homem arrastara-se pelo banco improvisado de pedra e agarrara a bainha do casaco de Cora. — Para que está a fazer isso? Um bocadinho mais para trás é melhor... mais um bocadinho... agora está bem. E não volte a fazer isso.

O homem falara com a autoridade de um guarda e fizera Cora sentir-se embaraçada.

— Perdão, não quis assustá-lo, mas pareceu-me ver qualquer coisa a mexer.

— Devem ser as andorinhas, mas não há razão para se assustar. Thomas Taylor, ao seu serviço — apresentou-se, esquecendo por um momento os tiques do ofício. — Pelos vistos nunca esteve aqui...

— Estou em Colchester há uns dias, com a minha amiga — disse Cora, apontando na direção de Martha, parada a alguma distância, protegida pelo chapéu de chuva, rígida de desaprovação. — Como vamos ficar por uns tempos achei melhor cumprimentá-lo.

Tanto Cora quanto o aleijado examinaram a afirmação procurando encontrar-lhe alguma lógica, e não a tendo encontrado seguiram em frente.

— Deve ter vindo por causa do tremor de terra — adivinhou Taylor, a apontar para as ruínas. Parecia um professor a dar uma última vista de olhos aos apontamentos, e Cora, sempre na disposição de ser educada, assegurou que sim.

— Quer contar-nos como foi? — pediu. — Se tiver tempo.

Fora, explicou ele, oito anos antes, pelas contas dele, precisamente às nove e dezoito. Acontecera na manhã de abril mais bonita que se podia imaginar, o que acabou por ser considerado uma bênção, já que a maior parte das pessoas não estava em casa. A terra do Essex agitou-se como se quisesse sacudir todas as suas cidades e aldeias ao longo de vinte segundos, não mais do que isso, numa série de convulsões, interrompida uma vez, como para tomar fôlego, e depois recomeçara. Nos estuários do Colne e do Blackwater, o mar formara vagas desordenadas que atingiram a costa e reduziram a estilhaços todos os navios que estavam na água. A Igreja de Langenhoe, que todos sabiam que estava assombrada, foi praticamente feita em pedaços e as aldeias de Wivenhoe e Abberton ficaram reduzidas a escombros. O terramoto foi sentido na Bélgica, onde caíram chávenas de chá das mesas, e ali no Essex um rapazinho que tinha ficado a dormir num berço debaixo de uma mesa foi esmagado pelo estuque e um homem que estava a limpar o mostrador do relógio da câmara foi atirado da escada a baixo e um braço foi-lhe arrancado. Em Maldon acharam que alguém tinha feito explodir dinamite para aterrorizar os habitantes da cidade e saíram a correr para as ruas e a Igreja de Virley ficou em tal estado que não pôde ser reconstruída. Os únicos fiéis passaram a ser as raposas e os bancos encheram-se de caruma. Nos pomares as macieiras ficaram sem flor e nesse ano não deram fruto.

Pensando bem, Cora recordava ainda os títulos dos jornais, que pareciam um tanto divertidos (pensar que o pequeno Essex, com uma paisagem praticamente sem uma prega, tremera a ponto de se fraturar!).

– Extraordinário! – exclamou, encantada. – Por baixo dos nossos pés nesta parte do mundo é tudo rocha do paleozoico. Só de pensar como uma rocha com cinco milhões de anos com um encolher de ombros deita abaixo os campanários das igrejas!

– Disso não sei nada – retorquiu Taylor, trocando um olhar com Martha, que fazia uma ideia do que estava em questão. – Seja como for, Colchester ficou maltratada, embora ninguém tenha morrido. – Voltou a fazer um gesto com o polegar na direção das ruínas. – Se quiser mesmo entrar ali, vá com cuidado e repare bem nas minhas pernas, que estão a menos de quinze metros daqui.

Com isto o homem puxou as calças para mostrar melhor o tecido sem nada lá dentro. Cora, com uma compaixão sempre à superfície, inclinou--se e com uma mão sobre o ombro do homem disse:

– Tenho muita pena de o ter feito recordar tudo isto, embora dificilmente possa vir a esquecer, o que também lamento muito.

Dito isto, abriu a carteira, procurando dar a impressão de que não o fazia como quem dava uma esmola e sim como quem pagava um serviço.

– Ora essa – disse Taylor, que conseguiu aceitar uma moeda com o ar de quem fazia um favor. – Mas há mais! o tom professoral desapareceu, substituído pelo do homem de espetáculo. – Julgo que terá ouvido falar da Serpente do Essex, que em tempos foi o terror de Henham e Wormingford e recentemente voltou a ser avistada?

Encantada, Cora assegurou que não.

– Ah! – suspirou Taylor, tornando o seu tom lamentoso. – Talvez fosse melhor evitar o assunto, tratando-se de senhoras, que são de uma disposição frágil. – Olhou a visitante e deve ter concluído que nenhuma mulher com um casaco daqueles se deixaria assustar por um simples monstro. – Foi em 1669, com o filho do rei traidor no trono, um homem mal podia dar um passo na rua sem se deparar com um letreiro pregado a uma árvore ou a um portão. NOTÍCIAS ESTRANHAS, diziam, de uma serpente monstruosa com olhos de carneiro, que saía das águas do Essex e aparecia nos bosques de bétulas ou nos baldios! – enquanto falava esfregou a moeda na manga até a deixar a brilhar. – Foram os tempos da Serpente do Essex, fosse ela de escamas e tendões, de madeira e lona, fosse apenas o delírio de alguns loucos. Mas ninguém deixava as crianças brincarem à beira da água e os pescadores lamentavam a maneira como tinham de ganhar a vida! Depois desapareceu da mesma maneira que aparecera e durante perto de duzentos anos não precisámos de nos esconder nem vimos sombra de tal coisa, até que veio o terramoto e com isso alguma coisa que estava aprisionada se libertou debaixo de água. Um ser que ao que dizem surge pela calada, mais dragão que serpente, que se dá tão bem em terra como na água, e gosta de sair quando está bom tempo. O primeiro homem que a viu, em Point Clear, perdeu a razão e nunca a recuperou. Morreu num asilo para alienados há menos de seis meses, e deixou alguns desenhos feitos com carvão da lareira...

– Que estranho! – observou Cora. – E há coisas mais estranhas entre o céu e a terra... Mas diga-me, alguém tirou fotos da serpente, alguém se lembrou de fazer um relatório sobre o assunto?

– Não que eu saiba – respondeu o homem com um encolher de ombros. – Não posso dizer que eu próprio me tenha empenhado muito em saber. Estas gentes do Essex são loucas por este tipo de coisas. Veja o que aconteceu com as bruxas de Chelmsford, e com o Black Shuck quando está cansado do Suffolk. – Dito isto observou-as longamente e pareceu de súbito cansado da companhia. Meteu a moeda do bolso e deu-lhe duas palmadinhas. – Bem, por hoje já ganhei o dia, e até mais um pouco, e não tarda tenho um bom jantar servido em casa. Além disso – e olhou com malícia para Martha, cuja impaciência fazia estremecer as varetas do chapéu de chuva – parece-me que estarão melhor em qualquer outro sítio, mas tomem cuidado com as gretas no chão, como diz a minha filha, porque nunca se sabe o que está no meio.

Despediu-se com um gesto grandioso, que teria sido apropriado num estadista que mandasse sair uma secretária, e ao ouvir um casal jovem a rir voltou a compor a sua expressão mais sofredora.

– Algures ali no meio – constatou Cora, que regressou para junto de Martha –, entre a poeira e os escombros, está um par dos sapatos daquele homem, e provavelmente também os ossos das pernas que ele perdeu...

– Não acredito numa só palavra, mas repara, as luzes começam a acender-se, já passa das cinco. Devíamos voltar e ver como está o Frankie.

Martha tinha razão. Frankie ficara na cama, rígido e entrapado como uma múmia, aos cuidados de um dono de estalagem que criara três filhos e considerava que a constipação do doce filho de Cora podia ser curada a caldos. Francis, desconcertado por um homem que não só não o encarava com desconfiança, mas também não lhe dedicava um interesse de maior, consentira em ser tratado com uma gentileza brusca que a mãe nunca lhe poderia ter proporcionado. Fora observado a oferecer-lhe um dos seus tesouros (um pedaço de pirite de ferro que quase esperava que fosse confundida com ouro) e pusera-se a ler histórias de Sherlock Holmes. Cora perguntava a si mesma como seria possível sentir-se ansiosa pelo filho (quando adoecia o rosto dele ficava luminoso e acriançado e partia--lhe o coração), mas estava aliviada com a separação forçada. Viver naquelas duas divisões trouxera todos os pequenos rituais de Frankie para a sua porta, e não podia ignorar a indiferença dele à sua irritação ou à sua ternura. O dia de liberdade junto à torre de menagem do castelo e aos salgueiros na margem do Colne fora maravilhoso e custava-lhe pôr--lhe fim. Martha, que tinha o dom de dar voz aos pensamentos de Cora antes de eles ganharem forma, sugeriu:

– Mas repara, o teu casaco andou a arrastar pelas poças de água e tens o cabeço todo molhado. Vamos procurar um café e esperar que a chuva passe – e apontou para um toldo a pingar, que protegia duas montras que exibiam bolos variados.

Cora acrescentou, hesitante:

– Além disso, a esta hora já deve estar a dormir, não te parece? E fica tão zangado quando o acordam... – Cúmplices, atravessaram a rua molhada e brilhante dos reflexos do sol baixo, e já tinham alcançado a sombra quando Cora ouviu uma voz familiar.

– Mrs. Seaborne!

Cora voltou-se para a rua na penumbra.

– Será que alguém nos viu? – perguntou Cora.

Martha, contrariada com a intromissão de novos estranhos, puxou pela asa da mala da amiga.

– Quem é que pode saber que estás aqui? Chegámos há menos de uma semana, não será possível passares despercebida?

A voz insistiu:

– Cora Seaborne, assim eu viva, me mova e exista! – e com uma exclamação de alegria ela voltou-se para a rua e ergueu os braços.

– Charles! Vem cá! Vem ter comigo!

Dirigindo-se para ela com um par de chapéus de chuva tão grandes que dominavam a rua, Charles e Katherine Ambrose compunham uma visão inverosímil. Em tempos colega de Michael Seaborne, com uma das muitas funções de Whitehall que Cora nunca conseguira compreender, e que pareciam envolver duas vezes o poder de qualquer político sem nenhuma da sua responsabilidade, Charles tornara-se parte da vida de Foulis Street. O brilho das suas casacas, e o seu apetite insaciável por tudo o que existia, escondia uma perspicácia que passava despercebida à maior parte das pessoas, e a forma como Cora o intuíra a primeira vez que se haviam encontrado tornara-o mais ou menos seu escravo. Talvez surpreendentemente, Charles era dedicadíssimo à mulher, tão minúscula como ele próprio era enorme, e que o considerava inesgotavelmente divertido. Os dois eram generosos, benevolentes e interessavam-se pela vida dos outros; quando tinham insistido que Garrett era o único médico que servia para Seaborne, parecera-lhes impossível recusar.

Cora apertou ternamente a cintura da amiga.

– Quem me dera que fôssemos só tu e eu e os nossos livros. Mas é Charles e Katherine Ambrose: conhece-los e gostas deles, realmente gostas! *Charles!*

Cora fez uma vénia irónica, que poderia ter sido elegante, não fosse ter calçada uma bota de homem toda enlameada.

– Vocês conhecem a Martha, claro... – Transtornada, Martha esticou-se o mais que pôde e cumprimentou-os com uma inclinação de cabeça cheia de má vontade. – E a Katherine também. Não fazia ideia que vocês sabiam que a Inglaterra ia para além de Palmer's Green. Estão perdidos? Posso emprestar-vos o meu mapa?

Charles Ambrose olhou com aversão a bota suja de lama, o casaco de *tweed* Harris com ombros demasiado largos e as mãos fortes com as unhas roídas.

– Era capaz de te dizer que é um prazer ver-te, mas nunca me cruzei com ninguém mais parecido com uma rainha bárbara habituada à pilhagem. Será necessário copiar os icenos só porque estás no território deles?

Cora, que recusava usar o que quer que lhe apertasse demasiado a cintura, que se penteava com os dedos para conseguir enfiar o cabelo dentro de um chapéu e não usava joias desde que tirara os brincos de pérolas um mês atrás, não ficou ofendida.

– Boadiceia teria vergonha de ser vista nesta figura, tenho a certeza. E se entrássemos e tomássemos um café até haver uma aberta? Tu estás bonita que chegue para nós as duas.

Com isto deu o braço a Katherine e olharam-se com cumplicidade enquanto o traseiro de veludo de Charles fazia uma entrada em grande no estabelecimento.

– Mas afinal como estás tu, Cora? – perguntou Katherine, que fez uma pausa mal entraram e tomou o rosto da mulher mais jovem entre as mãos e o voltou para a luz.

Cora não respondeu, receosa de revelar a sua vergonhosa felicidade. Katherine, que pressentia mais acerca da maneira como Michael Seaborne lidava com a mulher do que Cora imaginava, descobriu o que queria e pôs-se em bicos de pés para lhe plantar um beijo junto da orelha. Atrás delas, Martha fingiu tossir. Cora voltou-se, inclinou-se para pegar na mala de lona e sussurrou:

– Só mais um minuto, *prometo!*

Depois disso empurrou a amiga para o interior do café.

– Mas afinal o que estão *vocês* aqui a fazer? Associo-vos a ambos de tal maneira com Whitehall e Kensington que imaginava que se evaporassem nos limites da cidade!

Cora olhou à sua volta com satisfação. Charles pediu a uma rapariga de avental branco evidentemente impressionada que trouxesse pelo menos uma dúzia de bolos escolhidos de acordo com as suas próprias preferências e um bule de chá. A jovem tinha um fraco evidente por coco: havia *macarons*, *shortbread* coberto de coco e biscoitos em forma de losango com doce de framboesa e coco. Cora, que fizera uma caminhada de vários quilómetros essa manhã, não se fez rogada e abriu caminho entre a variedade de biscoitos até às madalenas que formavam o centro do prato de doces.

– Sim – reforçou Martha, com um tom frio que não procurou esconder –, o que fazem por aqui?

– Estamos de visita a amigos – respondeu Katherine Ambrose. Despiu o seu pequeno casaco e observou à sua volta o interior escuro e fragrante com ar admirado. Era evidente que alguma coisa no tecido verde com borlas que lhes assentava a todos no colo a divertia; apalpou-o, suprimiu um sorriso e continuou. – Que outra razão pode alguém ter para vir aqui? Não se pode ir às compras, não há uma única loja. Onde é que as pessoas aqui arranjarão o vinho e o queijo?

– Na vinha e na vacaria, suponho. – Charles passou à mulher um prato que tinha servido com um pequeno biscoito com uma cobertura de cor viva. A mulher nunca fora vista a comer doces, mas de vez em quando o marido gostava de assumir o papel do tentador. – Estamos a tentar convencer o coronel Howard a candidatar-se ao Parlamento nas próximas eleições. Ele quer reformar-se e...

– ... e *São mesmo Boas Notícias* – completou Cora, respondendo a Charles com uma das suas expressões mais gastas.

Ao lado, Martha parecia um pouco tensa, talvez a preparar-se para uma das suas diatribes acerca de saúde pública, ou da necessidade de reforma da habitação (num saco de papel azul na mala de lona estava um romance americano que descrevia nos termos mais aprovadores uma futura utopia de vida urbana comunitária; Martha esperara várias semanas pela saída da edição inglesa e estava impaciente por chegar a casa e estudá-lo). Cora, apesar de apreciar as preocupações da amiga, estava demasiado cansada para permitir que se iniciasse uma batalha política entre chávenas de chá. Acrescentou uma madalena ao prato de Katherine, mas esta foi posta de lado para ser substituída pelo mapa que Martha pusera em cima da mesa.

– Posso? – Katherine abriu o mapa até Colchester aparecer a preto e branco, com os locais de interesse marcados e ilustrados com fotografias. Cora telefonara para o Museu do Castelo, e uma mancha de chá assinalava o campanário de St. Nicholas. – Sim – continuou Katherine. – A nossa intenção era falar com o coronel antes dos *outros*. Ele não fez segredo das suas ambições, mas não permite que ninguém perceba em que sentido elas vão. Acho que o Charles o convenceu de que haverá uma mudança de governo com as próximas eleições, e que todos devemos apostar nisso. O velho tem a força de um jovem com metade da idade dele e ainda por cima é teimoso. Ainda somos capazes de vir a ter o primeiro-ministro mais idoso de sempre.

Não era preciso Katherine mencionar Gladstone, que para a família Ambrose era uma combinação de santo excêntrico e parente querido. Cora cruzara-se com ele uma vez – ela rígida de pé ao lado do marido, ele com as unhas cravadas na pele do braço dela, quando Gladstone se inclinara para cumprimentar uma procissão de convidados – e ficara surpreendida pela inteligência selvagem que ardia debaixo de umas pestanas a pedirem tesoura. Fora evidente, pelo gelo na sua voz ao cumprimentar Michael Seaborne, que o estadista odiava o marido dela com um ódio implacável, e embora o cumprimento dele a Cora tivesse sido correspondentemente frio, sempre sentira, nos anos seguintes, que tinha nele um aliado.

– Continua a andar com prostitutas? – perguntou Martha, fazendo o possível por cair em desgraça, mas Charles não era fácil de escandalizar e limitou-se a fazer uma careta por cima da chávena de chá.

Katherine precipitou-se a intervir:

– Quanto a nós está explicado, mas tu, Cora, o que estás a fazer em Colchester? Se querias mar podias ter-nos pedido a casa no Kent.

Aqui é só lama e pântanos a perder de vista, uma paisagem capaz de deprimir um palhaço. A não ser que tenhas metido na cabeça procurar um novo marido no quartel, não vejo qual é o atrativo.

– Deixem-me mostrar-vos. – Cora puxou o mapa e com um indicador que Katherine reparou que não estava muito limpo traçou uma linha que passava a sul de Colchester e ia até à foz do Blackwater. – Há um mês, dois homens que iam a passar junto das arribas de Mersea quase foram soterrados por um deslizamento de terras. Tiveram a feliz ideia de observar os escombros e encontraram vestígios fósseis, aqui e ali uns dentes, os coprólitos do costume, claro, mas também um pequeno mamífero que não souberam identificar. Foi levado para o Museu Britânico para identificação, mas quem sabe que novas espécies podem ter descoberto!

Charles olhava cautelosamente para o mapa. Apesar de todo o seu liberalismo e da sua determinação de se mostrar um homem do mundo, na realidade era profundamente conservador e seria incapaz de ter no seu escritório as obras de Darwin ou de Lyell por receio de que transmitissem alguma doença que pudesse alastrar entre os seus livros mais saudáveis. Não sendo um homem especialmente devoto, considerava que só uma fé comum sob a supervisão de um Deus benevolente impedia o tecido social de se desfazer como um trapo demasiado usado. A ideia de que no fim de contas não havia qualquer nobreza essencial no homem e de que a sua própria espécie não constituía um povo escolhido tocado pelo divino perturbava-o às horas que precediam o amanhecer; tal como à maior parte das questões perturbadoras, decidira ignorá-la até ela desaparecer. O pior era considerar-se culpado da adoração de Cora pela geóloga Mary Anning. A amiga nunca mostrara qualquer interesse por escarafunchar entre rochas e lama até ao dia em que num jantar em casa dos Ambrose ficara sentada ao lado de um homem idoso que falara uma vez com Mary e se mantinha apaixonado pela sua memória desde esse dia. Quando ouviu as suas histórias da filha do carpinteiro que se tornara mais forte depois de ser atingida por um raio e do seu primeiro fóssil, encontrado quando tinha doze anos, da sua pobreza e do seu martírio nas garras do cancro, também ela caiu sob o feitiço e durante meses a fio não falou senão de lias e de bezoares. Se alguém tinha esperança que aquela paixão diminuísse, pensou Charles, era porque não conhecia Cora.

– O melhor é deixar o caso aos especialistas. Afinal não estamos na idade das trevas, nem temos de confiar em doidos de anáguas a rastejar por aí de pincel e martelo em punho – observou, com um olho no último *macaron*. – Afinal é para isso que servem as universidades, e as sociedades, e as bolsas...

– Então o que é que estás à espera que eu faça?! Que fique em casa a planear o próximo jantar, à espera que entreguem o último par de sapatos que encomendei? – a irritação de Cora, que não fervia em pouca água, revelou-se pela primeira vez no modo como os seus olhos cinzentos endureceram até parecerem negros.

– Claro que não! – pressentindo a agressividade por trás do seu olhar, Charles completou: – Ninguém que te conheça esperaria uma coisa dessas, mas há coisas que são importantes *agora* que exigem a tua atenção e o teu tempo, em vez desses pedaços de animais que pouca importância tiveram enquanto viveram e não têm nenhuma agora que estão mortos! – Em desespero de causa voltou-se para Martha: – Porque não te juntas à sociedade da Martha, não me lembro como se chama, e te ocupas com as canalizações de Whitechapel, ou os órfãos de Peckham, ou com o que quer que a preocupa neste momento?

– Sim, Cora, não podias? – com um esgar para Charles, que desaprovava a sua consciência política tanto como as botas enlameadas de Cora, Martha transformou os seus olhos azuis em lagos de inocência.

– Não têm nenhuma *importância!* – Cora tomou fôlego para pronunciar um discurso bem ensaiado acerca do significado dos seus vestígios de animais amados, mas Katherine pousou na dela a mão enluvada de branco e perguntou, ignorando tudo o que fora dito nos últimos minutos:

– Mas a tua ideia é ires para lá e encontrares tu própria um animal?

– Exatamente, e é o que vou fazer, vão ver! O Michael nunca... – ao pronunciar o nome perdeu um pouco do entusiasmo, e inconscientemente levou a mão à cicatriz do pescoço. – Na opinião dele era uma perda de tempo e achava que eu faria melhor em ler *The Lady* para escolher o tipo de saia com que devia aparecer no Savoy – ao dizer estas palavras afastou o prato com aversão. – Mas agora posso fazer o que me apetecer, não é verdade? – concluiu, olhando os companheiros um a um à vez.

– Claro que sim, querida, com certeza que podes, e nós sentimo-nos muito orgulhosos de ti, não é verdade, Charles? – depois de receber do marido um aceno aprovador continuou: – E o que é mais, conhecemos a família perfeita para ti!

– Conhecemos? – perguntou Charles como quem estava longe de pensar o mesmo. O seu único amigo em Colchester era o temperamental coronel Howard, e tinha a certeza de que a simples visão de Cora bastaria para dar o golpe de misericórdia na sua saúde muito castigada.

– Ora, Charles, os Ransome! Aquelas crianças maravilhosas e aquela casa horrível, e Stella com as suas dálias!

Os Ransome! A ideia bastou para animar Charles. William Ransome era o irmão dececionante de um parlamentar liberal de quem os Ambrose gostavam. Dececionante porque decidira ainda muito jovem dedicar um intelecto apreciável, não à lei ou ao Parlamento, nem sequer ao serviço da medicina, mas à Igreja. O que é pior, a ambição natural que em geral acompanha uma mente de qualidade estava de tal maneira ausente nele que consentira passar os últimos quinze anos a conduzir o pequeno rebanho de uma aldeia sombria no estuário do Blackwater, onde casara com uma pequena fada de cabelo claro e se dedicava aos filhos. Charles e Katherine haviam ficado uma vez em casa deles, depois de uma viagem a Harwich que correra mal, e tinham saído de lá dedicados aos Ransome, Katherine com um pacote de sementes de dália que prometiam vir a florescer em rebentos negros. Voltou-se para Cora.

– Garanto-te que nunca conheci família mais perfeita. O bom Reverendo Ransome e a pequena Stella, mais ou menos do tamanho de uma fada, mas duas vezes mais bonita. Vivem em Aldwinter, um sítio quase tão mau como o nome promete, mas nas noites de luar consegue avistar-se Point Clear e de manhã veem-se as barcaças do Tamisa partir com as cargas de cereais e ostras. Se há alguém que pode mostrar-te a costa por estes lados são eles. Não olhes assim para mim, querida. Sabes perfeitamente que não podes continuar a andar por aí sem nada a não ser um mapa.

– Não te esqueças que estás no estrangeiro. Podes bem vir a precisar de um guia de conversação. Têm todo o tipo de palavras estranhas. – Charles lambeu o açúcar que ficara num indicador e olhou para outro doce. – O Will uma vez acompanhou-me ao adro da igreja de Aldwinter e mostrou-me as campas que eles chamam desabadas. Os aldeãos acham que quando as pessoas morrem de tuberculose a terra se abate para dentro do caixão.

Cora procurou dominar o desdém. Um cura de aldeia com ar de campónio, cheio de bons princípios e ideias calvinistas, e a sua mulher muito poupadinha! Assim de repente não conseguia pensar em nada pior, e inferiu da rigidez de Martha, sentada ao seu lado, que os seus sentimentos eram partilhados. Mas, na verdade, seria útil dispor de algum conhecimento local da geografia do Essex. Além disso, não era por um homem usar sotaina que ignorava a ciência moderna. Um dos seus livros preferidos era de um reitor anónimo do Essex, acerca da enorme antiguidade da Terra, que dispensava com firmeza quaisquer ideias de cálculo da idade do planeta a partir das genealogias do Antigo Testamento.

– Talvez fosse bom para o Francis – respondeu hesitantemente. – Não sei se sabem, mas falei com o Luke Garrett acerca dele. Não que eu pense que há alguma coisa de mal com o meu filho – e ao dizer isto corou até à raiz dos cabelos. Nada a envergonhava como o filho. Estava profundamente consciente de que o seu embraço na presença de Francis era partilhado pela maior parte das pessoas e sentia-se incapaz de se eximir da responsabilidade. O seu distanciamento, as suas obsessões, tudo devia ser culpa dela; a não ser assim, de quem seria? Garrett fora invulgarmente calmo e amável. «Não tem razões para considerar o caso dele patológico, não vale a pena tentar fazer um diagnóstico. Não há análises para a excentricidade, assim como não há maneira objetiva de medir o seu amor por ele.» Talvez, concedera o médico, ele pudesse beneficiar de uma análise, embora isso não fosse muito aconselhável para crianças, em quem a consciência ainda não estava completamente formada. Cora não podia fazer muito mais que continuar a tomar conta dele o melhor que pudesse, e a amá-lo, tanto quanto ele o permitisse.

Os Ambrose trocaram um olhar e Katherine disse apressadamente:

– O melhor para ele deve ser o ar livre. Porque não deixas o Charles escrever ao Reverendo a apresentá-vos? Aldwinter fica a pouco mais de vinte quilómetros daqui, e sei que já tens feito mais que isso a pé. Podias pelo menos passar uma tarde com eles e tomar chá com a Stella.

– Vou escrever ao William e dou-lhe o teu endereço. Estás no George, imagino. Tenho a certeza que depressa se vão tornar amigos, e encontrar montanhas de fósseis malditos.

– Estamos no Red Lion – explicou Martha. – A Cora achou que parecia mais autêntico e até ficou desapontada por não encontrar palha no chão e uma cabra amarrada ao bar. – *Reverendo Ransome*, pensou desdenhosamente. Como se um pároco apatetado e as suas crias gordas pudessem interessar à sua Cora! No entanto, a bondade dedicada à amiga conquistava sempre a sua lealdade, de maneira que serviu o último biscoito a Charles e disse com sinceridade: – Gostei muito de vos ver outra vez. Acham que ainda voltam ao Essex antes de nós partirmos?

– É provável – respondeu Charles com ar nobre e sofredor. – E por essa altura contamos que já tenham descoberto e analisado uma nova espécie, e que a tenham em exposição na Ala Seaborne do Museu do Castelo – com um gesto para a mulher que significava que deviam ir andando, pegou no casaco e com um braço a meio da manga acrescentou com uma careta para Cora: – Como podemos ter esquecido?! Já ouviram falar da estranha criatura que tem metido o medo de todos os deuses na populaça local?

– Charles, não sejas irritante – respondeu Katherine com uma risada. – Não passa de um boato que foi demasiado longe.

Em combate com o casaco, Ambrose ignorou-a.

– Aqui sim, está um mistério da ciência à tua altura. Tira esse chapéu horrendo e ouve. Há trezentos anos ou coisa que o valha um dragão assentou arraiais em Henham, uns trinta quilómetros a noroeste daqui. Pergunta na biblioteca que eles mostram-te os cartazes que foram distribuídos pela cidade: vários agricultores foram testemunhas oculares e também há um desenho de um leviatã qualquer com asas de pele e um esgar cheio de dentes. Costumava sair para apanhar sol e exibir o bico (o *bico*, reparem bem!) e ninguém lhe ligava nenhuma, até ao dia em que partiu uma perna a um rapaz. Pouco tempo depois desapareceu, mas os rumores à volta do assunto é que nunca desapareceram. Sempre que havia más colheitas ou um eclipse do Sol, ou uma praga de sapos, alguém acabava por ver a besta nas margens do rio ou à espreita no jardim da aldeia. E agora vejam só: *voltou!* – Charles parecia triunfante, como se ele próprio tivesse feito a criação do animal para benefício de Cora, que lamentou ter de o desapontar.

– Oh, Charles, eu sei, já nos contaram. Acabámos de ouvir uma lição sobre o terramoto do Essex, não foi, Martha? E sobre o que ele libertou no fundo do estuário. Nem sei como me contenho que não vá a correr para lá com um bloco de apontamentos e uma máquina fotográfica em punho para o ver por mim própria!

Katherine consolou o marido com um beijo.

– A Stella Ransome escreveu-nos a contar tudo. No dia de ano novo, um homem daqui foi arrastado para o sapal de Aldwinter com o pescoço partido. Bêbado, ao que tudo indica, e apanhado pela maré, mas a aldeia está em polvorosa. Já houve vários avistamentos junto da costa e há quem jure que a viu subir o Blackwater com intenções assassinas. Mas tinhas razão, Charles. Alguma vez viste alguém tão excitado?

Cora agitava-se na cadeira como uma criança, ao mesmo tempo que enrolava e desenrolava um caracol de cabelo negro.

– Tal qual o dragão marinho de Mary Anning, já há tantos anos. De seis em seis meses um jornal publica listas de sítios onde ainda podem viver animais extintos. Agora imaginem só que descobríamos um num lugar tão desinteressante como o Essex! E o que isso podia representar: novas provas de que vivemos num mundo muito antigo, de que resultamos de uma progressão natural, não do desígnio de alguma divindade...

– Bem, quanto a isso não faço ideia – disse Charles –, mas não tenho dúvida de que o assunto te interessa. E se fores a Aldwinter tens de pedir aos Ransome que te mostrem a serpente deles: um dos bancos da igreja tem uma serpente alada a erguer-se para o braço, apesar de o bom reitor andar a ameaçar que a arranca de lá com um cinzel desde os últimos avistamentos.

– Está decidido – rematou Cora. – Escreve as tuas cartas de recomendação, todas as que quiseres. Por um dragão marinho que seja sujeitamo-nos às atenções até de uma centena de párocos, não te parece, Martha?

Deixando Charles a pagar a conta e a distribuir as gorjetas extravagantes com que apaziguava a consciência, as senhoras saíram para a rua. A chuva diminuíra e o sol poente fazia a sombra de St. Nicholas atravessar-lhes o caminho. Katherine apontou para a fachada branca do hotel onde estava alojada.

– Vou já ao quarto buscar papel timbrado, para os avisar de que vais criar-lhes problemas, com as tuas ideias londrinas e o teu casaco vergonhoso. – Juntando as ações às palavras puxou pela manga de Cora e dirigiu-se a Martha: – Não consegue tomar medidas quanto a isto?

Visto que metade do seu prazer com aquele aspeto maltrapilho estava na indignação dos amigos, Cora levantou a gola do casaco para se proteger do vento, inclinou o chapéu à maneira de um rapaz e enfiou os polegares no cinto.

— A melhor parte de ser viúva é que realmente não temos de continuar a ser mulheres... Mas lá vem o Charles, e pelo ar dele já percebi que chegou a hora da bebida da tarde. Muito obrigada, queridos.

Despediu-se de ambos com um beijo, apertando demasiado a mão de Katherine. Gostaria de ter dito mais, de explicar que os seus anos de casamento haviam reduzido de tal maneira as suas expectativas de felicidade que sentar-se a uma mesa com uma chávena de chá à frente sem se preocupar com o que a esperava por trás dos cortinados de Foulis Street lhe parecia praticamente um milagre. Com um sorriso de despedida, avançou energicamente para o Red Lion, perguntando a si mesma se o rosto que via à janela seria o de Francis, e se ele estaria contente por vê-la.

Charles Ambrose
The Garrick Club
Whitechapel

20 de fevereiro

Caro Will,

Espero que se encontrem todos de saúde e que nos voltemos a encontrar em breve. A Katherine pede-me que informe a Stella de que as dálias pegaram muito bem, embora tenham nascido azuis, e não pretas. Terá sido da terra?

Escrevo para lhe apresentar uma grande amiga nossa, que penso terá muito a ganhar com conhecer-vos. É a viúva de Michael Seaborne, que morreu no princípio deste ano (talvez se recorde de ter tido a amabilidade de pedir ao Senhor pela sua recuperação, mas o Todo-Poderoso estava, sem dúvida, inclinado noutro sentido).

Há vários anos que conhecemos Mrs. Seaborne, que é uma mulher muito invulgar. Considero que tem uma inteligência excecional – na realidade poderia mesmo dizer masculina! É uma espécie de naturalista, o que, segundo me explica a Katherine, é a última moda entre senhoras da sociedade. Parece-me um interesse inofensivo, que lhe proporciona um grande prazer depois de um período de tristeza.

A nossa amiga veio recentemente para o Essex com o filho e uma amiga para estudar a costa (penso que o interesse dela tem que ver com os vestígios fósseis em Walton-on-the-Naze) e tem estado no Colchester. Como é evidente falei-lhe na lenda da serpente do Essex e nos rumores de que terá regressado, o que a deixou muito curiosa e a levou a decidir fazer uma visita à região.

Se ela for a Aldwinter (e conhecendo Cora estou certo de que já começou a planear a viagem!), será que o Will e a Stella podem ocupar-se dela? A Cora deu-me licença para vos transmitir o seu endereço atual, que aqui envio, juntamente com os nossos votos de que se encontrem bem.

Com amizade,

Charles Henry Ambrose

3

O Reverendo William Ransome, reitor da paróquia de Aldwinter, voltou a meter a carta no envelope e encostou-a pensativamente ao peitoril da janela. Não conseguia pensar em Charles Ambrose sem um sorriso, um homem com um apetite insaciável por fazer amigos, muitas vezes (embora nem sempre) por afeto genuíno, e não o surpreendeu nada que falasse com tanta afeição de uma viúva. No entanto, apesar do sorriso, a carta deixou-o inquieto. Não que os recém-chegados não fossem bem-vindos, mas uma ou duas expressões (mulheres da sociedade, inteligência masculina...) pareciam escritas com o propósito deliberado de perturbar qualquer ministro diligente da igreja. Era capaz de a imaginar com tanta clareza como se tivessem incluído uma fotografia na carta que lhe haviam enviado, a iniciar os últimos estádios da vida acolchoada por metros e metros de tafetá e um entusiasmo moderado pelas novas ciências. O filho viera sem dúvida de Oxford ou Cambridge e trazia com ele algum vício secreto que ou produziria uma excitação enorme em Colchester ou o tornaria completamente inadequado para uma companhia civilizada. Ela devia alimentar-se de batatas cozidas com vinagre, na esperança de que a dieta de Byron melhorasse a sua silhueta, e tinha quase de certeza tendências anglo-católicas, que a levariam a lamentar a ausência de uma cruz ornamentada no altar da Igreja de Todos os Santos. Cinco minutos bastaram para a munir de um cão de regaço insuportável, de uma dama de companhia obsequiosa sem carne nem ossos e do hábito de olhar os interlocutores com os olhos semicerrados.

O seu único consolo era Aldwinter ser um destino tão pouco pitoresco que não conseguia imaginar uma senhora de sociedade, nem sequer uma viúva aborrecida e metediça, a dar-se ao trabalho de o visitar. Todas as primaveras chegavam ali meia dúzia de naturalistas ardentes, ansiosos por documentar as espécies de aves marinhas que passavam pelos sapais, mas mesmo estas tendiam a ser das espécies mais miseráveis que se podia imaginar, com penas enlameadas que se confundiam com tanta facilidade com a paisagem que muitas vezes passavam despercebidas. Em Aldwinter havia apenas uma estalagem e duas lojas, e apesar de a aldeia ser frequentemente considerada a mais longa, senão a maior do Essex, pouco tinha que a recomendasse mesmo aos que dali faziam lugar de residência permanente. Tirando as curiosidades da igreja – na realidade um pequeno embaraço para os sucessivos párocos da localidade –, a única atração num raio de vários quilómetros era o casco enegrecido de um velho navio que durante a maré baixa se tornava visível no estuário do Blackwater, e que as crianças da aldeia decoravam por altura das colheitas numa espécie de ritual pagão que ele cumpria a obrigação de condenar. A linha de comboio terminava cerca de dez quilómetros a oeste de Aldwinter, de maneira que os aldeãos tinham de continuar a transportar em barcas a aveia e o centeio para as fábricas de moagem de St. Osyth e depois para Londres, onde eram vendidos. O melhor que se podia dizer de Aldwinter talvez fosse que, não sendo especialmente rica nem bonita, não era pelo menos especialmente pobre. Não estava no caráter do Essex sucumbir de forma miserável à mudança e ao declínio, de maneira que quando a produção de cevada se viu sob a ameaça de importações de baixo preço, um ou dois rendeiros tentaram os cominhos e os coentros e dividiram os custos de uma máquina de debulha, que, não só aumentou a capacidade de produção de forma surpreendente, como deu à aldeia um ar festivo, com as crianças reunidas para admirar o seu tamanho, o seu ruído poderoso e as lufadas de vapor que saíam das suas entranhas.

Will sentiu a irritação dominá-lo, mas resistiu à tentação de atirar o envelope para a lareira e escondeu-o atrás de um desenho que lhe fora dado nessa mesma manhã por John, o seu filho mais novo. Podia representar um crocodilo alado, mas também não era disparatado supor que se tratava de uma minhoca muito ampliada a comer uma mariposa. A mãe do rapaz estava convencida de que se tratava da última manifestação do seu génio, mas Will não estava convencido. Ainda recordava a sua própria infância, passada a preencher folhas e mais folhas com desenhos de máquinas tão complexas que entre uma e outra esquecia o seu propósito. E o que resultara de tudo aquilo?

Não era só a ameaça de uma viúva provavelmente inofensiva que lhe estragava a disposição, mas a perturbação que há pouco tempo se instalara na paróquia. Voltou a olhar o desenho de John e dessa vez não teve dúvida de que se tratava de um dragão marinho alado a aproximar-se da aldeia. Desde a descoberta de um homem afogado nos pântanos do Blackwater por altura do ano novo – nu, com a cabeça virada quase 180 graus e uma expressão de horror nos olhos muito abertos –, a serpente do Essex deixara de ser apenas uma figura que ajudava a pôr as crianças na ordem para passar a percorrer as ruas de Aldwinter. Nas noites de sexta-feira, no White Hare, os homens asseguravam tê-la visto, deixara de ser preciso ralhar às crianças que iam brincar no sapal para voltarem para casa antes de anoitecer e, por mais que argumentasse, Will não conseguia convencer ninguém de que o homem se afogara apenas em resultado da bebida e das marés.

Resolveu animar-se com um passeio pela aldeia, visitar algumas pessoas pelo caminho e aproveitar para pôr fim aos rumores sobre o dragão alado. Pegou no casaco e no chapéu e ouviu sussurros por trás da porta do escritório (os filhos estavam proibidos de entrar, mas nem por isso deixavam de experimentar a maçaneta). Atirou-lhes as ameaças habituais de os pôr a pão e água durante quinze dias e fugiu como de costume pela janela.

Nesse dia o nome Aldwinter adequava-se de forma particular à aldeia. O chão estava coberto de gelo e os carvalhos estendiam os dedos negros para o céu pálido. Will meteu as mãos nos bolsos e pôs-se a caminho. A casa de tijolo vermelho atrás dele fora inaugurada no dia em que lá entrara pela primeira vez, Stella a proteger o ventre inchado com as mãos depois de percorrer devagar o caminho lajeado e Joanna a fechar o cortejo com um bicho de espécie indeterminada pela trela. De ambos os lados da porta, duas janelas salientes, tanto no piso de cima como no de baixo, lembravam duas torres ocas. Acima da porta, uma vidraça semi-circular recolhia uma hora de luz todas as tardes. A maior casa na única rua da aldeia, que entrava em Aldwinter por sul, do lado de Colchester, e seguia até à pequena doca onde nesse momento estava ancorada uma barca, tinha um ar brilhante que contrastava em tudo com o resto da localidade. Nunca gostara especialmente dela, a não ser o isolamento e o jardim, grande o suficiente para se poder esquecer dos miúdos durante várias horas seguidas, mas considerava-se afortunado: pelo menos um dos seus pares era forçado a viver numa casa que parecia afundar-se pelo chão dentro e em que cresciam cogumelos do tamanho da mão de um homem num dos cantos da sala de jantar.

Quando chegou à rua que todos conheciam como Rua de Cima por ficar um pouco acima do nível do mar, Will virou à esquerda, no sítio onde esta passava por terrenos baldios. Algumas ovelhas pastavam inquietas sob o carvalho de Aldwinter, que se dizia ter em tempos protegido tropas fiéis ao traidor Carlos, e que se tornara negro como carvão. Os ramos mais baixos da árvore tinham-se partido com o próprio peso até se enterrarem e depois voltarem a emergir, de maneira que na primavera o carvalho parecia rodeado de rebentos. Os ramos curvados formavam assentos que os apaixonados aproveitavam no verão e quando Will passou por eles viu uma mulher atirar comida aos pássaros. Por trás do carvalho, escondida da rua por um muro coberto de musgo, a Igreja de Todos os Santos, com a sua torre modesta, lançou-lhe o apelo habitual. Na realidade, devia sentar-se ali durante um bocado até se acalmar, mas não era impossível que alguém se ocultasse na sombra, necessitado de uma bênção ou de uma repreensão. No ano anterior, com a chegada da Serpente do Essex (a que se habituara a chamar o Problema, relutante em dar-lhe um verdadeiro nome), as solicitações que lhe absorviam o tempo tinham começado a aumentar aos poucos. Havia o sentimento – em geral silenciado, pelo menos na sua presença – de que todos estavam a ser sujeitos a um julgamento, sem dúvida justificado, de que apenas ele poderia libertá-los. Mas como poderia reconfortá-los sem ao mesmo tempo fazer ressurgir os seus terrores? Não podia fazê-lo, do mesmo modo que não podia dizer a John, que acordava com frequência a meio da noite: «Eu e tu vamos levantar-nos à meia-noite e matar a criatura que vive debaixo da tua cama.» Só que aquilo que era feito para enganar, por amável que fosse a finalidade, não resistia sequer ao primeiro golpe. No dia seguinte, teria tempo para o púlpito e a igreja; de momento, sentia um desejo tão urgente de olhar o sapal e encher os pulmões de ar que quase correu.

Passou pelo White Hare («Meu caro Mansfield, como penso que sabe é impossível para um homem de sotaina!») e pelas casas próximas com ciclames no peitoril («Está muito bem, obrigada, a gripe desapareceu, graças a Deus») e chegou ao lugar onde a Rua de Cima se inclinava para descer em direção ao cais. Na realidade, dificilmente se lhe podia chamar cais; era antes uma pequena enseada do Blackwater com um embarcadouro de pedra que em geral só durava uma temporada e tinha de ser refeito na primavera com tudo o que havia a jeito. Henry Banks, que subia e descia o rio com a sua barca, levando sabe Deus o quê, sabe Deus onde, debaixo das suas sacas de milho e cevada, estava sentado de pernas cruzadas no convés a remendar as velas, com as mãos geladas tão brancas como o tecido. Quando viu Will, cumprimentou-o com uma inclinação de cabeça e comunicou:

– Até agora nem sombra dele, Reverendo – e acompanhou as palavras de desânimo com um gole de uma garrafa de bolso.

Já tinham passado alguns meses desde que Banks perdera um barco a remos, e o seguro recusara-lhe uma indemnização com o pretexto de que ele não chegara depressa o suficiente ao cais, por na altura provavelmente se encontrar embriagado. O homem levara a ofensa a peito e dizia a todos os que lhe dessem ouvidos que o barco havia sido roubado durante a noite por pescadores de ostras das bandas da ilha de Mersea, e que ele sempre fora um homem sério, como Gracie poderia ter testemunhado se ainda fosse viva, Deus a tivesse em descanso.

– Não? Tenho muita pena, Banks – disse Will com sinceridade. – Não há nada que custe tanto suportar como uma injustiça. Vou continuar de olhos abertos.

Recusou um gole de rum apontando pesarosamente para o colarinho e prosseguiu o passeio. Passou pelo cais, com a água baixa sempre à sua direita, e à frente, numa pequena colina, uma série de freixos pareceram-lhe outras tantas penas cinzentas espetadas no chão. Para lá dos freixos, ficava a última casa de Aldwinter, que sempre se recordava de ser conhecida como o Fim do Mundo. As paredes deformadas mantinham-se de pé graças ao musgo e aos líquenes e ao longo dos anos tinham sido acrescentadas por abrigos e anexos, de tal maneira que o seu tamanho duplicara e o Fim do Mundo tornara-se uma espécie de criatura viva que se alimentava da terra. O terreno que a rodeava estava protegido por vedações de três lados e o quarto dava diretamente para o sapal, e de lá para uma faixa estreita de lama gretada que brilhava à luz fraca do sol.

Quando Will se aproximou do Fim do Mundo, o seu único residente estava tão bem camuflado contra as paredes da casa que quando se levantou pareceu que o fazia em resultado de um passe de mágica. Mr. Cracknell parecia feito da mesma matéria que a casa: o seu casaco era verde como musgo e igualmente húmido e tinha uma barba avermelhada como as telhas que caíam da cobertura. Na mão direita segurava o pequeno corpo cinzento de uma toupeira e na esquerda uma navalha com a lâmina recolhida.

– Chegue-se um bocadinho para lá, Reverendo, ou ainda suja o casaco – avisou, e Will obedeceu, vendo que ao longo da vedação já estavam penduradas uma dúzia de toupeiras ou mais, esfoladas e com as entranhas suspensas dos ventres abertos como sombras. As suas patas muito brancas, tão semelhantes às mãos das crianças, estendiam-se cegamente para o chão. Will observou a mais próxima.

– Belo espólio. Um *penny* cada?

Por muito que o domínio do homem sobre os animais tivesse sido estabelecido por Deus, nunca conseguira evitar a simpatia pelo pequeno cavalheiro de fato de veludo e lamentou que a guerra de desgaste entre os agricultores e os bichos não pudesse ter um fim menos cruel.

– Isso mesmo, um *penny* cada, e quentinhas – e com isto virou a criatura do avesso e habilmente fez um corte nas extremidades.

– Há vinte anos em Aldwinter e os vossos costumes continuam a surpreender-me. Não há outra maneira de afastar as toupeiras das colheitas senão assustá-las com as crias mortas?

– Oh, mas eu tenho uma ideia na cabeça, Reverendo. Bem vê que tenho cá a minha ideia! – encantado, o homem passou o indicador entre a pele e a carne e experimentou a facilidade com que se separavam. – Eu bem sei que em certos meios acham que tenho ainda menos juízo que dinheiro, e Deus sabe que há muito que tenho de me contentar com uma ou outra moeda que me venha parar ao bolso – e com isto fez uma pausa em que olhou fixamente os bolsos de Will antes de continuar a tarefa que tinha em mãos –, e, no entanto, aí está o Reverendo, um homem de Deus, a perguntar-me qual é a minha ideia!

– Foi uma coisa que senti – disse Will com gravidade – como por instinto. – A carne a separar-se da pele fazia um barulho que se assemelhava ao do papel a rasgar-se.

Cracknell ergueu o trabalho, inspecionou-o e pareceu satisfeito com a habilidade que revelava. Do corpo despido erguia-se um fio de vapor.

– Afastá-las, está bem está – e o seu tom jovial desapareceu enquanto ele se afadigava com um pedaço de arame que usou para perfurar o focinho do animal entre os dois orifícios antes de o atar com três voltas à vedação.

– Afastá-las diz ele! Sabe-se lá aquilo que eu estou a afastar, agora ou um dia mais tarde, quando se ouvir choro e ranger de dentes pelos nossos filhos, porque eles já não são, e não haverá quem nos reconforte...

A mão com que o homem pegava no arame tremeu um pouco e Will ficou horrorizado quando percebeu que o mesmo acontecia com o seu lábio inferior. O seu primeiro impulso, que resultou tanto do seu treino como do instinto, foi oferecer uma palavra de conforto, mas sucumbiu imediatamente a um sentimento de irritação. Sendo assim, o velhote também caíra no que quer que enfeitiçara a aldeia. Lembrou-se da filha a correr para casa a chorar aterrada com alguma coisa que vinha a subir o rio em direção a eles e das notas deixadas na caixa das esmolas a pedir-lhe que incitasse os paroquianos a arrependerem-se dos pecados, fossem eles quais fossem, que haviam trazido o castigo às suas portas.

– Mr. Cracknell – saiu-lhe, talvez um pouco rispidamente, embora num tom bem-humorado. Tinha de lhe fazer ver que a única coisa que havia a recear era um inverno longo e uma primavera tardia. – Mr. Cracknell, posso não ter a sabedoria de um bispo, mas ainda conheço as Sagradas Escrituras! Os nossos filhos não correm mais perigo do que alguma vez correram. O senhor perdeu o bom senso? – estendendo a mão, bateu nos bolsos do paroquiano com um gesto teatral. – Não me diga que crucificou os pobres animais por causa de alguma... Por causa dos boatos sobre uma serpente marinha à solta no Blackwater?!

Cracknell deixou escapar um sorriso.

– É muito amável por falar assim do meu bom senso, Reverendo, já que corre por aí que nunca tive tal coisa. – Deu uma palmada leve na toupeira esfolada. – Cá para mim, sempre achei que ninguém perde com ser cauteloso, e se homem ou bicho se lembrar de aparecer aqui pelo Fim do Mundo os meus pequenos espantalhos sempre o hão de fazer parar para pensar duas vezes. – Com o polegar apontou para as traseiras da casa, onde duas cabras presas por um tirante roíam industriosamente um tufo de ervas. – Tenho aqui a Gog e a Magog para me fazerem companhia, além de darem o leite e os queijos que a Mrs. Ransome tanto aprecia, e não posso arriscar-me a ficar sem elas. Nem pensar! Não quero ficar sozinho.

Lá estava outra vez o tremor, mas nessa matéria Will sentia-se em terreno mais firme. Em três anos acompanhara-o três vezes ao cemitério: primeiro a mulher, depois a irmã e a seguir o filho.

– Isso não vai acontecer – tranquilizou-o e colocou-lhe a mão sobre o ombro do velho. – Eu tenho o meu rebanho, o senhor tem o seu e é o mesmo Pastor que se ocupa de todos.

– Pode bem ser, e agradeço-lhe, mas já tomei a minha decisão e amanhã não sou eu que vou passar a porta da sua igreja. Estou determinado. Mrs. Cracknell e o Todo-Poderoso vão ter de passar sem mim, tome nota das minhas palavras. Chova ou faça sol não sou eu que vou mudar de ideias.

A expressão do velho tornara-se a de uma criança teimosa, o que era de tal maneira preferível à ameaça das lágrimas que Will teve de fazer um esforço para não se rir. Em vez disso, afirmou com gravidade, consciente do acordo que assim firmava com Deus:

– O senhor tomou a sua decisão e não sou eu que me vou meter entre um homem e a sua palavra.

No sapal a água subia em direção à casa e o sol poente era frio. Para lá do pântano, a vista de Aldwinter não era a de qualquer outra aldeia na foz do Blackwater, mas um horizonte vasto onde o estuário ia ao encontro do mar do Norte. Will viu as luzes de um barco de pesca que voltava para o cais e pensou em Stella, cansada, as mãos pequenas ocupadas com os filhos, a puxar o cortinado para tentar vislumbrá-lo para lá do Carvalho do Traidor a caminho de casa. Com vontade de a ver e de ouvir os filhos à porta do escritório sentiu uma aversão breve pela casa que se afundava no seu pedaço de terra, mas lembrou-se de Cracknell ao lado da cova a atirar uma mão-cheia de terra sobre um pequeno caixão e ficou mais um pouco junto do portão.

– Só um minuto, Reverendo – pediu Cracknell. – Tenho uma coisa para si. – O velho desapareceu de um dos lados da casa e voltou depressa com um par de coelhos com olhos vivos, apanhados havia pouco tempo, e atirou-os a Will. – Com os meus cumprimentos a Mrs. Ransome, que bem precisa de forças depois dos anos em que foi mãe, que como dizia Mrs. Cracknell tendem a enfraquecer o sangue.

O prazer de dar pareceu iluminá-lo e Will aceitou-os agradecido, com um nó na garganta. Iam fazer uma bela tarte, a preferida de Johnny, ainda por cima. Depois, como se quisesse dar alguma coisa em troca, pendurou os coelhos à cintura e pediu:

– Mr. Cracknell, conte-me o que viu porque eu já não sei no que acreditar nem em quem. Um pobre homem morreu afogado, mas no fim de contas isso não é assim tão raro no inverno. Depois contaram-me que uma ovelha apareceu esventrada, mas as raposas também têm de fazer pela vida, e a criança desaparecida foi encontrada de manhã num armário de roupa a comer os doces que a mãe escondera. O Banks traz notícias estranhas de St. Osyth e de Maldon, mas tanto eu como o senhor sabemos que ele é um mentiroso, não é verdade? Depois há os rumores das comadres e as histórias que se contam na estalagem de que um bebé desapareceu de um barco em Point Clear, mas quem é que se lembra de levar um bebé para o mar quando os dias são tão curtos e frios? Diga-me o que viu para estar tão assustado e talvez eu me convença.

Fixou o velho nos olhos, mas este parecia não conseguir retribuir a franqueza e olhava na direção do horizonte por cima dos ombros de Will.

Conhecedor do valor do silêncio, Will recusou-se a dizer mais e pouco depois Cracknell, a suspirar, a encolher os ombros, a brincar com a navalha, lá disse:

– Não é tanto o que eu vejo, é mais o que sinto. Não vejo o éter, mas sinto-o entrar e sair, e dependo dele. E sinto que vem aí alguma coisa, mais cedo ou mais tarde, pode ter a certeza. Já cá esteve, como sabe, e vai regressar, se não for no meu tempo de vida então no seu, ou no dos seus filhos, ou no dos filhos deles, e é por isso que quero estar preparado, Reverendo, e se me permite acho que o senhor devia fazer o mesmo.

Will lembrou-se da igreja e dos vestígios da lenda velha que aí estavam gravados na madeira e desejou (pela enésima vez) ter pegado no martelo e no escopo no dia em que chegara.

– Sempre contei consigo, Mr. Crackell, e vou continuar a contar. Talvez o senhor possa considerar-se o vigilante de Aldwinter, aqui no Fim do Mundo, e pôr um farol no seu jardim. O Senhor olha-o com consideração, ainda que isso seja contra a sua vontade – disse Will, e com esta espécie de bênção voltou-se e partiu em direção a casa.

Imaginou-se a caminhar um pouco mais depressa que a noite, de maneira a chegar à porta de casa um momento antes de anoitecer. Os espantalhos de Cracknell e o seu medo evidente tinham-lhe dado que pensar, não porque estivesse convencido de que havia um monstro à espreita nas águas do Blackwater, mas porque lhe parecia que fora por sua culpa que toda a paróquia sucumbira a uma superstição tão vergonhosamente pagã. Ninguém concordava quanto ao tamanho, à forma ou à origem, mas parecia haver um consenso em favor do rio e do nascer da aurora. Ninguém testemunhara qualquer ataque, mas desde o fim do verão uma coisa invisível era acusada de tudo o que corria mal, de uma perna partida a uma criança temporariamente perdida. Ouvira mesmo dizer que a urina do monstro envenenara a bomba de água de Fettlewell e provocara a morte de três pessoas pelo ano novo. Resistira à sugestão delicada de Stella de que falasse do assunto diretamente do púlpito e, em vez disso, decidira não reconhecer o Problema, nem sequer quando descobriu que aos domingos de manhã nenhum paroquiano – numa união silenciosa – se sentava no banco com a serpente esculpida, como se a simples proximidade da imagem bastasse para dar forma ao seu terror oculto.

Com a noite no seu encalço, seguiu caminho, voltando-se apenas uma vez para observar a Lua branca a erguer-se com o seu rosto manchado. O canavial pareceu fortalecer o vento, que produziu uma única nota de tom fúnebre, e Will teve uma impressão que se assemelhava de certa maneira ao medo. Riu-se: como era fácil fugir de alguma coisa que não passava de uma sombra. Talvez não fosse disparate invocar o Problema, se viesse a revelar-se impossível de ignorar. Poucas coisas apelavam mais à eternidade que o medo. As luzes de Aldwinter surgiram à sua frente. Entre elas, algures, os filhos esperavam-no. Os seus corpos sólidos, quentes, a cheirar a sabonete, todos com o mesmo cabelo louro a descer-lhes até às bochechas que ele próprio tivera em criança. Todos reais, inegáveis, nunca quietos ou parados, de maneira que nenhuma sombra poderia abarcá-los; sentiu-se dominado por uma tal alegria que deu um grito tranquilo (teria sido também um aviso ou um desafio para o caso de andar afinal um cão selvagem à solta?) e percorreu a distância que faltava a correr. John estava à espera junto do portão, apoiado em apenas uma das pernas, com a roupa de dormir.

Quando viu o pai escondeu o rosto no casaco dele. Sentindo a pele macia dos coelhos no rosto, exclamou:

– Até que enfim, trouxeste-me um animal de estimação!

Cora Seaborne
A/C Estalagem The Red Lion
Colchester

14 de fevereiro

Querido Mafarrico!

Como está? Tem tido cuidado com a maneira como se veste? E com o que come? E como está o corte? Já sarou? Gostava de o ter visto. Foi muito fundo? Tem de manter os bisturis bem afiados e a atenção ainda mais! Meu Deus, como sinto a sua falta, meu querido!

Nós estamos bem e a Martha envia-lhe... Para quê estar com isto se não me vai acreditar? O Francis não lhe manda cumprimentos, mas não me parece que se importasse de voltar a vê-lo se quisesse visitar-nos, e mais que isso ninguém pode esperar. Quer vir? Está frio, mas o ar do mar sabe bem e o Essex não é de maneira nenhuma tão mau como o pintam.

Já estive em Walton-on-the-Naze e em St. Osyth mas ainda não descobri o meu dragão marinho (na verdade não vi sequer um ouriço-do-mar), mas, como sabe, não sou de desistir facilmente. O dono da loja de ferragens da terra não tem a menor dúvida de que sou doida, mas vendeu-me dois martelos e uma espécie de cinto de camurça para os pendurar. A Martha acha que nunca tive um aspeto mais estranho nem mais feio, mas como sabe sempre considerei a beleza uma maldição e sinto-me satisfeitíssima por poder dispensá-la completamente. Por vezes, esqueço-me que sou mulher, ou esqueço-me de pensar em mim como mulher. Todas as obrigações e comodidades associadas à feminilidade me são alheias. Não sei como devo comportar-me e se soubesse não sei se seria assim que me comportaria.

Por falar em distinção, nunca adivinharia com quem nos cruzámos há dias na rua principal quando andávamos à procura de um sítio civilizado para nos abrigarmos da chuva. Charles Ambrose, que mais parecia um papagaio no meio de um bando de pombos, a rebentar pelas costuras do casaco de veludo! Não tem qualquer dúvida de que preciso de um amigo no Essex, para me impedir de partir as pernas nalgum pântano ou pior ainda (segundo diz, o rio Blackwater é ameaçado por um monstro, mas conto-lhe tudo sobre o assunto quando voltarmos a ver-nos). Ameaçou pôr-me em contacto com um padre de aldeia e estou tentada a aceitar, nem que seja pelo prazer de chocar o pobre homem, embora preferisse ficar entregue a mim mesma. Não quer mesmo vir? Tenho saudades suas. Não gosto de passar sem a sua companhia nem vejo razão para ter de o fazer.

Com dedicação profunda,

Cora

Luke Garrett, cirurgião
Pentonville Rd
N1

15 de fevereiro

Cora,
A mão está melhor, obrigado. A infeção foi útil – serviu-me para experimentar as minhas novas placas de Petri com culturas bacterianas. Penso que teria gostado delas. Eram azuis e verdes.
Vou com o Spencer, provavelmente na semana que vem. Vemo-nos então. Aguente o sol até lá se conseguir.

Luke

PS Tecnicamente, escreveu-me um cartão de S. Valentim. Não negue!

4

Perto de dez quilómetros a leste de Colchester, Cora caminhava sob uma chuva fina. Partira sem um destino em mente e sem ideia de como voltaria para casa. Tudo o que queria era afastar-se do quarto frio na Estalagem do Red Lion, onde Francis desfizera a almofada para contar as penas. Nem ela nem Martha haviam sido capazes de explicar por que razão ele não devia ter feito aquilo («Sim, mas a mãe pode pagar, e depois já é minha...») e, em vez de ouvir o filho a contar pacientemente (cento e setenta e três quando a porta se fechara), vestira o casaco e descera as escadas a correr. Martha ouvira-a dizer «Volto antes de anoitecer, tenho dinheiro comigo, hei de arranjar alguém que me venha trazer», e, com um suspiro, voltara para junto do rapaz.

Em cerca de meia hora, Colchester tornou-se um pequeno ponto ao longe e Cora caminhou em direção a leste. Quase se convenceu de que ia conseguir alcançar a foz do Blackwater antes de se cansar. Contornou uma aldeia; não queria ser vista nem ter de falar com ninguém, e foi escolhendo, sempre que possível, pequenos carreiros junto de bosques de carvalhos. O movimento de carruagens era pouco e lento, e ninguém se dava ao trabalho de olhar segunda vez para uma mulher que caminhava a pé pelas bermas. Quando começou a chover internou-se mais no meio das árvores, voltando o rosto para o céu opaco, de um cinzento uniforme e sem nuvens que se deslocassem para deixar aqui e ali abertas por onde se vislumbrasse o sol. Era uma página de papel em branco e, sobre esse fundo, os ramos das árvores pareciam negros. Devia ter sido sombrio, mas para onde olhava Cora apenas via beleza: as bétulas soltavam as cascas como pedaços de tecido branco e sob os seus pés as folhas das árvores eram escorregadias. O musgo dominava a paisagem, em pequenos tapetes verdes no chão junto das raízes ou em volta dos ramos caídos no caminho. Tropeçou duas vezes em silvas com pedaços de lã branca e pequenas penas nas extremidades e praguejou sem malícia.

Ocorreu-lhe que tudo o que existia debaixo do céu era feito da mesma substância, que não era exatamente animal, mas também não era apenas terra. Nos sítios onde os ramos eram arrancados dos troncos deixavam feridas brilhantes, e não teria ficado surpreendida se ao passar visse tocos de carvalhos e ulmeiros a pulsar. Rindo, imaginou-se parte do que via e, encostando-se a um tronco a uma distância tão curta de um tordo que o ouvia trucilar, estendeu o braço e perguntou a si mesma se não estaria a ver líquen verde surgir-lhe entre os dedos.

Teria estado sempre ali – aquela maravilhosa terra negra em que enterrava os calcanhares, aquele fungo cor de coral que decorava os ramos aos seus pés? As aves sempre teriam cantado? E a chuva sempre tivera aquele toque leve, como se se pudesse habitá-la? Imaginava que sim, e que nunca estivera muito afastada da sua porta. Possivelmente não era a primeira vez que se ria sozinha para a casca molhada de uma árvore, ou falava sozinha sobre o caule de um feto delicado, mas não se recordava de o ter feito.

As últimas semanas não haviam sido felizes do princípio ao fim. Por vezes, recordava a sua dor, e havia alturas em que tinha necessidade de aprender de novo a ganhar fôlego e sentia que uma cavidade se lhe abria nas costas. Era uma sensação esgotante, como se um órgão vital tivesse sido partilhado com o homem que morrera e estivesse a atrofiar-se por falta de uso. Nesses momentos gélidos recordava não os anos de mal--estar, em que nem uma vez se permitira julgá-lo ou contornar os seus métodos para a ferir, mas os primeiros meses dos dois, que haviam sido os últimos da sua juventude. Oh, amara-o, ninguém amara mais que ela. Era demasiado jovem para o suportar, uma criança embriagada com um dedo de álcool. Ficara impresso na sua visão, como se depois de olhar o Sol de frente fechasse os olhos e um ponto de luz persistisse no meio da escuridão. Ele era tão sombrio que quando as tentativas dela de aliviar o ambiente o faziam rir ela se sentia como uma imperatriz à cabeça de um exército; era tão rígido e distante que a primeira vez que a beijara tivera a impressão de vencer uma batalha. Na altura não sabia que se tratava de truques comuns de um prestidigitador vulgar, ceder numa pequena escaramuça para a seguir a destruir completamente. Nos anos que se seguiram, o seu medo dele fora muito semelhante ao seu amor por ele – acompanhado das mesmas batidas rápidas do coração, das mesmas noites sem dormir, da mesma atenção aos seus passos na escada –, de tal modo que também isso a embriagara. Nunca fora tocada por outro homem, de maneira que não sabia a que ponto era estranho ser sujeita ao mesmo tempo a prazer e a dor. Nenhum outro homem a amara, por isso não sabia se a suspensão brusca da sua aprovação era tão natural como a descida da maré e igualmente implacável. Quando lhe ocorreu pela primeira vez pedir o divórcio era demasiado tarde: na altura, Francis já não tolerava sequer alterar a hora de uma refeição e qualquer mudança teria posto em risco a sua saúde. Além disso, a presença do rapaz, apesar de todos os seus rituais problemáticos e do seu temperamento inexplicável, proporcionara a Cora a única sensação da sua vida em relação à qual não sentia qualquer confusão: ele era seu filho e ela conhecia o seu dever. Amava-o, e por vezes desconfiava que também ele a amava.

A brisa ligeira desapareceu e o bosque tornou-se silencioso; Cora voltou a ter vinte anos e o filho veio ao mundo a chorar de punhos fechados. Quiseram tirar-lho e enfaixá-lo em panos brancos; ela gritara e não o permitira. O filho trepara cegamente do ventre para o peito dela e mamara com tanta força que a parteira o olhara deslumbrada e dissera que estava ali um rapaz belo e esperto. Tinham sido horas, estava certa disso, a olharem-se fixamente nos olhos. *Agora tenho um aliado,* pensara. *Ele nunca me vai falhar.* Os dias passaram e sentiu-se dilacerada; abrira-se uma ferida que nunca haveria de sarar, e que nunca lamentaria. Por causa dele, o seu coração estaria para sempre exposto às intempéries. Adorava-o com mil pequenos atos de devoção, espantada com os seus pés maravilhosos, a pele como seda fina. Passava horas a tocar-lhe com a ponta do dedo, a ver como ele estendia os dedos dos pés, encantado – ele tinha prazer e dava prazer! A pequena mão fechada do filho era como uma concha aquecida pelo sol e segurava-a entre os lábios. Sentia-se surpreendida por ele, por aquelas pequenas mãos, os seus pés minúsculos, conterem tantas coisas. Mas bastaram algumas semanas para as cortinas descerem e os olhos (por vezes era o que lhe parecia) ficarem toldados por nuvens. Quando o embalava tinha a impressão de lhe causar sofrimento, ou pelo menos uma raiva que ele não conseguia conter; quando lhe pegava ao colo esperneava, esbracejava ou feria-lhe as pálpebras com as pequenas unhas dos polegares. Os tempos de adoração silenciosa começaram a parecer-lhe distantes, impossíveis; perturbada pela segunda rejeição do seu amor começou a escondê-lo por pura vergonha. O seu fracasso pareceu divertir Michael, que no fundo considerava uma vulgaridade deixar-se divertir pelos próprios filhos, e achava preferível entregá-lo às amas e aos tutores. Os anos foram passando; ela aprendeu a conhecer as particularidades do filho e ele as dela. A relação entre os dois não se assemelhava ao afeto despreocupado que observava entre as outras mães e os filhos, mas servia bem, e era o que tinham.

Continuou a caminhar e achou que a chuva fria e a terra negra a haviam deixado desanimada. Não conseguia invocar a sua dor de viúva. Uma espécie de gorgolejo subiu-lhe pela garganta e transformou-se numa risada desavergonhada, que pôs os pássaros silenciosos em frenesim. Sentiu-se embaraçada, claro, mas estava habituada a um estado de degradação permanente e teve a certeza de que conseguia esconder a sua felicidade crescente de toda a gente, menos de Martha. Quando se lembrou da amiga (nesse momento, sem dúvida, sentada com má cara nalgum café, para fugir à última obsessão de Frankie, ou a deslumbrar o dono da estalagem para passar o tempo), o seu riso desvaneceu-se e Cora ergueu um pouco os braços, imaginando-a a caminhar em direção a si sob as árvores molhadas. À noite, dormiam costas com costas debaixo de uma colcha fina, com as pernas encolhidas para se protegerem do frio, voltando-se de vez em quando para trocar um mexerico ou dar as boas noites, ou aconchegando-se no braço uma da outra. A simplicidade de tudo aquilo dera-lhe forças quando tudo o resto falhara, e se Martha tivera receio de que Cora deixasse de precisar dela estava enganada.

Quando começou a sentir-se cansada, viu-se de súbito numa elevação onde as árvores eram menos densas. A chuva diminuiu e o ar tornou-se mais límpido. Apesar de o sol não conseguir penetrar na abóbada de folhas, o mundo parecia vibrar com cor. Viam-se por toda a parte tufos de fetos avermelhados do ano anterior e, um pouco acima, as moitas de tojo ardiam com os primeiros botões amarelos. Um pequeno rebanho de ovelhas com tinta vermelha espalhada nas pernas traseiras levantou brevemente os olhos da erva e, desinteressando-se, voltou a concentrar-se na pastagem. O caminho por onde seguia era de barro típico do Essex, e um pouco mais abaixo uma árvore caída fora coberta por uma camada espessa de musgo. A mudança de cenário teve o mesmo efeito que uma mudança de altitude: deixou-a sem respiração. Parou um momento para se adaptar. No meio do silêncio chegou-lhe aos ouvidos um som curioso, como o de uma criança a chorar, mas uma criança crescida de mais para isso. Não distinguiu quaisquer palavras, apenas uma espécie de voz lamentosa e sufocada, que se interrompeu por instantes para recomeçar logo a seguir. Depois, outra voz juntou-se à primeira, e era uma voz de homem – cantada, paciente, profunda –, também sem palavras, embora (ouviu com mais atenção) não inteiramente:

– Agora... agora... agora...

Depois de uma pausa durante a qual ouviu o coração bater com mais força, apesar de mais tarde ter assegurado que nunca sentiu medo, a voz do homem voltou a ouvir-se, mas desta vez num tom mais alto e áspero. Não conseguiu perceber bem as palavras, mas pareceu-lhe entender qualquer coisa como *Diabos te levem!* Depois ouviu uma coisa pesada acertar noutra macia e um novo lamento abafado.

Nessa altura, pegou nas abas do casaco, que era demasiado comprido e além disso tinha-se tornado pesado com a chuva e a lama agarrada à bainha, e seguiu na direção do ruído. O caminho subia um pouco e voltava a descer, entre arbustos altos de um verde seco com vagens pretas cheias de sementes que chocalhavam à sua passagem. Um pouco adiante viu um terreno cheio de fetos avermelhados semelhantes aos que vira um pouco antes e onde andava meia dúzia de ovelhas. À sua esquerda, sob a custódia de um carvalho despido de folhas, havia uma lagoa pouco profunda. A água estava enlameada e à superfície viam-se as gotas de chuva a cair. Não havia canas a crescer, nem pássaros junto da margem. Nada a distinguia, a não ser o homem que junto da margem estava inclinado sobre qualquer coisa de cor clara, que esbracejava e voltou a lançar um grito fraco. O som atingiu-a e fê-la sentir-se nauseada. Havia algo de familiar nos movimentos que a fez correr. Aquilo que contava que fosse um *Páre com isso* imperioso transformou-se num guincho.

O homem podia tê-la ouvido, ou talvez não: nem levantou a cabeça nem interrompeu o que fazia. A sua voz tornou-se de novo a espécie de canto lamentoso que começara por ouvir, mas sentiu-se horrorizada por parecer tão terno quando estava a causar tanto sofrimento. Quando se aproximou viu que ele tinha os pés bem assentes na água lamacenta e as costas protegidas por um casaco de inverno manchado de terra. Mesmo à distância a que se encontrava, percebeu que o homem estava mal vestido e tinha um aspeto rude; tudo nele era sujo, do tecido grosseiro e húmido da roupa aos caracóis do cabelo que lhe caía sobre a gola. Se as lendas antigas tivessem um fundo de verdade, e o primeiro homem tivesse sido feito a partir de um pedaço de barro, poderia tratar-se do próprio Adão: todo ele era lama, malformado e sem o pleno poder da palavra.

– O que está a fazer? Pare!

Nisto o homem voltou-se para ela, o suficiente para Cora perceber que não era muito alto, e era bem constituído. Tinha a cara manchada de lama de uma maneira que sugeria uma barba e, do meio da sujidade, dois olhos olharam-na com fervor. Tanto podia ter sessenta como vinte anos. Arregaçara as mangas até aos cotovelos, o que deixava à vista dois braços musculados. Como se tivesse concluído que dali não lhe viria ajuda, encolheu os ombros e voltou ao que estava a fazer. Nada enfurecia Cora como ser ignorada. Com um grito de indignação, percorreu a distância que lhe faltava para o alcançar. Quando chegou à margem, viu que a criatura de cor pálida que se debatia debaixo do homem era uma ovelha que esperneava às cegas na lama e sentiu-se profundamente aliviada: não era nenhum dos horrores que imaginara.

A ovelha revirou os olhos estúpidos e baliu. Os quartos traseiros do animal estavam negros de lodo e a forma cega como se debatia só fazia com que se enterrasse ainda mais. O homem prendera-lhe a pata esquerda da frente e, com o braço direito, tentava rodear-lhe o flanco de maneira a puxá-la para uma área segura, mas não conseguia apoiar os pés em terreno firme. Os seus movimentos assustavam o animal, que fechou os olhos por momentos, como se se tivesse resignado ao fim próximo. De súbito, voltou a balir e com uma das patas livres fez um movimento brusco e acertou no rosto do homem. Cora ouviu um grito e viu uma ferida abrir-se debaixo da máscara de lama.

A imagem do sangue pareceu sacudi-la do torpor.

– Deixe-me ajudá-lo – acabou por dizer, e ele assentiu com uma espécie de grunhido.

Deve ser atrasado, pensou Cora, já a maquinar como contaria a história aos amigos.

A ovelha pareceu voltar a desistir, com uma espécie de suspiro que ficou a pairar no ar frio, e o homem aproveitou para a agarrar por trás com os dois braços. Com isto, homem e bicho enterraram-se na lama. Com um olhar furioso por cima do ombro, o homem gritou-lhe:

– Então? Ajuda-me ou não?!

Não devia ser bem atrasado, concluiu Cora, apesar de falar com as vogais arrastadas do Essex. Pegou no cinto, um pedaço largo de cabedal feito para ser usado por um homem. Tinha os dedos hirtos e lentos e custou-lhe abrir a fivela. Entretanto, a ovelha suspirava e enterrava-se cada vez mais na lama. Por fim, soltou o cinto e contornou o corpo do bicho de maneira a aproveitar a concavidade junto das patas traseiras, formando assim uma espécie de arreata. Quando percebeu a ideia, o homem soltou a ovelha e pegou ele próprio no cinto. Sentindo-se desamparada, a ovelha foi dominada pelo pânico e com um movimento convulsivo atirou Cora à lama. O homem não pareceu ralado; limitou-se a dizer-lhe que se levantasse e voltasse a pegar no cinto, enquanto ele agarrava de novo nas patas traseiras da ovelha.

Houve um longo momento em que a força combinada dos dois se sobrepôs ao poder de sucção do lodo, e Cora sentiu os ossos dos braços forçarem as articulações. Por fim, as patas da ovelha começaram a aparecer na superfície da água até que o bicho conseguiu saltar para a margem. Cora e o homem caíram de costas e ela voltou-se para esconder como estava descomposta e sem fôlego; não se teria importado de ficar enlameada, nem se ralaria com as dores nos pulsos, se ao menos o homem não fosse um bruto e a ovelha um bicho tão apalermado. A uma distância prudente as companheiras do animal salvo olhavam sem mostrar satisfação, simplesmente a aguardar o regresso da ovelha tresmalhada. Cora teve a impressão de que tudo aquilo devia ter-lhe parecido um triunfo, mas na verdade todo o prazer com que o passeio começara se desvanecera. Até os fetos pareciam ter perdido a cor.

Quando se voltou, o homem estava a olhá-la por cima da manga, com que pressionava a ferida do rosto. Usava um gorro vermelho, tão mal feito que poderia ter sido ele próprio a ataviá-lo com meia dúzia de trapos mal pegados uns aos outros. Puxou-o para as sobrancelhas, espessas e tão sujas de lama que quase lhe escondiam os olhos.

– Obrigado – agradeceu ele com concisão, mas de novo com as vogais arrastadas que denunciavam o homem do campo.

Pelos vistos é um agricultor, pensou Cora, e sem aceitar a gratidão expressa de tão má vontade perguntou-lhe, com um gesto na direção do animal exausto:

– O bicho estará bem?

Entretanto a ovelha, ofegante, voltara a revirar os olhos.

– Deve estar – respondeu-lhe com um encolher de ombros.

– É uma das suas?

– Ah! Não, não é do meu rebanho.

A ideia parecia ter tocado alguma corda de humor especialmente lenta porque só ao fim de um momento ele desatou a rir.

Coitado, deve ser um vagabundo. Não era da sua natureza pensar mal das pessoas antes de elas lhe darem razões para isso, além de que em breve estaria em casa na companhia de Martha, com lençóis lavados, e quem sabe se o pobre homem não teria de se contentar com um leito de fetos e uma ovelha meio morta por companhia. Com um sorriso, decidiu introduzir as boas maneiras londrinas na conversa.

– Bem, tenho de ir andando. Foi um prazer conhecê-lo – e com um gesto na direção dos carvalhos e da lagoa, onde ainda se viam os redemoinhos do combate com o bicho, acrescentou: – Uma bela parte do mundo, o Essex.

– Parece-lhe? – a voz dele foi abafada pela manga ainda pressionada contra o rosto, em que ela viu o sangue à mistura com a água suja. Quis perguntar-lhe se se sentia bem, como ia para casa, se podia fazer alguma coisa para o ajudar, mas estava no território dele, não no dela. Por fim, ocorreu-lhe que dos dois era ela a mais desamparada, a quilómetros da sua cama e com uma ideia muito vaga do sítio onde se encontrava. Numa tentativa de manter o que considerava uma postura digna, perguntou-lhe:

– Diga-me uma coisa, estou muito longe de Colchester? Onde posso apanhar uma carruagem de praça para casa?

O homem não teve presença de espírito suficiente para se mostrar surpreendido. Acenou em direção à outra margem, onde Cora vislumbrou uma abertura entre as árvores que parecia dar para um campo aberto.

– Siga até à estrada e vire à esquerda. Mais ou menos ao fim de um quilómetro há um *pub.* Eles chamam-lhe uma.

Depois, com um movimento que lembrava o de um homem que dispensa um inferior, voltou-se e seguiu caminho pelo meio da lama.

Tinha os ombros tão inclinados para se proteger do frio que o casaco sujo de terra o fazia parecer corcunda. Sempre mais sensível ao humor que à irritação, Cora não conseguiu impedir-se de rir. Talvez ele tivesse ouvido porque parou e voltou-se um pouco para trás, mas pareceu reconsiderar e seguiu caminho.

Cora aconchegou o casaco e a toda a volta ouviu os pássaros reunirem-se para os seus cantos de fim de tarde. A ovelha afastara-se alguns metros da água; apoiada nas articulações dobradas, procurava umas folhas de erva. A luz começava a sumir-se e uma névoa fina subia da terra fria e começava a cobrir-lhe as botas. Para lá dos últimos carvalhos, um tufo de verdura inclinava-se sobre a estrada, e não muito longe um *pub* com janelas iluminadas acenava aos viajantes. Quando viu as vidraças e lhe ocorreu que ainda estava tão longe de casa e não sabia o caminho, um cansaço súbito atingiu-a como um golpe. Por fim entrou e uma mulher inclinada sobre um balcão acenou-lhe num gesto de boas-vindas. Parou para ajeitar a roupa. Quando alisava o casaco encontrou na fivela um pequeno pedaço de lã branca e, no meio, a brilhar à luz da lanterna, uma mancha de sangue.

5

Joanna Ransome, quase a chegar aos treze anos, alta como o pai e embrulhada no casaco mais recente dele, estendeu a mão sobre as chamas. Aproximou-a o mais possível e depois retirou-a suficientemente devagar para não ferir o orgulho. O irmão John observava-a com solenidade, e gostaria de ter metido as mãos nos bolsos, mas fora-lhe dito que as deixasse arrefecer o mais possível.

– Estamos a fazer um sacrifício – explicara-lhe ela, conduzindo-o ao terreno por detrás do Fim do Mundo, o local onde o pântano dava lugar às águas do estuário do Blackwater e para lá do estuário ao mar –, e para haver sacrifício temos de sofrer.

Nesse dia explicara ao irmão que alguma coisa estava mal na aldeia de Aldwinter. Para começar havia o homem morto (nu, ao que diziam, e com cinco arranhões profundos numa coxa), a doença em Fettlewell e a maneira como todos acordavam no meio de sonhos que envolviam asas negras e húmidas. Mas havia mais: por essa altura as noites já deviam estar mais claras, devia haver campainhas-de-inverno no jardim e a mãe não devia ter aquela tosse que a acordava a meio da noite. Devia haver pássaros a cantar pela manhã. Já não deviam tremer de frio na cama. Tudo isso acontecia devido a alguma coisa que eles haviam feito e de que nunca se tinham arrependido, ou então porque o terramoto do Essex deixara alguma coisa à solta no Blackwater, ou talvez porque o pai tinha mentido *(Ele disse que não tem medo, que não anda nada por aí, mas porque é que já não vai até ao mar depois de anoitecer? E porque é que não nos deixa brincar nos barcos e parece tão cansado?).* Fosse qual fosse a causa e fosse quem fosse o culpado, tinham de fazer alguma coisa. Há muito tempo, em terras distantes, tinham arrancado corações para chamar o sol, por isso não era nada de mais experimentarem um pequeno feitiço para salvar a aldeia. «Já pensei em tudo», dissera ela. «Confias em mim, não confias?»

Estavam no meio do esqueleto de um veleiro que ali aportara uma década antes e acabara por nunca partir. O mau tempo transformara-o em pouco mais que uma dúzia de postes encurvados que pareciam de tal maneira a cavidade torácica de uma besta afogada que os visitantes tinham começado a chamar-lhe Leviatã. Estava suficientemente perto da aldeia para as crianças poderem ir até lá sem lhes ralharem, e suficientemente afastado para ninguém reparar no que ali estavam a fazer. No verão penduravam a roupa nos ossos e no inverno aproveitavam o abrigo para acender pequenas fogueiras, sempre receosos de que tudo pegasse fogo, e desapontados por isso não acontecer. A madeira estava gravada com juras de amor e maldições. A pequena fogueira de Joanna foi acesa a alguma distância da estrutura de madeira, no meio de um círculo de pedras, e pegou bem. Tinha-a rodeado de algas, o que lhe dava um aroma agradável, e marcara a areia grossa com sete das suas melhores conchas.

– Tenho *fome* – lamentou-se John com um olhar para a irmã, embora se tenha arrependido imediatamente da sua falta de arrojo. Antes do início do verão, fizera sete anos e achava que estava na altura de mostrar uma coragem acrescida à sua idade avançada. – Mas não me importo – completou, com dois saltos à volta da fogueira.

– Temos de ter fome porque hoje é noite da Lua Esfomeada, não é, Jo? – A cabeça ruiva de Naomi Banks inclinou-se para o lado oposto ao do Leviatã e a menina olhou para a amiga com expressão suplicante. Pelo que lhe dizia respeito, a filha do Reverendo Ransome tinha tanta autoridade como a rainha e uma sabedoria divina e se a outra rapariga lho tivesse ordenado teria caminhado descalça sobre as chamas sem hesitar.

– É verdade, a Lua Esfomeada, a última lua cheia antes da primavera. – Consciente da necessidade de ser ao mesmo tempo severa e benevolente, Joanna invocou a imagem do pai no púlpito e imitou-lhe a pose. Na ausência de púlpito, levantou os dois braços e disse, numa voz cantada que lhe levara várias semanas a aperfeiçoar:

– Estamos aqui reunidos no dia da Lua Esfomeada para suplicar a Perséfone que quebre as cadeias do Hades e traga a primavera à nossa terra amada. – Preocupada com o tom em que falara, e por poder estar a abusar da educação que o pai lhe proporcionara, olhou rapidamente para Naomi. As faces da amiga estavam coradas e os seus olhos brilhantes. Colou a mão ao pescoço e Joanna, sentindo-se encorajada, prosseguiu: – Já sofremos demasiado com os ventos invernosos! Demasiadas vezes as noites escuras ocultaram os terrores trazidos pelo rio! – John, cuja determinação não estava à altura do seu receio da besta provavelmente oculta a menos de cem metros no meio da água, não conteve um guincho. A irmã olhou-o de sobrolho carregado e ergueu um pouco a voz: – Deusa Perséfone, escuta a nossa súplica!

Encorajou os companheiros com um gesto e estes repetiram em coro: – Deusa Perséfone, escuta a nossa súplica!

Prosseguiram com as preces dirigidas a deuses sucessivos, com uma genuflexão a cada nome. A mãe de Naomi fora da corrente mais conservadora da Igreja Anglicana e a filha benzeu-se com fervor.

– E agora – anunciou Joanna – temos de fazer um sacrifício.

John, que nunca esquecera a história de como Abraão prendera o filho a um altar e preparara a faca para o imolar, voltou a guinchar e saltou duas vezes por cima da fogueira.

– Anda cá, estúpido – chamou Joanna. – Ninguém te vai fazer mal!

– Só se for a Serpente do Essex – disse Naomi, aproximando-se do rapaz com as mãos levantadas em forma de garras, mas recebeu um olhar de censura tão severo que corou e pegou em John pela mão.

– Oferecemos-te o sacrifício da nossa fome – anunciou Joanna, com o estômago a fazer ruídos vergonhosos. Tinha escondido o pequeno-almoço no guardanapo para o dar ao cão e com a desculpa de uma dor de cabeça não almoçara. – Oferecemos-te o sacrifício do nosso frio. – Teatral, Naomi tremeu. – Oferecemos-te o sacrifício das nossas queimaduras. Oferecemos-te o sacrifício dos nossos nomes. – Interrompeu-se de súbito, esquecida por momentos do ritual que preparara, e meteu a mão no bolso, de onde tirou três pedaços de papel. Antes de irem para ali, mergulhara uma ponta de cada um desses papéis na pia de água benta da igreja do pai, atenta à possibilidade de ele a ver ali e com várias mentiras preparadas para se defender. Os cantos molhados tinham secado deixando os papéis enrugados e quando os distribuiu pelos companheiros ouviu-se claramente o crepitar das dobras.

– Temos de nos empenhar nos feitiços – disse ela num tom sombrio – para lhes dar uma parte da nossa natureza. Temos de escrever os nossos nomes, e aos escrevê-los comprometer-nos com todos os deuses que nos ouvirem a conceder-lhes parte do nosso ser, na esperança de que o inverno parta para sempre da nossa aldeia.

Examinou as suas palavras ao pronunciá-las e, satisfeita com a formulação, ocorreu-lhe uma nova ideia. Inclinou-se para apanhar um pauzinho, atirou-o para a fogueira, deixou-o arder um pouco e por fim retirou-o, apagou-o e garatujou o seu nome no papel com o carvão. Como ainda não estava completamente apagado, o papel rasgou-se e ardeu, de maneira que ao longe as deusas precisariam da sua visão celestial para perceber mais do que as iniciais, mas o efeito foi gratificante. Entregou o pau a Naomi, que marcou o papel dela com um «N» maiúsculo e ajudou James a fazer a marca dele. O rapaz tinha muito orgulho na caligrafia, de maneira que procurou enxotá-la para se desembaraçar sozinho.

– Agora venham comigo até à fogueira – disse Joanna recolhendo os papéis e rasgando-os em pedaços pequenos. – Têm as mãos frias? Estão cheias de inverno?

Cheias de inverno, pensou ela. *Que bonito!* Talvez quando fosse grande se tornasse reitora de uma paróquia, como o pai.

John olhou para as mãos e ocorreu-lhe que podia estar prestes a ver as primeiras queimaduras de gelo.

– Não sinto nada.

– Oh, já vais sentir – retorquiu Naomi com uma careta. Tinha um casaco tão vermelho como o cabelo e John nunca gostara dela. – Vais sentir de certeza.

Empurrou-o e reuniram-se à volta das chamas com Joanna. Alguém pisou um pedaço de alga e ouviu-se uma bolha rebentar. A alguma distância, a maré estava a mudar.

– Agora – disse Joanna – vais ter de ser muito corajoso, John, porque isto vai doer.

Atirou os papéis ao lume e a seguir lançou-lhe uma mão-cheia de sal tirado do saleiro de prata da mãe. Durante um breve instante as chamas tornaram-se azuis. Depois estendeu as mãos para o fogo, com um gesto imperioso para os companheiros fazerem o mesmo, fechou os olhos e manteve-as de palmas voltadas para baixo por cima das chamas.

Uma acha molhada lançou algumas faúlhas e chamuscou a manga do pai. Joanna recuou num sobressalto e, preocupada com a pele branca no pulso do irmão, afastou as mãos dele um pouco das chamas.

– Não é preciso queimarmo-nos muito – explicou apressadamente. – Basta deixá-las aquecer depressa e vai arder como quando voltamos da neve.

– Olha as minhas veias – disse Naomi, que chupava a ponta de um caracol ruivo.

E era verdade. Naomi tinha dedos palmados, mas sentia-se orgulhosa do seu defeito por ter ouvido dizer que Ana Bolena tinha um parecido, e mesmo assim casara com um rei. Uma chama avermelhada destacou-se no meio das brasas e sublinhou-lhe algumas veias no meio da pele dos dedos.

– Viemos aqui para mortificar a carne, não para nos orgulharmos dela, Nomi – repreendeu-a Joanna, impressionada, mas consciente da importância de manter a autoridade. Ainda assim tratou-a pelo diminutivo de infância, para lhe mostrar que não caíra em desgraça. Naomi dobrou os dedos e retorquiu, cheia de seriedade:

– Mas dói, disso podes ter a certeza. Pica como agulhas.

Nisto as duas raparigas olharam para John. As mãos do rapaz cediam a par da coragem. Alguma coisa devia estar a acontecer, pensou Joanna, porque os dedos do irmão tinham um vermelho vivo e até lhe pareceu que estavam inchados nas pontas. Ou o fumo lhe tinha ido para os olhos ou ele estava a conter-se para não chorar. Dividida entre a confiança no valor com que os deuses iam considerar o sofrimento de um suplicante tão pequeno e a certeza de que a mãe ia ficar justificadamente indignada, acenou-lhe e disse:

– Mais acima, pateta! Queres queimar-te todo?

Isto bastou para as lágrimas contidas a tanto custo se soltarem, e precisamente nesse instante (ou pelo menos foi o que contou Joanna, encolhida debaixo de uma carteira na escola, com Naomi a acenar afirmativamente ao lado e uma audiência subjugada aos seus pés) a lua cheia tornou-se visível por trás de uma nuvem baixa e azul. À volta das crianças a areia salpicada de seixos assumiu uma cor estranha e o mar, que se aproximava, pareceu cintilante.

– É um sinal, estão a ver?! – exclamou Joanna, retirando as mãos de cima da fogueira, e voltando a pô-las quando viu o sobrolho erguido de Naomi: – Que prodígio! É a deusa – procurou o nome na memória –, a deusa Febe, que veio aceitar a nossa súplica!

John e Naomi voltaram-se para a Lua e observaram por instantes o seu rosto sombrio. Os dois viram no disco marcado pelas manchas os olhos melancólicos e a boca descaída de uma mulher mergulhada em tristeza.

– Acham que resultou? – Naomi não acreditava que a amiga pudesse ter-se enganado numa questão tão importante como a invocação da primavera, e além disso sentira a dor nas mãos e não comia nada desde o pão com queijo da noite anterior. Também vira perfeitamente o seu próprio nome na folha de papel erguer-se em chamas. Abotoou um pouco mais o casaco e olhou para o sapal e um pouco mais além para o mar, quase à espera de assistir a um amanhecer prematuro, e com ele ver surgir um bando de andorinhas.

– Não sei, Naomi. – Aos pontapés à areia, Joanna deu por si já um pouco envergonhada de todo o espetáculo. A esbracejar e a cantar daquela maneira... Realmente já estava crescida de mais para aquilo. – Não me perguntem *a mim!* – respondeu, com um gesto a desencorajar mais interrogações. – No fim de contas, nunca tinha feito isto, pois não? – Apoquentada pela culpa, ajoelhou-se ao lado do irmão e resmoneou: – Foste muito valente. Se não resultar, a culpa não é tua.

– Quero ir para casa. Vamos chegar tarde e vão ralhar-nos e já não vamos poder jantar e ia ser o meu prato preferido!

– Não vamos chegar atrasados – tranquilizou-o Joanna. – Prometemos que chegávamos a casa antes de anoitecer e ainda não está escuro, pois não?

Mas estava quase, e a escuridão aproximava-se depressa, pensou ela, vinda do mar, do outro lado do estuário, que se transformara numa substância sólida e negra sobre a qual parecia ser possível andar. Sempre vivera ali, na margem do mundo, e confiava no seu território inconstante; a água salgada que penetrava nos pântanos, os contornos instáveis das margens lamacentas e as marés do estuário, que estudava quase todos os dias com a ajuda do almanaque do pai, tudo isso era para ela tão pouco problemático como os padrões da sua vida de família. Antes de ser capaz de os reconhecer no papel já se sentava às cavalitas do pai e apontava para Foulness, Point Clear, St. Osyth e Mersea, e sabia em que direção ficava St. Peter's-on-the-Wall. Uma das brincadeiras de família era fazê-la girar uma dúzia de vezes e garantir: «Fica sempre voltada para leste, para o mar.»

Mas alguma coisa mudara no ritual: começara a sentir o impulso curioso de espreitar por cima do ombro, como se quisesse apanhar a maré a mudar, ou ver as águas abrirem-se como em tempos haviam feito para Moisés. Ouvira falar, é claro, acerca da criatura que ao que corria vivia nas profundezas do estuário, e roubara uma ovelha e partira uma perna, mas não pensara muito no assunto. A infância estava tão sujeita a terrores que não servia de nada dar mais crédito a uns que a outros. Quis ver de novo o rosto triste da senhora na Lua. Olhou para cima, mas tudo o que viu foram as nuvens que se reuniam por cima do sapal. O vento abrandara, como acontecia muitas vezes ao fim do dia, e acima do sítio em que se encontravam a estrada em breve estaria coberta de gelo. John, que pressentiu o mal-estar da irmã, esqueceu-se de que estava a ficar crescido e deu-lhe a mão. Até Naomi, que nunca parecera tão assustada, se aproximou da amiga, sempre a chupar furiosamente o caracol de cabelo ruivo. Ao passarem em silêncio pelas brasas já meio apagadas da fogueira e pelo Leviatã iam olhando por cima dos ombros para a água que se aproximava sobre a lama.

– *Rapazes e raparigas, vamos brincar* – cantou Naomi, sem conseguir esconder completamente o tremor da voz. – *A noite está fria e há luar*...

Muito mais tarde, e apenas quando pressionadas, já que tudo aquilo fizera parte de um ritual de que as crianças se sentiam estranhamente envergonhadas, todas asseguraram que tinham visto a água engrossar e elevar-se num ponto particular, no sítio exato onde o sapal terminava e o rio se tornava de súbito mais profundo. Não produzira qualquer ruído, nem deixara ver nada tão reconfortantemente assustador como um longo membro ou um olho revirado; apenas um movimento sem objetivo e demasiado rápido para poder ser uma onda. John garantiria que era esbranquiçado, mas Joanna achava que era apenas a Lua à espreita, a espalhar o luar sobre a superfície da água. Naomi, a primeira a falar, embelezou o sucedido com tais floreados que todos concordaram que afinal não tinham visto nada, e os seus testemunhos foram ignorados.

– Quanto tempo falta para chegarmos a casa, Jojo?

John, tenso com o desejo de ir a correr para casa e para a mãe e o jantar, que imaginava a arrefecer sobre a mesa, puxou pela mão da irmã.

– Estamos quase lá. Olha, estás a ver o fumo das chaminés e as velas dos barcos?

Tinham chegado ao caminho, com os dentes a bater de frio e de medo, e as lamparinas a óleo às janelas do Fim do Mundo deram-lhe o encanto de uma árvore de Natal. Viram Cracknell a fazer a última ronda do dia e a prender *Gog* e *Magog* no curral. Parou junto do portão para dar as boas noites.

– *Rapazes e raparigas, vamos brincar* – cantou quando os ouviu aproximar-se, e bateu com o portão. – Como hoje é lua cheia, amanhã não vai haver tanta luz, porque é só de empréstimo, e depois tem de pagar juros e de mês para mês vai perdendo valor, e é por isso que vai ficando cada vez mais fraca.

Satisfeito com o raciocínio fez-lhes uma careta e depois um gesto a mandá-los aproximar-se, e um pouco mais, até sentirem o cheiro a terra que vinha dos bolsos do casaco dele e verem os corpos esfolados das toupeiras pendurados pelas patas.

– Mortinho por ir para casa, não está?

Cracknell apontou para John, seu velho amigo, que raramente passava por ali sem montar *Gog* ou *Magog* e dar uma volta à cabana antes de comer um bocado de mel diretamente do favo. John, que já só pensava no jantar a ser dado ao cão, fez uma careta. Talvez tenha sido o que levou o velho a responder-lhe da mesma maneira e a pegar-lhe por uma orelha:

– Ouçam cá, vocês os três. Já não são só os rapazes e as raparigas que vêm brincar nos dias que correm, que não me admirava que estivessem perto do fim dos tempos, e não seria eu que o lamentasse, assim venhas rapidamente, Senhor Jesus, como sou capaz de ter dito quando ainda ligava a essas coisas... Vão ter com os outros miúdos para brincar, como diz a canção, mas é um estranho companheiro de brincadeiras o que se esconde nas águas negras do Blackwater, não pensem que eu próprio não o vi duas ou três vezes em noites de luar... – Com isto puxou com mais força a orelha de John e o rapaz protestou. Cracknell olhou para a própria mão surpreendido, como se ela tivesse agido por si mesma, e soltou o rapaz, que esfregou o rosto e começou a chorar. – Bem, bem, para que é essa choradeira? – Cracknell apalpou os bolsos mas não encontrou nada capaz de acalmar uma criança necessitada do colo da mãe e de uma refeição quente. – Eu falo sempre a bem, sempre, e não queria que acontecesse nada a nenhum de vocês ou dos vossos.

John não parou de chorar, e por momentos Joanna receou que o velho fizesse o mesmo, de vergonha ou de outra coisa que ela desconfiou ser medo. Estendeu a mão para a vedação onde estavam penduradas as toupeiras e deu-lhe duas palmadinhas na manga do casaco e estava a pensar nalguma coisa tranquilizadora para lhe dizer quando Cracknell se endireitou, levantou o braço e quase gritou:

– Quem vem lá? Alto aí!

As crianças tiveram um sobressalto. John enterrou o rosto na cintura da irmã e Naomi voltou-se e respirou fundo. Uma criatura escura e informe encaminhava-se devagar para eles. Produzia um ruído que parecia sair-lhe do fundo da garganta. Caminhava de pé, e não a quatro patas. Na verdade, tinha quase a forma de um homem. Estendeu os braços; podia ser uma ameaça, mas produzia um ruído que quase parecia riso. Era um homem, disso não havia dúvida. Na verdade, havia qualquer coisa de familiar no seu andar tranquilo. Quando se aproximou mais tornou-se visível à luz das lamparinas de Cracknell. Parou e Joanna distinguiu um casaco comprido de onde caíam pedaços secos de lama e umas botas pesadas. O rosto estava escondido por um gorro descido sobre a testa e por um cachecol grosso. Tudo na criatura parecia envolvido em lama, negra e húmida nalguns sítios e seca e mais clara noutros. Só aqui e ali no gorro nojento se via um pouco do vermelho original da lã.

– Não me reconhecem? Tenho um aspeto assim tão estranho?

O homem voltou a estender os braços e depois arrancou o gorro de lã, que deixou à vista um cabelo encaracolado e despenteado do mesmo tom que o dela.

– Papá! De onde vem? O que aconteceu? Como cortou a cara?

– John! Não conheces o teu pai? – Com um filho debaixo de cada braço o Reverendo William Ransome cumprimentou amavelmente Naomi e acenou a Cracknell.

– Bons olhos o vejam, Reverendo. Se me permite, é capaz de ser uma boa ideia levar os pequenos para casa e não os deixar sair. Por mim despeço-me de todos.

Com uma vénia ao grupo, mas em particular a John, o velho retirou-se para o Fim do Mundo e bateu com a porta.

– E porque é que andam por aqui a estas horas, posso saber? Vamos ter de prestar contas à mãe por isto. Miss Banks, o que é que vou dizer ao seu pai?

Beliscou a bochecha de Naomi e empurrou-a para uma casa cinzenta de pedra que dava para o cais. A rapariga voltou-se para trás, para os amigos, e depois entrou em casa numa pequena corrida e todos ouviram a porta bater.

– Sim, papá, mas onde é que esteve? O que aconteceu à sua cara? Precisa de um ponto?

Estas últimas palavras foram ditas com grande vivacidade, já que Joanna tinha o desejo secreto de vir a empunhar o escalpelo numa sala de operações.

– Deixem lá isso. Porque é que o John está a chorar, logo ele que já é tão crescido? – Will apertou o filho contra si e os soluços pararam. – Por mim, andei por aí a salvar ovelhas e a assustar senhoras, e para dizer a verdade há muito tempo que não me divertia assim. – Entretanto tinham chegado ao caminho do jardim, onde as campainhas-de-inverno brilhavam no escuro. – Stella! Já chegámos e precisamos de ti!

MARÇO

Stella Ransome
Reitoria de Todos os Santos
Aldwinter

11 de março

Cara Mrs. Seaborne,
Espero que este bilhete não seja o de uma estranha, uma vez que Charles Ambrose me assegura que está à espera de notícias da família Ambrose, de Aldwinter, Essex – e aqui estamos.

Em primeiro lugar, gostaria que aceitasse as nossas mais sinceras condolências, minhas e do meu marido, pela sua perda recente. Temos poucas notícias de Londres, mas ainda assim o nome de Mr. Seaborne chegou-nos através de Charles, e por vezes até do Times*! Sabemos que se tratava de um homem muito admirado, e sem dúvida muito estimado. Não nos temos esquecido de si nas nossas orações, em particular nas minhas, porque julgo perceber melhor o sofrimento que pode causar a perda de um marido.*

Mas vamos ao assunto que me leva a escrever-lhe. Charles e Katherine Ambrose vêm jantar a nossa casa no próximo sábado, e ficaríamos encantados se pudesse dar-nos o prazer da sua companhia. Julgo que está acompanhada pelo seu filho e por uma amiga de quem Charles fala com grande afeto, e gostaríamos igualmente de os receber. Não se trata de uma ocasião especial, apenas de uma oportunidade para rever velhos amigos e fazer outros novos.

O nosso endereço é aquele de onde remeto esta nota e é muito fácil chegar aqui vindo de Colchester. Infelizmente não há comboio, mas é uma viagem agradável de carro de praça. Como é evidente, contamos que durma em nossa casa. Temos quarto para todos e não queremos que tenha de fazer a viagem de regresso de noite. Fico a aguardar a sua resposta e, entretanto, vou-me distraindo a planear os pratos que posso servir a uma senhora com o gosto londrino.

Afetuosamente,

Stella Ransome

PS Como vê, não resisti a enviar-lhe uma primavera, embora seja demasiado impaciente para a secar bem, e por isso acabou por manchar a página. A verdade é que nunca soube esperar! S.

1

O Dr. Luke Garrett observava o seu quarto no George Hotel, em Colchester, com um prazer misturado com ressentimento: era evidente que Spencer não se havia poupado a despesas. O indicador, com que tinha passado por todas as superfícies, estava irrepreensivelmente limpo.

– Podia-se fazer aqui uma apendicectomia – anunciou Luke, num tom que o amigo interpretou corretamente como sendo o de alguém que deseja uma doença a um desconhecido de passagem.

Determinado o asseio do quarto, Garrett abriu o fecho metálico da sua mala e retirou de lá um par de camisas amarrotadas, vários livros com páginas dobradas no canto e um maço de folhas. Arrumou estas últimas sobre a cómoda e por cima dispôs um envelope branco no qual o seu nome estava escrito com uma letra clara e decidida.

– Ela está a contar connosco? – perguntou Spencer com um gesto para o envelope. Conhecia bem a letra de Cora, já que o amigo começara a dar-lhe todas as cartas a ler, para dissecar melhor o significado de cada uma das frases.

– A contar? A contar? Se fosse por mim não tinha vindo. Tenho mais que fazer. O melhor é chamar as coisas pelos nomes, Spencer, e ela suplicou-me! «Sinto a sua falta, meu querido» – e Garrett acompanhou estas palavras com um esgar lupino. – «Sinto a sua falta, meu querido!»

– Encontramo-nos hoje à noite? – Spencer fez a pergunta num tom despreocupado. Ele próprio tinha motivos para esta exibição de impaciência, mas depois de os ter escondido com êxito mesmo do olhar clínico de Garrett não estava na disposição de os mostrar. Demasiado absorto a reler de novo a carta de Cora (pronunciou *querido!* duas vezes para si mesmo), o amigo não notou nada. Limitou-se a responder.

– Sim, elas estão no Red Lion. Vêmo-las às oito, às oito em ponto, se bem conheço a Cora, e conheço.

– Nesse caso, vou dar um passeio. O dia está demasiado bonito para ficar aqui fechado, e além disso quero ver o castelo. Dizem que ainda se veem as ruínas do terramoto do Essex. Queres vir?

– Nem pensar. Detesto andar a pé. Além disso, tenho aqui um relatório de um cirurgião escocês que está convencido que consegue curar a paralisia fazendo pressão sobre a coluna. Às vezes penso que estava melhor em Edimburgo que em Londres. Os médicos de lá são ousados, além de que aquele clima horrível se adequa a mim.

Já esquecido de Spencer e do castelo, Garrett sentou-se na cama de pernas cruzadas, com uma dúzia de folhas impressas a preto pontuadas aqui e ali com desenhos de vértebras. Spencer, um pouco aliviado por lhe ter sido concedida uma tarde de solidão, abotoou o casaco e saiu.

O Hotel George era uma boa estalagem, pintada de branco e com vista para a rua principal de Colchester. Os proprietários orgulhavam-se claramente da sua posição de melhor estabelecimento da cidade e ostentavam as suas credenciais com uma mancha densa de cestos pendurados nos quais agapantos e prímulas se acotovelavam com mau humor, em luta por mais espaço. O dia estava excelente, como se o céu lamentasse soltar-se aos poucos das garras do inverno. As nuvens altas pareciam acorrer a afazeres prementes noutras cidades. Adiante, o campanário de St. Nicholas brilhava ao sol e os cantos dos pássaros ouviam-se com clareza. Spencer, que só muito pressionado conseguia distinguir entre um pardal e uma pega, sentiu-se encantado com todo o espetáculo e com a cidade, alegre com os seus toldos brilhantes às riscas e as flores de cerejeira a sujarem-lhe as mangas do casaco. Quando encontrou uma casa em ruínas e à porta um homem aleijado numa pose de sentinela num momento de repouso também achou a imagem encantadora. O interior da habitação parecia entregue às heras e aos rebentos de carvalho e o aleijado tinha despido o casaco para aproveitar o calor do sol.

O embaraço com a riqueza tornava Spencer absurdamente generoso, e o desejo de partilhar a alegria daquele dia levou-o a despejar os bolsos no chapéu do homem. O peso das moedas deformou o velho resguardo e o homem levantou-o ao nível dos olhos, como se desconfiasse de alguma brincadeira. Depois, evidentemente satisfeito, mostrou uma fileira de dentes magníficos.

– Pelos vistos posso fechar a loja por hoje...

Estendeu a mão por trás da pedra onde estava empoleirado e tirou um carrinho com quatro rodas metálicas. Com um gesto muitas vezes praticado saltou para cima do veículo e, as mãos protegidas por um par de luvas de cabedal, impulsionou-o ao longo do pavimento. O carrinho estava muito bem feito, reparou Spencer, gravado com desenhos habilmente trabalhados: um guerreiro celta caído em batalha teria razões para se sentir satisfeito por ser transportado em semelhante carro, de maneira que qualquer compaixão que tivesse sentido pela doença do homem lhe pareceu uma afronta.

– Quer dar uma vista de olhos? – com o queixo levantado, o homem apontou para a abertura nas ruínas, dando com isso a impressão de ter autoridade sobre as paredes derrocadas. – Foi o lado pior do terramoto, e um perigo para a vida e para a integridade das pessoas, se quer a minha opinião, embora ninguém esteja interessado nela, e ande uma balbúrdia tal nos tribunais que não sabem a quem mandar a conta. Entretanto as corujas fizeram os ninhos na sala de jantar.

Contornando uma ou duas lajes de mármore caídas, em que eram visíveis letras gravadas, o homem conduziu Spencer para junto da casa. Grande parte da fachada caíra, deixando os quartos e a escada para o andar de cima à vista. As únicas coisas que tinham sido deixadas eram as que não podiam ser alcançadas nem pilhadas. Os andares de baixo estavam vazios, excetuando as carpetes imensas em que tinham nascido violetas, em tal número que escondiam as discretas flores azuis do padrão original. Nos pisos superiores mantinham-se alguns quadros e bricabraque. No parapeito da janela brilhava um objeto prateado e ao alto das escadas havia um candelabro de cristal que podia ter sido polido na manhã dos acontecimentos.

– Impressionante, não é? Olhai a minha obra, poderosos, e desesperai, e aqui está.

– O senhor podia estar à porta a vender bilhetes – disse Spencer, esforçando-se por ver a coruja. – De certeza que todos os que passam querem dar uma vista de olhos.

– Pois querem, Mr. Spencer, mas nem todos dão.

A voz que falou não era de um homem com as vogais suaves e profundas do Essex, mas de uma mulher e de Londres. Spencer tê-la-ia reconhecido em qualquer lugar e quando se voltou teve consciência de que corara, mas não conseguiu evitá-lo.

– Ora aqui está a Martha.

– E o mesmo se pode dizer de si, Mr. Spencer. E pelos vistos já conheceu o meu amigo.

Martha inclinou-se e, com um sorriso, apertou a mão do aleijado. Ele apertou-a e ainda a cumprimentou com um movimento com o chapéu bem aviado de moedas.

– Já aqui tenho para algum tempo – disse o homem, e com um gesto de despedida pôs-se a caminho de casa.

– Não há nenhuma coruja. Ele só diz isso para agradar aos turistas.

– A mim agradou-me, sem dúvida.

– A si não há nada que não lhe agrade, Spencer!

Martha trazia um casaco azul e ao ombro um saco de cabedal de onde saíam várias penas de pavão. Na mão esquerda trazia uma revista de capa branca, onde Spencer viu impresso num tipo negro e elaborado *An Englishwoman's Review of Social and Industrial Questions*. Tentando a abordagem galante, Spencer retorquiu:

– Pelo menos vê-la a si agrada-me.

Infelizmente, de todas as mulheres do mundo Martha era a menos inclinada a aprovar esta atitude. Ergueu uma sobrancelha e com a revista enrolada deu-lhe um safanão num braço.

– Pare já com isso e venha ver a Cora. Ela vai ficar satisfeita por o Spencer ter vindo. O *Mafarrico* também veio, imagino?

– Ficou no hotel a ler qualquer coisa sobre paralisia e a maneira de a tratar, mas vem ter connosco mais tarde.

– Ótimo. Preciso de falar consigo sobre um assunto – abanou a revista –, e é impossível falar de assuntos sérios com aquele homem por perto. Como correu a viagem?

– Uma criança veio a chorar de Liverpool Street a Chelmsford e só parou quando o Garrett lhe explicou que ia perder toda a água do corpo e mirrar e quando chegássemos a Manningtree já teria morrido.

Martha fez um gesto de desdém.

– Não percebo como é que o Spencer e a Cora toleram a companhia dele. Vocês estão neste hotel? – Martha observou a fachada pálida do George e as suas cestas de flores. – Nós estamos no Red Lion, um pouco mais acima. Nunca pensei que ficássemos tanto tempo, mas o Francis gostou do dono, de maneira que as coisas têm andado calmas ultimamente. A última fantasia do rapaz são as penas. Poderia pensar-se que anda a tentar fazer um par de asas, mas não há nada de angélico naquele rapaz.

– E a Cora, está bem-disposta?

– Nunca a vi mais feliz, embora de vez em quando se lembre que não devia e vista a roupa preta e se sente à janela a tentar corresponder à ideia artística do luto.

Passaram por uma vendedora de flores que estava a fechar a bancada e a vender narcisos às braçadas a um *penny*. Spencer tirou as últimas moedas do bolso e comprou-lhe todas.

– Vamos levar a primavera à Cora. Enchemos-lhe o quarto de flores e fazemo-la esquecer que alguma vez esteve triste com o que quer que seja – propôs Spencer com uma dúzia de flores amarelas nas mãos, embora entretanto se tivesse lembrado que talvez fosse preferível manter as aparências da mulher decente que fazia um luto decente e tenha lançado um olhar rápido e hesitante à companheira.

– Ela vai ficar agradecida – respondeu Martha com um sorriso. – Tem passado o mês à procura de sinais da primavera e a voltar para casa enlameada e maldisposta, e depois um dia ali está, ao bater do meio-dia, como se alguém a tivesse convocado.

– E o Essex já produziu algum fóssil? Li no jornal que uma tempestade de inverno desenterrou algumas espécies novas na costa do Norfolk. Às vezes penso que andamos todos a caminhar sobre cardumes de corpos sem nos apercebermos disso e que a Terra inteira é uma espécie de cemitério – Spencer, que só raramente dava voz às suas fantasias, corou um pouco e preparou-se para uma das estocadas de Martha, que acabou por não reagir.

– Um ou dois, nada de especial. Mas ela está muito esperançada na Serpente do Essex. Bem, aqui estamos.

A uma pequena distância Spencer viu uma estalagem com estrutura de madeira e um letreiro com um leão vermelho rampante.

– A Serpente do Essex? – perguntou Spencer, com o olhar surpreendido como se esperasse ver uma víbora deslizar de repente no chão.

– Ultimamente não fala de mais nada. Ela não escreveu ao *Mafarrico* sobre isso? É uma lenda transmitida por aldeãos imbecis acerca de uma serpente alada vista a sair do estuário para ameaçar as aldeias da costa. Meteu na cabeça que é um daqueles dinossauros que dizem que podem ter escapado à destruição. Alguma vez ouviu tamanho disparate? – Tinham chegado à porta da estalagem e através dos painéis de vidro grosso viram a lareira acesa na sala. Havia um cheiro forte a cerveja entornada e a um assado que estava a ser feito nalgum sítio não visível de onde eles se encontravam. – O que se pode esperar desta pobre gente do campo que não sabe ler nem escrever? – O seu desprezo londrino abrangia tudo o que os rodeava, do campanário de St. Nicholas e da trivialidade do terramoto ao Red Lion e a todos os que lá se encontravam. – Mas a Cora tem a dela encasquetada. Diz que o mais provável é ser um fóssil vivo, ela há de dizer-lhe o nome, eu nunca me lembro, e está determinada a encontrá-lo.

– O Garrett acha que ela não vai descansar enquanto não tiver o nome numa das paredes do Museu Britânico – disse Spencer. – Eu também estou convencido que isso vai acabar por acontecer.

Quando ouviu o nome do médico, Martha produziu um ruído desdenhoso e abriu a porta.

– Venha lá acima, aos nossos aposentos, ver o Francis. Ele há de lembrar-se de si e não se vai importar de o ver.

Luke, que chegou mais tarde depois de uma tentativa de replicar uma vértebra humana em *papier-mâché*, encontrou os amigos sentados numa velha carpete, as roupas cobertas de penas. Num banco de janela, Martha ia virando as páginas de uma revista e observava Francis, que ia entrelaçando silenciosamente penas de gaivotas e corvos com o tecido do casaco de Spencer até o deixar parecido com um anjo desgostoso com a própria queda. Cora escapara menos mal, apenas com uma pena de pavão espetada nas costas do vestido e o conteúdo de uma almofada a salpicar-lhe os ombros. Ninguém viu o *Mafarrico* chegar, de maneira que ele decidiu sair e voltar a entrar mais ruidosamente.

– O que se passa aqui? Entrei nalgum asilo de alienados? E as *minhas* asas, onde estão? Ou estarei condenado a não voar? Cora, trouxe-lhe livros. Spencer, arranja-me qualquer coisa que se beba. Eu sei que trazes uma garrafa no bolso.

Com uma exclamação de prazer, Cora deu um salto e beijou o recém-chegado nas duas faces.

– Já chegou! Está mais alto? Pelo menos um centímetro... Não, isso foi cruel, desculpe. É só porque está atrasado, sabe... Frankie, cumprimenta o Garrett. O Frankie tem um novo passatempo, como vê, e estamos todos a ser muito pacientes com ele. Não te lembras do Luke?

O rapaz nem sequer levantou a cabeça, mas pressentindo uma mudança a que não dera o seu acordo começou a apanhar uma a uma as penas caídas na carpete, contando em sentido decrescente.

– *Trezentas e setenta e seis, trezentas e setenta e cinco, trezentas e setenta e quatro...*

– A nossa brincadeira acabou – lamentou-se Cora. – Pelo menos vai ficar mais ou menos sossegado até chegar ao *um*...

– Está com um aspeto horrível – disse Luke, que teria gostado de tocar nas novas sardas de Cora uma a uma. – Não me diga que anda a pentear-se nos arbustos dos pântanos? E as suas mãos estão sujas. E que roupa é essa?

– Decidi libertar-me da obrigação de tentar ser bela – declarou Cora. – E nunca me senti tão feliz. Nem me lembro da última vez que olhei para um espelho...

– Ontem. Estiveste a admirar o teu nariz. Boa noite, Dr. Garrett.

Martha falou num tom tão estridente que Luke estremeceu, e só não deu uma resposta agressiva porque, entretanto, o dono da estalagem entrou e, com uma recusa admirável de reconhecer o estado em que se encontrava a sala e o canto obsessivo do rapaz, deixou um tabuleiro de cerveja em cima de uma mesa. A seguir, trouxe uma travessa de queijo e carne fria, um pão de trigo com a côdea entrançada, um prato de manteiga salpicada de sal grosso e, por fim, um bolo recheado de cerejas e com aroma a *brandy*. Na impossibilidade de manter a má disposição perante um tal festim, Luke lançou a Martha o sorriso mais doce que conseguiu e atirou-lhe uma maçã.

Spencer, sentado junto de Martha no assento da janela a observar quem passava na rua molhada, pegou na revista dela e perguntou-lhe:

– Não ia dizer-me alguma coisa sobre o que tem andado a ler?

Folheou a publicação, que incluía estatísticas perturbadoras sobre o excesso de população de Londres e as consequências catastróficas da degradação urbana.

Martha observou-o com a benevolência temporária proporcionada pelo álcool. Na realidade, ele suscitava-lhe uma espécie de ódio reflexo que tinha de fazer um esforço para dominar. Por outro lado, era amável e delicado. Vira-o fazer esforços com Francis que mais nenhum visitante fazia (todos aqueles jogos de xadrez que acabavam com a sua derrota!) e admirava a dedicação dele para manter o *Mafarrico* na linha. Mas o principal é que tratava Cora com uma amizade cortês que nunca dera lugar a tentativas de a conhecer melhor do que devia. No entanto, via a riqueza e a situação de privilégio dele como uma segunda pele. O pouco que sabia da posição de Spencer (a posse de mais bens que aqueles a que conseguia dar uso, a liberdade de estudar Medicina como uma espécie de passatempo enquanto as mulheres tinham de se contentar com mudar penicos e servir caldos) punha-o entre os que toda a vida havia considerado seus inimigos.

O socialismo de Martha não estava menos arreigado que qualquer religião herdada do fervor da infância. Os centros operários e os piquetes de greve eram os seus templos e Annie Besant e Eleanor Marx as santas dos seus altares. Não tinha livro de orações que não fosse a fúria das canções populares que falavam do sofrimento inglês sobre um fundo de melodias inglesas. Na cozinha dos seus quartos alugados de Whitechapel, o pai, com as mãos avermelhadas pelo pó do tijolo e as unhas estragadas pelo trabalho, contava o salário e punha de parte as quotas do sindicato, e com a sua caligrafia cuidada assinava petições dirigidas ao Parlamento para reduzir a jornada de trabalho para dez horas. A mãe, que a certa altura bordara estolas e sobrepelizes a fio de ouro com cruzes e pelicanos eucarísticos, cortava tecido para bandeiras erguidas acima dos piquetes de greve e tirava o que podia ao orçamento familiar para levar sopa de carne às grevistas da fábrica de fósforos Bryant and May. *«Tudo o que é sólido se desvanece no ar»*, dizia o pai, recitando em tom reverente o credo do seu apóstolo, *«e tudo o que é sagrado é profanado!* Martha, não te conformes à maneira como as coisas são e sempre foram. Um império pode desmoronar-se pela simples ação do tempo.» Quando o pai mergulhava as camisas na minúscula banheira de latão a água ficava vermelha. Ao torcê-las, ia cantando: *«No tempo em que Adão lavrava e Eva fiava, quem inglês se reclamava?»* Quando Martha ia a pé de Limehouse a Convent Garden via, não janelas e colunas dóricas, mas os que trabalhavam por trás delas. Parecia-lhe que os tijolos da cidade estavam vermelhos com o sangue dos que ali trabalhavam, o seu estuque claro com o pó dos seus ossos, e que nas suas fundações estavam mulheres e crianças de pé que suportavam o peso da cidade às costas.

Ocupar o seu lugar em casa de Cora fora um ato do mais puro pragmatismo. Proporcionava-lhe um certo nível de aceitação social e um salário razoável: punha-a firmemente fora da classe que tanto desprezava e, ao mesmo tempo, no seu interior. Mas Martha não pedira que lhe calhasse Cora Seaborne – afinal quem poderia pedir tal coisa?

O rosto longo e melancólico de Spencer estava corado. Martha tinha consciência do desejo que ele acalentava de agradar e isso levou-a a ser um pouco maldosa.

– *Tudo o que é sólido se desvanece no ar* – citou, testando a coragem dele.

– Shakespeare? – perguntou ele.

Sorrindo, sem coragem para ser tão agressiva, Martha explicou-lhe:

– Karl Marx, lamento informá-lo, embora em certo sentido também se tratasse de uma espécie de bardo. É verdade, tinha uma coisa a dizer-lhe – porque a triste verdade é que Spencer e os outros como ele, por mais que os desprezasse, eram úteis como fontes de rendimento e influência.

Abriu um mapa que mostrava as zonas mais pobres de Londres com planos para novas urbanizações. Seriam limpas, explicou, e espaçosas. As crianças teriam jardins para brincar e os inquilinos não estariam sujeitos aos caprichos dos senhorios. No entanto (e fez um esgar de desdém), para poderem candidatar-se às novas habitações os inquilinos teriam de dar provas de bom caráter.

– Espera-se que vivam melhor que o Spencer ou eu para poderem pôr um teto sobre a cabeça dos filhos. Não podem embebedar-se, incomodar os vizinhos, jogar ou, Deus nos proteja, ter demasiados filhos de demasiados pais. O Spencer, com a sua família e o seu património, pode beber Porto ou clarete até à inconsciência que ninguém o priva de nenhuma das suas residências, mas gaste o pouco que tem em cerveja barata ou em apostas e já não tem moral para dormir numa cama limpa.

Spencer não podia dizer que já tivesse dado ao problema da crise da habitação na capital mais atenção que a reclamada pelos títulos dos jornais, e sentiu vivamente o desprezo pela sua riqueza e posição que se escondia por trás das palavras dela. No entanto, na sua indignação, pareceu-lhe mais desejável que nunca, e como se a revolta dela fosse contagiosa sentiu algo semelhante a raiva subir-lhe no ventre.

– E se for atribuída uma destas casas a alguém que mais tarde é apanhado na rua a partir uma caneca de cerveja na cabeça de um vizinho? – perguntou.

– Volta para a rua com os filhos, que é o que merece. Estamos a punir a pobreza – disse ela, afastando o prato que estava à sua frente. – Se somos pobres e miseráveis, e nos comportamos como é de esperar de pessoas pobres e miseráveis, já que pouco mais temos para passar o tempo, a nossa sentença é mais pobreza e mais miséria.

Spencer teria gostado de lhe perguntar o que poderia fazer, mas sentiu a sua situação de privilégio tão desconfortavelmente como se tivesse os bolsos cheios de ouro, e em vez disso atrapalhou-se entre palavras de acordo e censura: não havia dúvida que tinha de se fazer alguma coisa, havia questões que precisavam de ser discutidas, e por aí fora.

– *Eu* vou fazer alguma coisa – disse ela num tom imperioso, e depois, como para impedir novas perguntas quanto à forma exata como o faria, levantou a voz e perguntou: – Cora, já falaste ao *Mafarrico* no nosso pobre pároco e na serpente?

Cora, que estava sentada aos pés de Luke a contar como salvara um cordeiro tresmalhado das garras de um ogre do Essex, contou-lhe que encontrara Charles Ambrose e como tinham ouvido falar da besta do Blackwater deixada à solta pelo terramoto. Mostrou-lhe fotos de um plesiossauro descoberto em Lyme Regis e chamou-lhe a atenção para a longa cauda e as barbatanas semelhantes a asas.

– Mary Anning chamou-lhes dragões marinhos, está a ver porquê, não está?

Fechou bruscamente o livro, com ar triunfante, e disse-lhe que tencionava fazer uma viagem à costa, ao local onde o Colne e o Blackwater se encontram no estuário, e contou-lhe como Charles Ambrose os tinha imposto à família de um pobre pároco de aldeia. O riso horrorizado do amigo podia ter partido ao meio as traves negras que suportavam o teto. A ideia fê-lo dobrar-se sobre si mesmo, apontando para as botas de homem dela, para a terra nas unhas e a pequena biblioteca de livros reprováveis na estante debaixo da janela.

A amável carta de convite foi desdobrada e passada de mão em mão e a primavera ficou desfeita. A pobre Stella Ransome era uma senhora amorosa (todos concordaram) que teria de ser protegida de Cora a qualquer custo, visto que esta certamente a aterrorizaria mais que qualquer serpente marinha.

– Espero que a fé do Reverendo seja sincera – disse o *Mafarrico*. – Vai precisar dela.

Apenas Spencer, que o observava em silêncio do seu lugar à janela, percebeu por trás da hilaridade de Luke o mal-estar de um homem que teria preferido guardar Cora para si mesmo, sem qualquer outro amigo ou confidente, ainda que preso à coleira do sacerdócio e palerma da cabeça aos pés.

– Gosto dele. Sempre achei que era estúpido, mas na verdade acho que é pura e simplesmente bondoso – confidenciou Martha um pouco mais tarde, observando Spencer da janela enquanto este conduzia o amigo ao longo da curta distância que os separava do George.

– Às vezes, as duas coisas são difíceis de distinguir – respondeu Cora –, e muitas vezes vão dar ao mesmo. Importas-te de levar o Francis para o quarto dele? Eu vou limpar as penas ou as criadas vão pensar que estivemos a celebrar uma missa negra e lá se vai a nossa reputação.

2

De pé, à janela, Stella Ransome abotoava o vestido azul. Era a vista de que mais gostava, com o caminho rodeado de flores e depois a rua principal de Aldwinter, com o seu aglomerado de casas e lojas, a torre da igreja de Todos os Santos e as paredes de tijolo vermelho da escola. Nada lhe agradava como o sentimento de que à sua volta tudo exsudava vida, e adorava o início da primavera, quando os rebentos verdes surgiam com mais força no Carvalho do Traidor e as crianças da aldeia largavam as roupas quentes e começavam a ir brincar para a rua. A sua alegria habitual tinha sido contida por um inverno longo a que faltara a elegância da neve; não passara de um longo período frio e triste que nem o Natal ajudara a tornar suportável. A tosse que tantas vezes a impedira de dormir tornara-se menos intensa quando o tempo aquecera, e as marcas escuras debaixo dos seus olhos haviam quase desaparecido. Isto também lhe agradava; Stella não era vaidosa, apenas tinha pela sua aparência o mesmo gosto que pelas camélias que então floresciam ao fundo do jardim das traseiras. O reflexo no espelho do seu cabelo louro quase branco, do seu rosto em forma de coração e dos seus olhos violeta eram agradáveis de ver, mas eram algo que tinha como certo. Era verdade que Will já não conseguia rodear-lhe a cintura com as duas mãos abertas, mas encarava o caso com boa disposição. Era um sinal dos cinco filhos que trouxera no ventre, e dos três que lhe restavam.

Ouviu-os no piso de baixo a acabar de jantar e, fechando os olhos, viu-os a todos como se tivesse descido à cozinha. James inclinado como se desenhasse as suas máquinas fantásticas, esquecido do prato enquanto rabiscava mais uma roda dentada ou uma engrenagem, e Joanna, a mais velha, a cuidar com severidade do mais novo, John, que já ia sem dúvida na terceira fatia de bolo. Encantadas com a perspetiva das visitas (adoravam Charles Ambrose, como todas as crianças, pela profundidade dos bolsos e pelos casacos coloridos), ajudaram a pôr a mesa com todas as peças de prata e cristal que havia em casa, com exclamações de prazer à vista dos guardanapos bordados com flores e que não estavam autorizados a usar. Só Joanna ficaria acordada para cumprimentar os convidados, e prometera reunir todos os mexericos possíveis para contar aos irmãos ao pequeno-almoço.

– A viúva vai ser tão gorda como um cavalo de tiro e vai chorar para a sopa – opinou. – E o filho vai ser bem-parecido, rico e estúpido e vai pedir-me que case com ele e eu vou rejeitá-lo e ele vai acabar por dar um tiro nos miolos.

Como acontecia com frequência, Stella sentiu-se dominada pela impressão de ter sido bafejada por uma felicidade que não fizera nada para merecer. O seu amor por Will, que surgira tão subitamente como uma febre quando ela tinha dezassete anos e fora igualmente atordoante, não diminuíra de intensidade, nem um só momento, nos seus quinze anos de casamento. A mãe, desapontada com quase todos os aspetos da vida, avisara-a de que era melhor manter as expectativas de felicidade baixas: o marido ia provavelmente fazer-lhe exigências desagradáveis que ela teria de suportar pelos filhos, ia cansar-se dela ao fim de pouco tempo, algo que ela devia agradecer, ia engordar, ia ser pároco de aldeia toda a vida e nunca ia enriquecer. Mas Stella, para quem a mera existência de William Ransome era um milagre só comparável com as bodas de Canaã, não pôde impedir-se de se rir da mãe e pôr fim à conversa com um beijo. Na altura sentira, e continuava a sentir, uma profunda compaixão por qualquer mulher que não tivesse tido o bom senso de casar com o seu Will. A mãe vivera tempo suficiente para ficar desapontada com a falta de desapontamento da filha. A rapariga parecia indecentemente encantada com todos os aspetos do matrimónio e mal dava à luz um bebé já parecia estar à espera do seguinte. Passeavam de mãos dadas pela rua principal de Aldwinter e nem a perda de dois filhos conseguira desferir um golpe no amor dos dois – apenas parecera torná-lo ainda mais firme. De vez quando admitia que talvez tivesse sido mais feliz em Londres ou no Surrey, onde mal se podia atravessar a rua sem se fazer um novo amigo, mas Stella era uma bisbilhoteira incansável e Aldwinter proporcionava-lhe material mais que suficiente para manter aceso o seu interesse pelos outros seres humanos sem que ninguém a tivesse ouvido alguma vez dizer mal de alguém.

Entretanto, Will ainda não saíra do escritório desde o pequeno--almoço. Era um dos seus hábitos, não ver ninguém ao sábado antes do fim da tarde, altura em que tomava um bom copo de vinho que fazia durar o mais possível. Para surpresa dos amigos e da família, já surpreendidos com o exílio voluntário na pequena paróquia (o que a maior parte previa que acabasse por cansá-lo ao fim do primeiro ano), Will levava as suas obrigações de domingo tão a sério como se tivesse recebido as suas instruções da própria sarça ardente. A sua religiosidade não era das que são vividas por um livro de instruções, como se ele fosse um funcionário público e Deus o secretário permanente de um departamento do governo celestial. Sentia a sua fé profundamente, em especial quando se encontrava ao ar livre, onde o céu era a nave da sua catedral e os carvalhos os seus transeptos. Se a fé lhe falhava, como por vezes acontecia, via os céus celebrarem a graça de Deus e ouvia as pedras louvarem a sua glória.

Quando marcava as leituras no livro de orações, e preparava a prédica pela segurança de Aldwinter e de todos os que lá viviam, também ele ouviu o barulho que os filhos faziam do outro lado do corredor. Isto recordou-lhe que os seus momentos de solidão estavam a chegar ao fim. O relógio sobre a lareira bateu as seis, o que significava que só faltavam duas horas até o toque da campainha vir perturbar o seu sossego.

Will não era um homem pouco hospitaleiro, embora nunca tivesse partilhado o gosto da mulher pela companhia de outras pessoas. De Charles e Katherine Ambrose gostava mais que dos próprios irmãos, e as visitas frequentes de paroquianos ansiosos eram sempre bem-vindas. Além disso, agradava-lhe que Stella fosse admirada a presidir à mesa com a sua presença calorosa e espirituosa, o seu belo rosto voltado em todas as direções na preocupação de supervisionar o bem-estar dos convidados. Mas uma viúva de Londres com um estafermo por companheira e um filho mimado! Abanou a cabeça em reprovação e fechou o caderno de apontamentos: cumpriria a sua obrigação porque nunca deixava de o fazer, mas não tencionava tolerar o capricho de uma mulher rica pelas ciências naturais, provavelmente em detrimento da sua saúde espiritual. Se ela lhe pedisse que a ajudasse na sua tentativa desmiolada de descobrir o que quer que tivesse metido na cabeça que se escondia no barro do Essex ou continuava a viver no estuário, receberia uma recusa implacável. Tudo aquilo fazia parte do Problema, pensou Will, recusando como sempre dignificar os boatos que corriam pela aldeia com o nome de besta ou serpente. Iam ser todos sujeitos a um julgamento e emergir purificados.

— O Senhor seja louvado — murmurou Will, embora com um pouco de má vontade, e saiu para ir buscar chá.

— Que diferente do que eu estava à espera!

— E eu! É tão jovem para ser viúva, e tão bonita!

Às oito e dez Stella Ransome e Cora Seaborne estavam sentadas lado a lado no sofá mais próximo da lareira. Minutos depois de se terem encontrado estavam de tal maneira encantadas uma com a outra que tinham concluído que era uma pena não se conhecerem desde crianças. Martha, habituada aos impulsos da amiga, que retirava o seu afeto com a mesma rapidez com que o concedia, não prestou muita atenção e observou como Joanna brincava timidamente com um baralho de cartas. A seriedade da rapariga, o seu rosto inteligente e a sua trança fina agradavam-lhe. Aproximando-se, sugeriu-lhe que jogassem a qualquer coisa.

— Oh, mas eu não sou bonita, de maneira nenhuma — retorquiu Cora, encantada com a mentira piedosa. — A minha mãe estava sempre a dizer-me que o mais que eu podia esperar era ser considerada vistosa, o que me serve perfeitamente. Mas a verdade é que hoje me vesti mais respeitavelmente que de costume. Tenho a certeza que se me tivesse visto esta tarde não me deixaria entrar.

Era tudo verdade. Fora por insistência de Martha que vestira o seu vestido verde bom, com pregas em que se podia imaginar todo o tipo de musgos. Escondera a cicatriz da omoplata com um lenço de cor pálida, suportara as cem vezes que Martha lhe escovara o cabelo e retesara-se para ela lhe pôr os ganchos de cabelo, muitos dos quais já estavam espalhados pela carpete.

— O Will está muito satisfeito por vocês terem vindo e vai ficar cheio de pena de se ter atrasado. Chamaram-no agora mesmo para ir ver um dos paroquianos, que vive num dos extremos da aldeia, mas não deve demorar-se.

– Estou cheia de vontade de o conhecer! – também isto era verdade. Cora concluíra que esta mulher encantadora com o seu rosto de fada não poderia ser feliz se partilhasse a sua vida com um ogre de pés chatos. Estava cheia de disposição de gostar dele, e enquanto esperava recostara-se no sofá com o seu copo de vinho na mão.

– Foi muito amável ter convidado o meu filho, mas ele não tem estado bem e eu não quis que ele fizesse a viagem.

– Ah... – os olhos de Stella encheram-se de lágrimas que intensificaram o azul dos seus olhos, mas apressou-se a limpá-las. – É muito cruel perder um pai. Tenho imensa pena por ele e além disso devia ter pensado que não deve ter disposição para passar uma noite na companhia de estranhos.

Cora era de uma honestidade inata que a impedia de ver derramar lágrimas por um sofrimento que suspeitava nunca ter existido.

– Ele está a enfrentar tudo muito bem. Ele é... uma criança invulgar, e desconfio que não sente as coisas com a profundidade que seria de esperar.

Vendo como a interlocutora parecia surpreendida, Cora sentiu-se satisfeita por um ruído súbito à porta de casa e um par de botas a serem limpas no tapete a terem poupado a mais explicações. Nessa altura um molho grande de chaves aproximou-se da fechadura e Stella Ransome pôs-se de pé num salto.

– William, foi o Cracknell? Está doente?

Cora levantou os olhos e viu um homem inclinar-se para beijar a mulher na testa. Stella era tão pequena que ele parecia enorme ao lado dela, embora não fosse especialmente alto. Estava vestido com elegância com um casaco preto de bom corte e tinha uma força e um vigor que contrastava curiosamente com o colarinho próprio do seu ofício. O seu cabelo era do tipo de nunca estar penteado a não ser cortado muito curto. Caía-lhe em caracóis castanhos que à luz das lanternas quase pareciam ruivos. Depois de beijar a mulher deixou as mãos repousarem suavemente na sua cintura, com os seus dedos largos e curtos. Por fim, voltou-se para trás e disse-lhe:

– Não, querida, o Cracknell não está doente. Mas vê só quem eu encontrei.

Afastou-se um pouco e soltou o colarinho branco, que atirou para cima de uma mesa. Atrás dele entrou Charles Ambrose com um casaco escarlate e logo a seguir Katherine, escondida por um ramo de flores de estufa. O aroma era indecente, pensou Cora: ia direito ao estômago, não percebia porquê, até que recordou que a última vez que as vira fora à volta do caixão onde se encontrava o corpo do marido.

Houve um turbilhão de cumprimentos, durante o qual Cora, por uma vez satisfeita por ser esquecida, observou Martha e a rapariga absorvidas com uma paciência.

– A rainha está no cativeiro – disse Joanna, e deu outra carta.

Depois as tréguas foram quebradas e o pequeno grupo entrou na sala. Charles e Katherine beijaram Cora, elogiaram-lhe o vestido e congratularam-se por não ter os sapatos enlameados. Estava boa? Que cabelo tão limpo e brilhante! E onde estava a Martha, e no que andava ela metida? E o Frankie, estava a dar-se bem com o ar do campo? E o dragão marinho? Estariam prestes a ver o nome de Cora nas páginas do *Times?* E não adoravam a Stella, e o que pensavam do Reverendo Will?

Nisto uma voz calma e profunda disse, com bom humor, mas, pareceu a Cora, uma evidente falta de entusiasmo:

– Ainda não conheço os nossos convidados. Charles, ofuscas-me de tal maneira com a tua glória que não consigo ver nada à tua volta.

Charles Ambrose afastou-se e erguendo um braço conduziu o anfitrião ao sofá onde Cora estava sentada. Por cima do colarinho aberto da camisa preta, Cora viu uma boca desenhar um sorriso, olhos com o tom do carvalho polido e uma face que parecia ter sofrido um golpe profundo de uma navalha da barba. Em todos os seus anos de vida de sociedade sempre se orgulhara da sua capacidade de avaliar com perspicácia o estatuto e o caráter daqueles que lhe eram apresentados: o homem de negócios rico embaraçado pelo próprio êxito, a senhora com aspeto pobre e um van Dick nas escadarias. No entanto, estava perante um homem que não se deixava avaliar, por mais que ela observasse os seus sapatos bem polidos ou as mangas um pouco esticadas pelos músculos dos seus braços. Parecia demasiado forte para um homem que vivesse amarrado à secretária, mas demasiado pensativo para poder ser um agricultor satisfeito com a sua vida. Tinha um sorriso demasiado amável para poder ser sincero, mas os seus olhos brilhavam com humor. A voz (e não a teria ouvido já, talvez nas ruas de Colchester, ou num comboio de Londres?) tinha um eco do Essex, mas falava como um académico. Levantou-se e estendeu-lhe a mão com a graciosidade possível numa pessoa a quem o perfume das flores ainda dava uma volta ao estômago.

Will, pelo seu lado, viu uma mulher alta e elegante, com um nariz fino salpicado por sardas, que usava um vestido cor de musgo (o seu valor, calculou bem, devia ser duas vezes o de todo o guarda-roupa de Stella) que lançava uma tonalidade esverdeada nos seus olhos cinzentos. Usava um tecido parecido com gaze à volta do pescoço (que disparate: estaria convencida de que aquilo a ia manter quente?) e no dedo trazia um anel de diamantes que dividia a luz e a refletia contra a parede. Apesar da magnificência do seu guarda-roupa, havia nela qualquer coisa de arrapazado; a única joia que usava era o anel e em vez de ter polvilhado o rosto para o tornar pálido deixava-o brilhar com as cores que o ar do mar aí depositara. Quando ela se levantou percebeu que não era o cavalo de tiro que a filha profetizara, mas também não era magra. Era grande e tinha substância. *A sua presença,* pensou, *seria impossível de ignorar por muito que se tentasse.*

Quer tenha sido o gesto dela quando lhe estendeu a mão quer a altura, igual à dele, percebeu quem ela era nesse momento. Era a mandona que saíra do nevoeiro naquele dia na estrada de Colchester, quando haviam tirado juntos a ovelha da lama e ele se tinha cortado no rosto. Teve a certeza que ela não o reconhecera. Olhava-o com um sorriso caloroso, talvez um pouco condescendente. A pausa antes de lhe ter apertado a mão foi sem dúvida demasiado breve para ser notada pelos companheiros, mas levou-a a ela a observar mais atentamente o anfitrião. Will, que ainda não parara de rir com a recordação do encontro absurdo à beira da lagoa desde a noite em que voltara para casa coberto de lama, não conseguiu continuar a esconder como estava divertido e pôs-se outra vez a rir, levando a mão à marca avermelhada deixada pelo animal.

Cora, sempre tão rápida a avaliar as mudanças de disposição à sua volta, sentiu-se por momentos desorientada. Ele pegou-lhe na mão e foi talvez a pressão que a levou a olhar de novo para a posição do corte no rosto dele e para os caracóis no colarinho.

– Oh, o senhor! – exclamou ela, e começou também a rir.

Martha (que observava tudo isto com um sentimento próximo do medo) viu a amiga e o anfitrião de mãos dadas, a rir sem parar. Cora, sem conseguir mostrar maneiras, ia tentando conter-se para explicar a uma surpreendida Stella o que os havia posto aos dois a rir daquela forma. Foi Will quem por fim lhe soltou a mão e, com uma vénia irónica – uma perna estendida, como na corte –, acabou por dizer:

– É um prazer conhecê-la, Mrs. Seaborne. Permite-me que lhe ofereça uma bebida?

Compondo-se, Cora respondeu:

– Gostaria muito de tomar outro copo de vinho. Já lhe apresentaram a minha Martha? Nunca vou a lado nenhum sem ela – este esforço por mostrar boas maneiras foi demasiado. Teve de comprimir os lábios para impedir um novo acesso de riso.

Stella, divertida, mas nunca disposta a manter-se à margem dos acontecimentos, meteu-se na conversa:

– Suponho então que já se conheciam...

A voz dela trouxe Will de novo à realidade. Aproximou-a de Cora e explicou:

– Lembras-te, há umas duas semanas, quando cheguei tarde a casa coberto de lama porque tinha tirado uma ovelha da lagoa e que uma mulher desconhecida me ajudou? Bom, aqui está ela. – Voltando-se para Cora acrescentou com uma seriedade súbita: – Acho que lhe devo um pedido de desculpas. Tenho a certeza que fui desagradável, mas a verdade é que não sei como teria conseguido sem a sua ajuda.

– Foi monstruoso – concordou Cora –, mas proporcionou um tal divertimento aos meus amigos que lhe perdoo completamente. E aqui está a Martha, que não vai acreditar que eu o imaginei uma criatura saída da lama e destinada a regressar à lama. Martha, o Reverendo William Ransome. Mr. Ransome, a minha amiga.

Pôs um braço à volta da cintura de Martha, com uma necessidade súbita de se aproximar de qualquer coisa familiar, e observou o olhar rápido de apreciação da amiga, que quase de certeza deixou o Reverendo pouco à-vontade.

Entretanto Charles aplaudia, como se o episódio tivesse sido organizado para seu divertimento. No entanto, as questões mais prementes impuseram-se e, com uma mão pousada com desamparo sobre a curva esplêndida do ventre, perguntou a Stella:

– É verdade que há faisão e tarte de maçã?

Levantando-se, ofereceu o braço esquerdo à mulher e o direito à anfitriã. Joanna recordou a tarefa que lhe fora atribuída e abriu a porta da sala de jantar. A luz encontrou caminho através dos copos de cristal e brilhou sobre a madeira polida da mesa, fazendo resplandecer o bordado de Stella nos guardanapos. A sala era pequena e tiveram de avançar em fila indiana por trás das cadeiras de espaldar alto. Não havia nada elegante no papel de parede verde e nas aguarelas sobre a lareira, mas Cora achou que nunca vira nada tão aconchegador. Lembrou-se de Foulis Street, com o estuque trabalhado nos tetos altos e as janelas que Michael a proibira de cobrir com cortinados e desejou com fervor não ter de voltar a vê-las. Joanna, fascinada com aquela mulher magnífica, com o seu riso sonoro e o seu vestido verde, apontou com timidez para um cartão onde o nome de Cora fora escrito com a melhor caligrafia de John.

– Obrigada – sussurrou-lhe a convidada, que puxou ao de leve a trança da rapariga. – Eu vi que ganhaste à Martha às cartas. És muito mais esperta que eu!

(Mais tarde, quando Joanna levou um prato de chocolates aos irmãos para lhes falar dos acontecimentos da noite, apresentou as coisas assim: «Não é velha, mas é rica. Tem uma mala feita de pele de crocodilo e não sei porquê, mas lembra-me a Joana d'Arc. Além disso, John, não comas tudo, tem uma voz esquisita, com pronúncia. Não sei de onde é que ela é, mas deve ser de muito longe.»)

Stella, mais surpreendida que nunca com a convidada, observou Cora por baixo das suas longas pestanas. Imaginara uma senhora com uma melancolia estudada, que debicasse a comida e, de vez em quando, voltasse em silêncio a aliança de casada ou abrisse uma medalha para olhar o rosto do falecido. Era desconcertante em vez disso deparar-se com uma mulher que comia com elegância, mas em grandes quantidades, desculpando-se pelo apetite com a explicação de que nessa manhã percorrera quinze quilómetros a pé e no dia seguinte tencionava fazer outro tanto. Na sua presença a conversa saltava de forma estonteante do conteúdo do sermão de Will («Conheço bem... *Por isso não temos medo, mesmo que a terra trema*, e por aí adiante...? E que adequado para a sua congregação!») para Charles Ambrose e as suas maquinações políticas («O coronel Howard sempre sucumbiu, Charles? Reverendo, agradava-lhe um novo representante no Parlamento?»), com pausas breves para introduzir o assunto da investigação de fósseis ao longo da costa.

– Nós contámos à Cora sobre a Serpente do Essex – disse Charles, abrindo um chocolate. – Sobre ambas, aliás.

– Que eu saiba só há uma – corrigiu-o William com uma calma absoluta. – E se os nossos convidados estiverem interessados podem vir comigo vê-la amanhã de manhã.

– É linda – disse Stella inclinando-se para Cora. – Uma serpente enrolada no braço de um dos bancos da igreja, com as asas recolhidas. O Will acha que é uma blasfémia, e todas as semanas ameaça tirá-la de lá com um formão. Mas não creio que se atreva.

– Gostava muito de a ver, obrigada! – o lume na lareira estava fraco e Cora mantinha a chávena junto do peito. – Mas digam-me, tem havido mais notícias da criatura que dizem que vive no rio?

Stella, que sabia como o marido desaprovava qualquer menção do Problema, olhou-o ansiosamente e preparou-se para apagar o fogo com café.

– Não tem havido notícias porque não há criatura, embora na verdade um dos meus paroquianos seja capaz de não concordar. Fui ver Cracknell – disse Will voltando-se para Stella – e ao que parece ou *Gog* ou *Magog* entregou a alma ao Criador.

– Oh! – exclamou Stella com um beicinho, resolvida a visitar o velho no dia seguinte e a levar-lhe uma refeição quente. – Pobre Cracknell, como se não tivesse já perdido o suficiente. – Passou uma chávena de café à convidada e acrescentou: – O Cracknell vive junto do sapal e há pouco tempo enterrou a última pessoa de família que lhe restava. *Gog* e *Magog* eram as cabras dele, e a alegria e o orgulho do pobre velho, e eram elas que nos forneciam de leite e manteiga. O que aconteceu, Will?

– Quem o ouvir fica convencido de que um monstro qualquer lhe apareceu à porta e lhe tirou uma delas dos braços. Ninguém acredita mais na serpente que Cracknell. Mas o que aconteceu é que a cabra se escapou do curral durante a noite, perdeu-se no sapal e foi apanhada pela maré. – Com um suspiro acrescentou: – Diz que a encontrou rígida de terror, assustada, literalmente, de morte. Desconfio que isto não vai contribuir nada para lhes tirar estes disparates da cabeça. Como posso convencê-los de que a nossa mente é capaz de nos enganar com truques sofisticados, e que sem fé que nos sustente somos capazes de ver... – Fletiu as mãos, como se procurasse a melhor expressão, e tentou de novo: – Estou convencido que é possível dar carne e osso aos nossos terrores, em especial quando voltamos as costas a Deus. – Consciente do olhar fixo de Cora, divertido mas não condescendente, escondeu-se por trás do vapor que subia da sua chávena de café.

– E pensa que ele está louco, que não há nenhum fundo de verdade no que diz?

A compaixão de Cora pelo velho não conseguiu acalmar nem um bocadinho a sua curiosidade. No fundo estava perante uma espécie de prova!

O reverendo fez um gesto de desdém.

– Uma cabra assustada de morte? Que absurdo! Nenhum animal irracional compreende o medo a este ponto, mesmo que seja capaz de perceber a diferença entre um dragão marinho, ou o que quer que eles dizem que é, e um pedaço de madeira perdido no sapal. Assustada de morte! Não. O pobre animal estava nas últimas, saiu do curral e apanhou frio. Não há aqui serpente monstruosa nenhuma, tirando a que está gravada na igreja, e dessa também já nos tínhamos livrado se por uma vez a minha mulher me deixasse fazer o que eu quero!

Cora, com a sua vocação de advogada do Diabo, continuou a conversa.

– Mas o Reverendo é um homem de Deus, que sem dúvida envia sinais e prodígios ao Seu povo. No fim de contas será assim tão estranho pensar que Ele tenha escolhido fazê-lo mais uma vez, apelando ao nosso arrependimento?

No entanto, não conseguiu suprimir completamente o humor cético e Will, percebendo-o, olhou-a de sobrolho erguido.

– Estou certo de que acredita tanto no que está a dizer como eu. O nosso Deus é um Deus de razão e ordem, não de aparições noturnas! Estamos perante os boatos de uma aldeia que perdeu de vista a constância do Criador. O meu dever é trazê-la de volta à confiança e à certeza, não ceder a boatos.

– E se não for nem um boato nem um apelo ao arrependimento, mas apenas uma criatura viva, a examinar, catalogar e explicar? Darwin e Lyell...

Will afastou a chávena com impaciência.

– Ah, esses nomes nunca tardam a aparecer. Foram homens inteligentes, sem dúvida. Li-os a ambos e pode haver nas suas teorias muitos pontos que as futuras gerações venham a mostrar ser verdadeiros. No entanto, amanhã as teorias serão outras, e ainda outras. Uma será desacreditada e uma nova elogiada. Vão passar de moda e ser ressuscitadas uma década mais tarde com mais notas de rodapé e novas edições. Tudo está a mudar, Mrs. Seaborne, e em grande parte para melhor, mas de que nos serve tentarmos manter-nos de pé sobre areias movediças? Acabaremos sempre por tropeçar e cair, e ao cair por nos tornar presas da loucura e da escuridão. Estes boatos sobre monstros não passam de provas de que nos libertámos daquilo que nos mantém ligados a tudo o que é bom e seguro.

– Mas a sua fé não é toda ela feita de estranheza e mistério? Toda ela sangue e enxofre? Feita da procura do caminho às cegas no meio da escuridão?

– Pela maneira como fala, dir-se-ia que continuamos na idade das trevas, como se o Essex ainda queimasse as suas bruxas. Não, a nossa fé é feita de luz e clareza. Não avanço aos tropeções: corro com paciência pelo caminho aberto perante mim. Há uma lanterna no meu caminho.

Cora sorriu.

– Nunca percebo se são as suas próprias palavras que está a usar. Nisso estou em desvantagem. – Bebeu o que restava de café na chávena e ficou com um sabor amargo a borras na boca. – Falamos os dois de iluminar o mundo, mas temos diferentes fontes de luz.

Will, estranhamente empolgado, achou que devia sentir-se provocado por aquela estranha mulher de olhos cinzentos que o desafiava no seu próprio terreno, mas em vez disso sorriu.

– Nesse caso vamos ver quem é o primeiro a apagar a candeia do outro – e com estas palavras ergueu o copo num brinde.

Stella, que não teria apreciado mais a troca de argumentos se tivesse pago por um bom lugar no teatro, juntou as mãos como se se preparasse para aplaudir, mas qualquer coisa lhe provocou um ataque de tosse. O som parecia demasiado profundo para poder ter origem numa criatura tão frágil. Apoderou-se do seu corpo e fê-la agarrar-se à toalha e derrubar um copo de vinho. Imediatamente distraído da sua boa disposição, Will ajoelhou-se ao lado da mulher, deu-lhe uma palmada leve nas costas estreitas e murmurou-lhe algumas palavras ao ouvido.

– Devíamos ir buscar água quente. Fazia-lhe bem inspirar o vapor – disse Katherine Ambrose, mas o ataque de tosse desapareceu tão depressa como surgira.

Stella olhou-os a todos com os olhos azuis humedecidos.

– Peço desculpa, que falta de maneiras. Agora já todos sabem que estou com gripe, e demora tanto tempo a passar! Importam-se que vá já para a cama? Diverti-me *tanto* – disse, e com isso tomou a mão de Cora nas suas. – Mas amanhã de manhã ainda cá estão e pelo menos uma serpente vamos poder mostrar-vos.

3

No final da manhã seguinte, a serpente da Igreja de Todos os Santos revelou-se uma pobre coisa inocente no braço de um banco de uma igreja da Restauração. Fora gravada nos últimos dias da Serpente do Essex, quando os rumores já tinham dado lugar à lenda e deixara de haver avisos afixados nos carvalhos e nos postes. Sem dúvida a besta não representara um motivo de terror para o turbulento artesão, que fizera a cauda dar três voltas ao apoio do braço com escamas bem vincadas, mas sem dentes nem garras. As asas, concedeu Cora com uma risada, eram um pouco sinistras, como se um morcego tivesse acasalado à força com um pardal, e as sombras no focinho deformado num esgar faziam-na parecer pestanejar, embora fosse difícil interpretar o que quer que fosse como uma referência ao além. A figura suportara duzentos anos de carícias de paroquianos afetuosos e a sua superfície tornara-se lisa.

Joanna, que acompanhara Cora e o pai no passeio matinal, percorreu com o dedo um corte recente na serpente do banco de igreja.

– Foi aqui – explicou ela. – Era aqui que ele ia tirá-la com um formão, mas nós não deixámos.

– Esconderam-me a caixa de ferramentas – acrescentou o pai. – Agora não me dizem onde está.

Nessa manhã William Ransome parecia mais severo do que Cora o recordava da noite anterior na pequena sala de jantar bem aquecida, como se tivesse assumido a sua função sacerdotal com o colarinho. Não lhe assentava bem, nem a severidade nem o fato preto, ou a barba feita recentemente e que dava ao corte no rosto um aspeto desagradável. Ainda assim, no fundo dos seus olhos parecia esconder-se uma leveza que Cora procurou invocar enquanto ele lhe mostrava a pequena aldeia e a igreja com a sua torre baixa, com paredes de pedra húmidas da chuva da noite e brilhantes ao sol matinal.

Cora pôs a ponta do dedo mindinho na boca da serpente. *Morde que eu aguento.*

– Se pensasse bem fazia um espetáculo com ela, espalhava boatos por conta própria e cobrava entradas para deixar ver o monstro.

– Era capaz de dar para pagar uma janela nova, mas o Essex está cheio de horrores e não conseguimos competir com Hadstock e a porta de pele de dinamarquês. – Vendo como ela franzia o sobrolho, explicou-lhe: – A porta da igreja deles está coberta de pregos e por baixo dos pregos há pedaços de pele. Conta-se que um dinamarquês apóstata foi apanhado e flagelado e a pele dele foi usada como proteção contra a chuva.

Cora estremeceu, encantada, e querendo contribuir para atenuar a severidade dele acrescentou:

– Talvez o tenham punido com o castigo viquingue do sangue de águia: arrancaram-lhe as costelas, dispuseram-nas como asas e arrancaram-lhe os pulmões... Céus, fi-lo empalidecer, e a Jojo está maldisposta!

A rapariga atirou ao pai um olhar de desprezo – *desiludiste-me, desiludiste mesmo* – e abotoou o casaco para ir ver de perto os homens que se encarregavam de tocar o sino.

– Que sorte vocês têm, que bênção, como provavelmente diz! – observou Cora num impulso, vendo Joanna saltar entre pedras tumulares e acenar-lhes do alpendre à porta do cemitério. – Todos vocês parecem ter o dom da felicidade...

– Nós? – Will estava sentado ao lado dela num banco de igreja onde tocava na serpente. – Vejo-a sempre a rir. É contagiante, como os bocejos. – *Estávamos com medo de si*, pensou, *e afinal vejam só*. – É muito diferente do que contávamos.

– Oh, ultimamente sim. Até me rio quando não devia. Sei que não correspondo ao que se espera de mim... Nestas últimas semanas tenho pensado muito que nunca houve uma diferença tão grande entre o que sou e o que devia ser. – Que disparate falar com aquela liberdade com um estranho, mas afinal já se tinham visto um ao outro no seu pior e nenhuma conversa os refletiria tão profundamente como aquela pequena lagoa junto da estrada de Colchester. – Tenho consciência do estado de desgraça em que me encontro. Sempre estive, mas nunca foi tão visível como agora.

Cora entristeceu tão bruscamente que Will viu alarmado como os seus olhos brilhavam e, tocando o colarinho, retorquiu, na voz grave que tão bem usava nestas ocasiões:

— Somos ensinados, e eu acredito nisso, que é quando estamos mais perdidos e desamparados que a fonte de conforto está mais próxima... Desculpe, não é que eu queira impor-me... é só que não dizer estas coisas seria como vê-la com sede e não lhe dar um copo de água.

Esta última expressão afastava-se de tal maneira das que reservava habitualmente para as obrigações do ofício que olhou surpreendido as próprias mãos, como se quisesse verificar que era realmente o seu corpo que elas habitavam.

— E eu tenho sede, de tudo, tudo! Mas há muito que desisti do que me diz — retorquiu Cora com um sorriso apontando para o telhado alto com as suas pedras brancas e as traves que o cruzavam e para o altar com a sua cobertura azul. — Por vezes, penso que vendi a alma para poder viver como vivo. Não estou a falar de moral ou de consciência... Estou só a pensar na liberdade para pensar o que me ocorre, para atirar esses pensamentos para onde quero que vão, para não os deixar seguir por caminhos abertos por outros, *nesta* ou *naquela* direção. — Franzindo o sobrolho testa, percorreu o corpo da serpente com o polegar e acrescentou: — Nunca tinha dito isto a ninguém, mas já tinha pensado em fazê-lo. Acho que realmente vendi a minha alma, mas infelizmente não por um preço muito alto. Em tempos tive fé, daquela com que penso que em geral nascemos, mas vi o que ela faz e desisti. É uma espécie de cegueira, ou uma escolha deliberada da loucura, voltar costas a tudo o que é novo e belo, não ver que no microscópio há tantos milagres como nos Evangelhos!

— Está convencida, está mesmo convencida, que tem de escolher entre uma e outra, entre a fé e a razão?

— Não só a minha razão, não há que chegue para contrabalançar a minha alma, mas a minha liberdade. E por vezes penso que vou acabar por ser punida por isso, mas a punição já eu conheço e habituei-me a suportá-la.

Will não percebeu e teve receio de perguntar, mas, entretanto, Joanna apareceu e ficou na nave enquanto atrás dela os homens puxavam as cordas e o toque dos sinos se ouvia um pouco abafado no interior da igreja.

— Não era com uma pessoa assim que estávamos a contar — repetiu ele.

– O mesmo posso dizer – retorquiu Cora, olhando-o tão diretamente quanto conseguiu no meio de um curioso assomo de timidez. Pareceu-lhe que o colarinho não lhe conferia mais autoridade que o avental a um ferreiro, mas até um ferreiro era senhor na sua forja. – Sim, o mesmo posso dizer. Imaginei-o gordo e pomposo, e Stella muito magra e frágil e os seus filhos todos horrivelmente beatos.

– Beatos! – respondeu ele com um esgar. – A correr para a igreja de manhã cheios de devoção e a acotovelar-se para chegar em primeiro lugar às Bíblias!

Nessa altura Joanna ajoelhou-se com um gesto exageradíssimo à frente do altar (tinha uma colega de escola católica e invejava-lhe imenso o terço e os rituais) e benzeu-se três vezes. O cabelo estava penteado como um halo por trás das orelhas e vestira-se de branco. Tinha uma expressão tão compenetrada que quase não se lhe viam os lábios. Correspondia de tal maneira à imagem de uma filha horrenda de um pároco que Cora e Will se entreolharam encantados e não resistiram a um novo ataque de riso.

– Não encontro o meu livro de orações – explicou Joanna com dignidade, sem perceber o que fizera e decidindo ficar ofendida.

Ainda se estavam a rir quando os fiéis chegaram e apanharam o reverendo de surpresa. Will foi para a porta cumprimentá-los e Cora tentou uma ou duas vezes trocar um olhar com ele, como um miúdo de escola que procurasse um cúmplice, mas foi impossível. Ele subira a ponte levadiça. O banco da serpente estava num canto escuro onde provavelmente não seria vista e, relutante em abandonar a igreja, tão calma e sossegada, decidiu ficar mais um pouco.

A congregação da pequena aldeia era animada. Havia quase (pensou Cora) um ar festivo, ou então o bom humor sugerido pela perspetiva de um inimigo comum. Passando despercebida no seu lugar, ouviu-os falar acerca do Problema, e da serpente, e de alguma coisa vista na noite anterior, quando fora lua cheia e a lua estava vermelha, além de que algumas colheitas se haviam perdido e mais alguém tinha torcido um pé. Um jovem que rivalizava com Ransome pela negrura do fato e pela gravidade do aspeto estendia a mão a todos os que passavam pelo banco dele e fazia observações acerca do dia do juízo e do fim dos tempos.

Os sinos pararam de tocar, as pessoas calaram-se e William atravessou a nave. Quando chegou aos degraus do púlpito, com uma Bíblia debaixo do braço esquerdo e (pareceu a Cora) um certo ar tímido, a porta abriu-se de repente e deixou ver Cracknell. O velho era precedido por uma sombra longa e escura, e um cheiro tão forte a lama e mofo que uma mulher que tinha esquecido os óculos apertou a mala ao peito e guinchou:

– Está aqui!

Obviamente encantado com o efeito, o velho ficou parado à entrada da igreja até ter a certeza que fora visto. Em seguida avançou até ao banco da frente e sentou-se de braços cruzados. Usava outro casaco sobre o do costume. Tinha uma gola de pele, onde as bichas-cadelas se passeavam alarmadas, e muitos botões de latão.

– Bom dia, Mr. Cracknell – cumprimentou William, que não pareceu surpreendido. – Bom dia a todos. *Que alegria quando me disseram: «Vamos para a casa do Senhor!»* Mr. Cracknell, quando estiver bem instalado começamos com o hino 102, que sei ser um dos seus preferidos. Temos sentido a sua falta, e a da sua voz. – Quando alcançou o púlpito fechou a porta e voltando-se disse: – Importam-se de se pôr de pé?

Cracknell, desdenhoso, considerou a possibilidade de se manter alheado no seu banco e não se juntar ao coro, mas sempre fora muito admirado pela sua bela voz de tenor e não conseguiu resistir à melodia. Uma vez que já rompera a sua promessa de não voltar a passar as portas da igreja em protesto contra o destino que o Todo-Poderoso lhes reservara, lá lhe pareceu que perdido por cem perdido por mil. A perda de *Gog* uns dias antes (encontrada caída, com os olhos revirados de horror e sem qualquer ferida à vista) transmitira-lhe uma nova determinação. O Problema não era nenhum boato feito de ar e vento; era de carne e osso e aproximava- -se da aldeia. Nessa manhã, Banks assegurara ter visto qualquer coisa negra e escorregadia logo abaixo da superfície da água e em St. Osyth no dia anterior um rapaz afogara-se num dia claro. Por mais que ten- tasse, Cracknell não conseguia relacionar os pequenos pecados de uma pequena aldeia com o juízo divino, mas sem dúvida era do juízo divino que se tratava, e se o vigário não ia apelar ao arrependimento teria de ser ele a fazê-lo.

Felizmente para o Reverendo Ransome, Cracknell escolhera um lugar aquecido por uma mancha de sol e entre o calor da primavera e os seus dois casacos deixou-se cair numa modorra pontuada pelos seus roncos e murmúrios.

Do seu canto na penumbra da igreja, Cora viu a congregação ajoelhar-se para a oração e levantar-se para cantar. Sorriu com os bebés inclinados sobre os ombros das mães a meter-se com crianças sentadas atrás. Observou como a voz do sacerdote se alterava um pouco quando passava da oração para o texto da Bíblia. Ao lado dela na parede uma placa um pouco suja dizia «David Bailey Thompson, menino de coro, 1868-1871, descanse em paz», e Cora pensou: *Terá vivido ou apenas cantado estes três anos?* Aos seus pés o chão de tacos tinha um padrão em espinha de uma madeira pálida com brilho e todos os anjos dos vitrais tinham asas de gaios. Qualquer coisa no segundo hino – talvez a melodia, ou um ou dois versos que recordava da infância – tocou dentro dela um ponto que julgava há muito cicatrizado e começou a chorar. Não tinha lenço, porque não usava. Uma criança observou surpreendida as suas lágrimas e chamou a atenção da mãe, que se voltou e não viu nada. As lágrimas não queriam parar e Cora não tinha nada senão o cabelo para as secar. Só o vigário, do seu lugar elevado, conseguia vê-la. Observou a maneira como Cora respirava profundamente tentando suprimir um soluço e como procurava esconder o rosto. Cruzaram o olhar e ele manteve o dele e esse olhar foi diferente de qualquer outro que ela já tivesse observado num homem. Não era divertido nem inquiridor ou horrorizado; não havia nele nem altivez nem crueldade. Imaginou que fosse assim que ele olhava para James ou para Joanna se os visse aflitos, mas ao mesmo tempo não poderia ser porque era um olhar entre iguais. Foi breve, e em seguida afastou-se, tanto por delicadeza como porque a música terminara. Era demasiado tarde para esconder a vergonha, e Cora deixou as lágrimas caírem livremente.

No fim da missa, a boa disposição recuperada pelo menos o suficiente para ser capaz de se rir de si mesma e das marcas húmidas no vestido, Cora esperou que Will estivesse suficientemente rodeado de gente à porta da igreja. Não tinha verdadeiras objeções a ser vista naquele estado de tristeza, mas receava que lhe fosse oferecida compaixão e preferiu esperar o suficiente para poder voltar para junto de Martha e da segurança dos seus fósseis e dos seus cadernos de apontamentos, que nunca a fariam chorar. Quando achou que era seguro partir, saiu do banco pelo lado mais escuro e encontrou, descaradamente à sua espera, Cracknell vestido com o seu casaco de gola de pele.

– Como vai? – cumprimentou-a ele, encantado por a ter assuntado. – Uma estranha entre nós, estou a ver. O que está aqui a fazer com essas botas verdes?

– Posso muito bem ser uma estranha – respondeu Cora –, mas pelo menos cheguei a horas! Além disso, as minhas botas são castanhas.

– Tem razão – reconheceu Cracknell. – Tem razão. – Sacudiu um inseto da manga. – Já deve ter ouvido falar de mim, e bem, espero eu, porque o Reverendo é um grande amigo meu e uma pessoa de quem eu gosto, até porque já não tenho muito de quem gostar – e com isto estendeu-lhe a mão e apresentou-se.

– Ah, Mr. Cracknell – disse ela. – Claro que já ouvi falar de si, e da sua perda. Tenho muita pena. Foi uma ovelha, não foi?

– Ovelha, diz ela! *Ovelha!* – encolheu os ombros e procurou com os olhos alguém com quem partilhar a indignação com a estupidez dela, mas encontrando apenas os anjos com asas de gaios nos vitrais da igreja atirou-lhes um novo *ovelha!* desdenhoso e riu-se um pouco mais. Depois interrompeu-se, como se se tivesse lembrado de alguma coisa, e inclinou--se de novo para a agarrar por um cotovelo. Baixou a voz, de maneira que sem pensar nisso ela aproximou-se um pouco para o ouvir melhor: – Nesse caso eles contaram-lhe? Contaram-lhe e a senhora ouviu com atenção? Sobre o que anda aí no Blackwater ao luar e ao que tenho ouvido dizer ultimamente também à luz do dia, porque quando o rapaz de Osyth foi apanhado nem sequer havia nuvens. Contaram-lhe e talvez tenha visto por si mesma, talvez *ouvido*, talvez *cheirado*, como o que está na pele do meu casaco e também na sua pele, era capaz de jurar... – Ao dizer isto aproximou-se. O seu hálito putrefacto tresandava a peixe. Sentiu-se empurrada de novo para a área mais sombria da igreja. – Oh, estou em crer que sabe do que falo. *Oh, sabe sim...* E tem medo, não é verdade? Sonha com isso, está à escuta, à espera, tem *esperança* de o encontrar... – e tendo encontrado a verdade onde menos esperava aproximou-se ainda mais e sussurrou. – Oh, que maldade, saber que o dia do juízo se apro-xima e não ter onde se esconder, e afinal tem esperança de o encontrar, *quer* encontrá-lo, não se importa de suportar tudo desde que possa vê-lo. Não estará aqui mesmo? Está agora a passar-lhe sobre a cabeça, depois de ter cruzado a porta da igreja quando estávamos todos inclinados? – A escuridão tornou-se mais densa, o ar mais frio, e Cora ouviu a voz do Reverendo William Ransome a uma pequena distância. Procurou-o, mas não o viu. Cracknell parecia dançar à sua frente, obscurecendo-lhe a visão e sussurrando: – Oh, *ele* não vê, não sente, não pode ajudá-la. Não vale a pena olhar para *ali*, *dali* não lhe virá ajuda.

– Deixe-me ir – pediu Cora tocando a cicatriz do pescoço e recordando o que dissera ao reverendo quando os dois estavam sentados naquele mesmo lugar. *A punição já eu conheço e habituei-me a suportá-la.* Seria um castigo que procurava? Tê-la-ia Michael maltratado de tal maneira que agora esperasse que os outros fizessem o mesmo? Ter-se-ia tornado um ser deformado, anormal, depois de tanto tempo a ser pressionada e moldada? Ou teria realmente vendido a alma e agora tinha de honrar a transação? – Deixe-me – insistiu, e apoiando-se no banco para se manter direita encontrou-o molhado. A mão escorregou e Cora desequilibrou-se e teve de se segurar a Cracknell. Sentiu a pele oleosa do casaco do velho, com o seu cheiro a sal e a ostras, e fê-lo igualmente desequilibrar-se. Tentando não cair, Cracknell levantou os braços e o seu casaco de abas abriu-se e deixou à vista o forro de cabedal, preto, oleoso, com um som de bater de asas. – *Deixe-me!* – insistiu Cora.

Nesse momento a porta abriu-se e Joanna apareceu acompanhada de Martha, e com elas a luz entrou na igreja.

– Quem é que fechou a porta? Quem é que deixou a porta fechar--se? – perguntavam elas.

Cracknell deixou-se cair num banco a sussurrar pedidos de desculpa, a explicar que lamentava muito, mas os últimos tempos tinham sido muito difíceis, com uma coisa atrás de outra.

– Vou já – gritou Cora, e repetiu-se para ter a certeza que a voz lhe saía firme: – Vou já, e é melhor despacharmo-nos para não perdermos o comboio.

Stella estava à janela da reitoria, a ver as crianças atravessarem o largo e esconder-se entre os ramos do Carvalho do Traidor. Passara grande parte da noite a tossir e dormira muito pouco, e o pouco tempo que repousara passara-o a sonhar que alguém entrara no quarto dela e pintara tudo de azul. As paredes tinham ficado azuis e o mesmo acontecera com o teto: em lugar da carpete havia ladrilhos azuis brilhantes com a luz que entrava pela janela. O céu estava azul, bem como as folhas das árvores, que davam igualmente frutos azuis. Acordara perturbada por ver à sua volta as mesmas velhas rosas no papel de parede, e as mesmas cortinas de linho creme, e pediu a James que fosse apanhar jacintos ao jardim. Dispôs as flores ao lado das violetas que secara no início da primavera e dos pés de alfazema que uma vez Will deixara na almofada dela. Sentia--se um pouco quente, embora isso não fosse desagradável, e enquanto os sinos tocavam criou um ritual todo dela.

– Lazulite, cobalto, índigo, azul – repetiu múltiplas vezes a cantarolar, tocando à vez em cada flor com o polegar estendido, sem que soubesse explicar porquê.

II
TUDO O QUE ESTÁ AO SEU ALCANCE

ABRIL

George Spencer
A/C George Hotel
Colchester

1 de abril

Caro Mr. Ambrose,

Como vê, escrevo-lhe de um estabelecimento em Colchester, com um nome particularmente adequado, onde estou alojado por algum tempo na companhia do Dr. Luke Garrett, que, talvez recorde, nos apresentou no outono passado num jantar em Foulis Street dado pelo falecido Michael Seaborne.

Espero que me perdoe o atrevimento de lhe escrever, e de pedir o seu conselho. Quando nos conhecemos falámos com brevidade da legislação aprovada recentemente pelo Parlamento com o objetivo de melhorar as condições de vida das classes trabalhadoras. Se bem me lembro, lamentou na altura a lentidão com que essas leis estão a ser postas em prática.

Nos últimos meses, tive oportunidade de conhecer um pouco melhor o problema da habitação em Londres, em particular as rendas elevadíssimas impostas por senhorios ausentes. Tanto quanto sei, o trabalho de algumas organizações filantrópicas (como o Peabody Trust, por exemplo) está a assumir uma importância cada vez maior no combate ao problema da falta de casas e das más condições de alojamento.

Estou interessado em encontrar formas de aplicar o Spencer Trust – tenho consciência de que o meu pai esperava de mim que usasse os meios que me legou em algo mais que o financiamento de um estilo de vida extravagante – e gostaria de contar com o conselho de pessoas mais conhecedoras que eu da forma como isso poderia ser feito. Estou certo de que já conhece as questões envolvidas, mas ainda assim tomo a liberdade de lhe enviar uma brochura da Comissão para a Habitação da Área Metropolitana de Londres.

Tomei recentemente conhecimento de propostas com a finalidade de melhorar as condições de alojamento dos pobres de Londres que não assentem na imposição de condições de caráter moral aos seus beneficiários – compensando os «bons» com casas seguras e salubres e deixando os restantes entregues à sordidez –, mas apenas no desejo de ajudar incondicionalmente os nossos semelhantes a libertarem-se da pobreza.

Penso regressar a Londres dentro de uma ou duas semanas. Se dispuser de tempo, poderá receber-me? Tenho uma consciência dolorosa de que nesta matéria, como na maior parte das questões, não estou suficientemente informado.

Na expectativa de uma resposta, apresento-lhe os cumprimentos mais atenciosos,

George Spencer

Cora Seaborne
A/C Red Lion
Colchester

3 de abril

Querida Stella,
Será possível que só tenha passado uma semana desde que nos conhe-cemos? A mim parece-me pelo menos um mês. Mais uma vez, obrigada pela vossa amabilidade e hospitalidade. Penso que nunca comi tão bem, nem numa disposição tão feliz.
Escrevo-lhe na esperança de a tentar a visitar-me uma tarde em Colchester. Gostava de ir ao museu do castelo e pensei que os seus filhos talvez também pudessem vir. A Martha afeiçoou-se de tal maneira à Joanna que quase tenho ciúmes. Além disso, há um jardim muito bonito, cheio de flores azuis que decerto lhe agradarão.
Envio-lhe ainda uma nota para o Reverendo, juntamente com uma brochura que tenho esperança que ele ache interessante.
Escreva em breve!

Afetuosamente,

Cora

Por mão própria

Caro Reverendo Ransome,

Espero que se encontre bem, e escrevo para lhe agradecer a sua bondade e hospitalidade. Felizmente pudemos encontrar-nos em circunstâncias mais auspiciosas que da primeira vez.

Aconteceu uma coisa curiosíssima depois do nosso encontro, de que quis imediatamente dar-lhe conta. Fizemos um passeio a Saffron Walden para visitar a câmara e o museu. É uma cidade de tal maneira encantadora que poderia redimir o Essex aos olhos de quem quer que fosse: quase me convenci de que senti o cheiro do açafrão nas velhas ruas. E que havia eu de encontrar, numa livraria num recanto soalheiro, senão o documento que aqui lhe envio: um fac-símile do panfleto original que prevenia para o perigo de uma serpente alada. NOTÍCIAS ESTRANHAS DO ESSEX, anuncia-se: nada mais nada menos que uma verdadeira revelação. Um tal Miller Christy deu-se ao trabalho de o reproduzir, o que só temos a agradecer-lhe. Até inclui uma ilustração, embora me veja obrigada a confessar que ninguém parece muito assustado.

Tenha cuidado, por favor! Nenhum homem vencido por uma ovelha pode esperar triunfar sobre um tal inimigo.

Atenciosamente,

Cora Seaborne

William Ransome
Reitoria da Igreja de Todos os Santos
Aldwinter

6 de abril

Cara Mrs. Seborne,

Agradeço o envio do panfleto, que me divertiu e lhe reenvio aqui (infeliz-mente o John julgou que se tratava de um livro de colorir, enquanto o James se divertiu a desenhar uma cruz para defender o lar). Prometo-lhe, com tanta solenidade quanta a que o meu colarinho permitir, que se alguma vez vir uma serpente com asas como chapéus de chuva a abanar no largo da aldeia a apanho com uma rede de pesca e lha envio imediatamente.

Gostei muito de a conhecer. Nas manhãs de domingo sinto-me muitas vezes nervoso e a vossa visita foi uma distração apreciada.

Vai ficar muito tempo em Colchester? Sabe que é sempre bem-vinda em Aldwinter. Cracknell ficou com um fraquinho por si, como todos nós.

Com amor cristão,

William Ransome

1

Na última semana de abril, quando todas as sebes do Essex estavam brancas com as flores das cicutas-dos-prados e dos abrunheiros, Cora mudou-se com Martha e Francis para uma casa cinzenta junto do largo de Aldwinter. Tinham-se cansado de Colchester e do Red Lion: Francis esgotara a reserva de Sherlock Holmes do dono da estalagem (marcara as faltas de rigor a vermelho e as inverosimilhanças a verde) e Cora aborrecera-se com o pequeno rio civilizado da cidade, que dificilmente poderia esconder alguma coisa maior que um lúcio.

A recordação do encontro com Cracknell – o odor salino da gola do casaco, a maneira como conjurara de recantos ocultos a besta à espreita no Blackwater – deixara-a inquieta. Pressentia que alguma coisa a aguardava em Aldwinter, embora não soubesse se ansiava pelos vivos se pelos mortos. Achava-se muitas vezes infantil e crédula por andar em busca de um fóssil vivo num estuário do Essex (que sítio!), mas se Charles Lyell alimentava a ideia de que uma espécie poderia resistir à extinção porque não havia ela de pensar da mesma maneira? E o Kraken não fora considerado uma mera lenda até uma lula gigante aparecer numa praia da Terra Nova e ser fotografada na banheira do Reverendo Moses Harvey? Além disso, por baixo dos pés dela estava o calcário do Essex, onde podia esconder-se sabe Deus o quê, à espera de uma oportunidade para se mostrar. Saía para um passeio com a bainha do casaco enlameada e o rosto exposto à chuva e dizia: «Não sei porque não hei de ser eu, e porque não aqui. Mary Anning não sabia nada de nada até que uma derrocada lhe matou o cão.»

Foi através de Stella Ransome que soube da casa por arrendar no largo da aldeia.

– Porque não vêm para Aldwinter quando se cansarem da cidade? Os Gainsforth andam há meses à procura de inquilinos, mas só uma pessoa muito estranha estaria disposta a ir para ali viver connosco! – disse-lhe num dia em que foi a Colchester comprar algumas peças de tecido azul. – É uma boa casa, tem jardim, o verão está quase a chegar. Pode contratar o Banks para a levar a passear pelo estuário, porque na rua principal nunca vai encontrar a serpente! – Pegando na mão de Cora concluíra: – Além disso gostávamos de a ter perto de nós. A Joanna quer a Martha, o James quer o Francis e todos a queremos a si.

– Sempre quis aprender a velejar – respondeu Cora com um sorriso, e tomou nas suas as pequenas mãos de Stella. – Importa-se de me pôr em contacto com os Gainsforth e de me recomendar junto deles? Valha-me Deus, Stella, as suas mãos estão tão quentes! Tire o casaco e diga--me como tem passado.

Francis, que ouviu toda a conversa de baixo do seu novo poiso favorito, debaixo da mesa, aprovou inteiramente. A mudança para Colchester proporcionara-lhe novos reinos para conquistar, e sentia-se pronto para mais. Já esgotara a pequena reserva de tesouros da cidade (soprara e guardara o ovo de gaivota e a faca de prata que Taylor o deixara levar das ruínas), e partilhava a certeza da mãe de que alguma coisa estava à espreita no sapal do Blackwater. Nos meses que se haviam seguido à morte do pai, ele próprio (pelo menos era essa a sua impressão) tornara-se adulto. Já nem Cora nem Martha tentavam pegar-lhe ao colo, e a ele tal coisa nunca lhe passaria pela cabeça. A sua tendência para se aproximar da janela ou da porta a meio da noite sem razão aparente há muito que desaparecera – não sabia porque o fizera, só que deixara de ser necessário. Em vez disso tornou-se reservado e silencioso, e suportava com amabilidade as visitas a Aldwinter. Os filhos do reitor tratavam-no com um desprezo amável que lhe servia perfeitamente; nas duas ocasiões em que se haviam cruzado, os rapazes tinham trocado talvez uma dúzia de palavras em várias horas.

– Aldwinter – pronunciou, experimentando a palavra. – Aldwinter.

As três sílabas, com a sua cadência descendente, agradavam-lhe.

A mãe olhou-o com alívio.

– Gostavas, Frankie? Nesse caso está decidido.

2

Nos seus aposentos em Pentonville Road, o Dr. Luke Garrett foi acordado de um sono de vinho mau por um alvoroço debaixo da janela. Um moço de recados trouxera uma mensagem e esperava à porta obstinadamente pela resposta. Garrett desdobrou a folha de papel e leu:

> *Sugiro venha hospital de imediato. Paciente com incisão de faca acima da quarta costela lado esquerdo (polícia notificada). Ferida mede cerca dois centímetros, penetração músculo intercostal até coração. Exame preliminar sugere músculo cardíaco sem lesões; incisão pericárdio (?). Paciente sexo masculino, vinte e poucos anos, consciente, respiração normal. Possível candidato intervenção cirúrgica se atendido próxima hora. Antecipe chegada e tudo estará preparado – Maureen Fry*

Deu um tal grito de alegria que o rapaz, à espera, assustado, perdeu qualquer esperança de receber uma gorjeta e voltou a misturar-se com a multidão. A Irmã Maureen Fry era a única confidente e defensora de Garrett entre o pessoal do hospital (excluindo sempre Spencer). Frustrado o seu desejo de pegar por si própria no escalpe e na agulha, via na perturbação introduzida pela ambição feroz de Garrett um substituto da sua. Os seus longos anos de serviço e a sua ambição formidável, combinados com uma serenidade implacável empunhada como arma contra a arrogância masculina, faziam que parecesse tão essencial à estrutura do hospital como as vigas mestras. Garrett habituara-se à sua ajuda quase silenciosa na sala de operações e desconfiava (embora nunca tivesse estado certo ao ponto de lhe agradecer) que se não contasse com ela como aliada nunca poderia ter tentado várias cirurgias que, de outro modo, seriam consideradas demasiado arriscadas. Nenhuma fora tão arriscada como a que lhe era sugerida naquele momento: até então nenhum cirurgião fizera uma tentativa bem-sucedida de fechar uma ferida no coração. Essa impossibilidade aparecia mesmo rodeada de uma aura de romance, como se tivesse sido estabelecida por uma deusa que não houvesse esperança de aplacar. Menos de um ano antes, um dos cirurgiões mais importantes de um hospital de Edimburgo, convencido de que conseguiria remover uma bala do coração de um soldado ferido, perdera o doente na mesa de operações e, no meio da sua dor e vergonha, fora tranquilamente para casa e matara-se com um tiro (na verdade, como seria de esperar, atirara ao coração, mas a mão tremia-lhe de tal maneira que falhara o alvo e acabara por morrer de uma infeção).

Nada disto ocorreu a Luke Garrett, que, junto da porta de casa, iluminada pelo sol, apertava o bilhete ao peito.

– Deus vos abençoe – rosnou para surpresa dos transeuntes ocasionais, querendo com isso referir-se tanto ao paciente como à enfermeira e a quem quer que tivera a boa ideia de espetar a faca. Vestiu o casaco e apalpou os bolsos. O resto do dinheiro fora-se em bebida e não lhe restava que chegasse para uma carruagem de praça. A rir-se, percorreu numa corrida os mil e quinhentos metros até à porta do hospital, deixando para trás a cada novo passo um pouco mais da confusão que lhe ficara da noite anterior. Ao chegar era esperado. A entrada na sala de operações foi-lhe impedida por um cirurgião mais velho com uma barba da cor e da forma de uma pá de jardim. Ao lado estava Spencer, com ar ansioso, como tantas vezes acontecia, de mãos no ar num gesto conciliador, apontando de vez em quando para um bilhete que tinha na mão, que Luke percebeu vir igualmente da Irmã Maureen. Atrás de ambos uma porta foi rapidamente aberta e fechada, mas não sem que Luke tivesse vislumbrado dois pés longos e estreitos por baixo de um lençol branco.

– Dr. Garrett – disse o cirurgião mais velho, a cofiar a barba –, eu sei o que está a pensar, mas não pode fazê-lo. Não pode.

– Não? – perguntou Garrett num tom tão humilde que Spencer se voltou para trás alarmado. Sabia perfeitamente que não havia sombra de humildade em Luke. – Como é que ele se chama?

– O que eu quero dizer é que vocês não podem e não devem. A família está com ele. Deixem-no enfrentar o fim em paz. Eu sabia que alguém havia de o chamar! – e torceu as mãos. – Não vou deixá-lo arruinar a reputação deste hospital. A mãe está ali e ele ainda não parou de falar desde que ela chegou.

Garrett deu mais um passo em frente. Sentiu um cheiro como de cebola a começar a apodrecer vindo do cirurgião e sobrepondo-se a ele o aroma reconfortante do iodo.

– Diga-me como é que ele se chama, Rollings.

– Não quero saber do nome dele para nada. Quando eu descobrir quem o avisou... Não pode entrar aqui. Não o vou deixar. Nunca ninguém tratou uma ferida no coração sem que o doente tenha morrido, e muitos melhores que o Garrett já tentaram. E quem ali está é um homem, não é um dos seus brinquedos mortos. Além disso, pense na reputação do hospital!

– Caro Rollings – disse Garrett com tanta delicadeza que fez Spencer recuar com receio –, por mais que tente não vai conseguir impedir-me. Se eles me autorizarem prescindo dos meus honorários, e vão autorizar, porque estão desesperados. Além disso, o Royal Borough não tem qualquer reputação a defender para além da que me deve a mim!

Rollings continuou a impedir-lhe a passagem, como se tentasse aumentar de tamanho até a cobrir totalmente. Ficou tão corado que Spencer se aproximou com receio de que desmaiasse.

– Não estou a falar de *regras* – insistia o cirurgião. – Estou a falar da vida de um homem. Não é *possível!* Vai arruinar a sua reputação! É o coração dele! É o coração!

Garrett não tinha dado um só passo, mas no corredor mal iluminado parecia, não maior, mas mais denso, mais maciço. Não perdera a cabeça, mas parecia prestes a explodir com energia mal contida. Rollings deixou-se cair prostrado contra uma parede. Percebeu que fora vencido. Passando por ele com um olhar quase amável, Garrett entrou numa pequena sala escrupulosamente limpa. O ambiente antisséptico cheirava a ácido carbólico e a lavanda, um aroma que se desprendia do lenço de uma mulher sentada à cabeceira do paciente. De vez em quando, inclinava-se para o homem coberto com o lençol branco e sussurrava, em confidência:

– Não me parece que tenhas de faltar muito tempo ao trabalho. É melhor não lhes dizermos nada por enquanto.

Maureen Fry, com uma bata rígida como cartão de tanta goma e luvas de borracha, estava à janela a ajustar uma persiana de algodão para deixar entrar o sol. Voltou-se para cumprimentar Luke com um aceno plácido. Se ouvira a troca intempestiva de argumentos junto da porta era óbvio que nunca o admitiria.

– Dr. Garrett – cumprimentou. – Dr. Spencer. Boa tarde. Certamente vão preparar-se antes de examinar o doente, que está bem. – Entregou a Spencer uma pequena pasta onde estava anotada a perda de pulso e a subida de temperatura. Nem Garrett nem Spencer foram enganados pela forma das palavras, calculada para não deixar transparecer o que quer que pudesse ser entendido pela mãe: o doente não estava bem, e o mais provável era que nunca mais viesse a estar. – Chama-se Edward Burton – acrescentou. – Tem vinte e nove anos e o estado geral de saúde é bom. É escriturário na companhia de seguros Prudential. Foi atacado por um estranho quando se dirigia para casa, em Bethnal Green. Encontraram-no nos degraus da Catedral de S. Paulo.

– Edward Burton... – disse Luke, e voltou-se para o homem coberto pelo lençol.

O doente era tão magro que quase não levantava o lençol que o cobria, mas era alto, e por isso os pés e os ombros estavam visíveis. Tinha omoplatas protuberantes, e entre elas o declive no pescoço movia-se de forma visível. *Engoliu uma traça*, pensou Spencer, e sentiu náuseas. As maçãs do rosto do doente, que eram largas e altas e marcadas por sinais negros, coraram de súbito. O jovem tinha entradas prematuras, o que deixava a testa alta exposta. Nesse momento estava coberta de transpiração. Podia ter vinte anos, podia ter cinquenta, e provavelmente nesse momento era mais belo do que alguma vez fora. Estava consciente e parecia muito concentrado, como se expelir o ar dos pulmões fosse uma aptidão que lhe tivesse levado vários anos a dominar. Ouvia a mãe atentamente e intervinha apenas quando ela se interrompia, mas só para dizer qualquer coisa acerca de corvos e gralhas.

– Ele há umas horas estava bem – explicou a mãe no tom de quem se desculpava, como se, não o tendo visto no seu melhor, pudessem partir desapontados. – Puseram-lhe um penso. Pode mostrar-lhes? – a enfermeira começou por lhe levantar o braço magro e depois ergueu o lençol. Spencer viu um penso quadrado grande abaixo do mamilo esquerdo. – Não havia sangue nem pus; era como se o tivessem coberto com um pedaço de tecido durante o sono.

– Quando veio estava bem, falava. Puseram-lhe este penso. Não havia muito sangue nem nada. Deixaram-no aqui e acho que se esqueceram de nós. Acho que ele está só cansado. Porque é que ninguém veio vê-lo? Não posso levá-lo para casa?

– Ele está a morrer – informou-a Luke com delicadeza. Deixou a palavra no ar para ver se ela a assimilava, mas ela limitava-se a sorrir com insegurança, como se tivesse ouvido uma piada de mau gosto. Luke ajoelhou-se ao lado da cadeira onde ela estava sentada e tocou-lhe levemente na mão. – Está a morrer, Mrs. Burton. Pela manhã já vai estar morto.

Spencer, que sabia com que avidez Luke aguardava uma ferida como aquela – vira-o abrir cães e cadáveres para se preparar –, observou a paciência do amigo com surpresa e afeto.

– Disparate – disse a mulher, e todos ouviram o tecido de um lenço rasgar-se entre as suas mãos. – Disparate! Olhem para ele! Vai simplesmente dormir.

– O corte chegou ao coração. A ferida está toda ali, aqui – explicou Garrett, e bateu no próprio peito. – O coração dele está a enfraquecer. – Procurando palavras que ela pudesse perceber, acrescentou: – Vai ficar cada vez mais fraco, como um animal ferido na floresta, e depois o coração dele vai deixar de bater e já não vai haver mais sangue e tudo, os pulmões e o cérebro, vai parar.

– *Edward...* – disse ela.

Luke viu os seus golpes serem assestados e percebeu que a presa estava fraca. Pousou-lhe a mão no ombro e acrescentou:

– O que eu quero dizer é que vai morrer a não ser que me deixe ajudá-lo.

Houve um momento em que ela lutou contra a verdade e depois começou a chorar. Com uma voz calma que penetrou no choro dela com mais autoridade do que alguma vez lhe percebera, Luke prosseguiu:

– A senhora é a mãe dele, trouxe-o ao mundo, e eu posso mantê-lo no mundo. Deixa-me operá-lo? Eu... – a confiança na possibilidade de êxito combateu com a sua honestidade até alcançar uma trégua difícil. – Eu sou muito bom. Sou o melhor, e faço-o sem receber nada. Nunca ninguém o fez e vão dizer-lhe que não é possível, mas há sempre uma primeira vez e o mais importante é o tempo. Eu sei que a senhora quer que eu lhe prometa, e eu não posso, mas não pode pelo menos confiar em mim?

Do outro lado da porta, houve um breve tumulto. Spencer desconfiava que Rollings tinha alertado várias autoridades administrativas e fez força contra a porta com os braços abertos. Cruzou os olhos com a enfermeira e percebeu que os dois pensavam o mesmo, que estavam no limite do que era eticamente admissível. O barulho do outro lado da porta diminuiu.

Entre soluços, a mulher perguntou:

– O que é que lhe vai fazer?

– Não é tão perigoso como parece – disse Luke. – O coração dele está protegido por uma espécie de saco, como um bebé no útero. O golpe foi ali, eu vi-o, quer que lhe mostre? Tem razão, talvez seja melhor não. O golpe é nesse saco, e não é maior que o seu dedo mínimo. Eu vou cosê-lo e a hemorragia vai parar, e ele vai... pode ser que recupere. Se não fizermos nada... – e concluiu com um gesto de desânimo.

– Vai ter dores?

– Não vai sentir nada.

Mrs. Burton começou a recompor-se, pedaço a pedaço, a começar pelos pés, que pousou um pouco afastados no chão, e a acabar pelo cabelo, que afastou do rosto como se quisesse revelar a sua determinação.

– Muito bem – decidiu ela. – Faça o que achar melhor. Eu agora vou para casa.

Não olhou para o filho. Limitou-se a tocar-lhe no pé ao passar pela cama. Spencer saiu com ela, para fazer o que fazia sempre: acalmar, tranquilizar, e, com a autoridade conferida pela riqueza e pelo estatuto, proteger o amigo das consequências das suas ações.

Entretanto Garrett inclinou-se sobre a cama e disse com vivacidade:

– Daqui a pouco vai dormir um bom sono. Está cansado? Parece-me que sim. – Depois pegou na mão do doente, sentindo-se um pouco tolo, e acrescentou: – O meu nome é Luke Garrett. Espero que se lembre dele quando acordar.

– Uma gralha é um corvo – disse Edward Burton –, mas dois corvos são gralhas.

– A confusão é natural – explicou Garrett, e voltou a pôr o braço do doente sobre o lençol branco. Depois voltou-se para a Irmã Maureen e acrescentou: – Está pronta?

Tratava-se de uma mera fórmula de cortesia porque era inconcebível que não estivesse. No gesto afirmativo dela havia uma tal tranquilidade e confiança na capacidade de Garrett que o pulso do médico, que ainda não normalizara desde a corrida para chegar ali, começou a bater mais devagar.

Quando ele e Spencer entraram na sala de operações, com as mãos vermelhas de tanto esfregarem, os porteiros tinham desaparecido. Edward Burton estava de olhos abertos fixados na Irmã Maureen, que mudara de bata e arrumava nesse momento com uma monotonia experiente uma série de frascos e instrumentos em tabuleiros de aço.

Spencer gostaria de ter explicado ao doente o que se seguiria, que o clorofórmio agia devagar, que devia esforçar-se por não afastar a máscara, que na devida altura acordaria (e acordaria mesmo?) com a garganta dorida do tubo por onde passava o éter. No entanto, Garrett exigia silêncio e tanto Spencer como a enfermeira tinham aprendido a adivinhar do que ele precisava por pouco mais que alguns acenos e sabiam como eram precisos os olhares negros que ele lançava por cima da máscara branca.

Com o paciente imobilizado, o tubo de borracha encostado ao lábio a sugerir um trejeito, Garrett removeu o penso e observou a ferida. A tensão da pele fizera-a abrir-se na forma de um olho cego. Burton tinha tão pouca gordura que o osso branco-acinzentado era visível por baixo da pele e do músculo cortados. A abertura não era suficiente, por isso depois de lavar a ferida com iodo Garrett abriu mais uns dois centímetros para cada lado. Com Spencer e Maureen a ajudá-lo, a limpar e a manter a lesão visível, Garrett percebeu que teria de começar por remover uma secção da costela que escondia a ferida. Com uma serra fina (que usara uma vez para amputar o dedo esmagado de uma rapariga, apesar dos seus protestos de que não poderia dançar com sandálias se ficasse apenas com quatro), reduziu quase dez centímetros o tamanho da costela em relação ao que pretendera a Criação e pôs o que sobrou numa bacia. Depois, com vários retractores de aço que não teriam parecido deslocados nas mãos de um engenheiro de caminhos de ferro, abriu uma cavidade e espreitou lá para dentro. *Está tudo tão comprimido dentro de nós*, pensou Spencer, como sempre maravilhado com a beleza do corpo. O emaranhado de vermelho e azul e os minúsculos depósitos de gordura... não eram as cores da natureza. Uma ou duas vezes os músculos à volta da abertura contraíram-se lentamente, como uma boca imobilizada num bocejo.

E lá estava o coração, a palpitar na sua bolsa fina. A lesão parecia tão insignificante... Garrett garantira que o corte era apenas no pericárdio, que não chegara ao coração, e estava plenamente convencido de que assim era, mas a sondagem feita com o dedo confirmou a sua suposição. As câmaras e as válvulas não tinham sido atingidas. O alívio fê-lo dar um pequeno grito.

Spencer observou como Luke introduzia a mão, o pulso um pouco inclinado, os dedos dobrados, para palpar o coração onde conseguia, para o sentir, porque (sempre o dissera, mesmo quando se tratava de mortos) era o que havia de mais íntimo, e sensual, e tanto via pelo tato como pelo olhar. Com a mão esquerda, estabilizou o coração e, com a direita, pegou na agulha curva que Maureen lhe passou, com uma categute tão fina que podia ter servido para coser um tecido de seda.

Durante muito tempo Spencer habituou-se a ver os colegas irem ter com ele nos corredores e nas enfermarias e perguntarem-lhe «quanto tempo é que ele levou? Quantos pontos foram precisos?» e deu em responder «mil horas e mil pontos», embora na verdade mal tivesse tido tempo de inspirar e expirar até ouvir de novo os retractores a serem tirados e o som do instrumento húmido a ser removido. Os músculos nas bordas da cavidade aberta contraíram-se e depois foi só coser a pele sobre a cavidade onde antes estivera uma costela.

Passaram uma longa hora à volta da cama, enquanto os opiáceos substituíam o clorofórmio e os pensos eram limpos e atentamente observados, não fosse surgir, súbita ou lentamente, algum sangue. Maureen Fry, de costas direitas e olhos brilhantes, como se tivesse gostado de repetir tudo uma e outra vez, passou-lhes água, que Spencer não conseguiu beber e Luke engoliu tão depressa que quase ficou indisposto. Outros iam e vinham, espreitavam com curiosidade à porta, na esperança de tomar conhecimento de um triunfo, de um desastre ou de ambos, e, não vendo nem ouvindo nada de especial, iam-se embora desapontados.

No princípio da segunda hora, Edward Burton abriu os olhos e disse audivelmente:

– Passei por S. Paulo, mais nada, só para tentar perceber como a cúpula se mantém no lugar – e depois, mais tranquilamente: – Dói-me a garganta.

Para quem já tantas vezes tinha visto os fluxos e refluxos da vida, a cor nas faces e as tentativas do doente de levantar a cabeça foram tão esclarecedoras como um pulso e a temperatura medidos ao longo de todo o dia. O sol pusera-se, e ele vira-o nascer de novo.

Garrett voltou-se e saiu. Ao passar por um dos muitos armários onde se guardava roupa de cama sentou-se algum tempo no escuro. Sentiu-se tremer horrivelmente e com tal violência que só usando os próprios braços como colete de forças conseguiu impedir que o corpo caísse desamparado contra a porta fechada. Depois, o tremor desapareceu e Garrett começou a chorar.

3

William Ransome caminhava sem casaco pelo largo quando viu Cora aproximar-se. Ao longe já percebera que era a visitante: caminhava com o andar de um rapazinho e parecia estar sempre a parar para ver alguma coisa na relva ou para meter um objeto no bolso. O Sol baixo iluminava o cabelo solto sobre os seus ombros. Quando o viu, Cora sorriu e acenou-lhe.

– Boa tarde, Mrs. Seaborne.

– Boa tarde, Reverendo – retorquiu Cora.

Pararam e olharam-se, sem levar o cumprimento a sério, como se já se conhecessem há longos anos e as amabilidades fossem absurdas.

– Por onde tem andado? – perguntou ele, vendo que ela percorrera de certeza vários quilómetros a pé. Tinha o casaco desabotoado, a blusa húmida no pescoço e com marcas de musgo, e na mão trazia um pé de cicuta-dos-prados.

– Não tenho bem a certeza. Há duas semanas em Aldwinter e tudo continua a ser um mistério. Caminhei em direção a oeste, disso tenho a certeza. Comprei leite, o melhor que já bebi, invadi uma propriedade e assustei os faisões, tenho o nariz queimado e, olhe!, caí sobre uma laje e esfolei um joelho.

– Em Conyngford Hall, desconfio – disse ele, sem prestar atenção às feridas. – Havia torreões e um pavão numa gaiola com ar triste? Teve sorte por escapar sem ser tomada por caçadora furtiva e sem levar um tiro.

– Um morgado mau? Devia ter aberto a gaiola ao pavão.

Cora observou-o placidamente. Nenhum homem poderia parecer menos um sacerdote: tinha a camisa aberta e coçada nos punhos e as unhas sujas de terra. O rosto bem escanhoado de domingo dera lugar a uma barba de vários dias e onde a ovelha fizera a ferida não cresciam pelos.

– O pior possível! Se apanhar um coelho que seja nas terras dele, no dia seguinte antes do pequeno-almoço já está à frente do juiz.

Acertaram o passo sem esforço. Will pensou que as pernas dos dois deviam ter o mesmo comprimento, a altura devia ser igual, e talvez também o tamanho dos seus braços abertos. Uma brisa ociosa fazia-lhes chegar o aroma das flores de criptoméria. Cora sentia-se cheia de coisas para oferecer e não conseguia impedir-se de o fazer.

– Quando vinha a chegar, vi uma lebre ali, no meio do caminho, parada a olhar para mim. Tinha-me esquecido da cor do pelo das lebres, como amêndoas acabadas de sair da casca, da força que têm nas patas traseiras e de como são compridas e como as cabeças delas aparecem de repente no meio dos campos, como se se tivessem lembrado de repente que têm uma coisa qualquer para fazer. – Cora olhou-o receosa da atitude do homem do campo condescendente com a infantilidade dela, mas não. Will limitou-se a sorrir e inclinou a cabeça. – Também vi um tentilhão – acrescentou ela – e qualquer coisa amarela, que podia ser um lugre... Percebe de pássaros? Eu não. Por toda a parte há bolotas a ganhar raiz e rebentos: uma coisa branca a entrar no chão num sítio onde as folhas do ano anterior estão a apodrecer e uma folha verde a começar a desenrolar-se! Como é que eu nunca tinha reparado? Gostava de ter uma para lhe mostrar.

Ele olhou um pouco confundido para a palma vazia que ela lhe estendeu. Como era estranha, a notar coisas daquelas e a falar-lhe delas. Não condizia com uma mulher que usava um casaco de homem que não conseguia esconder a seda fina da blusa, o colar de pérolas e o diamante no anel.

– Não percebo tanto de pássaros como gostaria – confessou ele –, mas sei que o chapim-azul usa uma máscara de ladrão de estrada e o chapim--real o capelo do juiz que o vai enforcar! – Ela riu-se e ele atreveu-se: – Preferia que me chamasse pelo primeiro nome. Para mim Mr. Ransome vai sempre ser o meu pai.

– Como queira – respondeu ela. – William. Will.

– E ouviu os pica-paus? Eu vou sempre à escuta de pica-paus. E a Serpente do Essex? Vai libertar-nos das garras do medo?

– Nem vestígios de tal criatura! – disse Cora em tom lamentoso. – Até o Cracknell parece contente quando falo do assunto. Aposto que informou a malvada de que eu vinha aí e ela, com a pulga atrás da orelha, fugiu para o Suffolk.

– De maneira nenhuma – assegurou Will. – Garanto-lhe que os boatos continuam a circular. O Cracknell pode fazer-se forte com uma senhora, mas nunca vai para a cama sem deixar uma candeia acesa à janela. A pobre *Magog* passou a ficar dentro de casa e o leite dela secou. – Cora sorriu e ele continuou: – Além disso, ou aquela gente de St. Osyth se tornou descuidada com o gado ou alguma coisa roubou dois vitelos às mães e até agora não voltaram a ser vistos.

O mais certo é ter sido um roubo, mas deixá-la sonhar, pensou ele.

– Bom, isso já é encorajador – retorquiu ela com a maior seriedade. – Suponho que não há possibilidade nenhuma de outro homem se ter afogado...

– Nenhuma, Mrs. Seaborne... Cora. No entanto, custa-me imenso ter de a desiludir. Mas diga-me, para onde ia?

Tinham-se encaminhado os dois, num acordo silencioso, até à porta da reitoria. Atrás deles, no largo da aldeia, a sombra do Carvalho do Traidor ia-se alongando. O caminho que levava à casa estava rodeado de jacintos azuis que soltavam um aroma forte que perturbava Cora. O efeito assemelhava-se ao desejo não satisfeito de uma maneira que lhe parecia quase indecente e lhe acelerava o pulso.

– Para onde ia? – olhou para os pés como se eles a tivessem levado ali sem o seu consentimento. – Suponho que ia para casa.

– Tem mesmo de ser? Porque não entra um pouco? Os miúdos saíram e a Stella vai gostar de a ver.

E gostou. A porta abriu-se sem eles terem de bater, como se fossem esperados, e ali estava ela, com o seu rosto corado no átrio sombrio, o cabelo claro solto e os olhos brilhantes.

– Mrs. Seaborne! Que engraçado, falámos de si ao pequeno-almoço, não falámos? – comentou, voltando-se para Will. Tínhamos esperança que aparecesse em breve. William Ransome, não deixes a tua convidada à porta. Trá-la para dentro e põe-na à-vontade. Já comeu? Não toma pelo menos chá?

– Eu posso sempre comer – disse Cora. – Sempre!

Cora viu como Will se inclinava para beijar a mulher, a leveza com que os dedos dele deslizavam pelos caracóis finos atrás das orelhas dela, e sentiu-se maravilhada com a ternura dos dois («Vou sarar as tuas feridas com ouro», prometera Michael, e arrancara-lhe um a um os cabelos da nuca, onde deixara uma pelada do tamanho de uma moeda de um *pence*).

Um pouco mais tarde, numa sala soalheira, sentaram-se tranquilamente a comer bolo e a admirar os narcisos azuis que floresciam na mesa.

– Diga-me, como está a Katherine? E o Charles? – O apetite de Stella pelas vidas dos outros tornava-a uma companhia fácil, porque lhe bastava ser alimentada com histórias, sem necessidade de grandes embelezamentos. – Parecem-me ambos horrorizados por sabê-la aqui. O Charles diz que lhe vai mandar uma caixa de garrafas de vinho francês e não lhe dá mais de um mês até se cansar.

– O Charles anda ocupado de mais para pensar em vinho, mesmo francês. Sabiam que agora se tornou filantropo?

Will ouviu a informação com uma sobrancelha erguida. A ideia parecia-lhe inverosímil. Charles era um homem de bom coração, mas à maneira de alguém que pensava acima de tudo na própria felicidade e na das pessoas de quem gostava, partindo sempre do princípio de que isso não lhe pedia um grande esforço. Nada lhe parecia mais surpreendente que imaginá-lo muito empenhado no benefício daqueles que deploravelmente se habituara a chamar «a grande massa dos que não se lavam».

– Charles *Ambrose?* – quis certificar-se. – Não podia gostar mais de alguém do que gosto dele, mas parece-me que se preocupa mais com o corte das camisas que com o estado da nação.

– É verdade – confirmou Cora com uma risada. Teria gostado de defender o homem, mas sabia que se por acaso ele os tivesse ouvido, meio adormecido no seu cadeirão de veludo no Garrick, teria decerto acenado afirmativamente, e rido, e confirmado. – É tudo por causa da Martha – continuou, e voltou-se para Stella. – A Martha é socialista. Bom, às vezes parece-me que todos devemos ser, se pensarmos bem e tivermos um mínimo de bom senso, mas para ela isso é tão importante como rezar vésperas e matinas para o reverendo. Ora a habitação em Londres é a maior preocupação dela: trabalhadores condenados a viver em esterqueiras a não ser que demonstrem ser merecedores de um teto, e entretanto os senhorios enriquecem graças às rendas e os membros do

Parlamento sentam-se comodamente em cadeiras almofadadas com o dinheiro dos pobres. Ela cresceu em Whitechapel e o pai era um homem trabalhador, e capaz, e eles viviam menos mal, mas a Martha nunca esqueceu o que via para lá da porta dela. Como é que os jornais de Londres lhe chamaram aqui há um ou dois anos? A Londres dos excluídos? Lembram-se de ter visto?

Era claro que não lembravam, e Cora, que evidentemente se esquecera que não estava em Bayswater nem em Knightsbridge, e que aquilo que alimentava as conversas em Londres podia não passar muito para além do filtro das águas do Tamisa, não conseguiu impedir-se de lançar aos dois um olhar de censura.

– É possível que eu só tenha o assunto presente por causa da Martha, que na verdade, desconfio, era capaz de o recitar de cor mesmo passado todo este tempo. Foi impresso e reimpresso tantas vezes há uns anos...

– Mas o que dizia? – perguntou Stella. *A Londres dos excluídos!*

A expressão apelava à sua compaixão sempre pronta.

– Um panfleto escrito por um grupo de clérigos, se não me engano, *O grito amargo da Londres dos excluídos*, e uma vez lido nunca mais se esquece. Achava que já tinha visto tudo o que a cidade tinha para oferecer, entre o melhor e o pior, mas nada que se parecesse com aquilo. Numa cave, um casal vivia com os filhos e os porcos. Um bebé que tinha morrido foi aberto ali mesmo, em cima da mesa, para a autópsia porque não havia espaço na morgue! E as mulheres que trabalham dezassete horas por dia a pregar botões, sem poderem parar para comer e sem ganharem sequer o suficiente para se aquecerem, de tal maneira que mais lhes valia coserem as próprias mortalhas. Lembro-me que a Martha não comprou roupas novas anos a fio, porque não queria vestir-se com o sofrimento das suas semelhantes!

– Como é possível que não tenhamos ouvido nada? – dizia Stella com os olhos húmidos de lágrimas. – Will, não achas que faz parte da tua obrigação conhecer, e ajudar?

Cora percebeu o mal-estar dele, e na ausência de observadores era capaz de ter insistido, tanto por traquinice como por princípio. No entanto, não era pessoa para diminuir um homem aos olhos da mulher.

– Desculpe tê-la perturbado. O panfleto cumpriu a sua função, o grito foi ouvido, e os bairros mais sinistros começaram a ser demolidos, mas tanto quanto sei o que veio substituí-los não é muito melhor. A Martha não pensa noutra coisa. Pediu ajuda ao nosso amigo Spencer, que é embaraçosamente rico, e que por sua vez pediu ao Charles que o apoiasse. Tanto quanto sei até formaram uma comissão. Oxalá saia de tudo isto alguma coisa de bom.

– Espero bem que sim! Espero bem! – disse Stella. Para desconcerto de Cora, limpou os olhos e disse: – De repente fiquei tão cansada... Cora, importa-se que me vá deitar um bocadinho? Não há maneira de curar esta gripe. Quem me vê deve julgar que sou muito fraca, mas a verdade é que tirando este inverno não devo ter estado um dia de cama, nem sequer quando nasceram os meus filhos.

Pôs-se de pé, imitada pela convidada. Cora beijou-a no rosto e sentiu como ela estava quente.

– Mas ainda não acabou de tomar o chá, e eu sei que o Will tinha qualquer coisa para lhe mostrar. Não pode ficar mais um bocadinho? Will, cumpre as tuas obrigações de anfitrião! Talvez – e ao dizer isto mostrou-lhes as covinhas do rosto – possas falar do teu sermão e a Cora possa dar a opinião dela.

Cora riu-se e disse que não estava em posição de comentar; Will riu-se e disse que de qualquer maneira não lhe passaria pela cabeça sujeitá-la a isso.

A porta fechou-se atrás de Stella, os passos dela ouviram-se nas escadas, e os dois tiveram a impressão de que se produzira uma ligeira alteração no ar. Não que a sala parecesse de súbito mais pequena e calorosa, embora parecesse, com o sol a descer no horizonte e as flores amarelas na mesa semelhantes a chamas. Era a sensação de liberdade, como se o curioso à-vontade que ambos haviam sentido ao atravessar o largo tivesse regressado. Will também percebeu que se sentia um pouco ofendido. Não lhe passou pela cabeça um só momento que a convidada tivesse procurado fazê-lo parecer tolo, mas o que acontecera fora precisamente isso. Com pouco mais que um simples olhar conseguira repreendê-lo, e com razão: quando é que as fronteiras da sua paróquia se tinham tornado as da sua consciência?

– A graça – disse de súbito. – No domingo vou falar da virtude da graça, que suponho seja em certo sentido uma dádiva, de misericórdia e bondade não merecida, e inesperada.

– Isso basta para um sermão – disse ela. – É mais que suficiente. Eles que vão para casa mais cedo, que deem um passeio pela floresta e procurem Deus ali.

Isto aproximava-se de tal maneira do seu modo preferido de oração que a sua contrariedade desapareceu. Recostou-se num cadeirão e disse-lhe que devia fazer o mesmo.

– O que é que me queria mostrar? – Na presença de Stella, Cora sentara-se como uma senhora, direita, com as pernas cruzadas por baixo da saia. Entretanto enrolara-se num canto do sofá, apoiada contra o braço e com o queixo assente na mão.

– Ela não devia ter dito nada – retorquiu Will. – É uma coisa sem importância nenhuma, uma coisa que encontrei no sapal a semana passada e guardei por pensar que talvez gostasse de a ver. Venha comigo.

Nem lhe ocorreu que ninguém entrava no escritório dele a não ser Stella, que não estava nem limpo nem arrumado e que quem quer que reparasse no monte de livros e papéis espalhados sobre a secretária e no chão ficaria com uma boa noção da sua mente e do seu caráter. Nem os filhos podiam ali entrar, a não ser que fossem expressamente convidados a fazê-lo, e nesse caso apenas para receberem uma lição ou um sermão. Acharia menos embaraçoso aliviar-se junto do Carvalho do Traidor ao meio-dia que permitir a alguém que passasse aquele limiar. No entanto, nada disto lhe ocorreu quando abriu a porta e se desviou para ela passar, nem se sentiu incomodado pela maneira como a atenção de Cora se concentrou de imediato na sua secretária, nem por a carta dela estar à vista, gasta de tantas vezes ser aberta.

– Sente-se – disse-lhe, com um gesto para o cadeirão de cabedal que pertencera ao pai.

Foi o que ela fez, depois de ajeitar a saia. Will aproximou-se de uma estante e retirou de lá um pacote de papel branco, que pôs em cima da secretária e abriu com muito cuidado e de onde tirou um objeto um pouco maior que o punho de uma criança pequena. Lá dentro estavam incrustados vários fragmentos negros com orifícios, como se um prato grosseiro tivesse sido esmagado e por alguma razão alguém o tivesse escondido dentro de um pedaço de barro. Will pegou-lhe e mostrou-o a Cora, inclinando-se ao lado do cadeirão dela. Cora viu o sítio onde o cabelo dele formava caracóis no alto da cabeça e os poucos fios brancos que ali brilhavam.

– Estou convencido que não é nada – disse ele –, mas encontrei-o por acaso. Soltou-se de uma das margens. Passo ali tantas vezes e nunca vi nada assim, embora na verdade antes de a Cora aparecer também nunca tivesse pensado em olhar. Que lhe parece? Contactamos o museu de Colchester e fazemos uma doação?

Cora não tinha a certeza. Conhecia bem as amonites, e já se tinha deparado com um dente branco de tubarão atravessado num pedaço de barro. Reconhecia a forma arredondada e os espinhos dos equinoides quando os encontrava e o esqueleto segmentado das trilobites e uma vez em Lyme Regis encontrara um veio em que estava convencida que se escondia um osso de um pequeno vertebrado. Mas também aprendera a humildade do estudioso: quanto mais sabia, mais sabia que não sabia. Will abriu e fechou a mão e um pedaço de barro rolou entre os seus dedos e caiu no chão.

– E então? – perguntou. – Qual é o veredito da especialista?

Parecia ao mesmo tempo tímido e ansioso, como se tivesse a certeza de que nunca teria nada de interessante para lhe mostrar, mas ao mesmo tempo acalentasse a esperança de o fazer. Cora passou o polegar sobre a superfície negra e lisa, aquecida pela mão dele.

– Pergunto-me – disse ela, grata por a ideia lhe ter ocorrido – se não será uma espécie de lagosta, nunca me lembro do nome... *hoploparia*, é isso. Não sei dizer qual é a idade, mas suponho que sejam vários milhões de anos (estaria ele prestes a contrapor-lhe a ideia de uma Terra acabada de sair do forno da Criação?).

– Não acredito – disse ele encantado, embora tentando escondê-lo. – Não pode ser! Bem, se a Mrs. Seaborne o diz, rendo-me perante o seu saber.

E assim fez. Inclinou-se e pegou no pedaço de barro, que pôs sobre a pedra da lareira com uma reverência que só em parte era trocista.

– Will – interpelou-o Cora. – Como é que veio parar aqui?

Falou-lhe com uma espécie de altivez que poderia ser a de uma figura menor da realeza a cumprimentar um dignitário na inauguração de uma biblioteca. Ambos se aperceberam disso e sorriram.

– Quer dizer aqui? – perguntou ele apontando para a janela sem cortinados que dava para o relvado, o copo de canetas e vários desenhos de mecanismos sem outro objetivo que não fosse girar eternamente em vão.

– Aqui, quer dizer, a Aldwinter. Devia estar noutro sítio qualquer, Manchester, Londres, Birmingham, e não sempre a meia dúzia de passos da mesma igreja, sem outra pessoa com quem falar! Se o tivesse conhecido noutro sítio tinha pensado que era advogado, engenheiro ou ministro... Decidiu entrar na igreja aos quinze, ainda uma criança, e depois teve receio de quebrar a promessa não fosse ser fulminado por um raio em resultado da sua traição?

Encostado à janela, Will observava a convidada e por fim franziu o sobrolho.

– Serei assim tão interessante? Não me diga que nunca tinha conhecido nenhum clérigo?

– Oh, desculpe, espero que não se importe... – respondeu Cora. – Conheci mais clérigos do que imagina, mas o Will surpreende-me, é tudo.

William encolheu os ombros de forma estudada.

– Mrs. Seaborne, acho que é uma solipsista. Parece-lhe realmente impossível que eu possa escolher um caminho diferente do seu e ainda assim ser feliz?

Não, pensou ela, *não parece*.

– Não sou nem um homem invulgar nem interessante. Se pensa que sou, está enganada. Durante algum tempo quis ser engenheiro, admirava Pritchard e Brunel acima de quaisquer outras pessoas, e uma vez cheguei a faltar à escola para ir de comboio até Ironbridge, e fiz desenhos de escoras e de rebites. Aborrecia-me nas aulas e desenhava pontes de ferro fundido. Mas no fim de contas o que me faltava era uma finalidade. O que eu queria não era êxito... Percebe a diferença? Com a minha inteligência, se tivesse feito as apostas certas, talvez pudesse estar hoje em Londres a discutir minudências jurídicas, a pensar se o jantar seria rodovalho e se o Charles teria arranjado outro candidato ao Parlamento e se seria melhor jantar em Drury Lane ou no Mall. Mas isso horroriza-me. Prefiro mil vezes passar uma tarde a fazer Cracknell voltar ao Deus que nunca o abandonou a um jantar em Drury Lane. Ou uma noite com os Salmos no sapal e uma tempestade a um passeio por Regency Park. – Não se lembrava de alguma vez ter falado tanto sobre ele mesmo e perguntou a si próprio como teria ela conseguido levá-lo a fazer tal coisa. – Além disso, tenho com quem falar – rematou com alguma irritação –, tenho a Stella.

– Só acho que é uma pena...

– Uma pena!

– Sim, uma pena que nos nossos tempos um homem possa empobrecer o seu intelecto o suficiente para se satisfazer com mitos e lendas, que possa voltar as costas ao mundo e enterrar-se em ideias que mesmo o seu pai deve ter achado antiquadas! Não há nada mais importante que usarmos o nosso intelecto até ao limite.

– Não voltei as costas a nada, pelo contrário. Acha que as equações e os depósitos de fósseis explicam tudo o que existe? Eu olho para cima, não para baixo.

Houve mais uma daquelas pequenas mudanças de ambiente, como se a pressão atmosférica tivesse descido e uma tempestade se aproximasse. Os dois tiveram consciência de se ter zangado com o outro, sem saberem bem porquê.

– Pelo menos para fora não parece olhar. – Cora deu por ela agarrada aos braços do sofá, com vontade de ser desagradável. – O que é que sabe da Inglaterra de hoje, de como as estradas são feitas, de para onde vão, dos sítios na cidade onde as pessoas nunca viram o Tamisa, nem sequer um canteiro de relva? Deve sentir-se satisfeito a recitar os Salmos para o ar, e a voltar para casa onde o espera uma mulher bonita e livros que foram para a tipografia há trezentos anos!

Estava a ser injusta e sabia. Não quis nem insistir nem recuar, mas se o objetivo era enfurecer o anfitrião conseguiu. Will respondeu-lhe com uma voz tão cortante que ela teve a impressão de que a podia ter ferido.

– Que perspicaz, avaliar assim o meu caráter e os meus motivos no nosso terceiro encontro. – Os olhos dos dois cruzaram-se. – Não sou eu que ando a procurar coisas mortas no meio da lama, nem fui eu que fugi de Londres para me perder numa ciência de que pouco percebo.

– É verdade – condescendeu Cora. – Tem razão, é inteiramente verdade – e sorriu. O efeito foi desarmá-lo completamente.

– Bem – disse ele –, nesse caso o que está aqui a fazer?

– Não tenho a certeza. É a liberdade, acho eu. Vivi tanto tempo rodeada de constrangimentos... Diz que não percebe por que razão ando metida na lama. É o que recordo da minha infância. Raramente usava sapatos, apanhava tojo para fazer licor e observava os lagos cheios de sapos. E depois apareceu o Michael, e ele era... civilizado. Por ele, nenhum pedacinho de terra ficaria por pavimentar e qualquer pardal seria montado num plinto. Comigo fez o mesmo. A cintura espartilhada, o cabelo queimado e enrolado em caracóis, a cor do rosto escondida pela maquilhagem, e por cima uma segunda demão. Agora posso voltar a chafurdar na terra se me apetecer, deixar que o musgo e os líquenes me cubram. Talvez se sinta horrorizado com a ideia de que não estamos acima dos animais, ou pelo menos se estamos é só um degrau acima. Mas não, não, isso deu-me liberdade. Não há mais nenhum animal que obedeça a regras, porque é que nós havemos de obedecer?

Se, por vezes, era capaz de esquecer as obrigações do seu ofício, Will nunca deixava de as ter muito próximas. Enquanto a ouvia falar tocou no pescoço, como se procurasse ali o conforto do colarinho sacerdotal. Como poderia acreditar que ela se contentava com ser tanto animal como mulher, descuidada, sem alma, sem a perspetiva de se perder ou salvar? Mas sobretudo contradizia-se a cada passo: era impossível conciliar o animal Cora com a pessoa que parecia estar sempre ansiosa por abarcar ideias para lá do seu alcance. O silêncio que se intrometeu na conversa teve o efeito de um ponto final numa frase longa e confusa, e durante algum tempo nenhum dos dois o quebrou. Depois, com um olhar aliviado para o relógio, e a sorrir, porque não se ofendera e tinha esperança de não o ter ofendido, Cora anunciou:

– É melhor ir andando. O Francis não precisa propriamente de mim, mas gosta de saber que às seis o jantar está servido e eu estou à mesa. Além disso já tenho fome. Tenho sempre fome!

– Já reparei. – Ela levantou-se e ele abriu-lhe a porta. – Nesse caso, acompanho-a. Tenho de fazer as minhas visitas, como um cirurgião num hospital. Preciso de saber como está o Cracknell e também tenho de ver o Matthew Evansford, que fez voto de temperança no dia em que o corpo foi encontrado no ano novo e agora deu em andar de luto e abatido por causa da serpente e do dia do juízo final. Talvez o tenha visto quando foi à igreja a primeira vez. Todo de preto, e com o ar de quem devia trazer um caixão às costas.

De novo no largo, com o Sol a descer no horizonte, sem vento, os dois caminharam com o coração ligeiro, conscientes de ter atravessado um terreno incerto sem lesões de maior. Cora falou de Stella com admiração, talvez para se redimir; Will, por seu lado, pediu-lhe que lhe explicasse como se datavam os fósseis pelas camadas de sedimentos em que eram encontrados. Na torre da Igreja de Todos os Santos a luz brilhava na pedra. À beira do caminho, os narcisos delicados inclinavam-se à passagem dos dois.

– E pensa mesmo, agora a sério, Cora, que pode encontrar um fóssil vivo (um ictiossauro, não foi o que disse?) num sítio tão banal e pouco profundo como o estuário do Blackwater?

– Acho que sim, estou convencida que sim. E nunca estou muito segura da diferença entre pensar e acreditar. Um dia pode ensinar-me. Além disso, não posso sequer dizer que a ideia seja minha. Charles Lyell estava firmemente convencido de que ainda podiam aparecer ictiossauros, embora tenha de admitir que ninguém o levou muito a sério. Olhe, tenho mais dez minutos de liberdade. Deixe-me acompanhá-lo ao Fim do Mundo e à água. Tenho a certeza de que não corremos perigo: abril é um mês demasiado refinado para dragões marinhos.

Alcançaram a água. A maré estava baixa. Lama e pedras refletiam a luz poente e alguém rodeara o esqueleto do Leviatã de coroas de giesta. Aqui e ali, os juncos cresciam em molhos que estremeciam quando o vento os apanhava. A uma pequena distância ouviram um abetouro. O ar era doce e claro; sorvia-se como bom vinho.

Nenhum percebeu qual foi o primeiro a proteger os olhos do reflexo da água e viu o que estava mais além. Nem recordou quem exclamou ou disse ao outro «ali, ali!», só que de repente ficaram os dois parados, de olhos fixos no caminho acima do sapal, a olhar em direção a oriente. Ali, no horizonte, entre a linha prateada da água e o céu, via-se uma faixa de ar de cor pálida e translúcida. Dentro dessa faixa, a navegar acima da água, uma barca deslizava devagar no céu. Distinguiam-se as diferentes peças das suas velas avermelhadas, que pareciam empurradas por um vento forte, e por baixo via-se com clareza o convés, a amurada e a proa negra. E seguia de velas desfraldadas, acima do estuário. Brilhava e ia ficando mais pequena e depois de repente a sua imagem tornava-se visível num reflexo invertido, como se um espelho imenso tivesse sido disposto por baixo. O ar tornou-se frio, o abetouro gorjeou e cada um ouviu o outro respirar rapidamente. O que sentiram não foi terror, embora fosse algo de semelhante. Depois o espelho desapareceu e o navio seguiu o seu caminho. Uma gaivota voou por baixo do casco, acima da água brilhante. Depois um membro da tripulação fantasma apertou um cabo ou lançou uma âncora e o navio deixou de se mover. Manteve-se em silêncio, magnífico, imóvel sobre o fundo do céu. William Ransome e Cora Seaborne, despidos de códigos e convenções, e até de palavras, deram as mãos, filhos da Terra perdidos num deslumbramento.

Sala de leitura
Museu Britânico

29 de abril

Cara Mrs. Seaborne,

Escrevo-lhe, como vê, na sala de leitura do Museu Britânico. Consegui que me deixassem entrar graças ao colarinho, embora o empregado me tenha olhado de cima a baixo por causa da terra que eu tinha nas unhas, por ter estado a plantar favas. Vim estudar um assunto relacionado com o que tenho de escrever sobre a presença de Cristo no Salmo 22, mas em vez disso decidi aprofundar aquilo que vimos ontem à noite.

Lembra-se que concordámos (quando recuperámos o poder da palavra) que não podíamos estar a ver o Holandês Voador, ou qualquer outra aparição sobrenatural? A Cora perguntou-se se não se trataria de uma miragem qualquer, como aqueles lagos que aparecem nos desertos e enganam os que estão a morrer de sede. Bem, não está longe da verdade. Está pronta para uma lição?

Penso que o que observámos foi uma espécie de Fata Morgana, *uma ilusão a que deram o nome da fada Morgan le Fay, que enfeitiçava marinheiros e os conduzia à morte com os castelos de gelo que fazia pairar acima da água. Ficaria surpreendida se soubesse como o fenómeno é frequente. Transcrevo-lhe aqui uma passagem do diário de uma certa Dorothy Woolfenden (perdoe a minha caligrafia!):*

1 de abril de 1864, Calábria. Levantei-me cedo e da minha janela observei um fenómeno extraordinário – e em que decerto não teria acreditado se me tivesse sido relatado por outra pessoa. Vi no horizonte acima do estreito de Messina uma névoa através da qual era visível uma cidade rodeada de um brilho inconstante. À frente dos meus olhos surgiu uma catedral, com arcos e pináculos, um bosque de ciprestes que se inclinou como sob o efeito de uma tempestade, e durante um momento apenas também uma torre imensa e brilhante, com janelas altas, e depois foi como se tivesse descido um véu e a visão desapareceu, a cidade foi-se. No meio da surpresa que me dominou corri a chamar os meus companheiros, que estavam a dormir e não tinham visto nada, mas estão convencidos de que se tratou de uma *Fata Morgana*, que arrasta os homens para a perdição.

Mas a fada não se contenta com navios e cidades: já apareceram exércitos fantasma no céu na batalha de Verviers, e os viquingues chamavam-lhes Hillingar e viam penhascos impossíveis surgir no meio de planícies.

Como é natural, o fenómeno tem uma explicação prosaica, embora ao pensar nele agora não me pareça menos maravilhoso do que se Morgan le Fay nos tivesse seguido até ao sapal. Tanto quanto percebi, a ilusão é criada quando um certo arranjo particular de ar frio e quente cria uma lente refractária. A luz que alcança o observador é refletida no sentido ascendente de tal modo que os objetos que estão por baixo ou para além do horizonte são refratados para uma posição muito acima da verdadeira (estou a imaginá-la a escrever num dos seus cadernos de apontamentos... está a fazê-lo? Espero que sim!). Quando as bolsas de ar quente ou frio se deslocam o mesmo acontece com a lente. Reparou, como eu, que o navio parecia navegar sobre o próprio reflexo? Os objetos não só surgem em posições que não são as deles como além disso são multiplicados e distorcidos. Um objeto insignificante pode surgir com um tamanho muitas vezes superior ao real ou formar elementos a partir dos quais se constroem verdadeiras cidades.

Assim, enquanto ali estávamos, perplexos e maravilhados, o mais certo era Banks andar a transportar um carregamento de cereais para o cais de Clacton.

Tenho consciência da minha tendência para pregar, mas não consegui pôr o assunto de parte. Permitimos que os nossos sentidos nos enganassem completamente. Por um instante deixámos que o nosso bom senso se desvanecesse, como se os nossos corpos conspirassem contra a nossa razão. Nem tenho conseguido dormir, não por me sentir atormentado com a possibilidade de andar por aí um navio fantasma, mas porque me ocorreu que os meus olhos não merecem confiança, ou pelo menos que não posso confiar que a minha mente saiba interpretar o que os meus olhos percebem. Esta manhã quando ia para o comboio vi um pássaro a morrer na estrada, e qualquer coisa na maneira como ele esbracejava em vão me fez sentir náuseas. Depois percebi que tudo não passava de um monte de folhas molhadas a esvoaçar, mas a náusea demorou algum tempo a desaparecer. Isto levou-me a perguntar a mim próprio se, no caso de o meu corpo ter respondido como se fosse um pássaro, a minha perceção teria sido realmente falsa, ainda que tivessem sido apenas folhas.

No meio de tudo isto, os meus pensamentos acabam por ir dar, como acontece muitas vezes, à Serpente do Essex, até começar a ver que é possível que ela nos tenha aparecido a cada um de nós nas suas diversas formas, e que, em vez *de haver apenas uma verdade, pode haver várias, e não podemos confirmar nem desmentir nenhuma. Quem me dera que a Cora saísse um dia de manhã e encontrasse a carcaça na praia, e que ela fosse fotografada e a fotografia anotada e divulgada. Nesse caso sem dúvida poderíamos ficar seguros de alguma coisa.*

No entanto, agrada-me recordar como ficámos ali os dois, juntos. Não é muito devoto da minha parte, mas prefiro que tenhamos sido os dois enganados a tê-lo sido apenas eu.

Respeitosamente,

William Ransome

Por mão própria

Eu estive lá. Vi o que o Will viu, e senti o que sentiu.

Como sempre,

Cora

MAIO

1

Maio, e o tempo ameno faz as rosas florirem mais cedo. Naomi Banks espreita a Lua, convencida de que é a ela que se devem a chuva ligeira e as manhãs suaves, mas ainda assim sente-se infeliz. Recorda a tarde no sapal em que ordenaram à primavera que surgisse, mas a imagem que retém desse dia não é a mão de Joanna com a dela sobre as chamas, e sim alguma coisa que se esconde na água à espera da sua oportunidade. Filho de peixe sabe nadar, e Naomi conhece melhor que ninguém os ritmos das marés e sabe como a água pode saltar um banco de areia ou arrastar na corrente os ramos quebrados dos carvalhos. Ainda assim, o seu respeito pelo Blackwater aumentou. Não entra na barcaça e evita o cais, convencida de que na água se esconde alguma coisa que lhe vai agarrar uma perna se lá passar.

O professor repreende-a por ser preguiçosa e irresponsável e determina-lhe castigos, mas as palavras no papel parecem-lhe mover-se como moscas. Em vez de as ler, dá em fazer desenhos a carvão em que uma serpente marinha, com asas negras e um bico aguçado, parece querer saltar da página. Depois, baixa os olhos para a membrana entre os seus dedos e estremece ao recordar-se de como os colegas a notaram e como a recearam e caluniaram até que Joanna interveio, com a sua altura e a autoridade do pai. Mas ali estão elas. Ergue as mãos e vê a luz da lanterna incidir nas veias que atravessam a pele. É uma pessoa anormal, não é como as outras. Seria compreensível que a Serpente do Essex a escolhesse; talvez até haja uma espécie de afinidade entre elas. Durante algum tempo, recusa-se a beber água, certa de que no líquido há partículas que se soltaram da pele do monstro.

Uma vez ao fim da tarde, quando voltava a casa depois de um passeio em que procurara o pai em vão, passou à frente das portas abertas do

White Hare. O cheiro da bebida é tão familiar que é como se sentisse o hálito do pai, e Naomi detém-se à porta. Os homens convidam-na a entrar e admiram-lhe o cabelo ruivo e o medalhão de peltre (contém um pedaço da coifa com que nasceu, para assegurar que não se afoga). Apercebe-se de uma espécie de poder que não sabia que tinha; faz piruetas quando lhe pedem e ri-se da admiração deles pelos seus tornozelos e a brancura dos seus joelhos. É tão bom ser admirada, e tão estranho, que lhes permite que brinquem com os seus canudos e observem o medalhão sem o tirar do sítio, onde o traz, ao peito. Sim, diz ela a rir-se, tem o corpo coberto de sardas. Depois foge; chamam-na e quando volta dizem «bonita, bonita», e pensa que afinal até talvez seja. Depois alguém a senta ao colo e apercebe--se imediatamente de que alguma coisa não está bem – sente-se ao mesmo tempo amedrontada e indignada, mas não consegue mexer-se. Algures atrás dela, um homem que não consegue ver produz ruídos como os de um animal que encontrou comida.

Nessa noite, enquanto dorme, a Serpente do Essex deixa ver a ponta húmida da cauda por baixo do seu travesseiro e respira sobre as suas pestanas descidas. Quando acorda, está à espera de encontrar os lençóis por baixo dela húmidos e a cheirar a maresia. O sonho parece ter uma ligação qualquer com a perda da sua mãe, alguns anos antes (embora isso tenha sido feito decentemente num quarto, com os cortinados descidos, longe do Blackwater), e deixa-a demasiado ansiosa para ser capaz de comer.

A Serpente do Essex não se contenta com afligir o sono de uma criança. Também aparece a Matthew Evansford quando folheia o Apocalipse. Tem sete cabeças e dez cornos, e sobre as suas cabeças o nome da blasfémia. O vento de leste bate com violência na porta de Cracknell; aguarda Banks, que remenda as velas da barcaça e pensa na mulher que perdeu, no barco roubado, na filha que lhe evita o olhar.

Fala a William Ransome do braço do banco da igreja, e não lhe deixa qualquer dúvida sobre as suas fraquezas – mostra um fervor na leitura que encanta a sua congregação: *Iluminai-nos na nossa escuridão, rogamos--Vos, Senhor, e livrai-nos de todos os perigos com a Vossa misericórdia.* Mostra-se a Stella numa febre ligeira, mas não a assusta: fá-la cantar e lamenta-lhe a cobardia. Na sala de jantar do Garrick, Charles Ambrose, que jantou demasiado bem, pousa a mão no ventre e diz trocistamente à pessoa sentada à mesa com ele que a Serpente do Essex parece ter-lhe deitado as garras. Outros sinais do juízo divino são identificados aqui e ali: uma praga de cigarras nas hortas, uma gata que teve um aborto. Evansford ouve falar de uma morte em St. Osyth que o médico legista não consegue explicar e guarda o sangue da galinha que mata no domingo para ir à noite pincelar as soleiras de todas as portas de Aldwinter, para que o juízo de Deus lhes seja leve. De madrugada cai uma chuvada e ninguém se apercebe.

Martha observa a companheira, atenta a sinais que revelem o desejo de regressar a Foulis Street, mas não se apercebe de nenhum. Cora convenceu-se de que a sua felicidade reside algures sob o barro de Aldwinter. Um dia sai para um passeio em East Mersea numa alegria esfuziante pela qual tem receio de vir um dia a ser punida. As falésias estão ensopadas por uma torrente e nos sítios onde a água escorre cresce tussilagem amarela. Em baixo, junto da margem, inclina-se para inspecionar as pedras e os seixos arrastados pelas correntes marítimas. Não encontra amonites, mas acha um pedaço de âmbar que se ajusta perfeitamente na sua mão. De vez em quando, revê a sua coleção de recordações do Essex – a luta em volta da ovelha, Cracknell a sussurrar-lhe na Igreja de Todos os Santos, Stella a dar-lhe confiantemente o braço, o silêncio em que o navio atravessou os céus. Tem a impressão de que vive ali há vários anos e não lhe ocorre nenhuma outra maneira de viver. Além disso, não há serpentes que a ocupem – contorna Mersea Island de barco, visita Henham-on-the-Mount, lê a ode de Ragnar Lodbrok, que matou uma serpente gigantesca e com isso conquistou uma noiva. Mantém presente o espírito de Mary Anning, que sem dúvida teria perseguido o rumor de uma serpente alada até ao fim do mundo, e dela própria.

Vai muitas vezes à reitoria e leva prendas aos filhos dos Ransome: um livro para Joanna, uma escada de Jacob para James (que a desmantela num instante), um doce para John. Beija Stella nas duas faces, e com sinceridade. Depois vai ter com William ao escritório (lá está o âmbar na secretária dele) e quando se veem há sempre um primeiro momento de deleite: *estás mesmo aqui*, pensam ambos.

Sentam-se lado a lado à secretária dele, os livros ora abertos ora abandonados; ele leu isto ou aquilo, pergunta ela, e o que pensa disso; claro que leu, diz ele, e não pensa rigorosamente nada. Ele tenta esquematizar a luz refratada que lhes deu a *Fata Morgana*; ela desenha uma trilobite. Cada um aguça o intelecto no intelecto do outro; são à vez a lâmina e a pedra de amolar. Quando o assunto se desvia para a fé e a razão a discussão instala-se, surpreendendo-os com a rapidez com que os deixa mal-humorados («Não está a perceber!», «Como é que posso perceber se nem sequer se esforça por dizer coisa com coisa?!»). Um dia quase se batem por causa do bem absoluto, que Cora nega, a propósito do hábito de roubar da pega. Will torna-se condescendente e assume um tom sacerdotal. Ela aproveita para introduzir a Serpente do Essex na conversa; «tudo boatos e mitos», defende ele. Ela não aceita o que ele diz; será possível que não tenha ouvido falar do animal de três metros de comprimento que deu à costa em Maldon em 1717? Ainda por cima ele, um homem do Essex! Os dois consideram que a filosofia do outro sofre de uma falha fatal que é razão suficiente para pôr em causa uma amizade, mas ficam um pouco surpreendidos por verificar que nada disso acontece. Escrevem-se mais do que se encontram pessoalmente. «Gosto mais de si no papel», diz Cora, e é como se trouxesse sempre com ela, num bolso ou ao pescoço, uma fonte inesgotável de luz.

Stella passa em frente da porta aberta e sorri, satisfeita e indulgente: ela própria tem tantos amigos que lhe agrada ver que o marido também arranjou uma amiga. Interpelada por uma esposa de Aldwinter, curiosa e esperançada num bom escândalo, toda ela falinhas mansas e vontade de atiçar a fogueira, responde-lhe: «Oh, nunca vi duas pessoas mais amigas. Acho que até já começaram a parecer-se um com o outro. A semana passada ela já ia a chegar a casa quando se apercebeu de que tinha calçado as botas dele.» De manhã vê-se ao espelho e quase lamenta Cora, que quando se dá ao trabalho de tentar até parece elegante e refinada, mas de maneira geral ninguém consideraria uma beldade. Pousa a escova – o braço dói-lhe, a gripe enfraqueceu-a um pouco –, sem grande vontade de sair. Prefere sentar-se à janela a ver a noite descer e as prímulas florirem no relvado.

Luke Garrett sente-se alarmado quando descobre que se tornou uma celebridade. Os estudantes de Cirurgia dão em copiar-lhe idiossincrasias que em tempos eram objeto de troça: instalam espelhos na sala de operações e começam a usar máscaras de algodão branco. Os colegas mais velhos continuam a não gostar dele. Têm receio que os corredores do hospital se encham de vítimas de lutas de rua de camisas abertas à espera de ser salvos pela agulha e pelo fio. Spencer, ao mesmo tempo generoso e atento a que os seus recursos não sejam eternamente postos ao dispor do amigo, encomenda um cinto de cabedal com uma fivela pesada de prata em que manda gravar a serpente de Asclépio enrolada ao bastão para celebrar o seu triunfo médico.

Sem saber bem o que esperava que acontecesse quando mostrasse que era possível fechar uma ferida cardíaca, Luke descobre que tudo se mantém na mesma. Continua com dificuldade em pagar a renda, sempre dependente de notas que desconfia que Spencer faz o seu quarto produzir. Continua uma criatura baixa e peluda e as humilhações que sofreu ao longo da vida não desapareceram com os efeitos do clorofórmio na sala 12. Além disso, não chegou ao coração, não chegou bem lá; na realidade não pode considerar-se um grande feito.

Confessa a Spencer, mas a mais ninguém, que teve esperança que o acontecimento o elevasse pelo menos aos olhos de Cora; é verdade que ela gosta dele (ou pelo menos diz que gosta) e o admira, mas sente-se ultrapassado por outros. Ela fez novos amigos e escreve-lhe para lhe dizer que a mulher do vigário tem um rosto tão bonito que se diria que as flores empalidecem de vergonha quando ela passa. Conta-lhe como a filha deles se afeiçoou a Martha e que mesmo Francis consegue suportar a companhia deles uma ou duas horas. A mudança dela para Aldwinter surpreende-o; depois imagina que se deixou simplesmente arrastar pela tristeza do luto e sente-se encorajado com a perspetiva de a animar. No entanto, encontram-se em Colchester e ela fala de William Ransome de tal maneira que os seus olhos cinzentos ganham um brilho azul; na verdade (diz Cora), é como se Deus lamentasse que ela não tenha um irmão e tivesse criado um de propósito no último minuto. Não há nada de furtivo na maneira como ela fala do homem, não cora nem desvia o olhar, mas ainda assim Garrett troca um olhar com Martha e percebe que pela primeira vez estão inteiramente de acordo. *O que é isto?*, dizem em silêncio. *O que está a acontecer?*

Spencer está inteiramente embrenhado na questão habitacional de Londres. O que começou por ser apenas uma maneira de agradar a Martha tornou-se obsessivo: embrenha-se na leitura do diário do Parlamento e veste o pior casaco para ir passear por Drury Lane. Descobre nos Comuns o hábito de se optar por medidas benevolentes ao mesmo tempo que se fecham os olhos e se avança de mãos dadas com a indústria. Por vezes, a cobiça e a malícia que observa deixam-no de tal maneira horrorizado que julga que não percebeu bem, mas quando observa melhor percebe que tudo é pior do que imaginara. As autoridades locais mandam demolir as espeluncas da cidade e depois indemnizam os senhorios pelas rendas perdidas. Uma vez que nada torna um edifício tão lucrativo como a sobrelotação e o vício, os senhorios favorecem os prostíbulos com mais diligência que qualquer chulo de rua, e o governo compensa-os generosamente por isso. A seguir os inquilinos rejeitados por falta de moral para uma casa nova têm de procurar quartos em pensões. Por vezes, as ruas enchem-se de fogueiras porque os inquilinos têm de queimar mobílias demasiado más para poderem ser vendidas. Spencer pensa na sua casa de família no Suffolk, onde a mãe descobriu há pouco tempo uma nova divisão que ninguém sabia que existia, e sente-se indisposto.

No Fim do Mundo, Cracknell vigia o estuário. A vedação da casa continua coberta de toupeiras esfoladas e há sempre uma lanterna acesa à janela.

2

Um dia ao fim da tarde, quando passeava no sapal a refletir num salmo, William Ransome encontrou o filho de Cora. Procurou os traços da amiga no pequeno rosto indecifrável e não descobriu nenhum. Aqueles olhos eram os do homem que supunha que ela amara, as suas faces, o seu queixo. No entanto, os olhos da criança eram inquisidores, e não cruéis, como imaginava que Seaborne fora, mas não eram bem infantis. Francis nunca era infantil.

– O que andas a fazer aqui sozinho? – perguntou Will.

– Eu não estou sozinho – disse o rapaz.

Will olhou à volta à procura de alguém parado no caminho, mas não viu ninguém. Francis estava parado de mãos nos bolsos e olhava o homem à sua frente como se fosse uma folha de problemas a resolver. Depois perguntou, no mesmo tom em que o faria se isso viesse no seguimento natural de uma conversa:

– O que é o pecado?

– O pecado? – repetiu Will, tão desconcertado que tropeçou e levou a mão à frente como se contasse encontrar a porta do púlpito.

– Tenho andado a contar – confessou Francis, caminhando ao seu lado. – Falou de pecado sete vezes no domingo, e cinco no domingo anterior.

– Não sabia que estavas na igreja, Francis. Nunca te tinha visto lá. – E Cora? Estaria também ela sentada no escuro, a ouvi-lo?

– Sete e cinco faz doze, mas não disse o que era.

Tinham chegado ao Leviatã e Will, grato pela pausa, inclinou-se para pegar em seixos que repousavam junto do esqueleto. Em todos os anos de ministério nunca ninguém lhe perguntara tal coisa, e ficou surpreendido por se sentir tão desamparado. Não era que não tivesse resposta: tinha muitas (lera todos os livros que havia a ler). No entanto, ali, ao ar livre, sem púlpito nem bancos de igreja à vista e com a água da foz do rio aos pés, tanto pergunta como resposta lhe pareceram deslocadas.

– O que é o pecado? – perguntou Francis, sem o tom de quem repetia uma pergunta que já fizera.

Meu Deus, dai-me forças!, pensou Will, com devoção mas também num sentido profano, e deu um seixo ao rapaz.

– Chega-te um bocadinho para trás – pediu-lhe. – Aqui, ao meu lado, mais à frente, aí. Agora atira a pedra ao Leviatã, ali, no sítio onde nós estávamos.

Francis ficou um pouco a olhar para Will, como se tentasse perceber se ele estava a troçar. Deve ter concluído que não estava porque atirou o seixo, e não acertou.

– Agora outro – Will deu-lhe um seixo de cor azulada. – Experimenta outra vez.

O rapaz voltou a tentar e a falhar.

– É só isso – disse Will. – Pecar é tentar, mas não chegar lá. É claro que não podemos acertar sempre, por isso tentamos de novo.

O rapaz franziu o sobrolho.

– E se o Leviatã não estivesse ali? E se não me tivesse dito que me pusesse aqui? Se eu tivesse ficado onde estava e o Leviatã estivesse aqui podia ter acertado à primeira.

– É verdade – respondeu Will, sentindo que o assunto se tinha complicado mais do que ele queria. – Às vezes, pensamos que sabemos para onde estamos a atirar, e se calhar sabemos, mas depois vem a manhã, e a luz muda, e descobrimos que afinal temos estado a tentar na direção errada.

– Mas se o que devo e não devo fazer muda, como é que sei para onde devo atirar? E porque é que a culpa é minha se falhar? E porque devo ser castigado?

Entre os olhos negros do rapaz surgiu uma ruga. Por fim ali estava Cora.

– Há coisas – Will procurou ser cauteloso – que acho que todos devemos tentar fazer, ou então não fazer. Mas há outras que temos de descobrir por nós próprios.

O último seixo que tinha na mão era liso e espalmado. Voltou as costas ao Leviatã e atirou-o na direção em que a maré descia. Saltou na água e depois afundou-se atrás de uma onda.

– Não era isso que o Reverendo queria fazer – observou Francis.

– Não – concordou Will. – Mas na minha idade estamos habituados a falhar mais do que acertamos.

– Então o Reverendo pecou – concluiu Francis.

Will riu-se e disse-lhe que esperava ser perdoado.

De sobrolho franzido, o rapaz observou o Leviatã algum tempo. Vendo os seus lábios mexerem-se, Will pensou que talvez Francis estivesse a calcular a trajetória de uma pedra, mas o rapaz voltou-se e disse-lhe apenas:

– Obrigado por responder à minha pergunta.

– Ficaste satisfeito? – perguntou o reitor, esperando ter encontrado um meio-termo entre a fé e a razão, sem prejuízo de maior para si próprio.

– Ainda não sei. Vou pensar no assunto.

– Parece-me bem – disse Will, e teve pena de não lhe poder pedir que não falasse daquela conversa à mãe. O que pensaria Cora se soubesse que o filho estava a ser instruído em matérias de pecado? Julgava saber a má disposição que isso lhe ia provocar.

Observaram-se um ao outro, ambos com a impressão de que o reitor tinha feito o que era razoável em circunstâncias que estavam longe de ser fáceis. Francis estendeu-lhe a mão e William apertou-a. Depois caminharam lado a lado pela rua principal de Aldwinter. Quando chegaram ao largo, o rapaz pôs-se a apalpar os bolsos, de maneira que Will pensou que ele tinha perdido alguma coisa no sapal. Francis começou por tirar dos bolsos um botão azul de osso e depois uma pena preta enrolada num círculo e atada com um fio. Franziu o sobrolho, passou o dedo pela pena e com um suspiro voltou a metê-la no bolso.

– Hoje não trago nada que possa dispensar – disse por fim, e com um olhar tímido despediu-se.

3

Desde que se tornara amiga de Martha, uma amizade construída com tanto cuidado e paciência como os seus castelos de cartas, Joanna Ransome mudara o seu lugar na sala de aulas para outro que ficava mesmo debaixo do nariz de Mr. Caffyn. Sempre uma criança inteligente, com o hábito de fazer incursões na biblioteca do pai, especialmente atenta aos livros mais difíceis de alcançar, ia alimentando as suas inclinações espirituais ora com Juliana de Norwich ora com *O Ramo de Ouro;* tão depressa era capaz de falar do martírio do arcebispo Cranmer como da guerra da Crimeia. Mas antes de conhecer Martha tudo isso fora feito sem uma orientação precisa, mais motivada pelo desejo de desconcertar os mais velhos que com um objetivo em mente, e nunca lhe ocorrera envergonhar--se da amizade de uma filha de pescador quase analfabeta. Quando a certa altura se viu capaz de nomear mulheres cirurgiãs e socialistas, satiristas e atores, artistas, engenheiros e arqueólogos, que ao que tudo indicava existiam por toda a parte menos no Essex, meteu na cabeça vir a fazer parte desse grupo. *Vou estudar latim e grego*, decidiu, encolhendo-se ao pensar que apenas algumas semanas antes lançava feitiços ao esqueleto do Leviatã: vou aprender trigonometria, mecânica e química. Mr. Caffyn via-se em dificuldades para lhe arranjar trabalhos que a ocupassem no fim de semana e Stella avisou-a de que tivesse cuidado para não vir a precisar de óculos, como se nada pudesse ser tão terrível como diluir o efeito dos seus olhos violeta.

Naomi Banks sentiu que Joanna se afastava, e custou-lhe. Estava cansada de ouvir falar de Martha, vira-a meia dúzia de vezes e odiava-a. Sentia--se profundamente convencida de que uma adulta de vinte e cinco anos, pelo menos, não tinha nada que lhe roubar a Jo. Gostaria de ter mostrado os desenhos da serpente à amiga, de lhe contar que não conseguia dormir, de lhe falar no que acontecera no White Hare e de lhe perguntar se devia sentir--se zangada ou envergonhada. No entanto, tudo isso parecia impossível: a amiga começava a olhá-la com compaixão, o que era pior que antipatia.

Na primeira sexta-feira de maio, Naomi chegou cedo à escola. Tinham-lhes prometido uma manhã com Mrs. Cora Seaborne, que já vivera em Londres e era uma pessoa muito importante e que colecionava fósseis e, como dissera Mr. Caffyn, *outros espécimes de nota*. Joanna já beneficiava do prestígio de conhecer Mrs. Seaborne («Conhecemo--la muito bem», contara ela. «Deu-me esta *écharpe*... Não, não é muito bonita, mas não faz mal porque é inteligente, e tem um vestido todo coberto de pavões e deixou-me experimentá-lo...») e queria ver a sua influência aumentar ainda mais entre as colegas. Ninguém resistia a Cora: já vira muita gente tentar.

Apercebendo-se de que o lugar ao lado de Joanna estava livre, Naomi passou à outra rapariga um papel em que escrevera um feitiço que as duas tinham congeminado umas semanas antes. Mas Joanna passara a interessar--se por álgebra e já não se lembrava do que queriam dizer os símbolos. Amachucou o papel. Depois chegou Mrs. Seaborne, decepcionantemente mal vestida, com o que era de certeza um casaco de homem, e com um penteado demasiado severo. Trazia uma mala de cabedal ao ombro e, debaixo do braço, uma pasta com um pequeno desenho de qualquer coisa que parecia um bicho-de-conta. O único sinal do *glamour* prometido era o diamante no anel da mão esquerda, tão grande e brilhante que não podia ser verdadeiro, e uma *écharpe* preta com pequenos pássaros bordados. Mr. Caffyn, evidentemente deslumbrado, apresentou os cumprimentos da turma.

– Bom dia, Mrs. Seaborne. Meninas, deem os bons-dias a Mrs. Seaborne.

– Bom dia, Mrs. Seaborne – entoaram elas, observando-a com alguma desconfiança, enquanto Cora retribuía olhando-as com um pouco de nervosismo.

Cora nunca soubera lidar com crianças. Com Francis as coisas tinham começado tão mal que se habituara a pensar nelas como criaturas encantadoras de uma espécie à parte, tão caprichosas e pouco dignas de confiança como gatos. Mas também lá estava a Joanna, que conhecia bem, com os olhos da mãe por cima da boca do pai, e ao lado uma miúda ruiva cheia de sardas. Todos a olhavam de braços cruzados, à espera.

– É um prazer estar aqui convosco – começou. – Antes de mais, vou contar-vos uma história, porque tudo o que vale a pena conhecer começa com «era uma vez».

– Como se fôssemos bebés – murmurou Naomi, que recebeu em resposta um pontapé por baixo da carteira. De qualquer maneira achava que era um dia de escola melhor que o habitual e ouviu Mrs. Seaborne contar a história da mulher que tinha encontrado um dragão marinho envolvido em barro, e de como toda a Terra era uma espécie de cemitério com deuses e monstros debaixo dos nossos pés à espera de um martelo, de uma escova ou de um dia de mau tempo que lhes desse uma nova vida. Dizia que se olhássemos com atenção veríamos fetos em leitos de rocha e pegadas em sítios onde tinham passado lagartos a caminhar sobre as patas traseiras. Também havia dentes tão pequenos que mal se viam, e outros tão grandes que eram usados como amuletos contra a peste.

Tirou da mala vários fósseis que foram passados de mão em mão:

– Têm centenas de milhares de anos – explicou-lhes ela. – Talvez milhões!

Mr. Caffyn, que passara os primeiros vinte anos de vida numa capela metodista galesa, tossiu e observou com ar um pouco ofendido:

– *Lembra-te também do teu Criador nos dias da tua juventude...* Alguém tem perguntas para Mrs. Seaborne?

Como foram os pássaros parar às rochas, perguntaram, e onde estavam os ovos? Alguma vez tinham sido encontrados seres humanos no meio dos lagartos e dos peixes? Como é que a carne e os ossos se transformavam em rocha? Um dia ia acontecer o mesmo aos deles? Se pegassem em pás e cavassem no recreio da escola também iam encontrar alguma coisa? Qual era o fóssil preferido dela e onde o tinha encontrado, e de que é que agora andava à procura, e alguma vez se tinha magoado, e já tinha ido ao estrangeiro?

E depois, as vozes desceram um bocadinho de volume, o Blackwater? Já tinha ouvido dizer? E o homem que se afogara no ano novo, e os animais que tinham sido encontrados mortos, e as coisas que foram avistadas durante a noite? E Cracknell, que enlouquecera e passava as noites no Leviatã à procura da besta? *Havia ali alguma coisa e essa coisa ia aparecer?* Mr. Caffyn viu em que direção a manhã se estava a encaminhar e fez o possível por reverter as coisas.

– Ora, meninas, não incomodem Mrs. Seaborne com patetices – disse a certa altura, e apagou a amonite que tinha sido desenhada no quadro preto.

Cora tinha dado um passeio na tarde anterior com William Ransome, que lhe dissera na voz de vigário, que adotava quando queria mostrar autoridade, que não devia encorajar as crianças a falar do Problema. Já tinha problemas que chegassem com Cracknell, queixara-se ele, e com Banks, que insistia que deixara de haver arenque e em breve ia morrer de fome: meter-lhes ideias na cabeça não ia ajudar ninguém. Na altura dera-lhe razão, lembrava-se de pensar, mas quando se viu perante várias dezenas de crianças voltadas para ela com ar inquiridor e nalguns casos francamente assustadas pensou: *parece que há sempre algum homem a dizer-me o que devo fazer*.

– Pode ainda haver animais vivos semelhantes aos que encontramos nas rochas – começou, com prudência. – No fim de contas, há sítios no mundo onde nunca ninguém esteve, e água tão profunda que nunca se chegou ao fundo. Quem sabe o que ainda se esconde que não conhecemos? Na Escócia, num lago chamado Ness, tem havido avistamentos de uma criatura marinha nos últimos mil anos. Diz-se que um homem foi morto quando andava a nadar, e St. Columba mandou a besta embora só que ela volta de vez em quando...

Mr. Caffyn tossiu e, com um gesto para as alunas mais novas da turma (uma menina de vestido amarelo tinha feito uma careta de quem estava encantada com a história de meter medo), deu-lhe a entender que seria melhor continuar a falar das pedras e dos ossos que trouxera na mala.

– Não há nada de que devamos ter medo – assegurou Cora –, a não ser da ignorância. As coisas que nos parecem assustadoras estão apenas à espera de ser esclarecidas. Pensem na maneira como um monte de roupa suja no chão do vosso quarto pode parecer um monstro prestes a atacar-vos até que correm os cortinados e percebem que são só as coisas que despiram na noite anterior. Não sei se há algum ser estranho no Blackwater, mas há uma coisa de que tenho a certeza: se se aproximar das margens e se deixar ver não vai ser um monstro, só um animal tão sólido e real como eu ou vocês. – A rapariguinha de vestido amarelo, que preferia evidentemente ser assustada a ser esclarecida, bocejou delicadamente para a palma da mão. Cora olhou para o relógio. – Bem, acho que já falei de mais, e vocês foram muito amáveis e ouviram com muita atenção. Acho que ainda temos uma hora... Mr. Caffyn, é uma hora, não é? E o que eu gostava mesmo era de ver como vocês desenham e pintam. Já vi as vossas pinturas – e apontou para uma parede cheia de borboletas – e gosto muito delas. Venham buscar uma coisa para pintar e no fim eu escolho a pintura de que gostar mais e vocês recebem um prémio.

Quando Cora falou do prémio as alunas começaram a remexer-se nas carteiras.

– Em fila indiana, por favor – pediu Mr. Caffyn, vendo Cora distribuir amonites e trilobites e pedaços de barro com dentes incrustados, e foi buscar água, pincéis e pedaços de pigmentos.

Joanna Ransome manteve-se placidamente sentada.

– Porque é que não vamos? – perguntou Naomi, morta por pegar numa pedra especialmente bonita e mostrar a Mrs. Seaborne que também era digna da atenção dela.

– Porque ela é minha amiga e não posso falar com ela rodeada por crianças – respondeu Joanna, sem intenção de ser maldosa. A verdade é que na presença de Cora a sua velha amiga pareceu-lhe mirrar na cadeira ao seu lado, tornar-se miserável e estúpida, vestida com trapos velhos e a cheirar a peixe, com o cabelo preso em cachos porque não havia maneira de o pai aprender a fazer canudos. *Como posso ser igual à Cora*, refletiu, *se falar como a Naomi, se me sentar como ela e for estúpida como ela, e nem sequer souber que a Lua anda à volta da Terra?*

Por baixo das sardas, Naomi empalideceu. Sentia profundamente quando a rebaixavam, e nunca a haviam rebaixado como dessa vez. Antes que tivesse tempo de responder, Joanna já estava de pé ao lado de Cora, a beijá-la no rosto e a dizer «acho que falou muito bem», *como se fosse crescida e não continuasse a limpar o nariz à manga quando pensa que ninguém está a ver!* Naomi ainda não tinha comido nada nesse dia e a fome fê-la ver tudo andar à roda. Tentou manter-se de pé, mas Mr. Caffyn apareceu ao lado dela com um frasco de tinta preta, uma folha e qualquer coisa que parecia um caracol de jardim feito de pedra cinzenta.

– Senta-te direita, Naomi Banks – disse o professor, que não era maldoso, mas estava com a impressão que Mrs. Seaborne e os monstros dela não tinham corrido tão bem como ele esperava. – Tu pintas melhor que a maior parte. Vamos a ver o que consegues fazer com isto.

O que é que vou fazer com isto?, pensou Naomi, avaliando o peso e a textura do fóssil com a mão direita e depois com a esquerda. Gostaria de o atirar a Cora e de lhe acertar no meio da testa. Quem é que ela pensava que era? Antes de ter chegado estavam tão bem, ela, Jo e os feitiços e fogueiras. *Se calhar é uma bruxa*, pensou. *Não me admirava, com um casaco daqueles. O mais certo é a Serpente do Essex ter alguma coisa a ver com ela e ter sido ela que a trouxe.* A maldade da ideia animou--a e quando Joanna voltou para o lugar Naomi estava a fazer girar o pincel no copo de tinta, a rir-se. *O mais certo é dormir com ela presa a uma perna da cama*, pensou. *E se calhar dá passeios montada nela.* Mexia e voltava a mexer o copo de tinta e alguns pingos começaram a manchar a folha branca à sua frente. *E amamenta-a durante a noite*, pensou, e riu-se ainda mais, embora não tivesse a certeza de que o riso estivesse relacionado com os seus pensamentos. Era alto e estranho, e não conseguia parar, nem quando viu o olhar surpreendido e um pouco zangado de Joanna. *O mais certo é estar aqui, ao pé da escola, do lado de lá da porta*, pensou. *Aposto que ela assobia para a chamar, como os agricultores fazem com os cães.* Olhou para as mãos, com as peles que ligavam os dedos, e teve a impressão de que brilhavam com água salgada e cheiravam a peixe. Foi sacudida pelo riso, que se tornou um pouco estridente, e percebeu de que se tratava do sinal inconfundível do medo: olhou por cima do ombro esquerdo, depois do direito, mas a porta da sala de aulas estava fechada. A tinta girava freneticamente, como se a sua mão fosse conduzida por outra pessoa, e com isto um copo de água entornou-se por cima da folha já manchada de tinta. *Olhem só para isto, ali está ela*, pensou Naomi, ainda a olhar por cima do ombro (quando chegasse seria a primeira a vê-la).

– OLHA – disse ela a Joanna, ou a Mr. Caffyn, que voltou a aparecer à sua frente, e torcia as mãos e dizia qualquer coisa que não conseguia ouvir por cima do seu próprio riso. – NÃO ESTÃO A VER? – insistiu Naomi, vendo a água fazer a tinta ganhar vida, mostrando (era impossível que não estivessem a ver!) o corpo enrolado de uma espécie de serpente, com o coração a pulsar debaixo da pele e um par de asas a abrirem-se. – Já não falta muito – disse ainda –, já não falta muito.

E continuava a olhar por cima do ombro, certa de que a serpente estava à porta. Sentia-lhe o cheiro, tinha a certeza, tê-lo-ia reconhecido fosse onde fosse. Lá estava Harriet, com o seu vestido amarelo, a rir-se e a voltar a cabeça de tal maneira que se diria que ia partir o pescoço, e as gémeas que viviam do outro lado da rua, e que raramente falavam, mesmo uma com a outra, e nesse momento voltavam a cabeça para um lado e para o outro, para a esquerda e a direita, sem parar, e riam-se como todas as outras.

Cora observava horrorizada como o riso se espalhava a partir da carteira da rapariga ruiva, contagiando toda a gente menos Joanna, contornando-a como a corrente de um rio interrompida por uma rocha. Era como se todos ouvissem uma piada silenciosa que escapava aos adultos. Algumas raparigas riam-se com a boca escondida pelas duas mãos, outras com a cabeça atirada para trás, outras batiam os pés à sua frente como mulheres mais velhas que tivessem ouvido uma história atrevida. Naomi, com quem tudo começara, parecia esgotada e reclinara-se a rir-se tranquilamente, com os dedos na água e na tinta que se espalhara no papel e voltando-se de vez em quando para trás para se rir um pouco mais alto. A rapariga do vestido amarelo, a que estava mais perto da porta, ria-se até às lágrimas, mas em vez de se virar de vez em quando para a porta voltara a cadeira de maneira a ficar de olhos fixos nela, com as mãos no rosto, a cantar um hino de igreja com o fôlego que lhe sobrava depois de inspirar profundamente a pequenos intervalos.

Mr. Caffyn, ao mesmo tempo indignado e assustado, desapertava a gravata e gritava repetidamente «parem com isto», entre olhares furiosos à visitante, que empalidecera e segurava a mão de Joanna entre as suas. Depois uma rapariga dobrou-se pela cintura a rir-se com tanta violência que a cadeira se virou e ela caiu no chão com um grito que se sobrepôs ao riso tresloucado, que começou então a esmorecer.

Naomi levou a mão à garganta.

– Dói-me – disse ela. – Porque é que me dói? O que é que vocês fizeram? – e olhou para as companheiras, a pestanejar e a abanar a cabeça, surpreendida com os rostos molhados de lágrimas que a rodeavam. A pequena Harriet torceu a bainha do vestido amarelo e teve um ataque de soluços, e uma ou duas das raparigas mais crescidas levantaram-se para consolar a que caíra e tinha um punho inchado por causa da pancada da cadeira.

– Joanna? – perguntou Naomi olhando para a amiga. – O que se passa? O que é que eu fiz desta vez?

Cora Seaborne
3, largo de Aldwinter
Aldwinter

15 de maio

Luke,

Sei que está a gozar da sua celebridade e também sei que o mais certo é estar enterrado até aos cotovelos numa cavidade abdominal num sítio qualquer, mas agora somos nós que precisamos de si.

Alguma coisa se passa aqui que não é nada boa, Luke. Hoje alastrou entre as crianças como fogo – não propriamente uma doença, no sentido em que costumamos falar de doenças, mas qualquer coisa mental, que as arrastou a todas como um dominó. À noite já tudo se normalizara, mas o que terá desencadeado isto? Terei sido eu?

O Luke percebe estas coisas: conseguiu hipnotizar-me apesar de eu estar certa de que isso não era possível – fez-me andar sobre a campa do meu pai ao mesmo tempo que não me levantei do sofá. Porque não vem cá?

Não tenho medo. Já não tenho medo de nada; isso tudo já desapareceu há muito. Mas sei que há qualquer coisa aqui. Alguma coisa se passa, alguma coisa não está bem.

Além disso, o Luke tem de conhecer os Ransome, e sobretudo o Will. Estou farta de lhe falar no meu Mafarrico.

Não pode trazer-me mais livros para o Francis? Sobre crimes, por favor, e quanto mais sangrentos melhor.

Afetuosamente,

Cora

Luke Garrett, médico
Pentonville Rd
Londres N1

15 de maio

Cora,
Não se preocupe. Hoje em dia já não restam mistérios.
Uma palavra: ergotismo. Recorda-se? Um fungo de cor negra numa colheita de centeio – um bando de raparigas com alucinações – Salem enforca as suas bruxas. Verifique os lanches delas e veja se trazem pão escuro e na próxima sexta-feira estou aí.
Juntamente com esta carta segue uma nota para Martha, com os cumprimentos de Spencer. É qualquer coisa sobre habitação: aborrece-me e não lhe ligo nenhuma.

Luke

George Spencer, médico
10 Queen's Gate Terrace

15 de maio

Querida Martha,

Espero que se encontre bem. Como é o Essex na primavera? Não sente falta da civilização? Lembrei-me de si quando vi os jardineiros em Victoria Park, e como os canteiros estão bonitos. Não acredito que em Aldwinter haja canteiros de tulipas em forma de relógio.

Tenho andado a pensar na nossa conversa. Ainda bem que a Martha me despertou do meu torpor e me fez olhar para além do meu horizonte, e me envergonhou por ter levado tanto tempo a fazê-lo. Li tudo o que me recomendou, e ainda outras coisas. Na semana passada fui a Poplar e vi por mim próprio o estado das casas em que as pessoas ali vivem, a maneira como vivem, e como uma coisa alimenta a outra.

Escrevi a Charles Ambrose e estou à espera que ele me responda. Tem mais influência que eu e percebe melhor como funciona o governo, e por isso estou convencido de que pode ser útil. Espero convencê-lo a ir comigo a Poplar ou a Limehouse, e a ver o que nós os dois já vimos. Se ele estiver disposto a isso, não quer vir também?

Envio-lhe um recorte do Times que talvez a anime: ao que parece, a lei sobre o alojamento das classes trabalhadoras vai pela primeira vez fazer-se sentir para lá do Parlamento. O futuro vem ao nosso encontro!

Com votos de que se encontre bem,
George Spencer

4

Luke chegou a Aldwinter com uma aura de triunfo e um sobretudo cinzento novo. Embora o êxito não se tivesse revelado uma cura para todos os seus males, não havia dúvida de que a destreza e a coragem lhe davam estatura. Em Bethnal Green, o coração de Edward Burton tornava--se mais forte a cada minuto que passava. Ultimamente dera em desenhar a cúpula de S. Paulo e era provável que pudesse voltar ao trabalho a meio do verão. Luke sentia o coração de Burton bater a par do seu e isso permitia-lhe andar com a vitalidade de dois homens. Embora soubesse que o orgulho em geral precede a queda estava tão deslumbrado pela possibilidade de ter uma altura maior de onde cair que se sentia na disposição de correr o risco.

No comboio de Londres e na carruagem de Colchester pensara em Cora, e pressionava a carta dela contra o joelho: «precisamos de si», dizia ela, e isso levou-o a pensar desdenhosamente no significado do plural: representaria também o reverendo dela, que aparecia em todas as suas cartas, e que a arrancara de Londres para se arrastar na lama do Essex? A inveja que sentira quando a vira inclinar-se sobre a testa do marido nos seus últimos dias não se comparava com a que o avassalava quando via o nome de Ransome escrito com a caligrafia dela. Começara por escrever *Mr. Ransome*, e o título mantinha-o a certa distância; depois passara para *o bom reverendo*, com um afeto trocista que o fizera sentir-se pouco à-vontade; e ultimamente, sem aviso prévio, começara a referir-se a *Will* (nem sequer *William*, embora isso já tivesse sido horrível). Luke lia e relia as cartas à procura de sinais de algum sentimento de Cora que fosse para além de uma amizade jovial (concedia-lhe com relutância o direito a ter outros amigos), e não os encontrava. Ainda assim, olhava para os campos que via passar através da janela, e para o seu próprio reflexo escuro no vidro por cima deles, e pensava: *oxalá seja velho e gordo e cheire a pó e a Bíblias.*

Na casa cinzenta, no largo, Cora esperava à porta. Desde a manhã na aula de Mr. Caffyn que dormia mal, com a impressão de que tudo acontecera por sua culpa. Will prevenira-a, dissera-lhe que não alimentasse o terror do Blackwater, e tinha razão: não há imaginação como a das crianças, e ela engordara a Serpente do Essex até se tornar tão sólida como as vacas que pastavam debaixo do Carvalho do Traidor. Aquelas raparigas a rir-se, e a voltarem-se para trás e para a frente sem parar... Fora horrível, e tinha esperança que Luke encontrasse alguma explicação que a reconfortasse.

Na sequência do episódio, Joanna tornara-se menos expansiva, e embora continuasse a ir cedo para a escola, com os livros debaixo do braço, e evitasse o mais possível Naomi Banks, ao fim do dia sentava-se a estudar na cozinha, onde não havia perigo de a deixarem um minuto que fosse sozinha. O pior é que desde então nunca mais se rira, receosa de que se começasse não conseguisse parar, e por mais que a arreliassem os irmãos não lhe arrancavam nem um sorriso. Cora tivera medo que os seus novos amigos a responsabilizassem pelo incidente, e pelo estado de espírito sombrio de Joanna, mas isso não aconteceu nem com Will nem com Stella, e quando lhes contaram o que sucedera a única coisa que lhes ocorreu foi que as raparigas eram umas estouvadas para quem tudo era um bom pretexto para umas gargalhadas.

O pior é que o interesse de Cora pelo Blackwater diminuíra. Não achava (como é evidente) que o episódio tivesse alguma coisa que ver com um juízo de Deus, mas por outro lado ocorria-lhe que todos tinham pontos fracos que era melhor não aprofundar. Foi então que surgiu Luke, no meio do largo, com uma pasta apertada ao peito, e quando a viu quase desatou a correr.

Mais tarde, nessa mesma semana, Joanna cruzou os braços e observou o médico de cabelo preto com desconfiança.

– Não te preocupes – disse-lhe ele. Tinha modos um pouco bruscos, mas Joanna não deixou que isso dominasse as suas impressões. – Faz o que eu te disser e vais ver que corre tudo bem. Explique-lhe, Cora.

– Não há problema nenhum. Ele já me fez o mesmo e nessa noite dormi melhor do que tinha dormido em vários anos – explicou ela, com a sua *écharpe* bordada com os pássaros.

Sentaram-se na sala maior da casa cinzenta de Cora, sem luzes acesas. Chovia muito, sem a convicção tempestuosa que contribui para uma tarde confortável, e Joanna tinha frio. Num sofá grande por baixo da janela a mãe estava sentada entre Cora e Martha, todas de mãos dadas. Dir-se-ia que se preparavam para participar numa sessão espírita e não num processo que há muito deixara de ser mais misterioso que arrancar um dente (dissera Luke).

Apenas Martha discordara do plano de submeter a rapariga a hipnose numa tentativa de perceber aquilo a que chamavam o Incidente do Riso.

– O *Mafarrico* considera-nos a todos pedaços de carne. Será razoável confiar-lhe a mente e a memória de uma criança? – Depois de uma dentada na maçã que estava a comer e em que quase chegara às sementes, acrescentou: – Hipnose... Tudo invenções dele. Nem sequer é uma palavra.

A questão da hipnose só surgiu depois de várias outras questões terem assentado. Mr. Caffyn, receoso pelo seu emprego, escrevera um relatório com os nomes das raparigas envolvidas, as idades e os endereços, o trabalho dos pais e a média de notas e acrescentou um plano com a posição de cada uma na sala. Na realidade lamentava a presença de Cora na aldeia, mas nem lhe passou pela cabeça dizê-lo. A pequena Harriet consentiu responder às perguntas que lhe quisessem fazer desde que pudesse fazê-lo ao colo da mãe e partilhou uma descrição tão elaborada de uma cobra toda enroscada que soltava asas semelhantes a chapéus de chuva que foi considerada uma criança adorável, mas uma mentirosa terrível (Francis, que escutava à porta, pensou: «Um mentiroso terrível será mau a mentir ou será muito bom?»). Naomi Banks, com quem tudo começara, recusou-se a dizer o que quer que fosse, tirando que não fazia ideia daquilo que pensava e queria que a deixassem em paz. Os pais ficaram encantados por as filhas serem vistas por um médico de Londres que as foi considerando uma após outra em perfeita saúde (tirando seis casos de bicha solitária, que foram imediatamente tratados e não podiam ser considerados uma explicação do fenómeno de histeria).

Luke, que fora apresentado a Stella Ransome ao almoço (e lhe notara as faces rosadas), dissera:

– No fundo de tudo tem de estar qualquer coisa, uma memória partilhada de medo. A questão é como aliviá-la sem elas falarem do assunto.

Stella tinha-se posto a brincar com as contas azuis enroladas à volta do pulso e dera-lhe para gostar do médico londrino de ares desdenhosos. *Mas deve ser horrível ser tão feio*, pensou no entanto.

– A Cora diz-me que pratica hipnose, é assim que se diz? E isso pode ajudar a Joanna? Aposto que ela ia gostar, gosta de tudo o que é novo, e ia escrever acerca do assunto no caderno da escola.

Era tentador para Luke pegar na pequena mão de Stella e dizer que sim, que ia de certeza ajudá-la, que a filha ia sem dúvida contar tranquilamente o que fora visto e ouvido naquele dia, se é que alguma coisa acontecera de facto, e isso a ia fazer recuperar a boa disposição. No entanto, a sua ambição claudicou perante os olhos azuis confiantes postos nele:

– Pode ser, mas não é seguro, embora esteja convencido de que mal não faz. – A consciência levou-o ainda a acrescentar: – Nunca fiz a experiência com ninguém tão novo. É possível que ela resista, e que se ria de mim.

– Rir! – retorquiu Stella. – Quem me dera!

– Quando fui hipnotizada – contou Cora enquanto servia o chá – senti-me limpa como uma chaminé. Fiquei muito calma, e, no entanto, quase não falei. Não há razão nenhuma para ter medo: não se passa nada estranho durante o processo, são só os mecanismos da mente. – O chá entornara-se no pires e a luz começava a diminuir. – Estou convencida de que quando ela for da sua idade e da minha vai ser tão comum que haverá consultórios de hipnotizadores ao lado de farmácias e sapatarias (ainda que ausente, Will observava tudo ao seu lado com gravidade, mas foi ignorado).

– Com vasos de flores nas janelas – disse Stella, encantada com a ideia. – E rececionistas de blusa branca. Nunca mais vai haver segredos. Não têm calor? Importam-se de abrir a janela? E gostava de a ver outra vez contente. – De repente, ocorreu-lhe que não sabia o que pensava Will. O marido ainda não conhecera o médico, nem mostrara qualquer interesse nisso, e talvez não gostasse que Jo fosse submetida a um processo cujo nome a mãe não conseguia sequer pronunciar. Mas se assim fosse Cora não faria nada que desagradasse ao Will. Era reconfortante, pensou ela (nunca sentira inveja nem era capaz de imaginar o que isso fosse) saber que o marido era tão apreciado. – Abram um pouco mais a janela – pediu. – Ultimamente parece que ando sempre com calor.

Cora voltou-se para Luke, que num gesto cavalheiresco tomara o pulso de Stella (e sim, como ele suspeitava, tinha o pulso acelerado).

– E se chamássemos a Jo e lhe perguntássemos se está disposta a experimentar?

Uma vez que estava («Eu vou ser uma *experiência*?»), deitou-se num dos sofás mais confortáveis, a olhar para um ponto do teto em que o estuque começava a soltar-se. Era difícil levar aquilo a sério, porque ouvira Cora chamar *Mafarrico* ao médico e não podia deixar de pensar em como isso era adequado (o homem devia usar uma forquilha em vez da mala de médico!).

O Dr. Garrett puxara uma cadeira para o lado dela e, inclinando-se de uma maneira que a fizera sentir o cheiro a limões que se lhe desprendia da camisa, começou a falar:

– A seguir não vais adormecer, e eu não vou ter poder sobre ti, mas vais sentir-te mais confortável, mais à-vontade do que alguma vez sentiste. E eu vou fazer-te perguntas, sobre como tens passado, e sobre aquele dia, e vamos ver o que conseguimos descobrir: como tudo começou e o que sentiste.

– Está bem – respondeu ela.

Mas não há nada a descobrir sobre aquele dia nem sobre o riso, pensou ela. *Se houvesse eu tinha contado*. Olhou para a mãe e ela atirou--lhe um beijo.

– Estás a ver aquela marca no teto, acima da lareira, no lugar onde o estuque está solto? Quero que continues a olhar para lá, mesmo que os teus olhos estejam pesados, mesmo que estejam a arder...

Houve ainda outras instruções, dadas num murmúrio, como vindas de muito longe: devia deixar as mãos caírem, a cabeça inclinar-se, os pensamentos vaguearem pelas outras divisões... Era impossível manter os olhos fixos onde ele dizia, e quando Luke a informou de que já podia fechá-los sentiu-se tão aliviada que quase caiu do sofá. Só muito mais tarde soube o que dissera enquanto vagueava assim entre o sonho e a vigília (mais tarde contaram-lhe que tinha que ver com Naomi Banks e um leviatã, mas que ela não parecia nada assustada). O que recordou foi uma batida educada à porta, depois a porta a abrir-se e a seguir a voz do pai num tom furioso como nunca lhe ouvira.

Will viu a filha deitada de barriga para baixo num sofá preto com os braços inertes e a boca meio aberta, enquanto uma criatura se inclinava sobre ela e lhe murmurava qualquer coisa. Vinha de casa, onde tinha ido depois de fazer a ronda da paróquia. Não encontrara ninguém e quando chamara Stella apenas encontrara uma nota que esta lhe deixara a dizer--lhe que fosse ter a casa de Cora se quisesse juntar-se a eles. Ao atravessar o largo vira a cabeça brilhante de Stella e a cabeleira despenteada de Cora através de uma janela, com uma lanterna acesa e impacientemente à espera que ele chegasse, e apressara o passo.

Sabia, como era evidente, da chegada do Dr. Garrett, e ela não lhe agradava. Parecia-lhe que a aldeia já tivera demasiadas intromissões daquelas; entre londrinos e serpentes aladas já fora um ano suficiente-mente difícil. Seria possível que não lhes restasse um minuto de paz? Depois recordou como Cora falava dele com afeto, e o orgulho com que lhes contara da cirurgia com a qual salvara a vida de um homem, e concluíra que o cirurgião era o tipo de homem de quem poderia vir a gostar. Seria baixo, magro e ansioso, calculava Will quando chegou ao Carvalho do Traidor. Tinha um bigode com as pontas viradas para baixo e era esquisito com a comida. Provavelmente ia fazer-lhe bem passar uns dias na aldeia, dado o seu estado de saúde.

Martha recebeu-o com um olhar curioso, sem ser capaz de o enfrentar. Isto destoava de tal maneira da sua atitude direta habitual que Will se sentiu incomodado ainda antes de abrir a porta e encontrar uma criatura morena e peluda acocorada ao lado da filha. Joanna estava muito quieta, como se lhe tivessem dado um golpe na cabeça que a tivesse atordoado. Tinha a cabeça inclinada para trás e a expressão dos seus olhos semi-cerrados fazia-a parecer perdida. Durante uns momentos ficou chocado e perturbado, mas quando viu Stella e Cora a observar tranquilamente, sentadas num sofá, cúmplices do que ali se passava, rompeu numa fúria que nem a Serpente do Essex, nem Cracknell nem qualquer dos inúmeros acontecimentos surpreendentes dos últimos meses desencadeara. Mais tarde, não conseguiria explicar o que imaginou que se passava naquela sala com os cortinados a esvoaçar, apenas que sentira uma espécie de aversão: era a filha dele, e estava a murmurar qualquer coisa – em latim, não era? – deitada inerte como um peixe morto. Atravessou a sala, agarrou o homem pelos colarinhos e tentou arrancá-lo da cadeira. Mas se o reverendo era forte, o cirurgião era pesado: houve uma refrega que Cora começou por achar hilariante, até lhe parecer que na sua fúria e indignação Will podia acabar por magoar o amigo. Lembrou-se da ovelha, da luta na lama e dos músculos dos braços do vigário e pôs-se de pé para os chamar à ordem.

– Mr. Ransome... Will! É o Dr. Garrett, que está só a tentar ajudar!

Joanna, assustada e confusa, rebolou do sofá para o chão e bateu com a cabeça numa cadeira. De repente olhou para o teto e anunciou:

– Vem aí! – Depois esfregou os olhos com os punhos fechados e sentou-se.

Stella, que estava meio adormecida apesar do frio que entrava pela janela aberta, olhou para o marido surpreendida («Querido, cuidado para não sujares a carpete da Cora!») e correu para a filha:

– Como é que te sentes? Magoaste a cabeça?

– Foi tão *fácil* – disse Joanna, a esfregar a testa onde começava a crescer um alto. Olhou para o médico e em seguida para o pai e, vendo que os dois homens estavam rígidos e o mais afastados um do outro que a sala permitia, perguntou: – O que aconteceu? Fiz alguma coisa mal?

– Não, *tu* não fizeste nada mal – disse Will, e embora não tirasse os olhos do outro homem Cora percebeu perfeitamente a quem se dirigia a sua fúria e sentiu uma espécie de contração na garganta.

Recuperando o sentido das conveniências, interpôs-se entre os dois e fez as apresentações:

– Luke, apresento-lhe o meu amigo William Ransome.

O meu amigo, pensou Luke. *Nunca a vi dizer «o meu marido» ou «o meu filho» com tanto orgulho...*

– Will, o Dr. Luke Garrett. Não se cumprimentam? Achámos que podíamos ajudar a Joanna, que nem parece ela desde o incidente na escola.

– Ajudar? Como? O que estavam a fazer? – Will ignorou a mão que Luke lhe estendia (pareceu-lhe) com um esgar sardónico. – Ela magoou-se. Vejam, temos sorte por não ter perdido os sentidos!

– Hipnose – anunciou Joanna com orgulho. Tinha feito parte de uma experiência. Mais tarde haveria de escrever sobre o assunto.

– Podemos explicar-te mais tarde – disse Stella, procurando o casaco. Como podiam ter levantado as vozes daquela maneira?! Doía-lhe a cabeça.

– Foi um prazer conhecê-lo, Reverendo – disse Luke metendo a mão no bolso.

Will voltou as costas à amiga.

– Veste o casaco, Stella, estás a tremer. Como é que te deixaram arrefecer desta maneira? Sim, Jo, mais tarde podes contar-me o que aconteceu. Boa tarde, Dr. Garrett. Talvez ainda voltemos a encontrar-nos.

Como se fosse arrastado por uma vaga de cortesia, Will saiu da sala seguido pela mulher e pela filha, sem um olhar sequer para Cora, que nesse momento o apreciaria tanto como a um sorriso.

– Estive numa experiência! – ouviram Joanna dizer à porta. – E agora tenho fome.

– Que homem encantador – disse Luke.

Lá se vai o vigário gordo de polainas, pensou. *Mais parece um padre com ideias acima das posses e bastante cabelo, e na presença dele Cora Seaborne, logo ela, parecia uma criança envergonhada por ter sido apanhada a portar-se mal.*

Martha levantou-se do sofá onde estivera a observá-lo em silêncio e com um olhar de desprezo para o médico foi sentar-se ao lado da amiga.

– Nunca foi boa ideia sair de Londres – disse a Cora. – O que é que eu te disse?

Cora encostou o rosto ao ombro de Martha e respondeu:

– Também estou com fome. E quero vinho.

5

Edward Burton, sentado numa cama estreita, abriu o pacote de papel. Numa cadeira de espaldar alto por baixo de uma gravura da Catedral de S. Paulo a sua visita molhava as batatas fritas em vinagre e o aroma quente abriu-lhe o apetite pela primeira vez em várias semanas. Atava o cabelo numa trança loura que usava em volta da cabeça e *parecia um anjo, se os anjos tivessem apetite e não se importassem de ter gordura no queixo e de sujar as mangas com ervilhas,* pensou ele desviando os olhos do seu pedaço de peixe.

Martha via-o comer e sentia-se quase tão orgulhosa como Luke ao fechar-lhe a ferida. Era a terceira visita que lhe fazia e via que ele já começava a ter cor no rosto. Tinham sido apresentados por Maureen Fry, que, além de visitar Burton e de o reconfortar durante a sua recuperação, era familiar de Elizabeth Fry, e herdara por inteiro a consciência social da família: achava que a obrigação da enfermeira ia muito para além de mudar as ligaduras e limpar o sangue. Conhecera Martha numa reunião de mulheres ligadas a sindicatos e ao chá tinham descoberto no Dr. Luke Garrett («Logo ele!», dissera Martha, a abanar a cabeça) o laço que as unia. Quando Martha acompanhara pela primeira vez a Irmã Maureen à casa onde Edward vivia com a mãe em Bethnal Green, achara-a, apesar de pequena e com problemas sanitários que deixavam no ar um cheiro desagradável a amoníaco, bastante agradável. Não tinha muita luz, apenas a que o filtro das cordas de roupa estendidas entre as casas como flâmulas de exércitos invasores deixava passar, mas havia sempre flores sobre a mesa num frasco de doce *Robertson's* lavado. Mrs. Thomas ganhava a vida a lavar roupa para fora e a fazer passadeiras de restos de tecido; eram estas passadeiras que davam alegria à sua casa de três pequenas divisões. Como nunca lhe ocorrera que Edward podia não recuperar completamente, e não voltar para a companhia de seguros onde era empregado de escritório há cinco anos, enfrentou com estoicismo o período de restabelecimento.

A primeira visita fora pouco satisfatória. Edward Burton estava branco como a cal, deitado em silêncio a um canto. Mrs. Burton sentia-se maravilhada com a maneira como o filho se salvara na mesa da sala de operações, mas ao mesmo tempo parecia-lhe que o homem que de lá saíra não era o mesmo que lá deixara.

– Está tão parado – dizia ela, a torcer as mãos. Pegando no lenço de Maureen explicara: – É como se o velho Ned tivesse sido sangrado e agora estivesse outro no lugar dele e só depois de o conhecer possa ter a certeza que é o meu filho.

Ainda assim, Martha ficou preocupada por Burton não comer o suficiente, e não ter forças para sair à rua pelas próprias pernas, de maneira que voltou uma semana mais tarde com batatas e peixe frito, um saco de laranjas e vários exemplares da *Strand* esquecidas por Francis.

Edward ia comendo. Martha, habituada à tagarelice constante de Cora e às súbitas vagas de alegria ou tristeza da amiga, achava a companhia dele repousante. O doente respondia a tudo o que ela dizia com uma inclinação de cabeça, depois de refletir, e muitas vezes não respondia sequer. Às vezes sentia uma dor aguda no sítio onde a costela fora cortada, como uma cãibra, e abria a boca, com a mão sobre o sítio onde agora tinha um vazio, até ela passar. Nessas alturas, Martha não dizia nada. Limitava-se a ficar parada, quieta, ao lado dele, e quando Burton levantava a cabeça pedia-lhe: «Conte-me outra vez como construíram a ponte de Blackfriars.»

Nessa tarde, quando a chuva se acumulava nas ruas de Tower Hamlets e começava a pingar das traves do teto, Edward contou-lhe:

– Ele voltou a visitar-me, o escocês. Rezou comigo e deixou algum dinheiro.

Referia-se a John Galton, que tinha uma tenda com uma missão em Bethnal Green que levava os Evangelhos à cidade, a par da temperança e da higiene pessoal. Martha já ouvira falar dele – vira as fotografias que tirara para mostrar a cidade no seu pior – e lamentava a sua delicada consciência cristã.

– Rezou? – perguntou ela. – Não confie nos que só pensam em fazer o bem – aconselhou, abanando a cabeça de forma reprovadora. Nada lhe desagradava mais que a ligação entre moralismo e casas resistentes à humidade.

– Não é só *fazer* o bem – observou Edward pensativamente antes de levar à boca uma batata frita. – Acho que ele *é* bom.

– Não vê que é aí que está o problema? Que não se trata de uma questão de bondade, mas de dever?! Pensa que é por bondade que ele lhe traz dinheiro e pergunta se as paredes têm humidade e o entrega nas mãos de Deus, estejam elas onde estiverem? Na realidade, temos o direito de viver decentemente, isso não deve ser uma dádiva dos que são superiores a nós! Oh – e riu-se –, a facilidade com que isto me saiu. Superiores! Porquê? Porque não apostam nas corridas de galgos nem se embebedam até cair?

– Nesse caso o que pensa fazer? – perguntou-lhe com um bom humor tão profundo que apenas Martha poderia tê-lo notado.

Acabou de comer e, depois de limpar a boca às costas da mão, retorquiu:

– Há quem esteja a trabalhar nisso, Edward Burton. Acredite no que lhe digo. Há pouco tempo escrevi a um homem que pode ajudar-nos. No fundo, acaba tudo por se traduzir em dinheiro. Dinheiro e influência, e na verdade não tenho dinheiro e influência pouca tenho, mas por pouca que seja vou usá-la.

Pensou brevemente em Spencer e na maneira como ele a olhava com uma ligeira desconfiança e sentiu-se um pouco envergonhada.

– Gostava de poder fazer alguma coisa – confessou Edward com um gesto que abrangeu as suas pernas magras, mais magras do que alguma vez haviam estado, já que nem meia dúzia de passos era capaz de dar sem ficar com falta de ar, e pareceu um pouco abatido.

Instalara-se na cidade sem pensar naqueles assuntos, até que aquela mulher com o cabelo como uma corda e o seu modo brusco de falar surgira ali, no meio das passadeiras da mãe, indignada com o que vira nas ruas. Nunca mais poderia atravessar a Bethnal Street de um lado ao outro sem pensar em como aquele labirinto escuro de casas de má qualidade tinha uma consciência própria, que afetava todas as pessoas que lá viviam. À noite, quando a mãe dormia, pegava em rolos de papel branco e fazia desenhos de edifícios grandes e compridos, que deixavam entrar luz, com boa água corrente.

Martha tirou o chapéu de chuva de baixo da cadeira e abriu-o, com um suspiro ao pensar na água que corria pelos vidros da janela.

– Ainda não sei bem – continuou. – Ainda não sei bem o que posso fazer, mas alguma coisa vai ter de mudar. Não tem essa impressão?

Não tinha, realmente, mas depois ela deu-lhe um beijo no rosto e apertou-lhe a mão, como se não conseguisse escolher a forma de cumprimento que mais lhes convinha. Martha parou junto da porta porque ele a chamou:

– A culpa foi minha, sabia?

– Foi sua? O que é que... O que é que o Edward fez?

Era tão raro falar sem ser em resposta a alguma coisa que lhe dissessem que ela teve medo de se mexer, não fosse dissuadi-lo de continuar.

– Isto – disse ele, tocando ao de leve no peito. – Sei quem fez isto, e porquê. Na verdade, mereci, sabe? Ou se não isto pelo menos alguma coisa.

Martha voltou para a cadeira sem dizer nada. Virou-se para sacudir um fio solto da manga. Ele percebeu que ela o fazia para o poupar e alguma coisa se moveu no seu coração magoado.

– Eu era uma pessoa tão vulgar – contou-lhe. – E a minha vida era tão banal. Tinha algumas economias, ia arranjar uma casa para viver sozinho, embora não me importasse de viver aqui. Sempre me dei bem com a minha mãe. Não me importava com o meu emprego, só me aborrecia às vezes e fazia planos de edifícios que nunca vão ser construídos. Agora dizem-me que sou um milagre, ou o que quer que hoje em dia os substitui.

– Não há vidas vulgares – retorquiu Martha.

– De qualquer maneira, a culpa foi minha – insistiu ele, e voltou a falar de como se sentia satisfeito na sua secretária em Holborn Bars, à espera que o relógio batesse e anunciasse a sua liberdade.

Era mais popular do que procurava ser, ou até do que gostaria, e desconfiava que os colegas se deixavam enganar pela sua altura, e também pelo humor um pouco maldoso que já mal recordava ter tido. O Edward que caíra perto da catedral não fora o homem silencioso que Martha conhecia. Esse outro homem estava sempre a rir-se disto ou daquilo; tinha um temperamento impulsivo e depressa esquecia aquilo que o entusiasmava. Como o seu próprio mau humor passava com rapidez, nunca prestara atenção ao sofrimento que os seus golpes irrefletidos podiam provocar. Mas esses golpes acertavam e causavam sofrimento.

– Era só a brincar – explicou Edward. – Não pensávamos muito no que dizíamos. Com o Hall não percebíamos. Ele sentia-se sempre infeliz.

– Hall? – perguntou Martha.

– Samuel Hall. Nunca lhe chamávamos Sam, o que já quer dizer alguma coisa, não acha?

Não, ninguém diria que ele se importava, pensou Burton, mas ao contar a história a Martha sentiu-se corar de vergonha. Samuel Hall não fora bafejado nem pela elegância nem pela boa disposição. Chegava com a sua roupa coçada um minuto antes da hora e saía um minuto depois. Cheio de ressentimento, diligente, sem nada que o distinguisse. Mas eles tinham-no distinguido, não lhe davam grande importância, mas acalentavam a esperança de encontrar nele motivo para uma risada, e fora sempre Edward quem começara.

– Não conseguia impedir-me de achar que havia alguma coisa infinitamente divertida na maneira como ele parecia infeliz. Percebe o que quero dizer? Não era possível levá-lo a sério. Mesmo se ele caísse morto em cima da secretária teríamos achado graça.

Depois o pobre Samuel Hall, com os seus óculos por trás dos quais uns olhos baços e cheios de ressentimento olhavam o mundo, apaixonara-se. Tinham-no visto num bar escuro para os lados do Embankment, e como ele se ria e trocara o casaco coçado por outro mais elegante, como beijava a mão de uma mulher e ela permitia. À luz das lanternas e do calor da cerveja, pareceu-lhes que não havia nada mais engraçado, mais absurdo. Burton não recordava o que tinham dito, ou quem o dissera, mas lembrava-se de um momento em que tivera a mulher surpreendida nos seus próprios braços, de a beijar com uma galanteria evidentemente trocista.

– Não tinha nenhuma intenção especial com aquilo. A minha ideia era só fazê-los rir. Nessa noite vim para casa sem sequer recordar onde tínhamos estado.

No entanto, a secretária de Hall estivera vazia durante toda a semana que se seguira, embora ninguém se tivesse perguntado onde estaria ele, ou porquê. Não lhes ocorrera que, sozinho no seu quarto com uma única cadeira e os ressentimentos acumulados contra as humilhações reais e imaginárias de que fora objeto, tivesse centrado todo o seu descontentamento num ódio implacável contra Edward Burton.

– Tinha parado para olhar para a cúpula de S. Paulo, estou sempre a pensar como é que ela se aguenta, e havia alguns pássaros pretos nos degraus e lembrei-me de em criança me terem dito que uma gralha é um corvo e muitos corvos são gralhas. Depois alguém tropeçou e empurrou-me, foi assim que aconteceu, como se tivesse perdido o equilíbrio. Eu gritei «Cuidado», e lá ia o Samuel Hall, sem olhar para mim, só a correr, como se eu o tivesse atrasado.

Continuara a andar à sombra da catedral e sentira-se logo muito cansado. Levara a mão à camisa e retirara-a suja de sangue. Depois, a noite caíra e ele deitara-se nos degraus e adormecera.

O quarto estava escuro e ele pegou numa lâmpada e acendeu-a. A luz lenta e quente mostrou-lhe o rosto envergonhado e tímido de Edward voltado para ela, e a maneira como ele corava.

– Não se trata de uma questão de culpa e castigo – disse ela. – Não é assim que o mundo funciona. Se todos tivéssemos o que merecemos... – Martha teve a impressão de que ele lhe fizera uma dádiva de algo frágil e que podia quebrar-se facilmente. Alguma coisa se alterara entre os dois. Ela ficara com uma dívida de confiança. – Não podemos evitá-lo se quisermos viver. Quero dizer, causar sofrimento. Como poderíamos evitá-lo sem nos fecharmos completamente sobre nós mesmos? Nunca dizer uma palavra, nunca fazer nada? – Queria retribuir a confiança, e ao procurar as suas próprias culpas o rosto de Spencer foi o primeiro a ocorrer-lhe, e não queria desvanecer-se. – Se todos tivéssemos o que merecemos, também estava à espera do meu castigo – continuou. – Possivelmente seria pior. Uma faca no coração ainda era o menos. O Edward não sabia o que tinha feito, e eu sei, e mesmo assim continuo!

E falou ao companheiro do homem que a amava («Ele pensa que disfarça, mas é impossível...»), da sua timidez e de como procurava o bem por si mesmo, mas também porque isso lhe agradaria.

– A riqueza de Spencer é obscena, obscena! É tão rico que não sabe quanto tem. Se o deixar amar-me, e fingir que posso retribuir, e isso o levar a fazer alguma coisa boa... será assim tão mau? Um coração despedaçado será um preço assim tão alto por uma cidade melhor?

– Está absolvida – disse Burton com um sorriso e levantou a mão num gesto de perdão.

– Obrigada, padre – respondeu-lhe com uma risada. – Sabe, sempre pensei que essa era a grande vantagem de ser religiosa, despachar a culpa de uma vez por todas e seguir em frente para outro pecado. Bem... – fez um gesto na direção da janela, e para lá da janela do céu cada vez mais escuro – tenho de ir ou perco o comboio.

Quando pegou na mão de Burton para se despedir, ele pegou na dela e beijou-a e ela sentiu pela primeira vez a vitalidade que em tempos existira naqueles dedos longos e nas pernas estendidas por baixo do cobertor.

– Venha mais vezes – pediu ele. – Volte depressa.

Depois de Martha sair, ele sentou-se muito tempo na cadeira que ela ocupara a fazer planos para um jardim que todos os vizinhos pudessem usar.

6

Em Colchester a chuva era tão ligeira que mal se via. Limitava-se a pairar na cidade como se toda ela estivesse envolvida por uma nuvem pálida. Thomas Tayler tinha prendido uma lona e estava sentado todo satisfeito a comer bolo com Cora Seaborne, que viera à cidade tratar de papéis e comprar livros, assim como melhor comida que a que havia em Aldwinter («Há bom pão e peixe fresco», explicou ela, «mas não se encontra maçapão»). Taylor desconfiava que quem passava por ali ficava chocado por ver uma mulher evidentemente rica (por mais descuidada que fosse a sua aparência) ao seu lado, e ficou esperançado numa tarde especialmente proveitosa. Entretanto tinham muito de que falar.

– Como está a Martha? – perguntou ele, muito familiar com a jovem que sempre que vinha à cidade se esforçava por lhe mostrar a sua desaprovação, mas o deixava sempre bem-disposto. – Continua com aquelas ideias? – lambeu um dedo e viu o Sol aparecer timidamente por trás de uma nuvem.

– Se houvesse justiça no mundo – disse Cora –, o que como sabemos não há, estava no Parlamento e o senhor tinha uma casa sua.

Na realidade, Taylor tinha um bom apartamento no piso térreo de uma casa com um pequeno jardim, além de receber uma pensão muito razoável, mas não quis desiludir a amiga.

– Se os desejos fossem cavalos – suspirou e revirou os olhos na direção da carriola que mais tarde havia de o levar para casa –, eu fazia uma fortuna em esterco. E aquela gente da aldeia lá para os lados de Alwinter? A Serpente do Essex já apareceu para comê-los a todos durante a noite?

Mostrou alegremente os dentes e pensou que ia fazê-la rir, mas em vez disso ela olhou-o de sobrancelhas franzidas.

– Nunca lhe aconteceu ter a impressão que está embruxado? – perguntou ela com um gesto para as ruínas, onde os restos de cortinas caíam molhados pela chuva e um espelho por cima de uma pedra de lareira partida mostrava momentos furtivos roubados ao interior da casa.

– Nada disso – respondeu ele alegremente. – Sou um homem muito religioso, sabe? Não tenho paciência para essas coisas do sobrenatural.

– Nem sequer durante a noite?

As noites passava-as Taylor na cama debaixo de um cobertor quente com a filha a ressonar no quarto ao lado e a barriga cheia de queijo.

– Nem sequer durante a noite – assegurou. – Aqui não há nada a não ser andorinhas.

Cora acabou o bolo.

– Estou convencida de que a aldeia está embruxada de uma ponta à outra, só que são eles que se assombram uns aos outros.

Lembrou-se de Will, que não lhe escrevia desde o dia em que deixara Luke hipnotizar Joanna e que quando a encontrava a cumprimentava com uma cortesia tal que a arrepiava dos pés à cabeça.

Sem grande paciência para o rumo que a conversa estava a levar, Taylor apontou para o jornal que Cora trazia com ela.

– Porque não me conta o que vai pelo mundo? Gosto de me manter a par.

Ela agarrou nele e resumiu:

– O costume: três militares britânicos morreram nos arredores de Cabul, perdemos um jogo de críquete... De interessante – sublinhou com um dedo no jornal dobrado – só uma curiosidade meteorológica, e não estou a falar desta chuva que não há maneira de acabar. Quer que lhe leia?

Taylor fez um gesto afirmativo e fechou os olhos e cruzou os braços como uma criança que se preparasse para deixar que a divertissem.

– «Os que se interessam por meteorologia devem preparar-se para observar com atenção os céus nas próximas semanas, em que se espera que ocorra um fenómeno atmosférico curioso. Observadas pela primeira vez em 1885, e visíveis apenas durante os meses de verão entre as latitudes 50ºN e 70ºS, as "nuvens noctilucentes" formam uma camada curiosa visível apenas ao anoitecer. Os observadores têm notado o seu aspeto azul luminescente, com um brilho que oscila consideravelmente, e que muitos têm descrito como céu de cavalinha. A origem do fenómeno continua a ser discutida, mas há quem sugira que não foi coincidência ter sido observado pela primeira vez na sequência da erupção do Krakatoa, em 1883.» Que lhe parece?

– Céu de cavalinha... – repetiu Taylor, a abanar a cabeça com ar incrédulo. – O que é que ainda lhes há de dar para inventar?

– Há quem diga que as cinzas do Krakatoa mudaram o mundo. Os Invernos rigorosos que temos tido ultimamente, as alterações do céu noturno... tudo porque há uns anos um vulcão entrou em erupção a milhares de quilómetros de distância. – Cora acompanhou a observação com um gesto de incredulidade. – Sempre disse que não há mistérios, só coisas que ainda não percebemos, mas ultimamente convenci-me de que nem o conhecimento consegue eliminar todas as coisas estranhas que há no mundo.

Depois contou-lhe o que vira com William Ransome: a barcaça fantasma no céu do Essex, e como observara as gaivotas que voavam por baixo do casco.

– Foi só a luz, sempre com os velhos truques – concluiu. – Mas como podia eu saber?

– Com que então, *O Homem do Essex Voador?* – perguntou Taylor num tom cético. Se os navios fantasmas se lembrassem um dia de tomar de assalto os mares, encontrariam decerto melhor que as águas do estuário do Blackwater. Foi salvo de fazer um novo comentário pela chegada de Charles e Katherine Ambrose, ele com um chapéu de chuva verde e ela com um cor-de-rosa, os dois a iluminarem as ruas da cidade com a sua presença.

Cora pôs-se de pé para os cumprimentar.

– Charles! Katherine! Vocês não podem estar longe muito tempo! Conhecem o meu amigo Thomas Taylor, claro... Estávamos a falar de astronomia. Já viram o brilho das estrelas? Ou será que as luzes de Londres são demasiado vivas?

– Como de costume, querida Cora, não sei do que estás a falar.

Charles apertou a mão ao aleijado, atirou algumas moedas para o chapéu sem ver primeiro qual era o valor, e puxou Cora para debaixo do chapéu de chuva.

– Já recebi notícias do William Ransome. Ao que parece caíste em desgraça.

– Oh – Cora pareceu desanimada, mas ele insistiu. – Eu sei que achas que todos temos de entrar na era moderna, mas tinha sido amável pedir licença.

Era difícil prosseguir, pois Cora tinha um ar infelicíssimo e Katherine estava a lançar-lhe um dos olhares dela, mas ele adorava Will e até achava que ele estava mais abalado do que o incidente justificava («Só lamento que a tenha mandado para cá», escrevera Will. «Tem sido uma atrás de outra.» E depois, num postal enviado logo a seguir: «Desculpe o mau humor. Estava muito cansado. Há notícias de Whitehall?»).

– Pediste-lhe desculpa? – perguntou ainda, agradecendo fervorosa-mente a Deus, nem pela primeira vez nem decerto pela última, ter sido poupado à experiência da paternidade.

– De maneira nenhuma – respondeu, pegando na mão de Katherine, convencidíssima de que merecia uma aliada. – Nem vou fazê-lo. A Joanna deu o consentimento dela. A Stella também. Ou será preciso esperar pelo consentimento de um homem?

– Que casaco tão bonito! – comentou Katherine numa manobra deses-perada a propósito da jaqueta azul que substituíra o casaco de *tweed* de homem que Cora usara todo o inverno, e que fazia os seus olhos cinzentos parecerem prestes a desencadear uma tempestade.

– É, não é? – retorquiu Cora um pouco ausente. Não conseguia pensar senão no amigo no seu escritório em Aldwinter a pensar mal dela. Tinha tanto que lhe dizer, e não podia fazê-lo. Voltou-se de novo para Taylor, que apanhava as últimas migalhas de bolo e observava os três com o mesmo prazer que se tivesse pago bilhete.

– Tenho de ir andando para casa – despediu-se Cora por fim, aper-tando-lhe a mão. – O Francis pediu-me o Sherlock Holmes mais recente, que ele está cheio de medo que venha a ser o último caso do Grande Detetive, e se for não sei que faça. Se calhar vou ter de os escrever eu.

– Nesse caso leve-lhe isto – disse Taylor, que conhecia o rapaz bastante melhor do que a mãe suspeitava, já que este tinha o hábito de se escapulir do Red Lion sem ninguém ver e de ir para as ruínas. Passou a Cora um pedaço de cerâmica partido com uma cobra enrolada a uma macieira.

– Mais serpentes – comentou Charles. – Por aqui parece haver um número sem fim destes bichos. Cora, ainda não acabei. Nós estamos hospedados no George e parece-me que te fazia bem uma bebida.

Confortavelmente sentados na sala do hotel não foi William que discutiram, mas Stella. As cartas dela a Katherine tinham sofrido uma viragem espiritual («Não é de maneira nenhuma», dizia Charles, horrorizado, «o que se espera da mulher de um eclesiástico!»). O Deus dela transformara-se em algo que pouco tinha que ver com tormentas no cimo do monte Sinai: parecia, em vez disso, venerar uma série de sensações que associava à cor azul.

– Contou-me que medita no assunto dia e noite, que leva uma pedra azul com ela para a igreja e que só suporta a roupa azul porque as outras cores lhe ferem a pele. – Katherine abanava a cabeça. – Estará doente? Suponho que sempre tenha sido um bocadinho tola, mas de uma maneira inteligente. Era quase como se tivesse decidido ser pateta porque é tão habitual esperar-se isso das mulheres que quase é admirado.

– Além disso, está sempre quente – disse Cora, recordando como lhe pegara nas mãos a última vez que se haviam encontrado e como lhe tinham parecido as mãos de uma criança pequena com febre. – Mas como é possível que esteja doente se cada vez que a vejo está mais bonita?

Charles serviu-se de mais um copo de vinho («Não está mal, para um *pub* no Essex») e, olhando-o em contraluz, contou:

– O William diz que chamou o médico, que ela não consegue curar a gripe. Diz que gostava de a mandar para um sítio qualquer quente, mas o verão está a chegar e ela aqui também vai ter calor não tarda.

Cora não tinha a certeza. Luke não lhe dissera nada (fora-se embora de Aldwinter o mais depressa que pudera, como se ainda sentisse as mãos de William a agarrarem-lhe o colarinho), mas reparara na maneira como ele observara Stella enquanto ela falava amavelmente das centáureas azuis que semeara e dos brincos turquesa e como lhe tomara o pulso de sobrolho carregado.

– Há dias disse-me que não viu a Serpente do Essex mas que a tinha ouvido, só que não percebeu o que ela dizia... – Bebeu o copo até ao fim e continuou: – Não percebi se estava a brincar ou a procurar ser cúmplice, como sabe que eu estou meio convencida de que há alguma coisa no estuário...

– Está demasiado magra – observou Charles, que não confiava em ninguém que não comesse. – Mas sim, está muito bonita. Às vezes parece-me que tem o aspeto de uma santa a adorar Cristo.

– Não consegue convencê-la a consultar o Luke? – perguntou Katherine.

– Não sei, ele é cirurgião, não é médico, mas gostava que a visse, sim. Já pensei em escrever-lhe a pedir.

De repente, quando a chuva parou e tudo se tornou silencioso, Cora percebeu como gostava daquela mulher com quem tinha tão pouco em comum, que vivia para a sua imagem e para a família, que sabia tudo o que dizia respeito às outras pessoas melhor que do que lhe dizia respeito a ela e nunca desejava mal a ninguém. *Deveria invejá-la?*, pensou Cora. *Deveria desejar que desaparecesse?* Mas nem uma coisa nem outra, era um facto. – Tenho de ir – anunciou aos amigos. – Sabem como o Frankie está sempre a contar as horas. Mas vou escrever ao Luke, e também ao bom Reverendo, Charles, prometo. E vou portar-me bem.

Cora Seaborne
2, Largo de Aldwinter
Aldwinter

29 de maio

Caro Will,

O Charles assegura-me que devo pedir desculpa. Não vou fazê-lo. Não posso pedir desculpa sem estar convencida de ter agido mal.

Tenho andado a estudar a Bíblia, como uma vez me encorajou a fazer, e apercebi-me (ver Mateus 18, 15-22) de que o Will ainda tem de me permitir mais 489 transgressões antes de me condenar.

Além disso, sei que falou com o meu filho acerca do pecado, e eu não me zanguei consigo! Teremos de transformar os nossos filhos em terreno de combate?

E porque haveria a minha mente de ceder à sua – ou a sua à minha?

A sua,

Cora

Reverendo William Ransome
Reitoria
Aldwinter

31 de maio

Cara Mrs. Seaborne,

Obrigado pela sua carta. Como é natural, está desculpada. Na realidade já tinha esquecido o incidente a que suponho que alude e estou até surpreendido por o mencionar.
Espero que se encontre bem.

Cumprimentos,
William Ransome

III
UMA VIGILÂNCIA CONSTANTE

JUNHO

1

Verão no Blackwater. Há garças-reais no sapal. O rio corre para o mar com uma cor mais azul do que nunca. Banks apanha uma boa quantidade de cavala logo pela manhã e observa com satisfação os arco-íris nos seus dorsos. O Leviatã está enfeitado com alecrim e rosmaninho e na proa começou a crescer funcho-do-mar. Ao meio-dia Naomi está sozinha junto das suas costelas negras, com as saias levantadas, a pronunciar os feitiços do solstício. Joanna continuou sentada à secretária e disse que não tencionava sair enquanto não soubesse de cor todos os ossos do crânio humano (*occiput*, dizia ela quando Naomi saiu, e a rapariguinha ruiva fixou a palavra para um dia a usar numa maldição). A Serpente do Essex recua um pouco – como poderia ela dar-se sob um sol tão benevolente?

No caminho acima de Naomi, Stella caminha devagar ao mesmo tempo que colhe miosótis nas bermas. São azuis, tal como a sua saia e as bandas de tecido que usa atadas aos pulsos. Vai para casa, ter com os filhos. Calcula que eles queiram comer e a ideia parece-lhe repugnante – tudo aquilo que entra nas suas bocas abertas, naqueles orifícios brilhantes... Se se pensasse bem, era nojento. Stella não tem apetite por nada que seja comestível.

No seu escritório, Will dorme. Há uma folha sobre a sua secretária em que está escrito «querida». Apenas isso: «querida». Ultimamente escreve tantas cartas que no dedo médio tem um inchaço. De vez em quando mete o dedo na boca para aliviar a dor. Quando acorda, diz para consigo mesmo «querida» e assim que o primeiro rosto lhe ocorre sorri; depois para de sorrir.

Martha está a descascar ovos. Cora decidiu organizar uma festa para celebrar o solstício de verão. Charles e Katherine foram convidados e não há nada de que Charles goste mais (segundo ele próprio diz) que de um ovo temperado com sal de aipo. Luke também vem. O que ele pensa dos ovos não lhe interessa. William Ransome também virá, com o ar severo dos últimos tempos, e Stella, vestida de seda azul.

De pernas cruzadas no recreio com uma sandes de queijo no colo, Mr. Caffyn escreve: «A escola está mais tranquila que nunca. As crianças estudam calmamente e é de esperar que tenham notas aceitáveis. Ver requisição apensa: encomenda de vinte cadernos (pautados com margens).»

Às três da tarde, Will faz uma visita a Cracknell. O velhote não tem andado bem e o reverendo encontra-o na cama de botas calçadas. Tem consciência de que o sopro que sente no peito se vai transformar numa farfalheira até ao Natal.

– Um xarope de roseira-brava à noite, era o que Mrs. Cracknell recomendava, e quem sou eu para ignorar o conselho de uma mulher, mesmo que já tenha morrido? Dê-me aquele frasco, Reverendo, e a colher. – Numa tentativa de mostrar coragem, Will sorri, mas não Cracknell. – Não foi a tosse que a levou – diz ele, agarrando o pulso do vigário. – Foi o caixão.

Em Colchester, nas ruínas do terramoto, Thomas Taylor aquece os pés-fantasma ao sol. O dia esteve bonito e ele fez bom negócio e tem o chapéu pesado com moedas. As vespas foram tão amáveis que fizeram um ninho nas dobras de uma cortina, e a massa acastanhada, com a sua regularidade sinistra, tornou-se uma atração turística. O ar vibra, mas as vespas estão demasiado moles para picar. Ao fim da tarde o médico de cabelo preto baixa-se junto dele com o casaco cinzento melhor. Nalguns pontos tem as mãos ásperas e a sua pele cheira a limões. Palpa, sem grande delicadeza, a pele cicatrizada sobre os ossos cortados e pronuncia-se:

– Um mau trabalho. Quem me dera ter estado aqui. Tinha-o feito sentir-se orgulhoso.

Cinquenta milhas a sul, Londres está no seu melhor. E sabe: é irresistível. As crianças dão de comer a cisnes negros em Regent's Park e a pelicanos em St. James, e o visco está incandescente nos caminhos. Hampstead Heath surge, como uma feira de província; ninguém anda de metro. O sol bate com força nos passeios e em Leicester Square acrobatas e vigaristas enriquecem. Ninguém quer ir para casa. Para quê? Às portas dos *pubs* e dos cafés os empregados de escritório mais jovens tornam-se impertinentes, e não é exatamente amor o que surge no fundo dos copos.

No seu gabinete de Whitehall, vestido a preceito para o solstício, Charles Ambrose cumprimenta um visitante.

– Spencer – diz-lhe. – Tenho aqui a sua carta. Tem tempo para almoçar? Gostava de lhe apresentar algumas pessoas.

Por ele, Charles é mais ou menos indiferente às súbitas inclinações filantrópicas de Spencer. Tanto quanto lhe diz respeito, a ordem natural das coisas é para respeitar. No entanto, gosta de Spencer, e Katherine também, e pode perfeitamente fazer o bem em vez de outra coisa qualquer.

Spencer, que vem preparado para defender a causa de Martha, espera ser capaz de recordar alguns números, e de copiar o hábito dela de falar de uma maneira ao mesmo tempo factual e apaixonada. Imagina o rosto dela quando lhe der as boas notícias («A Martha tem de nos acompanhar quando dermos instruções aos arquitetos, já que percebe tão bem...»). *Nessa altura vai sorrir, um daqueles sorrisos raros*, pensa. *E vai reparar em mim.*

Aceita uma bebida que Charles lhe estende e agradece:

– Sim, obrigado. Não quer vir comigo e com a Martha na próxima semana? Vamos a Bethnal Green visitar Edward Burton, o homem que Luke operou, lembra-se? Ele e a Martha tornaram-se amigos, e ela diz que é o caso de estudo perfeito...

Caso de estudo!, pensa Charles. Olha Spencer com afeto. O rapaz é demasiado magro, devia ter pelo menos o dobro do peso. Haveria borrego ao almoço? Ou salmão?

– O Spencer vai à festa da Cora? Não quer ver a Viúva Alegre encarnar Perséfone com flores no cabelo?

Mas Spencer não pode. Tem de passar o dia no Royal Borough, talvez a consertar pernas, um pouco aliviado por ser poupado à tortura de ter de se mostrar elegante sob o olhar de Martha.

O Essex vestiu-se de festa: à beira da estrada há cicuta-dos-prados e o largo da aldeia está cheio de margaridas e espinheiros brancos. Nos campos de cultivo, as espigas de trigo e de cevada maduras inclinam-se para o chão e as vedações estão cobertas de trepadeiras. Cora já percorreu mais de cinco quilómetros a pé e ainda não está cansada. A certa altura, passa por um homem que trabalha no campo de tronco nu e desabotoa a blusa. Porque há de ser considerado vergonhoso que ela mostre a pele se ele pode mostrar a dele? No entanto, vê alguém no caminho e volta a abotoá-la. Não vale a pena provocar problemas.

Chega a um sítio onde se cultivam plantas de interior, meia dúzia de hectares de flores dispostas em tiras coloridas, como peças de seda que tivessem sido coradas e deixadas a secar ao ar livre. O ar está perfumado. Cora passa a língua pelos lábios e o que sente é o sabor de delícias turcas.

Pensa em Will, como sempre. Está fora de questão dar-lhe razão ou admitir que a zanga dele se justifica. No fundo despreza-o um pouco por perder a cabeça com tanta facilidade. *Orgulho masculino*, pensa. *O que há de mais sensível e desprezível?* Ainda assim alguma coisa lhe pesa na consciência: terá realmente feito mal em não o consultar? Passa-lhe pela cabeça prostrar-se aos pés dele em atitude suplicante pelo prazer de ver como ele tentaria não se rir, mas não: também ela tem o seu orgulho.

O pior é que sente falta de toda a família Ransome – James prometera mostrar-lhe o periscópio que fez com um pedaço de vidro partido e o dom de Stella para os mexericos é um bom substituto da vida londrina. Pensar nela lança uma sombra sobre o seu passeio. Seria possível que Will não se tivesse apercebido do comportamento estranho da mulher? Ela só se veste de azul, até o cabelo enfeita com flores azuis. Além disso, passa os dias a passear pelo sapal à procura de pedras azuis, e encomenda em Colchester rosas com os pés mergulhados em tinta para virem com uma tonalidade azulada. Além disso, estava mais magra, embora cheia de vitalidade. Tinha o rosto corado e movimentos frenéticos e os seus olhos violeta pareciam mais vivos e brilhantes que nunca. *Vou falar com o Luke*, pensou Cora. *O Luke vai saber o que ela tem.*

Chega a casa com os braços carregados de rosas-bravas em flor e mais três sardas no rosto. Rodeia a cintura de Martha com os braços pensando na maneira como eles se encaixam por cima das ancas largas da amiga.

– Estão todos a caminho, todos os que já me amaram ou já amei.

2

Ao fim da tarde, Stella Ransome atravessou o largo da aldeia de braço dado com o marido e a filha. Em casa, entregues aos cuidados de Naomi Banks, os rapazes comiam torradas e jogavam jogos de tabuleiro. Cora tinha-lhes feito uma visita nessa manhã quando regressava do seu passeio, com uma braçada de rosas que lhe deixou os braços todos arranhados:

– Venham cedo, está bem? Quando dou uma festa tenho sempre medo que ninguém apareça e que me deixem ficar sozinha toda a noite rodeada de garrafas a afogar as mágoas.

Antes disso, Stella sentara-se ao espelho a alisar o vestido branco de seda sobre o colo.

– O quê? Hoje não trazes nada azul? – disse Will.

Stella olhou para baixo e riu-se, porque tudo o que via era azul. As pregas da saia tinham um brilho azul. Até a sua pele parecia azulada, até os olhos de Will, que recordava da cor dos bugalhos que os rapazes apanhavam no outono e alinhavam nos parapeitos, se tinham tornado azuis. Por vezes, parecia-lhe que os seus olhos viam tudo por trás de uma película de lágrimas tingidas de azul.

– Acho que tenho sangue azul – confidenciou ela, e olhou para os braços, que achou bonitos e elegantes.

– Nunca duvidei disso, minha estrela do mar – retorquiu Will, e beijou-a duas vezes.

Continuaram o passeio, enquanto à sua volta os pássaros se lançavam sobre os insetos da relva e as gentes da aldeia se preparavam para acender fogueiras e celebrar o solstício nos jardins e à beira dos campos. Os sinos da Igreja de Todos os Santos saudavam quem ali vivia: *Que noite maravilhosa! Que noite gloriosa!*

William alargou o colarinho com um dedo: não queria ver Cora; estava louco por vê-la; tinha pensado nela todo dia, a percorrer o sapal, as unhas sujas de lama do Essex; nunca pensava nela; era a pior das mulheres; era amiga dele. Olhou com gratidão o cabelo quase branco de Stella, marcado pelos reflexos do sol, brilhante, e pensou que nem uma vez, em todos os anos que tinham vivido juntos, ela fizera alguma coisa que ele não aprovasse – nem uma vez! A pequena mão da mulher voltou-se na dele, e estava quente, e na nuca dela, onde o vestido branco de Stella se abria um pouco, Will viu um brilho de transpiração. A gripe, dissera o médico de Colchester pousando o estetoscópio, enfraquecera-a. Tinha de repousar, de comer bem e de dormir. O verão estava a chegar, não havia razão para preocupações.

Stella viu a casa cinzenta com todas as suas lâmpadas acesas e em cada janela uma jarra de rosas-bravas. Por trás, alguém andava de um lado para o outro e ouvia-se o som de um piano. Nada lhe agradava como uma festa numa noite quente; estar no centro de um redemoinho de gente, saber que era admirada, ouvir ora esta ora aquela pessoa com o seu interesse inesgotável por netos, doenças, fortunas perdidas e recuperadas. Mas nesse dia sentia-se desesperantemente exausta, como se tivesse esgotado toda a sua energia nos cem metros que percorrera de casa até ali. Antes queria ter ficado no vicariato, no caramanchão azul que ela própria fizera, a brincar com os seus tesouros – a ver à transparência o papel azul encerado com que embrulhara um sabonete delicado e a apreciar o seu aroma, ou a percorrer com o dedo a curva do ovo de pisco que os filhos haviam apanhado para ela em maio.

Gripe, dissera o médico a Will, mas Stella Ransome não era tola e reconhecia a tuberculose quando ela marcava as dobras brancas de um lenço. Em jovem vira uma rapariga ser levada pelo que então era conhecido como a Morte Branca (como se chamar a doença pelo nome pudesse trazê-la para dentro do quarto). Também ela ardia em febre, emagrecera e se tornara *distraite*, e saudara satisfeita o fim quando ele chegara, todo o sofrimento interior e exterior esbatido pelo ópio. Uma semana antes de morrer, sujara os lençóis brancos com gotas de sangue.

Stella sabia que no seu caso a doença ainda não avançara a esse ponto. Quando isso acontecesse, falaria com Will e pedir-lhe-ia que a levassem para um sanatório onde pudesse olhar para os picos das montanhas e tudo o que a rodeasse fosse azul. Um dia vira uma bruma avermelhada no espelho do quarto, depois de ter sido apanhada por um ataque de tosse ao escovar o cabelo. Surgira apenas uma vez e fora fácil de limpar (e por que razão havia de ser tão vermelho se através da pele transparente dos seus pulsos todas as suas veias eram azuis? Não lhe parecia justo).

Ainda não podia partir – por enquanto não. Joanna continuava abatida e Will fartava-se de bater com a porta do escritório, a aldeia parecia recuar para longe do rio e os aldeãos continuavam a entrar na igreja em silêncio e a sair sem ser reconfortados. Estrela do mar, dissera Will, e não era esse também o nome da Virgem, que também ela só se vestia de azul? Riu-se e pensou: *rogai por mim, Maria, Mãe de Deus, e emprestai-me um dos vossos vestidos*.

Com isto tinham chegado à porta e lá estava Cora, de vestido de seda preto, tão serena e severa que, por momentos, Will esqueceu a indignação. Mais uma vez teve uma atitude desastrada e perguntou:

– Cora, tem um aspeto cansado. Não tem andado mais do que devia?

Talvez um pouco nervosa... Parecia ainda mais alta com o seu vestido preto caro e Will teve a impressão de a ver pela primeira vez. Pareceu-lhe que se tornara tão distante que teve vontade de a perseguir até onde ela se tivesse escondido dele. Viu-a cumprimentar os convidados com a elegância que imaginava que se cultivasse em casas de tetos altos em Chelsea e Westminster. Cora parecia saber exatamente o que dizer e como, quem cumprimentar com dois beijos e quem preferia um aperto de mão, e o dela era como o de um homem. A anfitriã encaminhou Stella imediatamente para um cadeirão baixo onde havia um coxim azul de seda.

– Vi-o em Colchester a semana passada – explicou – e achei que ligava bem consigo, Stella. Leve-o quando sair.

Trazia o cabelo solto como uma rapariga, apenas o prendera atrás das orelhas com duas travessas de prata. Usava brincos de pérolas e tinha os lobos das orelhas vermelhos, talvez por causa do peso dos brincos.

Quando Charles Ambrose chegou, com a sua camisa de seda brilhante, ficou a admirar Cora, que tomou entre os seus braços estendidos.

– Pensei que te ia encontrar rodeada de flores. Que triste aspeto tens hoje – exclamou, embora o seu olhar fosse de apreço.

– Já tu estás suficientemente vistoso para nós todos – retorquiu ela, e beijou-lhe a bochecha rechonchuda, ao mesmo tempo que passava a mão pelo xaile de longas franjas de Katherine («Ainda te vou roubar isto, vais ver se não roubo!»).

– Está a engordar – disse Charles num tom que não era desaprovador, vendo-a passar pelo meio das mesas postas com talheres de prata.

Em seguida apareceu Luke, que foi apresentado com orgulho («Suponho que conheçam o *Mafarrico*…»), com uma flor amarela a morrer no botão da lapela e o cabelo preto penteado para trás.

– Cora – disse o recém-chegado –, tenho uma coisa para lhe dar. Já a tenho há anos e anos e posso tão bem dar-lha a si como a outra pessoa qualquer.

Com isto entregou-lhe um pacote branco, embrulhado com pouco cuidado, como se pouco lhe interessasse se ela gostava dele ou não. Quando Cora o abriu, Katherine Ambrose viu uma pequena moldura em volta de um leque miniatura e perguntou a si mesma o que teria dado ao homem para se pôr a bordar linho com fios de seda.

Martha, vestida de verde, parecia uma rapariga nascida e criada no campo, especialmente quando apresentou aos convidados um pão em forma de molho de cereais e dois belos capões decorados com tomilho. Além disso havia ovos de pato e uma perna de porco temperada com cravinho e ainda várias travessas de tomate temperado com hortelã e batatas do tamanho de pérolas. Joanna seguiu-a quando foi à cozinha suplicando-lhe que a deixasse ajudar e permitiram-lhe que cortasse uma casca de limão para temperar o peixe. A mesa estava salpicada de rebentos de alfazema que iam sendo esmagados pelas travessas e tornavam o ar agradável. Charles Ambrose trouxera vinho tinto de Londres e quando abriu a terceira garrafa alinhou os copos de cristal e, com um dedo molhado, tocou uma melodia nos bordos. Martha e Joanna deitaram-se de barriga para baixo sobre uma carpete de lã, a estudar papéis, a fazer planos, com um ar muito sério a chupar cubos de gelo, e num assento de janela Francis recitava a sucessão de Fibonacci com os joelhos apertados contra o queixo.

Acima de tudo Will desejava poder tomar a amiga de parte, puxar duas cadeiras e contar-lhe o que acumulara nas duas últimas semanas, como encontrara entre os seus papéis um poema que escrevera em rapaz e como o queimara e acabara por se arrepender; como Jo tinha pegado no anel de diamantes da mãe para testar a dureza do material escrevendo o seu nome no vidro de uma janela; o que Cracknell dissera quando tomava o xarope. Mas não podia fazer nada disso: ela estava ocupada com outras coisas, a salpicar os morangos com açúcar e a convencer Stella a comer, e a dizer timidamente a Francis que se o que lhe interessava eram números tinha vários livros que ele podia ler. Além disso (Will tentou invocar a cólera que reprimira entretanto), estavam a meio de uma batalha em que ninguém pedira quartel, e ninguém o concedera.

Ainda assim, e por mais que a invocasse, a cólera não surgia. Recordava o homem inclinado sobre a sua filha, a sussurrar, mas afinal era apenas aquele pobre Dr. Garrett, aquele mafarrico, na verdade merecedor de piedade pela sua pequena estatura e pela maneira como um dos seus ombros estava sem dúvida mais curvado que o outro. Afinal onde estavam as suas boas maneiras? Que fizera Cora com elas?

Aproximou-se do médico, que tirara a flor amarela da lapela e se pusera a arrancar-lhe as pétalas.

– Fui desagradável consigo no dia em que nos conhecemos. Peço-lhe que me desculpe – ouviu-se a si próprio dizer e olhou com surpresa o copo de vinho que levava na mão, como se tivesse sido o líquido a pronunciar aquelas palavras e não ele.

O médico corou e sentiu a língua entaramelada.

– Não tem importância – acabou Luke por responder, num tom que tinha alguma coisa de altivo. Depois a cor do seu rosto voltou ao normal e o médico acrescentou: – É uma coisa que gosto de experimentar de vez em quando. Já hipnotizámos a Cora uma vez, e não vimos inconveniente nenhum nisso.

– Não consigo imaginar Cora a ser levada a dizer seja o que for que não queira – respondeu Will, e o ar pareceu gelar à volta dos dois por um momento, enquanto ambos pensavam que o outro não tinha sequer o direito a uma opinião sobre o que Cora faria ou não. – Ela considera-o um génio – acrescentou Will. – É como ela diz?

– Espero que sim – disse Luke, e mostrou os dentes num esgar. – O seu copo está vazio. Deixe-me ajudá-lo. Diga-me uma coisa: tem algum interesse na ciência médica ou o seu colarinho é um impedimento?

Nos minutos que se seguiram Will não pôde deixar de admirar um homem cuja ambição transparecia de forma inquestionável.

– É claro que uma operação ao coração propriamente dito seria impossível. Mesmo que conseguíssemos suspender a circulação sanguínea, isolá-la, se quiser, o cérebro seria privado de oxigénio e o doente morreria na mesa de operações. Martha, importa-se de nos arranjar mais vinho? É um homem impressionável? Deixe-me mostrar-lhe... – O *Mafarrico* tirou do bolso o bloco de apontamentos que trazia sempre com ele e Will viu o desenho de um bebé com a pele do peito solta do osso enquanto um fio o ligava à mãe adormecida. – Estou a ver que ficou horrorizado. Não fique! É o futuro! Se a circulação da mãe está ligada à do filho, o coração dela distribui o sangue pelos dois e a respiração fornece-os a ambos de oxigénio, o que me permitiria fechar o orifício com que muitos bebés nascem no coração, mas não me deixam tentar a experiência. Vejo que está a sentir-se mal.

Will sentia-se de facto perturbado, mas não pelos orifícios e pelas ligações entre os corpos, e sim pela crueza com que o cirurgião falava, como se todas as criaturas de Deus estivessem à sua disposição para que as depenasse e estripasse como a galinhas.

– Esquecia-me que é um homem da Igreja – concluiu Luke, num tom que fez as palavras parecerem um insulto.

Debaixo da mesa, Francis descascava uma laranja que lhe fora levada do Harrods num pacote de papel. Viu Charles Ambrose sentar-se ao lado de Stella e dar-lhe um copo de água fria e ouviu-os falar de Cora, de como tinha bom aspeto e de como dera um ar agradável à sala, como se tivesse levado o jardim para dentro de casa. Depois Stella limpou a testa com as costas da mão.

– Devíamos dançar para chamar o verão – disse ela. – Não há ninguém que queira tocar?

– Eu posso tocar uma valsa – ofereceu-se Joanna. – Mais nada.

– *Um* dois três, *um* dois três – começou Charles Ambrose, insinuando-se nas responsabilidades da mulher. – E se enrolássemos a carpete?

– Sai daí – ordenou Martha quando viu Francis no esconderijo debaixo da mesa, e enrolou a carpete onde ele estivera sentado e deixando à vista o soalho escuro por baixo. Ao piano, Joanna, de costas muito direitas, tocava escalas e queixa-se:

– Que horror! Tem um som horrível! Ficou aqui a apanhar humidade – e com isto tocou uma melodia demasiado depressa, depois outra demasiado devagar. Metade das notas pareciam tão abafadas que mal se ouviam, mas ninguém se importava.

Era noite de lua cheia e o estuário acariciava as margens, e mesmo que nesse preciso momento alguma coisa estivesse a rastejar para o sapal ninguém queria saber.

Estou convencido que podia bater três vezes à porta sem que a ouvissem, pensou Francis, que deu por si à escuta, a imaginar o brilho dos seus olhos vermelhos por baixo das pálpebras.

Luke Garrett, que folheava várias páginas escritas à mão num canto mal iluminado da sala, pousou o bloco de apontamentos e foi sentar-se ao lado de Cora. Quando se aproximou inclinou-se à frente dela como um cortesão.

– A Cora é quase tão má como eu. Fazemos um belo par.

No entanto, Stella, junto da janela aberta, tinha outras ideias:

– Estou demasiado cansada para dançar com o meu marido. Não quer tomar o meu lugar? Will! – e convocou-o num tom imperioso, a rir-se. – Mostra à Cora que não és um pároco vulgar, sempre metido em casa agarrado aos livros!

Will avançou com relutância («Stella! Estás a dar-lhes esperanças falsas…») e deixou-se ficar no meio da sala. Sem púlpito nem Bíblia parecia perdido e estendeu os braços com timidez.

– Cora – chamou. – Não vale a pena tentar desobedecer-lhe. Eu tentei.

– O *Mafarrico* tem razão – disse Cora, indo ao encontro dele e apertando um botão do punho. – Não sei dançar. Não há musicalidade em mim.

E deixou-se ficar à frente dele, um pouco diminuída, como se ele a visse a alguma distância: desde que saíra de Foulis Street que não parecia tão insegura.

– Ela tem razão, sabe? – assegurou Martha com um suspiro e a sacudir o vestido verde. – É capaz de lhe partir um pé, que ela é pesada. Não quer antes dançar comigo?

Mas Stella pôs-se de pé e deu um passo em frente. Como um mestre de dança, pôs a mão de Cora sobre o ombro do marido.

– Vejam como fazem um belo par! – olhou-os um pouco com satisfação e depois voltou a sentar-se junto da janela aberta. – Aí está – observou com uma carícia à almofada de seda azul no seu colo. – Comam, bebam e divirtam-se, que amanhã volta o tempo de chuva.

Depois William Ransome pousou a mão na cintura de Cora, onde a blusa se metia na saia, e Francis ouviu a mãe suspirar. Cora olhou para cima, os dois estavam imóveis, houve um momento de silêncio, e ninguém disse nada. Francis, sempre a observar, rebentou um gomo de laranja na boca. Viu como a mãe sorriu a Will e como o sorriso dela se deparou com o olhar severo e firme dele, e como por fim a cabeça dela se afastou como arrastada pelo peso do cabelo, e a mão dele se aconchegou na cintura dela, como se procurasse o toque do tecido da saia de Cora.

Não percebo nada disto, pensou Francis, vendo Martha recuar e ficar a olhar ao lado de Luke, com uma expressão que refletia perfeitamente a dele: ambos pareciam quase um pouco assustados.

– Não posso continuar a tocar sempre a mesma música – comentou Joanna ao piano, a revirar os olhos na direção de Francis.

– Eu não sei a música – respondeu-lhe Will. – Nunca a tinha ouvido...

– E se eu experimentasse outra? – perguntou Jo, e o piano tornou-se mais lento, langoroso.

– Não, isso não! – contestou Martha.

– Querem que pare? – perguntou Joanna, erguendo as mãos do teclado e olhando para o pai.

Que estranhos, ali parados. Pareciam Tiago e João, inseguros, sem saber se teriam sido inconvenientes.

– Não, continua, continua – pediu Luke, voltando a sua fúria contra si próprio. Por sua vontade teria batido com a tampa do piano.

– Não, não posso, esqueci-me dos passos – disse o vigário.

Joanna continuou a tocar, o relógio deu as horas, e ainda assim ele não se moveu.

– Não me parece que alguma vez os tenha conhecido – confessou Cora, referindo-se a si mesma. A sua mão desprendeu-se do ombro de Will, deu um passo atrás e disse a Stella: – Desculpe, desiludi-a.

– Fraco espetáculo – lamentou Charles Ambrose, olhando para o copo vazio.

– É melhor parares de tocar, parece-me – pediu Will, que olhou para a filha como quem se desculpa. Depois fez uma vénia em frente de Cora e assegurou-lhe: – Qualquer outro parceiro seria preferível. Não fui preparado para isto.

– Oh, por favor... – disse Cora. – A culpa foi toda minha. Não sirvo para nada a não ser para os livros e para fazer caminhadas. Stella, está a tremer! Tem frio?

Afastou-se de Will e inclinou-se para tomar as pequenas mãos de Stella entre as dela.

– Não sinto nada – respondeu Stella, com a pele brilhante. – De qualquer maneira, acho que a Jo não devia ficar a pé até tão tarde.

– É verdade – apressou-se Will a confirmar, como se se sentisse grato. – Não devia e temos de ver o que os rapazes armaram enquanto estivemos fora... Cora, importa-se que vamos andando?

– Sim, na verdade é quase meia-noite – confirmou Charles com uma espreitadela ao relógio. – Não tarda ouvimos as badaladas e transformamo-nos todos em ratinhos brancos e abóboras. Katherine? Onde está a minha Kate? Onde se meteu a minha mulher?

– Aqui estou, como sempre – respondeu Katherine Ambrose.

Estendeu o casaco ao marido e viu como Cora ganhava vivacidade, sempre delicada, com maneiras irrepreensíveis. Forçou Stella a pegar no coxim de seda azul («Tem de o levar, querida. Eles estavam pura e simplesmente a pensar em si quando o fizeram...»), beijou Joanna no rosto («Sabes que nunca consegui tocar uma nota? És muito dotada!»). Ainda assim, Katherine não se deixou enganar. Numa valsa breve dançada no soalho, naqueles passos tão familiares, nada devia ter podido surpreender quem quer que fosse. Nesse caso o que provocara aquele momento curioso, aquela mudança súbita no ar que não a teria deixado surpreendida se tivesse produzido um relâmpago? *Bem,* pensou com um encolher de ombros e inclinou-se para beijar o marido, *de qualquer maneira já era tarde e no fim de contas Will Ransome era um clérigo e não um cortesão.*

Cora abriu a porta e o cheiro do Blackwater entrou. Havia uma luz azulada e curiosa no céu, e ela estremeceu, apesar de fazer calor. Debaixo da mesa, Francis viu como a mãe estendia as mãos para saudar os convidados à medida que eles iam saindo («Muito obrigada! Agradeço-lhe imenso! Prometa que volta!) e como parecia cheia de brilho e vivacidade, como se nunca precisasse de dormir, por mais tarde que fosse.

William Ransome saiu, com a mulher por um braço e a filha pelo outro, quase (Francis começou a descascar outra laranja) como se tivesse vestido uma armadura. Cora, cada vez mais viva e cheia de brilho, parecia tê-los varrido a todos para o meio do largo da aldeia. Por fim fechou a porta e uniu as mãos num gesto de satisfação, mas pareceu ao olhar vigilante do filho que havia em tudo aquilo uma nota falsa, que ele ouvia com a mesma clareza que se Jo continuasse ao piano. Por que razão William Ransome não dissera nada quando saíra, porque é que a mãe não lhe oferecera a mão, e porque a observavam Martha e o *Mafarrico* tão atentamente, como se ela os tivesse desiludido? Mas enfim, e saiu de baixo da mesa, de que servia observar a espécie humana e tentar compreendê-la? As suas regras eram inescrutáveis e tão estáveis como a direção de onde soprava o vento.

Depois de terem deitado Francis, a recitar a sucessão de Fibonacci como outra criança um conto de fadas, Martha e Luke começaram a levantar as mesas e a desenrolar a carpete, ao mesmo tempo que esmagavam os pés de alfazema espalhados pelo chão. Cora começara por se mostrar muito animada. Não tinha sido uma noite maravilhosa, perguntara ela, e Jo era uma rapariga cheia de talento, embora a música provavelmente não fosse a vocação dela. Depois acabara por dizer que estava muito cansada e tinha de ir para a cama. Os amigos viram-na subir a escada descalça e o medo criara entre eles uma espécie de companheirismo.

— Desconfio que ela própria *não sabe* — disse Luke, ao mesmo tempo que bebia o resto do belo vinho de Charles. — É como uma criança, não creio que seja capaz de ver o que fizeram, e enquanto isso Stella esteve sempre a ver…

— O nome dele está sempre a vir à baila, todos os dias. O que é que ele pensaria *disto*, como ia rir-se *daquilo*… Mas na verdade o que é que eles fizeram? Não foi nada, mais ninguém viu…

— Nas cartas é o mesmo, em todas as páginas! O que é que *ele* tem para lhe dar? Um vigário de província cheio de medo porque o mundo está a mudar. Além disso, já tem uma mulher tola, o que é mais que suficiente. Para que ia querer também a Cora?

— Ela coleciona — Martha tirou as uvas de um cacho e fê-las rolar pela mesa. — É isso que está a acontecer. Se pudesse punha-o num frasco de álcool com etiquetas em latim e arrumava-o numa prateleira.

— Se pudesse matava-o — assegurou Luke, surpreendido por haver nisso um fundo de verdade e contraindo o polegar contra o indicador como se sentisse um escalpelo entre os dedos. — Está a fugir-me…

Observaram-se um ao outro, sentindo a antipatia entre eles desvanecer-se e o ar carregado da inutilidade dos seus desejos, que esses não se dissipavam. Na obscuridade da sala os olhos do cirurgião enegreceram. O médico viu Martha erguer as mãos para arranjar o cabelo, viu como a bainha do vestido verde se esticava por baixo do braço dela e aproximou--se. Martha voltou-se para as escadas.

– Venha – convidou ela, estendendo-lhe a mão. – Suba comigo.

As janelas do quarto dela estavam abertas e a luz refletida na parede começava a enfraquecer. – É possível que haja sangue.

– Antes assim – respondeu ele. – Antes assim.

E foi a boca de Cora que ele beijou e a mão de Cora que ela pôs onde a desejava mais. Cada um dos dois era apenas uma segunda escolha. Usaram-se um ao outro como casacos em segunda mão.

Do outro lado do largo, à sombra da torre da Igreja de Todos os Santos, Joanna dormia com os chinelos de quarto calçados e Stella dormitava com a cabeça sobre a nova almofada azul. A alguma distância, aproximando-se do sapal, Will caminhava sozinho, furioso. O desejo nunca o perturbara. Casara com Stella ainda jovem e o casamento dos dois fora feliz, a volúpia inocente e fácil de saciar. Oh, amava Cora – tinha consciência disso, soubera-o imediatamente –, mas isso também não o perturbava: se ela fosse um rapazinho ou uma herdeira tê-la-ia amado da mesma forma, e teria admirado os seus olhos cinzentos tanto como admirava os dela. Era um especialista da Bíblia, conhecia os diferentes nomes das diferentes formas de amor: lera as palavras que S. Paulo dirigira às igrejas e o seu afeto sagrado invocava o nome de Cora: *Todas as vezes que me lembro de vós, dou graças ao meu Deus...*

No entanto, ali naquela sala aquecida e a cheirar a maresia e a rosas alguma coisa mudara; pousara-lhe a mão na cintura e vira a garganta dela mover-se quando falava. Fora isso ou a maneira como a *écharpe* lhe deslizara do ombro e ele vira a cicatriz e pensara se lhe teria doído, e como, e se ela se teria importado. Recordou a maneira como lhe agarrara, como ouvira as suas unhas tocarem o tecido do vestido dela, como ela pousara nele o olhar demorado. Ocorreu-lhe que Cora pudesse ter tido um pouco de medo dele, mas não: não fora o medo que lhe escurecera os olhos, mas um desafio, ou satisfação. Teria *sorrido?*

Caminhou em direção à foz, sem saber que fazer com o desejo, apenas que não podia levá-lo a Stella. Sabia que se a tocasse ia achá-la pela primeira vez insignificante e insubstancial. O que queria assemelhava-se mais a um confronto, e isso assustava-o. Aproximou-se da margem e com movimentos rápidos derramou-se sobre a escuridão do sapal com algo que se assemelhou a um latido e com uma alegria canina.

3

Muito depois da meia-noite, meio ano a ficar para trás, Francis Seaborne saiu. No bolso esquerdo guardou o garfo de prata trazido das ruínas de Colchester e no direito uma pedra cinzenta perfurada, com um buraco onde cabia o dedo mindinho. Lá em cima, Cora pressionava a cicatriz na clavícula, desejando que a dor passasse; num outro quarto, Luke e Martha separavam-se. Ninguém se lembrou de perguntar onde estaria Frankie: se por acaso pensaram nele, foi primeiro com inquietação e depois com a certeza confortável de que a criança inescrutável estava em silêncio.

Nunca ninguém tentara perceber o habitual sonambulismo de Frankie; fora tido como apenas mais uma excentricidade. Batia certo que aquele menino estranho não aguentasse a companhia dos adultos, assombrando--lhe as portas dos quartos de madrugada. Se alguém perguntasse, diria que só queria entender o mundo e como ele funcionava: porque (por exemplo) pareciam as rodas de uma carruagem girar na direção oposta àquela em que ela se deslocava? Porque só ouvia um objeto em queda a bater no chão depois de o ver pousar? Porque levantava a mão direita e o seu reflexo erguia a esquerda? Observava a mãe, com a sua lama e as suas pedras, e não associava a sua demanda à dela. Cora olhava para baixo, ele para cima. Não podia ajudá-lo. De todos os homens e mulheres que conhecera, só para Stella Ransome tinha paciência. Via como ela recolhia as pedras azuis e as flores e imaginava que se compreendiam. Também via a cor demasiado garrida dos olhos dela e interrogava-se por que motivo nunca ninguém o mencionava: mas afinal era típico de todos eles ver e não observar.

Lá saiu por entre as sombras criadas pelo luar, vendo como eram projetadas em paralelo e questionando-se sobre a razão. A desordem do serão incomodara-o – observara com toda a atenção, mas não encontrara sentido no que vira –, e ali sozinho, à noite, descobriria mais depressa a solução para os problemas. Pensou que talvez pudesse ir ao Blackwater e ver por si próprio o que se encontrava no estuário. Parecia-lhe injusto que, de todas as crianças de Aldwinter, só ele ainda não tivesse vislumbrado a besta, nem sequer em sonhos. Atravessou o pasto, passou por baixo do Carvalho do Traidor até à Rua de Cima, sempre para leste, enquanto à sua volta ouvia murmúrios e as fogueiras ardiam para afugentar os espíritos que assombravam a era moderna. Alguém tocava violino; duas raparigas vestidas de branco passaram por ele; um rouxinol estava pousado numa sebe. Quando chegou à Rua de Cima o burburinho desvaneceu-se: sentiu o cheiro da lenha a arder, ouviu um ronronar alegre à sua esquerda, e depois foi como se ficasse sozinho no mundo.

Chegou ao sapal perto do Fim do Mundo, procurando encontrar o ponto onde a Estrela Polar fixava o céu, ou ver a Lua dispensar a sua luz contrafeita, mas em vez disso só descobriu um lençol preto onde fora cosida uma rede de azul intenso. Era como se olhasse para a superfície de um lago com sol refletido nas ondas, e não para o céu abobadado. De norte a sul, acima do horizonte pálido, pendiam réstias de luz azul, e entre elas via-se o azul-escuro do céu. De vez em quando, como se empurrado pelo vento, um movimento lento arrastava a rede brilhante, que se abria e alargava. Não emanava uma luz de empréstimo, como uma nuvem branca orlada pelo brilho do Sol. Parecia nascer ali, como um sem-fim de relâmpagos finos com um brilho inexplicavelmente azul. Francis foi dominado pela alegria, uma sensação que o inundou de forma tão repentina e total que apenas pôde rir, assustado pela estranheza daquele prazer.

Enquanto observava – esticando demasiado o pescoço, a tal ponto que pela manhã a mãe ficaria intrigada com a razão de ter a cabeça numa posição tão estranha – reparou num movimento no paul. As luzes azuis davam ao mundo um brilho um tudo-nada mais intenso do que seria natural e o negrume da superfície do estuário deixava-se ver aqui e ali com pontos azulados. Entre a água e a margem, perto das costelas do Leviatã, um volume de tecido mexia-se. Ouvia-se um som, muito débil, como um animal a farejar; o monte moveu-se e retesou-se na lama, e depois imobilizou-se.

Curioso, Francis virou-se para olhar melhor. *Se fosse a besta de Black-water,* pensou, *era uma coisa deplorável e devia ser afogada.* O ronco fez uma breve pausa enquanto o amontoado se aproximava ligeiramente do Leviatã, e em seguida recomeçou, para terminar numa espécie de tosse e depois num arquejo prolongado.

Temerário, Francis aproximou-se. O molho estremeceu e depois ergueu-se com um gemido, deixando-o ver as camadas untuosas de um casaco preto e uma densa gola de pelo, encimadas pela cabeça de um idoso que já vira uma ou duas vezes na igreja onde iam a enterrar os aldeões. Cracknell... era isso: um velho fedorento que certa vez levantara a manga e exibira ao rapaz as bichas-cadelas que lá se remexiam. O gemido terminou num ataque de tosse que o fez dobrar-se: aconchegou o casaco e calou-se.

Cracknell, com as botas à beira da água e a visão a falhar, avistou o rapazito magro de cabelo escuro penteado e tentou chamá-lo. Mas era como se o ar tivesse ganchos que se lhe prendessem na garganta ao respirar, e sempre que o nome lhe chegava à boca (Freddie, não era?), a tosse recomeçava. Lá recuperou o fôlego, e chamou:

– Miúdo! Ó miúdo! – e fez sinal a Francis, cambaleando no carreiro a menos de cinco metros dele.

– Não sei o que está a fazer – respondeu Francis. O que *estaria* ele a fazer? A morrer, provavelmente, mas escolhera um sítio estranho para isso. O pai morrera com um lençol branco lavado puxado até ao queixo. Desviou-se por instantes para erguer o olhar. A rede alargou-se e rasgou-se nalguns pontos, com um céu de um azul escuríssimo a mostrar-se entre os fragmentos de luz.

– Vai buscar alguém – ordenou Cracknell, após o que se quedou entre resmungos, talvez exasperados talvez divertidos, enquanto observava Francis com uma expressão dividida entre a súplica e a fúria.

Francis acocorou-se e abraçou os joelhos, observando Cracknell com algum interesse. Uma traça pousara nos pelos da gola do casaco, e noutros pontos viu manchas claras que podiam ser de bolor (o bolor poderia crescer nas roupas? Decidiu descobrir a resposta).

– *Ransome* – disse Cracknell, que não queria propriamente confessar-se, mas não se importaria que a sua última imagem do mundo fosse um rosto amável. Estendeu a mão para puxar o casaco do pequeno (*por favor*, queria ele dizer), mas o esforço foi demasiado.

O rapaz meneou a cabeça e pensou no nome.

– Ransome? – repetiu. Fazia sentido. O homem da faixa branca ao pescoço visitara três aldeões nas últimas semanas (ele contara), dois dos quais, pelo menos, haviam morrido. Seria possível que ele trouxesse a morte, ou limitava-se a acompanhar as pessoas? Imaginou que se tratasse do segundo caso, mas era importante ter a certeza. Francis observou o velho e viu espuma a formar-se nos cantos da boca e o peito a encher-se de ar por baixo do casaco. Mesmo na penumbra era visível o tom ceroso da pele do homem, e as órbitas estavam negras em volta dos olhos cada vez mais encovados. Era a um tempo assustador e banal: talvez o fim chegasse sempre daquela maneira.

Cracknell descobriu que não era capaz de falar: seria um desperdício do fôlego que arrancara ao ar frio. O que estava o miúdo a fazer, acocorado placidamente atrás dele, a virar-se de vez em quando para olhar para cima e a sorrir sempre que o fazia? O coração deu-lhe um salto no peito: por certo não tardaria a sair dali a correr para ir chamar Ransome, que viria com um candeeiro e um cobertor grosso para lhe tapar os membros trementes... Mas Francis, que sabia o que se avizinhava, não via motivo para desperdiçar tempo. Além disso, pensou que partilhar a maravilha que se ia desenrolando acima deles não ia reduzir o seu prazer, mas duplicá-lo.

– Olhe – disse, debruçando-se sobre o homem, e agarrando numa mancheia de cabelo grisalho puxou-lhe a cabeça descaída. Cracknell não pôde deixar de se desviar da água negra e olhar na direção que em tempos julgara ficar o céu. – Olhe – repetiu o pequeno. – Está a ver? – e viu os olhos vítreos do velho arregalarem-se e a sua boca escancarar-se. Os farrapos brilhantes que eram as nuvens desvaneciam-se com a alvorada, mas estavam reunidas num arco pálido que dividia o céu. Enquanto olhavam, uma cotovia ergueu-se a cantar, extasiada.

Então Francis deitou-se ao lado dele no paul, sem se importar com a lama que lhe ensopava as roupas nem com o fedor que emanava do corpo do velho, ou com o frio matinal. As cabeças roçavam-se a espaços, e Cracknell, atordoado, mexia-se para ver o que havia acima dele.

De vez em quando tentava entoar um hino:

– *Bem está a minha alma* – cantou, já menos vacilante.

A vida deixou-o num fôlego prolongado e tranquilo. Francis deu-lhe uma palmadinha na mão:

– Pronto, pronto – acalmou-o e sentiu-se bastante satisfeito, pois o que mais lhe agradava era as coisas correrem como deviam.

2, Largo de Aldwinter
Aldwinter

22 de junho

Querido Will,

São quatro da manhã e o verão começou. Tenho estado a ver uma coisa estranha no céu. O Will também? Fulgor noturno, parece que lhe chamam. Mais um augúrio!

Há muito tempo, disse-me quanto lamentava que tivesse perdido o meu marido tão nova. Lembro-me de desejar que não tivesse dito «perdido», mas «morrido» – porque eu não o perdi: a morte dele não teve nada a ver comigo.

E lamentava porquê? Não o conheceu. Não me conhecia. Imagino que ensinem essas frases gentis quando entregam o colarinho branco.

Na altura não podia ter-lhe contado como foi – não só a morte (vê como é fácil dizer!) mas tudo o que aconteceu antes.

Ele morreu e eu fiquei satisfeita, e também perturbada. Acha possível nutrir dois sentimentos opostos, mas ao mesmo tempo absolutamente sinceros? Imagino que não. Imagino que a sua ideia de verdade absoluta e de correção absoluta não contemplem tal.

Fiquei perturbada porque não conhecia outra maneira de viver. Era tão nova quando nos casámos, tão nova quando nos conhecemos, que mal existia: foi ele que me deu vida. Fez de mim o que sou.

Ao mesmo tempo – exatamente ao mesmo tempo! – senti-me tão feliz que receei poder morrer por causa disso. Tivera tão pouca felicidade, chegava a pensar que era quase impossível viver com tão pouca e não desvanecer. Quando nos conhecemos andava a passear na mata e mal conseguia respirar de prazer.

Uma vez conheci uma mulher que me disse que o marido a tratava como a uma cadela. Punha-lhe a comida num prato no chão. Quando saíam, ele chamava-a com um «aqui, anda cá». Quando ela falava sem ser a vez dela, o marido enrolava o jornal que estava a ler e batia-lhe no nariz. Os amigos presentes riam-se. Achavam-no divertido.

Sabe o que senti quando ouvi a história? Inveja, porque nunca fui sequer tratada como um cão. Tínhamos um... Um pobre bicho: uma vez arranquei-lhe uma carraça do pelo e rebentei-a como a uma baga, e o Michael puxava-lhe a cabeça para o joelho, sem se preocupar com a baba, e afagava-lhe a orelha, sempre a olhar para mim. Às vezes dava-lhe palmadas no lombo, com força – fazia um som cavo –, e o cão rebolava-se, extasiado. Quando o Michael estava a morrer o cão até parecia a sombra dele. Não sobreviveu à morte dele.

A mim o Michael nunca me tocou com tal delicadeza. Olhava para o cão e tinha ciúmes. Consegue imaginar-se com ciúmes de um cão?

Vou regressar a Londres durante algum tempo. Não irei para Foulis Street: já não é a minha casa. O Charles e a Katherine cuidarão de mim.

Não se sinta obrigado a escrever.

Afetuosamente,
Cora

PS Quanto à Stella, deverá receber em breve uma carta do Dr. Garrett. Por favor, considere a ajuda que ele está a oferecer.

4

Joanna dirigiu-se à Igreja de Todos os Santos pela manhã e aí encontrou o pai. *Fora uma boa noite*, pensou, recordando como ela e Martha haviam revisto os planos para as novas casas, com água limpa que corria em canos de cobre. Tocara piano relativamente bem, usara o seu melhor vestido, comera uma laranja (ainda tinha as unhas sujas da casca). É verdade que a mãe ficara esgotada e nessa manhã encontrara o pai em silêncio, mas ele tinha sempre tanto em que pensar (pelo menos era o que ele dizia).

Encontrou-o curvado, escondido pelas sombras, com um cinzel nas mãos. Atacava com movimentos furiosos a serpente enrolada no braço do banco; com os anos, o carvalho do Essex escurecera e tornara-se mais rijo, e embora as asas dobradas da criatura tivessem sido retiradas e jazessem no piso de pedra, a serpente continuava a sorrir ao adversário de dentes arreganhados.

– Não! – exclamou Joanna. Imagine-se, a destruir algo que obrigara a tanta perícia! Correu para o banco. – Não pode fazer isso! Nem sequer é seu! – tentou impedi-lo, puxando-lhe a manga.

– A igreja está a meu cargo! Faço o que me parece correto! – respondeu ele. Nem lhe parecia o pai, mas um menino que não conseguia levar a dele avante. Depois, como se se apercebesse da petulância com que falara, endireitou a camisa e disse: – Isto não presta, Jojo, não devia estar aqui. Olha: não vês que não tem nada a ver com este lugar?

Mas Joanna começara a afagar a ponta da cauda da serpente ainda mal andava, e ao ver as asas caídas choramingou:

– Não devia andar por aí a partir coisas! Não pode fazer isso!

As lágrimas da jovem eram tão raras que noutra altura talvez tivessem conseguido deter a mão dele, mas William Ransome sentia-se rodeado de inimigos, e pelo menos aquele podia ser destruído. Haviam-no visitado durante a última noite de vigília: o médico curvado, Cracknell, de peles penduradas, uma sala de alunas às gargalhadas, o Blackwater a abrir-se, Cora na lama, de expressão severa, e atrás dela, com o coração a bater sob a pele molhada, a Serpente do Essex... – Vai para casa, Joanna, volta para os teus livros e não te metas – ordenou-lhe o pai, e arrancou um dos olhos à serpente.

Joanna endireitou-se atrás dele e pensou em bater-lhe na cabeça inclinada. Sentiu pela primeira vez a fúria impotente de uma criança que se sabe mais justa que o pai. Depois, atrás deles, as portas da igreja abriram-se e a luz inundou o interior; Naomi Banks deixou-se ver com o cabelo ruivo flamejante. Vinha ofegante da corrida e tinha as mãos cobertas de lama até aos cotovelos.

– Voltou a acontecer! – exclamou, a voz a ressoar no espaço abobadado. – Ela regressou: eu disse que ela ainda voltava, não disse!? Não disse que voltava?!

Quando Will chegou ao sapal, um pequeno grupo havia-se já reunido em torno do vulto ali caído. A cabeça de Cracknell estava de tal modo virada para a esquerda, e para cima, estendida, como se olhasse o rosto do seu destruidor, que era óbvio (assim diziam) que tinha o pescoço partido.

– Esperem pelo magistrado – recomendou Will, baixando-se para fechar os olhos vítreos. – Ele já estava doente há algum tempo. – Sobre o casaco do morto, precisamente sobre o estômago e entre dois bolsos rasgados, estavam um garfo de prata e uma pedra cinzenta perfurada. – Quem fez isto? – perguntou Will, olhando para os rostos do seu rebanho. – Quem deixou aqui estas coisas, e porquê? – Todos se retraíram, um após o outro, sem admitirem nada, dizendo que sabiam que havia ali qualquer coisa, que nunca tinham duvidado, e que era melhor trancarem as portas quando a maré subisse. Uma mulher benzeu-se e foi brindada com um olhar severo do ministro, que há muito se esforçava por combater as superstições.

– Arrancaram-lhe um botão – indicou Banks, despenteando a filha com um gesto afetuoso, mas ninguém lhe prestou grande atenção: já era um milagre que Cracknell ainda tivesse um botão que fosse.

– O nosso amigo só morreu porque estava doente, e agora alcançou a glória – afirmou Will, esperando que a segunda parte da afirmação fosse verdade: – Saiu à noite à procura de ar fresco, ou então perdeu-se e ficou confuso. Não vem a propósito pormo-nos a falar de cobras e monstros. Já chamaram o médico? Sim, obrigado: tapem-lhe a cara. Ele que descanse em paz. Não é esse afinal o nosso desejo?

Junto do pequeno ajuntamento, Francis Seaborne levava de vez em quando a mão ao bolso do casaco, onde guardara um botão brilhante, com uma âncora gravada. Alguém começara a chorar, mas Frankie perdera o interesse: observava o horizonte, onde via nuvens azuis juntarem-se a toda a volta. Evocavam de tal maneira montanhas escondidas na neblina que imaginou que a aldeia havia sido arrancada ao Essex e largada inteira num país estrangeiro.

Estimada Cora,
Vi este postal e lembrei-me de si. Gosta?

Recebi a sua carta. Obrigado. Voltarei a escrever em breve. A Stella envia cumprimentos afetuosos.

Como sempre,

William Ransome

Filipenses 1, 3–11

Dr. Luke Garrett
A/C Royal Borough

23 de junho

Estimado Reverendo Ransome,

Espero que se encontre bem. Escrevo-lhe por causa de Mrs. Ransome, com quem me encontrei duas vezes. Em ambas as ocasiões observei que tinha temperatura bastante elevada, faces afogueadas, pupilas dilatadas, ritmo cardíaco rápido e irregular e eczema nos braços.

Julgo ainda que sofrerá de um pouco de delírio.

Recomendo veementemente que leve Mrs. Ransome ao Hospital Royal Borough, onde, como sabe, me encontro destacado. O meu colega Dr. David Butler ofereceu-se para a examinar. Este médico tem uma experiência considerável em doenças respiratórias. Com a sua licença, gostaria de estar presente. Talvez deseje ter em consideração a possibilidade de iniciarmos certos procedimentos cirúrgicos.

Não é necessário marcar consulta. Esperamo-lo com a maior brevidade possível.

Cordialmente,

Dr. Luke Garrett

Reverendo William Ransome
Reitoria de Aldwinter
Essex

24 de junho

Estimada Cora,

Espero que se encontre bem. Não pude escrever antes, embora tenha querido fazê-lo. Por aqui deu-se um acontecimento importante: Cracknell foi levado de entre nós.

Porquê dizê-lo assim? Sabia que estava doente: estive com ele na véspera da morte. Queria que lhe lesse, mas não encontrámos um único livro na casa, salvo a minha Bíblia, que ele não quis, como seria de esperar. Acabei por recitar o «Jabberwocky». O que ele se riu. «Snicker-snack!» disse ele, e pareceu-lhe muito divertido.

Encontrámo-lo no sapal. A maré estava a subir e já lhe chegara às botas. Parecia ter estado a olhar para alguma coisa por cima dele, mas o magistrado assegura que não houve intenção criminal. Deve ter passado ali a noite. Sem ele, o Fim do Mundo parece já ter começado a afundar-se na lama. A Joanna acha que temos de ficar com a Magog (ou talvez seja a Gog); pôs-lhe uma corda ao pescoço e levou-a para casa. Está no jardim, a comer as flores da Stella. Neste momento está mais precisamente a olhar para mim. Não gosto dos olhos dela.

Os aldeões estão agitados, como seria de esperar. Não deixam os filhos sair. Dizem que na noite em que aconteceu se viu uma luz azul estranha no céu – uma mulher (a mãe da pequena Harriet, lembra-se dela?) pôs-se a repetir que o véu fora rasgado, e não consigo tirá-la da igreja. Se o permitisse, subia para o púlpito. Imagine se tivesse visto a Fata Morgana, como nós! No mínimo seria um pandemónio.

Alguém tem andado a pendurar ferraduras no Carvalho do Traidor (provavelmente o Evansford, que está a gostar bastante de ter medo) e um dos agricultores lançou fogo às plantações. Não sei o que fazer. Estaremos a ser julgados? A ser verdade, o que teremos feito, e como poderemos redimir-nos? Aceitei este rebanho e tentei ser um bom pastor, mas há qualquer coisa que está a fazê-lo saltar da falésia.

O mafarrico do seu médico escreveu-me. Por carta é um homem firme: não pude negar-me. Partimos para Londres na semana que vem, embora a Stella pareça melhor nos últimos dias e ande a dormir a noite inteira.

Não obstante tudo isto, sinto-me incomodado. O Dr. Garrett mostrou-me o que faria a bebés e mulheres caso o deixassem, e isso repugna-me. Não as incisões e as suturas, mas a indiferença. Assegura-me de que se acreditasse na alma imortal eu próprio teria tanta reverência pela minha carcaça como pela de um coelho; somos todos meros passageiros, assegurou-me ele. Segundo ele, uma vez que venera a ciência como venera os vasos, os corpúsculos e as células que nos compõem, o bárbaro sou eu!

Desde que partiu, leio como um estudante. Espero que não me julgue demasiado orgulhoso para analisar os meus pensamentos, para os ordenar. O que diz Locke? Somos todos míopes. Acho que, mais que nunca, preciso de óculos com lentes como fundos de garrafas.

Não aceito que a minha fé seja a fé da superstição. Imagino que me despreze um pouco por isso – e quanto ao seu médico não tenho dúvida! – e quase desejo poder negá-lo para lhe agradar. Mas a minha fé é da razão, e não das trevas: o iluminismo expulsou-as de vez. Se um criador dotado de razão pôs as estrelas no seu lugar, teremos de ser capazes de as compreender; logo, também são criaturas dotadas de razão!

Mas há coisas para além daquilo que vemos, Cora – há coisas para além da contagem dos átomos, do cálculo da órbita dos planetas, da passagem dos anos até ao regresso do cometa de Halley – há algo que bate dentro de nós, e não é apenas a nossa pulsação. Lembra-se do francês que prendeu um pombo a uma chapa fotográfica e lhe cortou o pescoço, e julgou ter captado um vislumbre da alma a escapar-se pelo ferimento? Absurdo, é claro, e, no entanto, não consegue vê-lo, de faca em riste, e perceber o que o levou a ter essa ideia?

De que outra maneira poderemos justificar tanto? De que maneira explicar como todo o meu ser se torna vigilante, se deixa cativar quando me dirijo a Cristo?

E como justificar o meu anseio por si? Eu estava contente, Cora. Chegara ao fim de tudo o que era novo – já não me estavam reservadas surpresas, e eu tão-pouco as procurei. Cumpria o que me era exigido. E então apareceu-me – e nunca gostei do seu aspeto, do seu cabelo, que nunca está limpo, às suas roupas de homem (incomoda-a?). Mas parece que a memorizei, senti-me a conhecê-la de uma vez só, senti a liberdade imediata de lhe dizer tudo o que nunca pude dizer a mais ninguém – e isso, para mim, é «a certeza daquilo que esperamos e a prova das coisas que não vemos»! Devia sentir-me envergonhado ou incomodado? Não sinto. Recuso-me.

Que lhe parece, querida ateia, querida apóstata? Empurrou-me para Deus.

Com amor – e orações, goste ou não de o saber,

Will

Reverendo William Ransome
Reitoria de Aldwinter
Essex

30 de junho

Cora, não recebi nenhuma carta sua. Terei sido demasiado sincero? Ou não o terei sido suficientemente?

Tenho medo pela Stella. Por vezes, julgo que a mente dela vagueia, mas depois volta a ser quem era e diz-me que St. Osyth tem um vigário novo, e que ele ainda não é casado, ou que abriu uma loja nova em Colchester com bolos que chegam diretamente de Paris.

Passa o dia a escrever num caderno azul, que não me deixa ler.

Amanhã vamos a Londres. Pense em nós.

Seu, em Cristo,

William Ransome

5

Stella estremeceu ao toque do estetoscópio e respirou como lhe instruíram que fizesse: tão profundamente quanto possível, e que não se importasse com a tosse. Quando o ataque ocorreu não foi dos piores, mas foi mau: atirou-a para a frente na cadeira e não conseguiu conter um pouco de urina. Pediu um lenço novo.

– Não é sempre assim tão mau – garantiu, levando o lenço à boca e lamentando pelos três homens que a observavam sombriamente: como pareciam alarmados! Seria possível que nunca tivessem estado doentes? Ali estava Will, que mal conseguia olhá-la nos olhos, ou por estar perturbado ou por se sentir pouco à-vontade. E o *Mafarrico*, mais ao fundo, a um canto, sem perder pitada do que se passava, mesmo àquela distância. E ainda o mais velho dos três, e o mais elegante, já que dispusera de mais tempo para desenvolver modos ao mesmo tempo imponentes e aparatosos, o Dr. Butler, que afastou o estetoscópio e com um gesto delicado devolveu a blusa da paciente ao lugar.

– Não tenho qualquer dúvida de que se trata de tuberculose – declarou, vendo, como prometera Luke, o bonito rubor nas faces da mulher. – Claro que, como é natural, será preciso uma amostra de expetoração para se ter a certeza. – A barba branca frondosa compensava a cabeça abobadada completamente calva (diziam os alunos que os pensamentos daquele homem se deslocavam com tal velocidade que tantos anos de fricção haviam tornado impossível qualquer desenvolvimento capilar).

– O mais forte entre os promotores da morte – murmurou Stella para os malmequeres bordados no lenço. Não havia necessidade de tudo aquilo: se lhe tivessem perguntado, tê-lo-ia dito havia meses. A janela alta aberta mostrava o céu branco que se abria para exibir um fragmento de azul. – Já sabia – disse, num tom como de confidência (não que alguém a tivesse ouvido).

– Mas tem mesmo a certeza? Como? – exigiu Will, que perguntava a si mesmo se aquele espaço não teria ficado mais escuro de repente, ou se seria apenas o seu temor. Imaginou algo a mexer-se por baixo do divã onde ela estava sentada a sorrir, acompanhado pelo cheiro do rio. – Como pode ter a certeza? Nunca houve nada do género na família dela, nunca! Stella, eles têm de saber. – Mas como podia isso ter-lhe escapado? Estaria realmente tão cego quanto ao que chegara a Aldwinter? – O médico disse que era gripe: deu a volta à aldeia e depois toda a gente ficou fraca...

– A família não tem nada a ver com isso – atalhou Luke. – Não passa de pai para filho. As culpadas são as bactérias da tuberculose, nada mais. – A antipatia por Will veio ao de cima e levou-o a explicar com precisão maldosa. – As bactérias, Reverendo, são microrganismos que transmitem doenças infeciosas.

– Gostaria de confirmar o diagnóstico – repetiu o Dr. Butler, com um olhar incomodado ao colega, que não sendo propriamente conhecido pelas boas maneiras também não costumava ser tão grosseiro. – Mrs. Ransome, seria pedir-lhe muito que voltasse a tossir, só um pouco, e cuspisse para um prato?

– Dei à luz cinco filhos – lembrou Stella, com um tom irritado. – Dois deles mortos. Cuspir não é nada. – Trouxeram-lhe um prato de aço, onde o fragmento de céu se refletiu com toda a clareza. Stella ocultou-o com uma substância acastanhada, dolorosamente arrancada dos pulmões, e entregou-o ao Dr. Butler com um gesto gracioso da cabeça.

– O que vai fazer com isso? – quis saber Will. – Em que é que isso vai ajudar? – Como podia ela estar tão alheada de tudo? Como podia estar tão calma?! Não era natural, era uma espécie de histeria. Não devia estar a chorar, a pedir-lhe que se sentasse ao seu lado e lhe desse a mão?

– Agora podemos tingir o bacilo, para ficar visível no microscópio – explicou o Dr. Butler, com certo entusiasmo. – E até podemos estar enganados. Talvez Mrs. Ransome tenha pneumonia, ou uma doença menos grave...

Um microscópio! pensou Stella. Ultimamente tornara-se um pedido frequente de Joanna, que queria ver com os próprios olhos como as maçãs e as cebolas eram compostas por células, do mesmo modo que as casas por tijolos.

– Quero ver – pediu. – Quero que me mostre.

O pedido não era invulgar, pensou o Dr. Butler, embora em geral fossem os jovens que se mostravam decididos a olhar o inimigo nos olhos. Quem imaginaria que aquela mulher esguia, de cabelo prateado, seria tão otimista? Claro que em parte se tratava do delírio: fora acometida precocemente por aquele curioso estado de distanciamento que afetava tantos pacientes.

– Se não se importar de esperar uma hora, já lho trago – disse o médico, vendo o marido mais uma vez desanimado. – Embora, é claro, espere que não haja nada para ver.

– Stella – implorou Will. – Stella, é mesmo preciso? – Estava tudo a acontecer tão depressa... Parecia-lhe que tinham passado apenas minutos desde que entrara em casa no inverno, chegado do Fim do Mundo, com os coelhos oferecidos por Cracknell pendurados no cinto, e vira a família à espera, à luz do candeeiro. E agora estava tudo a desmoronar-se. Fechou os olhos e no escuro viu os olhos da Serpente do Essex, cintilantes, ansiosos.

– Nesse caso, rezem por mim – disse Stella, por piedade, e porque queria. O Dr. Butler saiu com o prato tapado, seguido pelo *Mafarrico;* Will ajoelhou-se ao lado da cadeira dela. Mas teria a oração um lugar entre os frascos e as lentes que revelavam todos os mistérios? Além disso, rezar porquê? A doença ter-se-ia instalado há muito, enquanto eles andavam na sua vida na mais abençoada das ignorâncias. Deveria pedir ao tempo que voltasse atrás? Mas, se assim fosse, porquê ficar por aí? Porque não pedir o regresso de todos os mortos de Aldwinter? Seria Stella tão singular e preciosa que levasse Deus a intervir, mesmo que, por regra, não se metesse no mundo humano? Restavam-lhe as palavras dos alunos de catequese, com as suas tropelias. As suas orações não pediam favores, eram de submissão.

– Seja feita a Vossa vontade – rezou Will. – Deus nos abençoe.

Regressaram com semblantes carregados e Will foi chamado à parte, como se o doente fosse ele, e não ela. A mensagem foi transmitida como no jogo dos segredos. Quando chegou a Stella, «Não está bem, meu amor, mas eles vão ajudar», a verdade esmorecera até se transformar em nada.

– Tuberculose – disse Stella, animada com a notícia. – A peste cinzenta. Tísica. Doença do peito. Conheço bem os nomes. O que tem na mão? Dê-mo. – Era a lâmina de vidro onde se encontrava o seu futuro. Depois de alguma insistência trouxeram-lhe o microscópio. – Só isto? Parecem grãos de arroz – comentou.

Foi acometida por um novo ataque de tosse que a deixou atordoada. Com o rosto encostado ao braço áspero do divã, só conseguiu ouvir o futuro desenrolar-se ao longe.

– Deve ficar o mais isolada possível, e as crianças têm de ser mandadas embora quando os sintomas se agravarem – indicou Luke, abstendo-se de mostrar compaixão: de que valia isso perante uma doença fatal?

– Não há pressa, Reverendo: sei bem que é um choque – disse o Dr. Butler. – Mas a medicina moderna já está muito avançada. Por mim recomendaria injeções de tuberculina, que Robert Koch recentemente introduziu na Alemanha...

Ainda um pouco aturdido, Will pensou em agulhas a trespassarem a pele frágil de Stella e reprimiu as náuseas. Virou-se para Luke Garrett e disse:

– E o Dr. Garrett, o que diz? Já tem a faca na mão?

– Talvez um pneumotórax terapêutico...

– Dr. Garrett! – O Dr. Butler parecia chocado. – Nem quero ouvir falar em tal coisa. Ainda só se realizaram dois ou três, e nenhum deles neste país: não me parece altura para experiências.

– Não quero que lhe *toque* – exclamou Will, voltando a sentir-se nauseado e recordando como o *Mafarrico* se debruçara sobre Joanna, a murmurar-lhe sabe Deus o quê ao ouvido.

– Mrs. Ransome, permita-me que explique – disse Garrett, dirigindo-se à paciente. – É muito simples, e sei que vai compreender. O pulmão infetado contrai-se com a introdução de ar: fica como um balão vazio na cavidade peitoral, o que alivia bastante os sintomas e permite que o processo de cura tenha início...

– Ela não é um dos seus cadáveres: é a minha mulher. Parece que está a falar das miudezas na montra do talho!

– Vai mesmo deixar que o seu orgulho e a sua ignorância ameacem ainda mais o futuro dela? – atirou Luke, perdendo a paciência. – Tem assim tanto medo da época em que nasceu? Preferia que os seus filhos fossem infetados com varíola e a água estivesse cheia de cólera?

– Cavalheiros – o Dr. Butler parecia angustiado –, sejam razoáveis. Reverendo Ransome, quando a trouxe ela tornou-se minha paciente, e aconselho que sejam administradas injeções de tuberculina. Claro que não tem de decidir já, mas seria bom que não demorasse, e que decidisse antes que a hemorragia tenha início. E receio que tal venha a acontecer.

– Então e eu? – Stella ergueu-se sobre o cotovelo. Compôs o cabelo franziu o sobrolho. – Não me vai perguntar a mim? Will, por acaso não é meu este corpo? Não é minha, a doença?

JULHO

1

Em Aldwinter, Naomi Banks está desaparecida. Foi-se no dia em que encontraram Cracknell e deixou uma mensagem: CÁ VOU EU, diz a nota, e há três beijos no verso. Banks veleja pelo Blackwater inconsolável.

– Primeiro a mulher, depois o barco, depois isto – diz ele. – Estão a limpar-me como a um peixe.

Procuram em todas as casas e ninguém a encontra, embora o merceeiro diga que andam a desaparecer-lhe coisas e não sabe se não será ela que anda a roubá-las.

A aldeia está receosa. Não há magistrados de Colchester que façam as pessoas acreditar que Cracknell só morreu porque o seu velho coração esgotou as batidas que lhe restavam: foi a Serpente do Essex, está claro como água. Procuram sinais e encontram-nos: os campos de cevada não parecem bem, as galinhas não põem ovos, o leite anda com tendência para azedar. O Carvalho do Traidor está tão carregado de ferraduras que há quem receie que os ramos se partam com o vento e as chuvas. Mesmo quem nunca viu o fulgor noturno pode dizer exatamente como estava aquela noite, por cima do pasto, a salpicar o estuário de azul. Em St. Osyth houve um afogamento. *Estão a ver?*, diz-se. *Estão a ver?*

Surge uma escala de vigias. Sentam-se à volta de pequenas fogueiras no sapal e fazem marcas num diário de bordo: *0200 horas, vento de sudeste, visibilidade boa, maré baixa. Sem avistamentos, mas com gemidos e roncos baixos entre as 0246 e as 0249.* Não deixam que Banks se junte à ronda, pois Naomi desapareceu, e é bem provável que ele volte a beber.

As crianças de Aldwinter não gostam de ficar fechadas. Numa das casas arrendadas, um miúdo perde a cabeça com o enfado e morde a mão da mãe.

– Está a ver? – diz ela, mostrando o ferimento a Will. – Assim que um pisco lá entrou percebi que ia acontecer alguma coisa. É a serpente dentro dele a sair – sibila para o reitor, arreganhando os dentes.

Stella está em casa e escreve diariamente no caderno azul – *Gostava de voltar a ser batizada com água azul, numa noite azul limpa –*, que fecha sempre que Will entra na sala. Tem dias bons e outros nem tanto. As visitas fazem-lhe companhia – ouviu falar daquela mulher e daquela coisa e não foi engraçado e ela continuava tão bonita e onde arranjou aquelas contas tão brilhantes – e depois saem a esfregar as mãos com antissético.

«Nem parece ela», comentam. «Disse-me que às vezes ouve a serpente quando está a dormir! Garantiu-me que sabe o nome dela!» E depois: «Não pode tê-la visto, pois não? Acha que há alguma coisa para ver?»

Will dá por ele a percorrer uma linha. É uma linha estreita, e de cada lado há uma queda imensa. Para começar, não quer ouvir falar daquela superstição desgraçada: onde já se viu um rumor ganhar tanta carne, tanto osso? É seu dever mantê-la à distância. Reza fervorosamente: «Deus é o nosso refúgio e a nossa força, uma grande ajuda para as nossas labutas», mas é óbvio que os aldeãos duvidam. A congregação não diminui, mas torna-se truculenta, e muitas vezes recusa-se a cantar. Ninguém comenta o braço esfacelado do banco, onde ainda se distinguem os restos de uma cauda: de um modo geral as pessoas estão satisfeitas por ter desaparecido.

Por outro lado, passa as noites em claro, com Stella demasiado longe, ao fundo do corredor, e pergunta a si mesmo se se tratará de um julgamento. Deus sabe que há vários pecados de que poderia ser acusado (lembra-se de ter estado no sapal, vergado pelo desejo), e pergunta-se se a Serpente do Essex terá o nome dele num livro-mestre.

Não tem notícias de Cora. Pensa nela. Às vezes imagina que ela lhe aparece a meio da noite e põe os olhos nas órbitas dele, para o fazer ver o mundo como ela: não consegue olhar para um monte de terra no jardim sem querer desfazê-lo para ver se há alguma coisa enroscada por baixo. Quer contar-lhe tudo, e como não pode fazê-lo, o tecido do mundo parece-lhe puído e baço. «No meu estúdio, atrás da estante, está uma libélula encurralada», escreve, «e não consigo pensar com o barulho das asas a bater». Depois atira o papel para longe.

Cora lê as cartas e não responde. Leva Martha e Francis a Londres.

– É a melhor altura do ano – comenta, e gasta irresponsavelmente num bom hotel, em refeições extravagantes, em sapatos de que não gosta e que nunca vai calçar. Bebe com Luke Garrett no Gordon's, junto ao rio, onde as paredes pingam para as velas, e, quando lhe falam no bom reverendo limita-se a encolher os ombros. Mas Garrett não é tolo, e preferia os tempos em que ela se referia alegremente a Will frase sim frase não.

Se Luke e Martha esperavam apaixonar-se ou odiar-se no fim do verão, ficaram surpreendidos. O que surge, em vez disso, é uma tranquilidade que lembra a dos soldados que sobreviveram a uma batalha comum. Nunca revisitam aquela noite, nem sequer nas suas recordações: foi necessária, nada mais. Acordam tacitamente que Spencer deve permanecer na ignorância do que se passou: Luke tem um grande afeto por ele e Martha muito uso a dar-lhe. Juntou à sua volta homens de grande peso político e de grande poder financeiro: está convencida de que Bethnal Green pode ganhar com novas habitações às quais não estejam ligadas quaisquer obrigações morais, e que proporcionem mais do que um abrigo mínimo.

Martha e Edward Burton partilham batatas fritas em Limehouse e conspiram juntos enquanto os navios da Nova Zelândia descarregam borrego congelado nas docas. Faremos isto e aquilo, dizem, lambendo o sal dos dedos, tão próximos, sem se aperceberem de que passaram a dar como garantida a presença do outro num dia futuro.

– Gosto de olhar e ver que ela ali está – conta ele à mãe, que tem as suas dúvidas. Martha é uma boa moça londrina, mas dá-se ares e já não fala como eles.

Aquilo em que Edward não repara, quando nessa noite regressa a casa com uma das revistas de Martha, é que o homem que o esfaqueou no beco aguarda pacientemente sob a sombra da cúpula de São Paulo. Samuel Hall está à espera desde que Edward saiu do hospital; traz um casaco diferente, mas no bolso tem a mesma faca de lâmina curta que entra tão facilmente entre as costelas. Mal se lembra da origem do ódio – uma querela por causa de uma mulher, talvez? Deixou de lhe interessar. Tornou-se a sua única preocupação, alimentada pela bebida e pela falta de propósito na vida. Já perdeu uma vez a oportunidade de se vingar, e vive com impaciência o tempo que falta até a tarefa ser completada. O facto de Edward Burton se ter tornado o protegido de homens e mulheres abastados que o visitam com tanta frequência e permanecem tanto

tempo com ele tornou-o mais implacável: em conjunto, transformaram-
-se no seu inimigo. Observa Edward a sacudir sal da manga e a enfiar a
chave na fechadura, enquanto grita para a mãe que o espera. *Não é hoje*,
pensa, embainhando a faca. *Não, mas será em breve.*

O funeral de Cracknell é concorrido; ninguém é tão apreciado como
um morto. Joanna canta um hino e não há olhos secos na casa do Senhor.
Cora Seaborne manda uma coroa que se julga, com toda a razão, ter
custado os olhos da cara.

Will habituou-se a fazer caminhadas e dá por si a pensar como seria
interessante que a lei da estatística levasse os seus pés a percorrerem
as pegadas de Cora. Enquanto anda os pensamentos perseguem-no, e
estão divididos. Não se decide no que diz respeito a Cora: sentira-se tão
satisfeito com o seu amor por ela – imaginava-o como um amor que os
apóstolos poderiam admirar, como se naquele canto da Terra dominado
pelo lodo tivessem criado um paraíso –, e depois alguma coisa se alterara.
Ainda sente como a carne dela cedera sob a sua mão, e o que se seguira,
e tem vergonha, embora (assim julga) não tanta como devia.

Stella continua serena, com a camisa de dormir de algodão azul. A luz
que a ilumina por trás ofuscaria uma santa num vitral. Às vezes fala de sacri-
fícios e fica imóvel, como se já estivesse no altar; depois anima-se e passa a
noite a escrever no caderno azul. O que vai fazer com ela? Pensa na agulha
e no bisturi nas mãos do cirurgião e todo o seu ser estremece. Regozija-se
com a capacidade de raciocínio atribuída à humanidade, mas não confia na
volubilidade do engenho do homem. É isso que percebe: que cometemos
sempre erros. Pense-se nas querelas que surgiram quando Galileu pôs a
Terra a girar à volta do Sol, pense-se na ideia de que o homem deposita um
homúnculo na mulher. Estava muito bem que a ciência enchesse o peito e
declarasse «desta vez acertámos», mas seria preciso apostar a vida de Stella?

Will negoceia com Deus, como em tempos Gedeão.

– Se não for Vossa vontade que ela sofra o tratamento, evitai-o por
qualquer meio claro, e que esse seja o sinal – roga. Apercebe-se do
absurdo lógico, mas lá está: Deus pode perfeitamente servir-se da lógica.
Ao domingo sobe ao púlpito e recorda à congregação como Moisés no
deserto ergueu uma vara, em torno da qual se enrolou uma grande serpente de bronze, e como isso lhes dera esperança.

Em finais de julho, os vigias abandonam o posto.

Luke Garrett
Pentonville Road

27 de julho

É tarde e vai pensar que estou embriagado, mas tenho a mão firme – poderia suturar um homem aberto do pescoço ao umbigo sem falhar um ponto!

Cora, amo-a – ouça-me, AMO-A. – Sim, eu sei, já o disse várias vezes, e a Cora sorri e deixa passar, porque é só o Mafarrico, é só o seu amigo, nada que a incomode, nem sequer uma pedra a cair na sua água calma, na sua calma terrível, na sua TOLERÂNCIA – algo que por vezes talvez confunda com amor, quando a divirto ou lhe mostro alguma coisa inteligente que tenha feito, como um cão que leva um objeto roído à dona...

Mas tenho de a fazer compreender – tenho de lhe dizer que a trago comigo, como uma excrescência que devia extirpar com a minha lâmina – é pesada e negra, DÓI, liberta qualquer coisa para a minha corrente sanguínea, sinto-a nas extremidades feridas dos meus nervos – mas nunca a poderia arrancar e sobreviver!

Amo-a. Amo-a desde que entrou naquela sala brilhante com as suas roupas sujas, me pegou na mão e disse que nenhum outro médico serviria – amei-a quando me perguntou se seria capaz de o salvar e eu percebi que esperava que não o fizesse, e soube que não tentaria fazê-lo... E adoro o seu vestido de luto, que é uma mentira, e amo-a quando a vejo tentar amar o seu filho, e amo-a quando abraça a Martha, e amo-a quando está feia por chorar ou por causa do cansaço, e amo-a quando põe os seus diamantes e se comporta como uma beldade... Julga que haverá quem conheça todas as Coras tão bem como eu e as ame a todas do mesmo modo?

E tentei tanto fazer do meu amor algo bom – tentei quando o Michael estava a morrer, qual santo pecador, naquele quarto de cortinas abertas, e tentei quando ele por fim regressou ao lugar de onde viera. Tentei amá-la de maneiras que não me arruínem – não a quis possuir – deixei-a a este seu novo amigo – e desde então não consigo dormir, pois quando adormeço a Cora aparece, impudica, exige coisas de mim, acordo a pensar que tenho o seu sabor na minha boca – e, no entanto, durante todo este tempo nada mais fiz do que pousar a mão no seu ombro... acha que sou um mafarrico, mas tenho sido um anjo!

Não escreva. Não venha. Não preciso. Não é por isso que escrevo. Acha que o meu amor vai morrer à fome sem as suas migalhas? Acha que não sou capaz de mostrar humildade? ISTO é humildade – digo-lhe que a amo e sei que não o pode retribuir. Rebaixo-me.

É tudo o que posso dar e nunca chega.

Luke

Sou Stella estelar disse ele! Stella, minha estrela dos mares azuis!

E fiz o meu missal o meu livro sagrado com tinta azul na página azul e bordei com fio azul, veias de sangue azul que são azuis.

LEVARAM-ME OS MEUS FILHOS!!!

Os meus dois bebés nascidos azuis os três que viveram nenhum deles se encontra debaixo do meu teto!

Querem dar-me coisas facas agulhas gotas e colheres de chá disto e daquilo não eu disse não como posso suportar tais coisas não me deixam viver com as minhas coisas azuis à minha volta as minhas contas de cobalto o meu lápis as minhas pérolas pretas que são azuis o meu frasco de tinta azul as minhas fitas que são índigo a minha saia que é escura as minhas centáureas a crescer os meus olhos azuis

E suporto-o pois foi-me prometido que mesmo andando nos rios eles não me inundarão! Mesmo andando no fogo não serei queimada!

AGOSTO

1

Nada poderia empurrar Charles Ambrose para o darwinismo como caminhar pelas ruas estreitas de Bethnal Green. O que aí via não eram os seus iguais separados dele apenas pelo destino e pelas circunstâncias, mas sim criaturas que haviam nascido mal apetrechadas para sobreviver à corrida evolutiva. Olhava os seus rostos magros e pálidos – muitas vezes com uma expressão desconfiada, como se esperassem receber um pontapé a qualquer momento – e sentia que estavam no lugar delas. A ideia de que, se tivessem acesso a gramática e a citrinos em tenra idade, poderiam um dia sentar-se com ele no Garrick era absurda: a situação daquelas pessoas era a prova cabal da falta de capacidade para se adaptarem e sobreviverem. Porque eram tão baixas? Porque guinchavam e berravam das janelas e das varandas? E porque havia tantas já embriagadas ao meio-dia? Entrou num beco e apertou o casaco de linho, sentindo-se como se as espiasse através de barras de ferro. É claro que sentia compaixão: até os animais dos jardins zoológicos deviam ter jaulas limpas.

Nessa tarde de agosto quatro pessoas reuniram-se nos aposentos de Edward Burton: Spencer, Martha, Charles e Luke. Tinham como objetivo visitar uma parte ainda maior de Bethnal Green, cujas vielas e casebres eram candidatos à demolição para serem substituídos pelas habitações limpas prometidas pelo Parlamento.

– É muito fácil promulgar leis – comentou Spencer, sem consciência da forma perfeita como imitava Martha –, mas onde chegará a mortalidade infantil antes que as medidas sejam postas em prática? Precisamos de ação, não de leis!

A mãe de Edward serviu biscoitos de limão numa travessa de onde a cabeça da rainha espreitava com solenidade, e observou que o filho estava cansado. Permanecera em silêncio, respondendo apenas aos apartes discretos de Martha – o velho ferimento doía? Podia mostrar a Spencer os planos que andava a fazer para o novo bloco?

– Bastante exequível – disse Spencer, embora não percebesse nada do assunto. Alisou o papel branco onde Edward desenhara, com a sua competência natural, a planta de um bloco de apartamentos disposto em torno de um quadrado com jardim. – Posso levar isto? Posso mostrá-lo aos meus colegas? Importa-se?

Entretanto Luke comera o quinto biscoito, maravilhado com o asseio óbvio de Mrs. Burton.

– A Martha só vai ficar satisfeita quando vir a *Utopia* de Tomás Morus em Tower Hill. – Lambeu um resto de açúcar do polegar e olhou alegremente pela janela as filas de telhados íngremes. Escrever a Cora fora como lancetar um furúnculo: a seu tempo poderia verificar-se novo desconforto, mas por enquanto sentia-se aliviado. O que escrevera fora verdade, pelo menos enquanto segurara a caneta: não esperava nada em troca, não apresentara condições, acreditava que não devia nada. Talvez a euforia durasse apenas um dia, mas enquanto durava era inebriante, e tornava-o benevolente. Por vezes, ao imaginar o envelope selado a caminho da sua porta, levado no cesto da bicicleta de um carteiro, sentia-se ansioso: ficaria ela divertida, comovida, iria ignorá-lo e prosseguir alegremente a sua vida? Conhecendo-a, imaginava que esta última hipótese fosse a mais provável: era difícil vencer-lhe o bom feitio ou extirpar a demonstração geral de afeto por toda a gente que conhecia.

– Vamos lá então conhecer os pobres – disse Charles com uma certa jovialidade enquanto vestia o casaco, recordando como certa noite, anos antes, ele e um companheiro haviam sido turistas da miséria, vestidos de mulher, de candeeiro em candeeiro, sem cativar um cliente que fosse entre os dois.

– Ainda lhes vendem uma ostra estragada – disse Edward Burton, que ainda não estava suficientemente recuperado para regressar a Holborn Bars –, mas não percam a cabeça e hão de voltar todos a casa.

Partiram antes da hora de saída das fábricas e dos escritórios, de modo que encontraram os becos mergulhados numa calma relativa. Distinguia-se o som dos comboios nos carris a algumas centenas de metros. A toda a volta, a luz era escondida por prédios altos e as roupas penduradas a pouca altura nunca seriam apanhadas propriamente limpas. Embora o verão estivesse ameno, os poucos raios de sol que ali trespassavam os edifícios pareciam mais quentes. Martha depressa sentiu a roupa húmida entre as omoplatas e o cheiro adocicado da decomposição dos bocados caídos de comida que cobriam os passeios. Havia casas em tempos majestosas que tinham sido divididas em pequenos apartamentos, arrendados a preços desproporcionais a qualquer salário que alguém ali ganhasse. Os quartos eram subalugados uma e outra vez, a base da família original há muito esquecida, e por toda parte se ouviam estranhos discutir por causa de copos e pratos e dos míseros metros quadrados a que cada um teria direito. A pouco mais de um quilómetro dali, ainda mal se teria entrado na City, os senhorios e os advogados, alfaiates, banqueiros e cozinheiros só prestavam atenção ao que viam nas colunas dos livros-caixa.

Aqui e ali, Martha via motivos de esperança que aos outros passava ao lado, aquiescia e sorria. Os rostos de todos esses estranhos eram-lhe familiares. Uma mulher de casaco escarlate surgiu detrás de um cortinado de renda para regar os gerânios no peitoril e atirou para a rua um par de botões secos que foram aterrar na sarjeta ao lado de uma garrafa de *Guinness* partida. Recentemente tinham começado a chegar operários polacos em busca de trabalho. Descobriram que, mesmo estando Dick Whittington errado acerca dos passeios de Londres, pelo menos o tempo era mais ameno no inverno e as docas nunca paravam. Eram alegres e barulhentos; encostados às portas, passavam um jornal polaco de mão em mão e fumavam cigarros enrolados em papel negro que libertavam um fumo com um cheiro forte. Uma família de judeus tagarelas passou a caminho do seu transporte, as filhas com sapatos vermelhos; momentos depois, viram uma indiana do outro lado do passeio, com um pedaço de ouro em cada orelha.

Até Martha tinha de admitir que em geral a cena era lastimável: uma mãe jovem, sentada a uma porta, olhava com inveja duas crianças a comer um simples pão branco com margarina, enquanto um grupo de homens observava um buldogue a ser treinado para combate, pendurado de uma corda pelas mandíbulas. Alguém deitara fora um exemplar da *Vanity Fair* em cuja capa sorria placidamente uma atriz de vestido amarelo; na sarjeta, ao lado da revista, uma ratazana de olhos inteligentes fletia as pequenas patas. Martha foi incapaz de reprimir a repulsa ao passar pelos homens com o cão e fulminou-os com o olhar; um homem de mangas arregaçadas, deixando ver uma tatuagem desvanecida, fingiu avançar de repente e riu-se quando ela se apressou a afastar-se. Luke, mais familiarizado com o lado mau da cidade do que dera a parecer e divertido com a mostra de consciência social de Spencer, revelou o seu lado cavalheiresco e aproximou-se mais dela para a acompanhar.

– Vai resultar? *Tem* de resultar – disse ela, indicando o ponto, mais à frente, onde Charles seguia com Spencer, contornando com nojo um monte de fruta apodrecida à volta do qual voava uma nuvem de pequenas moscas. – Ele deve perceber que isto é insustentável, nem que seja por uma questão de humanidade!

– Claro que percebe. Sempre o achei um pouco bronco, mas não é má rês. Olá, querida – disse, sorrindo a uma mulher de peruca encaracolada junto de uma porta, que lhe soprou um beijo convidativo ao passar. – Não vale a pena, o Spencer já tentou. Há muito que sou um caso perdido. – Mais à frente, o amigo gesticulava na direção de um beco invulgarmente estreito de onde vinha um cheiro desagradável. – Bem vê, ele está a fazer isto sobretudo por si. Daria uma fortuna a um mendigo se lho pedisse. De outra forma nem notaria a presença dele...

Martha ainda pensou em negá-lo, mas sentia que o *Mafarrico* merecera a sua honestidade.

– Será muito mau de minha parte? Nunca lhe prometi nada... Além disso, a família dele nunca aprovaria! Mas não posso fazer nada sozinha. Sou mulher, e ainda por cima pobre. Seria como se me tivessem cortado a língua.

Chegaram a uma espécie de pátio, rodeado de blocos de apartamentos por todos os lados. Luke observou o amigo, de braços cruzados, a debater-se com o problema insolúvel de Londres, falando no seu tom habitualmente calmo com Ambrose, que mal o escutava, distraído com uma menina mascarada de fada sentada junto de uma porta a fumar um cigarro.

– Ele aderiu à Liga Socialista e anda a falar de encomendar umas coisinhas a William Morris. Não seja muito dura com ele, Martha.

A pequena fada apagou o cigarro e acendeu outro. As asas perderam uma pena e estremeceram.

– Não posso ser simpática e pronto? – perguntou Martha, num tom irritado, atormentada pela culpa. – Ele não é nenhum fantoche: sabe perfeitamente pensar pela cabeça dele. Escute...

– As novas habitações junto às margens do Tamisa – dizia Spencer –, de que estavam tão orgulhosos e que usaram como prova de progresso... Já as viu? Pouco passam de gaiolas. As pessoas estão mais apertadas do que nunca. Alguns quartos não têm janelas, e quando têm pouco maiores são do que selos. Nem aos cães dariam alojamentos tão maus.

Não conseguiu resistir a lançar um olhar a Martha, que se aproximou, vencida pelo mau humor e se juntou à discussão:

– Charles, não tem vergonha? Está morto por voltar a casa, para Katherine e os seus chinelos de veludo e o vinho, tão caro que cada gole custa mais do que *eles* têm por semana para viver. Parece-lhe que são de uma espécie diferente, que são culpados pela vida que têm por serem dissolutos ou estúpidos, e que se lhes desse alguma coisa melhor eles acabariam por destruí-la numa semana. Bem, talvez sejam animais diferentes... Enquanto a vossa espécie se queixa de cada cêntimo que paga de impostos, eles, mesmo sem terem nada, são capazes de lhe dar metade. Não, Luke, não vou parar. Acha que por a Cora me ter ensinado a distinguir um garfo de peixe me esqueci das minhas origens?

– Martha, minha querida – Charles Ambrose já mantivera a compostura em situações muito piores, e além disso sabia quando não tinha argumentos –, todos conhecemos a sua posição, e admiramo-la por isso. Já vi o suficiente, e se me deixar regressar ao meu *habitat* natural farei o possível por obedecer às suas ordens. – Vendo que a ironia não ajudava a atenuar o mau humor da amiga de Cora, resolveu mudar de abordagem, como se lhe confidenciasse um segredo de estado. – Sabe que a lei foi aprovada? As medidas já estão em andamento. Neste momento, tudo o que falta é decidir meia dúzia de questões práticas.

Martha obrigou-se a sorrir, pois Spencer recuara um pouco, como se repentinamente inseguro quanto à sua ligação com uma mulher que gritava na rua a pessoas mais importantes que ela, e também porque Luke voltara às suas diabruras e parecia mais satisfeito que nunca.

– Meia dúzia de questões práticas?! Oh, Charles, desculpe... Estão sempre a dizer-me que conte até dez. Espere, está a ouvir? O que é isto? O que é que estou a ouvir?

Todos se voltaram e do fundo de um beco estreito saiu o som de um realejo. Uma melodia irregular ia ganhando ímpeto à medida que alguém girava a manivela, até se transformar num tema marcial animado. A menina correu ao encontro da música, as asas a estremecerem, e quando o tocador de realejo se deixou ver juntaram-se a ela outras crianças, como se emanassem dos tijolos a toda a volta. Algumas vinham descalças e outras usavam botas ferradas que lançavam faúlhas quando batiam com os pés no chão, dois meninos louros levavam cada um o seu gatinho e, atrás deles, ia uma menina de vestido branco que fingia indiferença. Charles, que se deixava ficar pelos cantos, viu um homem, que teria a sua idade, com os restos de uma túnica militar. Trazia a fita verde e carmesim da medalha da guerra afegã cosida ao peito e a manga esquerda vazia estava dobrada pelo cotovelo. Girou a manivela do realejo cada vez mais depressa com a mão direita e deu início a uma jiga própria. A menina de vestido branco rodopiou e riu-se, e procurou a mão de Garrett; um dos meninos levantou o gatinho e cantou-lhe as suas palavras. Martha olhou para Spencer, viu que ele estava horrorizado e desprezou-o por isso: talvez imaginasse que deviam permanecer decentemente infelizes, sem aproveitar um momento de prazer sempre que podiam.

– Arranjem par – bradou o soldado. – Experimentem esta – e o que tocou não foi uma melodia marcial, mas sim algo com um toque de música de marinheiros que avistam terra. Martha estendeu as mãos a um rapazito de passagem que largou o gato numa soleira e a fez rodopiar, cheio de força nos braços magros. Spencer ficou a ver-lhe o cabelo cor de trigo estender-se, como um leque louro recortado contra um fundo de tijolos sujos.

– *Levem-me daqui, rapazes fortes* – cantou a menina de branco. – *Vou de partida para o Sul da Austrália* – e ao passar por Charles baixou a cabeça, como se agradecesse um elogio que a ele nunca ocorrera fazer-lhe.

A pouca distância, escondido num beco, o inimigo de Edward Burton observava. Carregado de cerveja e rancor, Samuel Hall acordava todas as manhãs com o ódio a rasgar-lhe as entranhas, afiado como uma faca. As vigílias diárias em frente da casa de Burton haviam-lhe permitido vislumbrar o inimigo e as suas visitas habituais, tão notoriamente abastadas que era como se Burton tivesse entrado no hospital pobre e saído de lá ligado à realeza. Saberiam da crueldade dele, de como ele roubara a Hall a única possibilidade de alcançar a felicidade? Pior ainda, a operação que privara Hall de justiça fora mencionada no *Standard:* duas colunas e uma fotografia que louvavam um cirurgião que mais parecia um demónio sorridente. O ódio por Burton tornara-se ainda mais forte e culminara nesse outro homem. Que direito tinha ele de interferir nos desígnios de Deus? A faca entrara, chegara ao coração, e se as coisas tivessem acabado aí, como deviam, Hall teria ficado em paz!

E ali estava esse homem, melancólico, um pouco curvado, e com ele três companheiros: uma mulher que reconhecia pelo cabelo grosso entrançado no alto da cabeça e dois homens que não identificou. Hall vira-os ser cumprimentados à porta e depois enquadrados pela janela de Burton; passaram travessas de comida entre eles, enquanto Hall mal conseguia ingerir qualquer alimento – riram-se, e ele esquecido de tudo salvo da angústia! Seguira-os e vira-os a dançar, quando ele próprio perdera toda a alegria. Levou a mão ao bolso e picou o polegar na lâmina aí escondida. Edward Burton parecia bem protegido, mas pelo menos ali o desagravo estava ao seu alcance.

O soldado ofereceu uma pausa ao braço cansado e no silêncio os dançarinos sentiram-se repentinamente embaraçados. Os prédios e as sarjetas pareceram mais sórdidos e sombrios; Luke soltou a cintura da menina e fez-lhe uma vénia, à laia de pedido desculpas.

– *Penteiam-se com espinhas de bacalhau* – cantou ela para o soldado, como um convite, mas ele estava cansado e não continuaria a tocar.

Charles olhou para o relógio. Reconhecia que a experiência fora interessante, embora esse pormenor devesse ser omitido do relatório do departamento, mas queria jantar, e antes de chegar a essa maravilhosa conclusão daquele dia precisava de um banho de pelo menos uma hora. *E talvez*, pensou, com uma vergonha muito ligeira, *de queimar a roupa.*

– Spencer, Martha, já vimos que chegue? Já cumprimos o nosso dever? Mas, esperem lá, quem é este? Dr. Garrett, parece andar à sua procura. É seu amigo? – Gesticulou para a direita, e ao princípio Luke só viu as crianças a dispersarem e o soldado a contar as moedas que tinha na boina. Depois a menina de asas de fada soltou um gritinho e praguejou: fora empurrada para o lado de repente e caíra no empedrado a chorar. – O que se passa? – indagou Charles, apertando o casaco. Seriam carteiristas? Katherine *avisara-o* de que se acautelasse! – Spencer?

Percebeu o que se passa? – O grupo de crianças separou-se, um gatinho fugiu e gemeu depois de chegado a um peitoril, e Charles viu um homem baixo, de casaco castanho, aproximar-se de cabeça inclinada e com a mão no bolso. Martha, pensando que o indivíduo estava aflito, avançou e estendeu as mãos:

– O que foi? – perguntou. – O que aconteceu? Podemos ajudá-lo?

Samuel Hall não respondeu. Limitou-se a correr, e todos viram que era Luke que ele queria. Alcançou o cirurgião, que começou por parecer divertido e afastou o homem com um empurrão jovial.

– Diga-me, conheço-o? Alguma vez fomos apresentados?

Hall começou a resmonear qualquer coisa entre dentes, o hálito rançoso do cheiro a cerveja, enquanto ia metendo e tirando a mão do bolso, como se indeciso quanto ao que fazer.

– Não devia ter interferido nas minhas coisas. Não foi justo. Eu mostro-lhe o que lhe vai acontecer!

Por fim, Luke sentiu-se inquieto, mas não conseguia afastar o homem, por mais que o empurrasse: deu consigo encurralado contra a parede, a tatear os tijolos. Pediu ajuda, e encontrou-a em Spencer, que arrancou o indivíduo de cima do amigo puxando-o pelos ombros. O homem deixou-se mergulhar num soluço ébrio, que era ao mesmo tempo uma espécie de riso. Ergueu o olhar e proclamou:

– Roubam-me outra vez aquilo a que tenho direito!

– O coitado está louco – observou Charles, olhando para o indivíduo no chão. Depois viu-o levar a mão ao bolso, de onde tirou uma faca. – Cuidado! – exclamou, avançando, com os pelos da nuca eriçados. – Cuidado, ele tem uma faca. Spencer, para trás!

Mas Spencer voltara as costas ao homem, movendo-se com lentidão, em choque devido ao confronto. Olhou vagamente para Charles, e depois para o amigo.

– Luke? – chamou-o. – Estás a sentir-te bem?

– Sem fôlego – respondeu Luke –, só isso. – Depois viu Hall pôr-se de pé e a luz refletir-se na lâmina. Viu como ele levantou o braço e investiu contra o amigo com um grito animalesco. Nos momentos arrastados que se seguiram também viu Spencer deitado na casa mortuária, o cabelo fino caído sobre a madeira, e a visão foi insuportável: nunca fora invadido por tamanha onda de terror. Atirou-se para a frente de mãos estendidas, alcançou o homem, agarrou a faca, e caíram os dois sobre o passeio. Samuel Hall caiu primeiro, pesadamente: a cabeça foi bater na berma com um som que lembrou uma noz a estalar.

O soldado avançara para outros becos e ouviram o realejo a tocar uma espécie de canção de embalar. As crianças que observavam poderiam pensar que o homem de cabelo preto que dançara com elas estava a dormir, de tão quieto que ficara. Mas Luke não desmaiara nem fora deixado inconsciente: estava quieto pois sabia o que lhe fora feito e não tinha coragem de ver.

– Luke, está a ouvir? – perguntou Martha, tocando-lhe ao de leve com as mãos delicadas. Luke ergueu-se, encarando o grupo, e o rosto de Martha ficou exangue. A camisa do cirurgião estava vermelha do colarinho ao cinto, e tinha a mão e o antebraço direito cobertos de sangue. Quando Charles se aproximou, depois de confirmar que o homem de casaco castanho não voltaria a levantar-se, começou por pensar que o médico estava agarrado a um naco de carne. Mas não, era a carne da mão dele, arrancada do osso onde a faca lhe trespassara a palma quando a agarrara, e nesse momento pendia na direção do pulso num naco grosso e reluzente. Por baixo, viam-se os ossos acinzentados; um tendão ou ligamento fora cortado e jazia no meio do sangue como uma fita clara que tivesse sido separada à tesourada. Luke não parecia sofrer. Limitava-se a agarrar o pulso direito com a mão esquerda enquanto olhava para os ossos visíveis e recitava, numa litania:

– *Escafoide, unciforme, carpo, metacarpo...*

Depois revirou os olhos negros e caiu nos braços dos amigos que o rodeavam ajoelhados.

2

Cerca de um quilómetro a oeste desse pátio sombrio, Cora acercava-se de São Paulo com uma carta no bolso. A sua estada em Londres fora aborrecida: os amigos chegavam e partiam, e consideravam-na distante e distraída. Quanto a Cora, achou-os todos demasiado sérios, bem como excessiva e cautelosamente palavrosos. As mãos das mulheres eram brancas, com unhas afiladas e brilhantes; os homens andavam escanhoados, com uma compleição rosada como crianças, ou então usavam bigodes absurdos. Estavam perfeitamente a par do que se passava na política, tinham os escândalos em dia e sabiam quais os restaurantes que constituíam a última moda em gastronomia, mas Cora atiraria ao chão de bom grado tudo o que estivesse em cima da mesa.

– Sim, sim, mas já contei que um dia estive ao pé de uma grade de ferro em Clerkenwell, e ouvi o rio subterrâneo sair ao encontro do Tamisa? – diria. – Sabem que me ri no dia em que o meu marido morreu? Alguma vez me viram dar um beijo ao meu filho? Será que nunca falam sobre nada de interessante?

Katherine Ambrose fizera a sua visita acompanhada por Joanna. Pouco depois do diagnóstico de Stella, Katherine e Charles Ambrose haviam acolhido os filhos dos Ransome (enquanto aguardava a decisão de Will quanto à forma como a mulher seria tratada, o Dr. Butler recomendou paz, ar fresco e que as crianças fossem mandadas para outro sítio). Não obstante a consternação de ver a sua casa sossegada apinhada e barulhenta, Charles deu por si a chegar a casa mais cedo que o habitual, com os bolsos cheios de *Cadbury* e cartas, às quais jogavam até bastante tarde. Todos sentiam saudades de Stella, mas aguentaram com coragem: Joanna invadiu logo a biblioteca dos Ambrose, mas também aprendeu a arranjar o cabelo e em especial a fazer caracóis com trapos; James desenhava dispositivos de uma complexidade impossível que enviava à mãe em envelopes selados com cera.

– É um prazer recebê-las – disse Cora com sinceridade.

Joanna crescera tanto no espaço de um mês que parecia quase uma mulher, com os olhos da mãe acima da boca do pai. Estudava afincada-mente os livros de Charles e tencionava (assim o disse) ser médica ou enfermeira ou engenheira, qualquer coisa assim – ainda não decidira. Depois lembrava-se da mãe e das saudades, e os olhos violeta nublavam--se de lágrimas.

– O que fazes em Londres, Cora? – indagou Katherine, mordiscando um quadradinho de pão com manteiga. – Porque vieste embora, quando estavas tão feliz, e depois de teres visto tanto? A haver alguém capaz de deslindar o mistério do monstro do Blackwater serias tu! No dia de S. João dissemos que parecias uma rapariga nada e criada no campo, e chegámos a duvidar que alguma vez voltasses a entrar num comboio.

– Oh, tanta lama e confusão – replicou Cora alegremente, sem enga-nar a amiga um instante que fosse. – Sempre fui um ratinho da cidade. Aquelas raparigas loucas, e tantas conversas acerca da serpente, as ferra-duras no carvalho... Achei que se passasse mais tempo longe de Londres dava em doida. Além disso – desfez apaticamente um naco de pão –, nunca soube propriamente o que andava a fazer.

– Mas vai voltar ao Essex em breve, não vai? – interveio Joanna. – Não pode deixar os amigos doentes, é nessa altura que eles mais precisam de si! – As lágrimas começaram a correr-lhe pelo rosto numa torrente impossível de conter.

– Oh, sim – asseverou Cora, embaraçada. – É claro que vou voltar, Jojo.

– O que aconteceu *realmente*, Cora? – perguntou-lhe Katherine mais tarde. – O Will Ransome… falavas tanto dele... Quase receei o que pudesse acontecer! Mas depois vi-vos juntos e mal falavas, era como se não se tolerassem... pareceu-me uma amizade estranha, mas nunca fizeste nada como nós faríamos, e agora, com a Stella no estado em que está...

Mas Cora, que desde que enviuvara nunca mais ocultara o que quer que lhe ocorresse, respondeu num tom lapidar:

– Não há nada de estranho: apreciámos a companhia um do outro durante algum tempo, nada mais.

Cora teria explicado o que correra mal, se pudesse, mas por mais que se debatesse, até altas horas da noite e assim que acordava, não era capaz de o descortinar. Estimara o afeto de Will, pois acreditava que seria impossível ele desejá-la como em tempos Michael; era um afeto limitado, por todos os lados, por Stella, pela fé dele e por aquilo que ela julgara ser a incapacidade absoluta dele de a ver como mulher.

– Mais depressa fosse uma cabeça num frasco de formaldeído – dissera certa vez a Martha. – É por isso que ele prefere escrever-me a encontrar-se comigo. Sou apenas uma mente, e não um corpo: estou tão segura como uma criança, e bem sabes que é assim que prefiro.

Acreditava piamente nisso. Ao pensar no momento em que tudo mudara ainda considerava a culpa sua e não dele. Não devia tê-lo olhado de determinada maneira, e não fazia ideia da razão por que o fizera. Algo no movimento dos dedos dele na pele dela despertara qualquer coisa, ele percebera-o, e isso desequilibrara-o. Recebia cartas gentis, era verdade, mas parecia-lhe que se perdera uma certa inocência.

Depois chegara a carta de Luke e foi ela que se sentiu abalada. Não que fosse alheia ao amor dele, já que o sentimento fora amiúde declarado com boa-disposição, mas tornara-se impossível rir disso, e afirmar que também ela amava o seu *Mafarrico:* a candura fora-se. Pior, parecia uma tentativa de a forçar – havia sido propriedade de alguém durante todos os anos daquilo que supostamente fora a sua juventude, e ao fim de tão poucos meses de liberdade mais alguém queria voltar a marcá-la como sua. *Digo-lhe que a amo e sei que não pode retribuir*, mas nunca ninguém escrevera uma carta assim sem um mínimo de esperança.

Encontrou um marco de correio junto de São Paulo e nele depositou, com algum desprezo, uma missiva endereçada ao Dr. Garrett. Algures atrás dela ouviu o som de música, e nos degraus da catedral viu um homem com uma túnica rota de soldado dar à manivela de um realejo. A manga esquerda estava vazia e o sol refletia-se na medalha que trazia ao peito. A melodia era alegre e animou-a: dirigiu-se ao lugar onde ele estava sentado e deitou uma mancheia de moedas para a sua boina.

Cora Seaborne
A/C Midland Grand Hotel
Londres

20 de agosto

Luke,

A sua carta chegou. Como se atreveu – como se atreveu?

Acha que devia ter pena de si? Não tenho. Já faz o suficiente pelos dois.

Diz que me ama. Pois, já o sabia. E eu amo-o a si – como poderia não o amar? E chama-lhe migalhas!

A amizade não são migalhas – não está a contentar-se com restos enquanto alguém fica com o prato completo. É tudo o que tenho para dar. É verdade que em tempos posso ter tido mais – mas por agora é tudo o que tenho.

Fiquemos por aqui.

Cora

Cora Seaborne
A/C The Midland Grand Hotel
Londres

21 de agosto

Luke, meu Mafarrico, meu querido, o que fiz eu? Escrevi sem saber o que acontecera. A Martha contou-me o que fez e não fico surpreendida – é o homem mais corajoso que já conheci...

E eu a tentar pregar-lhe um sermão a propósito de amizade quando nunca fui capaz de fazer por ninguém aquilo que fez por ele!

Diga-me quando o posso visitar. Diga-me onde está.

Com todo o meu amor, meu querido Luke – acredite.

Cora

Dr. George Spencer
Pentonville Road
Londres

29 de agosto

Ex.*ᵐᵃ* Sr.*ᵃ* Seaborne

Espero que se encontre bem. Permita-me que esclareça logo à partida que o Luke não sabe que lhe escrevo: ficaria zangado se lhe contasse, mas acho que deve saber o que ele sofreu.

Sei que ele lhe escreveu. Li a sua resposta. Nunca a imaginaria capaz de tal crueldade.

Mas não lhe escrevo para pedir contas, apenas para a informar do que aconteceu desde que fomos a Bethnal Green.

Já deve saber que nos cruzámos com o homem que esfaqueou Edward Burton, e como o Luke interveio para me proteger. O pior de tudo foi que agarrou a faca pela lâmina, de modo que feriu a mão direita. Quem lá se encontrava revelou-se muito prestável: uma jovem rasgou a saia do vestido para fazer um torniquete segundo as minhas indicações e usou-se uma porta como maca para o levarmos dos becos até à Commercial Street, onde conseguimos chamar uma carruagem de praça. Felizmente encontrávamo-nos perto do Royal London Hospital, em Whitechapel, onde um colega o atendeu de imediato. O ferimento foi limpo, pois a infeção era o nosso principal receio. Isto provocou um grande sofrimento, mas ele recusou qualquer anestésico. Disse que prezava a lucidez acima de tudo, e não queria que nada a perturbasse.

Porventura será melhor informá-la da natureza do ferimento. Terá resistência para suportar o relato? Sei que lida bem com ossos enterrados, mas e quanto aos vivos?

A faca entrou-lhe na palma da mão, junto à base do polegar, e com um movimento como o que fazemos para retirar a carne cozinhada da espinha de um peixe esfolou a palma. Os músculos foram cortados, mas o pior foi o corte dos dois tendões que controlam o movimento dos dedos indicador e médio. Os danos ficaram bem à vista: a ferida estava tão perfeita que um estudante poderia analisá-la para passar no exame de anatomia.

O Luke pediu-me que o operasse. Voltou a recusar anestésicos. Mencionou as técnicas de hipnose que andava a estudar, e como um médico de Viena usou a hipnose para arrancar três dentes do siso sem um estremecimento. Contou--me como se treinara a entrar num transe hipnótico tão profundo que certa vez caiu ao chão sem acordar. Depois repetiu que não acreditava que a dor fosse mais intolerável que o prazer intenso (uma inquietação dele que nunca compreendi) e obrigou-me a prometer que não o submeteria a anestésicos, a menos que ele os implorasse. Recordo perfeitamente as palavras dele: «Confio mais na minha mente que nas tuas mãos.»

Não podia pedir a uma enfermeira que ajudasse. Não seria justo. Julgo que ele teria preparado a sala à sua maneira, caso pudesse, mas só podia deitar-se na marquesa e dar-me indicações: deveríamos usar máscaras brancas de algodão; Eu teria de instalar um espelho, para que ele pudesse ver o procedimento, caso despertasse do transe.

Devia ser assistido pelo melhor cirurgião da Europa e não por mim: as minhas capacidades são modestas, na melhor das hipóteses (com efeito, desde que estudámos juntos que ele tem por hábito escarnecer de mim). As minhas mãos tremiam sempre que pegava nos instrumentos; estremeciam no tabuleiro e sabia que ele veria que eu estava com medo. Pediu-me que tirasse as ligaduras para ele poder examinar o ferimento e dar instruções antes de ser hipnotizado, e, embora não faça ideia do sofrimento por que passou quando o tecido foi descolado da carne, limitou-se a morder o lábio e a ficar pálido de morte. Ergui a carne da palma da mão e ele observou os tendões cortados, como se não passassem dos de um dos cadáveres que em tempos cortámos e suturámos. Disse-me que suturas usar para unir as duas extremidades dos tendões e garantir que a membrana permanecia intacta – que não podia fazer que a pele da mão se retesasse depois de o ferimento ter sido suturado. Começou então a murmurar entredentes, o que lhe deu algum conforto: recitou fragmentos poéticos, debitou o nome de produtos químicos e enumerou os ossos do corpo humano. Por fim, dirigiu os olhos para a porta, sorriu como se tivesse visto um velho amigo entrar, e entrou em transe.

Traí-o. Fiz uma promessa e sabia que a ia quebrar. Esperei alguns momentos e toquei ao de leve na carne da mão, após o que, convencido de que se se encontrava mais ou menos insensível, chamei uma enfermeira e administrámos o anestésico.

Operei durante mais de duas horas. Não vou entediá-la com pormenores da cirurgia. Direi apenas, com vergonha, que dei o meu melhor, mas isso não chegou. Nunca houve quem estivesse à altura dele no que diz respeito à competência nem à coragem: se pudesse ter tratado pessoalmente do assunto, estou convencido que no espaço de um ano ninguém teria noção da gravidade dos ferimentos. Suturei a ferida, ele foi despertado e, quando sentiu a irritação do tubo na garganta, percebeu de imediato o que eu fizera. Estou convencido de que se pudesse me teria desancado naquele instante.

Ficou dois dias no hospital, onde recusou todas as visitas. Insistiu que se retirassem as ligaduras para poder examinar o meu trabalho. As minhas suturas pouco melhores eram que o trabalho de uma criança cega, disse-me ele, mas pelo menos permaneceram limpas, não havia sinais de infeção. Quando recuperou o suficiente para ter alta acompanhei-o aos aposentos dele em Pentonville Road, e foi aí que encontrámos a sua carta no tapete de entrada.

Acredite: a faca falhou, mas a Cora conseguiu. Ele está devastado – apagou-lhe as luzes! Partiu-lhe as janelas!

Passaram-se três semanas e não há boas notícias. Os tendões que permitem o movimento dos dedos indicador e médio contraíram-se significativamente. Estão torcidos na direção da palma, lembrando um gancho. Talvez conseguisse recuperar uma maior amplitude de movimentos se estivesse preparado para fazer os exercícios devidos, mas perdeu a esperança. A Cora extirpou-lhe qualquer coisa. O Luke está ausente. Não tem determinação. É algo que já vi nos olhos dos cães quando os donos os quebram muito novos.

A sua segunda carta foi gentil, é certo, mas não o conhecerá o suficiente para guardar a piedade para si?

Não voltarei a escrever a menos que ele o peça. Ele não consegue. Não é capaz de segurar uma caneta.

Cumprimentos,

George Spencer

IV
OS ÚLTIMOS MOMENTOS DE REBELIÃO

SETEMBRO

1

O outono é gentil com Aldwinter: o sol quente perdoa uma série de pecados. As rosas-bravas perderam as pétalas e as crianças sujam as mãos de verde a partir nozes. Os gansos cobrem o estuário e as teias de aranha envolvem as giestas em seda.

Não obstante, as coisas não estão como deviam. O Fim do Mundo afunda-se no sapal e há fungos a crescer na vedação. O molhe está silencioso: mais vale arriscar um inverno escasso que sulcar águas sujas. Os rumores chegam de Point Clear e de St. Osyth, de Wivenhoe e Bright-lingsea: certa noite, ao mudar da maré, a besta do Blackwater foi vista por um pescador que perdeu o juízo; uma criança foi encontrada quase afogada com uma marca cinzento-escura na barriga; apareceu nas salinas um cão de cabeça à banda. De vez em quando, um vigia pouco conven-cido acende uma fogueira junto do Leviatã e faz uma marca no diário, mas nunca aguenta a noite toda.

Ainda não há sinais de Naomi Banks. Nunca se ouviu dizer que o mais certo é ter ido ao sapal numa noite, onde se terá deparado com a serpente, mas é o que se presume. Banks deixa as redes emaranharem--se e as velas vermelhas ganharem bolor, e é expulso do White Hare por perturbar os companheiros de copos.

– Cá vou eu! – brada da soleira da porta, e sai para a rua a cambalear.

Nos seus aposentos de Pentoville Road, a mão de Luke vai sarando bem. Spencer enrola e desenrola as ligaduras, avalia o seu trabalho de sutura e vê como os dedos se curvam para dentro; entretanto, Luke olha placidamente para a rua molhada sem dizer nada. Sabe de cor a primeira carta de Cora, da primeira palavra à assinatura: *Como se atreveu – Como se atreveu?* A segunda não merece resposta, por contrição que pareça mostrar.

Martha escreve a Spencer. Edward Burton e a mãe vão perder a casa, conta-lhe, a renda tornou-se incomportável. Não há roupa por lavar nem esteiras garridas de trapos que afastem o credor da porta. Fez-se alguma coisa? Charles tem alguma coisa a contar? Quando terá por fim boas notícias? Spencer deteta uma certa urgência nas entrelinhas, que atribui ao bom coração dela, à consciência pela qual se rege. Mas não tem nada a contar, nem sabe como responder.

Na casa alta e branca dos Ambrose, as crianças estão quase tão anafadas como Charles. Joanna sabe a tabela periódica e o que de espantoso a hipotenusa tem e é capaz de identificar uma falácia lógica *post hoc* a cem metros. Se na segunda-feira decide que quer ser membro do Parlamento, na quarta só quer seguir Direito. Charles oculta-lhe como são pouco prováveis ambas as hipóteses: vai acabar por perder a esperança, como toda a gente. De vez em quando, lembra-se dos feitiços infantis que lançava com Naomi Banks e sente-se consumida pela culpa: onde estará a amiga ruiva? Será que os seus caracóis acompanham as marés no fundo do estuário? Ainda tem o desenho que Naomi fez das suas mãos dadas e pergunta a Katherine se o pode emoldurar.

Katherine acorda certa noite, ouve chorar e encontra os rapazes nos braços da irmã. Querem a mãe; têm saudades da aldeia. Decide-se que vão ao Essex no fim da semana. Entre outras razões, diz Joanna, é preciso pensar em Magog, ainda presa no jardim, com saudades do dono. Ficam consolados com uma visita ao Harrods e bolo suficiente para empanturrar um marinheiro.

Cora continua no hotel de Londres, a odiar as carpetes e os cortinados. Tem no bolso uma carta de Spencer a recomendar que não o visite, e o tom é tão educado que o papel lhe gela as mãos. Martha vê a amiga andar de divisão em divisão e não sabe o que dizer que não seja recebido com uma resposta cruel. Cora pouco se interessa pelos seus livros e ossos, está aborrecida e mal-humorada, e apareceu-lhe uma ruga nova entre as sobrancelhas. A admoestação de Spencer continua a atormentá-la e deixou-a amuada. A ideia que tem de si própria nunca incluiu o egoísmo ou a crueldade – sempre foi uma vítima e não uma culpada. Não é fácil de aceitar. Tem sido desastrada; não deseja mal a ninguém, mas tem feito muito.

As cartas de Will são estimadas, muito lidas e deixadas sem resposta. Que pode ela dizer? Compra um postal num quiosque da estação e escreve

GOSTAVA QUE AQUI ESTIVESSE, mas valerá de alguma coisa ser-se sincero? Na ausência dele – sem a possibilidade de passear com ele pelo prado, de encontrar um envelope (com uma letra tão bonita que a faz sempre pensar no menino de escola que ainda vive nele) na soleira da porta –, o mundo torna-se enfadonho e sensaborão; o prazer e a surpresa perderam--se. Depois apercebeu-se da tolice da situação: sentir-se assim por não poder falar com um vigário do Essex com quem nada tem em comum! O seu orgulho revolta-se. No final de contas, as coisas resumem-se mais ou menos a não escrever porque quer fazê-lo.

Tenta, como já fez tantas vezes, dirigir a Francis a afeição por usar. Como é possível que mãe e filho sintam tão pouco prazer na companhia um do outro? Experimenta tudo aquilo de que se lembra: conversas sobre temas que lhe agradem, piadas e jogos; experimenta fazer bolos e compra--lhe romances de que tem a certeza que ele vai gostar. Às vezes, apanha-o a olhar pela janela, ansioso, ou pelo menos assim julga, e tenta consolá--lo; passeiam frequentemente de metro, com destinos escolhidos por ele. Francis concede-lhe poucas palavras e ainda menos afeto, e ela por vezes julga que ele tem pena dela, ou (o que é pior!) que a considera divertida.

Martha perde a cabeça.

– Achas mesmo que podes continuar assim? Nunca quiseste amigos nem amantes, sempre quiseste cortesãos! E agora tens uma insurreição entre mãos. Frankie – diz ela –, vamos dar um passeio.

No púlpito da Igreja de Todos os Santos, Will olha o seu rebanho e vê-se sem palavras. Mostram-se alternadamente desconfiados e ansiosos: por vezes parecem dispostos a correr para os braços do divino para logo a seguir o olharem de esguelha, como se o Problema fosse obra dele. A opinião geral é que alguém cometeu uma infração; e se o vigário não consegue encontrar o culpado, o caso é preocupante.

Entretanto dá por si como a agulha de uma bússola, a saltar de norte para sul: a mulher, que ama e é a origem sancionada de todas as suas alegrias, e Cora Seaborne, que não é, e ainda por cima só lhe trouxe problemas. A notícia da catástrofe de Luke chegou-lhe através de Char-les. Outros clérigos poderiam imaginar que esse fim abrupto da carreira do cirurgião chegara graças a uma intervenção divina, como se tivesse sido o Todo-Poderoso a empunhar a faca, pois liberta Stella da ameaça do bisturi. Claro que Will não é assim tão retrógrado, mas, não obstante, é difícil não sentir que lhes foi concedido um período alargado de graça: o tratamento brutal sugerido por Garrett – o pulmão doente a contrair-se na sua cavidade – é agora impossível, pois não há mais cirurgiões em Inglaterra dispostos a realizá-lo.

Na ausência de Cora, os seus pensamentos perderem o rumo. De que vale observar isto, encontrar aquilo, se não lhe pode contar e vê-la rir-se ou franzir o cenho? Dá consigo inquieto, nervoso; dá por si muitas vezes exasperado com os dois, por ter permitido que um mero lapso nas boas maneiras (é assim que o vê) cortasse o elo entre ambos. Talvez esteja demasiado subjugada pelo amigo ferido para se recordar do padre de aldeia e da sua mulher doente – leva-lhe pratos bons que ele não devia comer, aprende a mudar o penso, a retirar os pontos de seda da pele. Imagina-a vestida de branco, sentada aos pés do bom doutor, a cabeça debruçada sobre a mão arruinada, e fica chocado ao sentir-se com ciúmes. *Não faz mal*, pensa: em breve uma carta viajará entre a cidade e o campo, para um lado ou para o outro – resta saber quem será o primeiro a desdobrar uma folha de papel, a humedecer o aparo da caneta.

Atrás das costelas de Stella Ransome formam-se tubérculos. Se Cora os visse, lembrar-se-ia dos fósseis que coleciona na prateleira da lareira. Lançam células fagocíticas; a infeção instala-se. Os vasos sanguíneos dos pulmões começam a desintegrar-se e surgem como fragmentos escarlates nos lenços azuis.

De todos, só Stella está feliz. É a *spes phthisica*, que confere ao paciente tuberculoso uma certa animação, um espírito esperançoso. Transborda de alegria, está beatificada pelo sofrimento, dedica-se cegamente à taxonomia do azul. Qual gralha a forrar o ninho, cerca-se de talismãs, de pacotes de sementes de gencianas, copos c rolos de linha azul, sempre de olhos fitos no céu. Sente que os pés deixaram a lama onde em tempos se atolaram – acorda durante a noite ensopada em suor, num estado de ligeira euforia por ter visto o rosto do Cristo de olhos azuis. Por vezes, ouve o murmúrio do chamamento da serpente e não tem medo. Já houve outro assim: conhece esse antigo inimigo.

O amor que sente pelo marido e pelos filhos não diminui, mas torna-se distante: é como se um fino véu azul se tivesse estendido entre eles. Will é atencioso nos seus cuidados: raramente a deixa sozinha, vê que ela tem a pele das mãos seca e traz de Colchester um frasco de loção de *Yardley*.

Por vezes, puxa-lhe a cabeça para o ombro e acarinha-o como se a doença fosse dele. Nunca foi tola e percebeu que a ligação dele a Cora foi perturbada. *O meu amado é dela, e ela é dele*, escreve, sem rancor, no caderno azul.

– Quando é que a Cora volta? – pergunta nessa noite, enquanto joga cama-de-gato com fita azul. – Quando é que vai largar Londres? Tenho saudades de vos ouvir a conversar.

À noite na cama procurei aquele que a minha alma ama procurei-o e não o encontrei

Em tempos partilhámos a almofada e ele disse Stella minha estrela o meu fôlego é teu e o teu é meu e agora está a quinze passos da minha porta para fugir do contágio que está em mim

Ah mas agora tem uma melhor companheira! Ele que a beije com os beijos da boca dele pois o seu amor é melhor que vinho e ela tem estômago para isso!

Parece que há uma tinta azul a que chamam ultramarino, pois as pedras que trituram para a fazer chegam do outro lado do mar

2

No auditório público de Mile End, uma mulher subiu ao palco sozinha. Magra, morena e de roupa escura, observou alegremente a parca audiência. Aguardavam-na algumas dezenas de homens e mulheres, que trocavam sussurros sob a abóbada branca: ali estava Eleanor Marx Aveling, bem a filha de seu pai.

Entre os que assistiam, estava Edward Burton, ofegante pela caminhada, sentindo-se reduzido a quase nada no seu sobretudo de inverno. A seu lado, Martha mexia-se com nervosismo.

– Já estive uma vez com ela, sabia? – comentou. – Disse-me que a tratasse por Tussy, como os amigos.

Por sua conta, Burton talvez não fosse assistir a uma apresentação pública da Liga Socialista, mas fora impossível resistir a Martha. «Não faz sentido ouvir-me apenas a mim», dissera ela, ao servir o chá. «Não pode saber sempre das coisas em segunda mão. Vou consigo, vamos juntos. Não pode passar aqui a vida agarrado aos seus planos.»

Nas semanas da sua convalescença, a Terra afastara-se um pouco mais do Sol; o ar parecia-lhe límpido, cintilante, como se olhasse para o mundo através de uma vidraça polida. Nos últimos tempos apercebera-se de que se o corpo lhe parecia cansado, a mente – por fim! – não: Samuel Hall despertara-o de um longo torpor. Parecia impossível que tivessem passado anos desde que assumira o seu lugar predestinado sem queixas, encaixando-se na perfeição no empreendimento intenso que era Londres. O que nesse momento via à sua volta era um corpo enfermo em convulsões por se livrar da febre – a doença a percorrer as artérias de estradas e canais, o veneno a destilar nas câmaras que eram os salões e as fábricas. Estava desperto, dolorosamente, com alvoroço: comia o seu pão interrogando-se quanto aos horários infernais dos moribundos nas moagens; via a mãe a coser remendos e sabia que ela valia menos que os tijolos na rua. O senhorio aumentava-lhes a renda e ele não via nesse gesto um sinal de ganância pessoal, mas um mero sintoma da doença. Pensava no crânio rachado de Samuel Hall e sentia a culpa confundir--se com a piedade: Hall fora degradado pela escravatura a que estivera sujeito, à semelhança de todos eles.

Não distinguia este novo fervor do que sentia por Martha, nem tentava fazê-lo. Nunca medrara na companhia das mulheres: eram objetos cobiçados pelos quais se entrava em disputa, e raramente mais do que isso. Entretanto, já só procurava a companhia dela, e mal recordava os rapazes e os homens que em tempos o haviam rodeado. Martha não lhe parecia nem homem nem mulher, mas sim um ser de género completamente diferente. O modo como ficava à janela, de mão ao fundo das costas, como certa vez a vira, com o suor a manchar o vestido entre as omoplatas, provocava-lhe uma sede que, por mais que bebesse, receava nunca conseguir saciar. Mas também era arisca, combativa, indiferente aos elogios – não cedia, fazia-o rir, nunca tentava adular, não representava. Edward sabia que sucumbira. O modo alternadamente afetuoso e furioso como costumava falar de Cora Seaborne parecia-lhe condizer com o seu espírito. Nunca conhecera ninguém assim e aceitava-a absolutamente. A mãe dele era mais comedida.

– Nunca vi tal coisa! – dissera (agastada por Martha deixar sempre os aposentos um tudo-nada mais arrumados do que os encontrara). – Uma mulher precisa da sua própria casa, com um homem lá dentro. Um desperdício… E devia estar aqui sozinha?

Do palco do auditório não emanava dramatismo, e muito menos o fervor de uma pregadora bíblica: o tom da oradora era informal, talvez um pouco enfadado. *Conhece o sofrimento*, pensou Burton, certo dessa ideia.

– É uma história horrenda, e triste – declarava Eleanor Marx, e pareceu a quem a via que aumentava de estatura à medida que falava, com a massa de cabelo a desenrolar-se. – Esta aliança ímpia de patrões, advogados e magistrados contra os escravos que vivem do salário...

Ao lado dele, Martha assentiu e, pela segunda vez, fez anotações no caderno; na primeira fila, uma mulher com um bebé adormecido ao colo ouvia em silêncio, mas chorava. De vez em quando, uma voz contrária fazia-se ouvir e era silenciada por um olhar: o palco parecia cheio de raparigas quebradas pelas máquinas e de rapazes vergastados pelas fornalhas, enquanto, à margem, meia dúzia de homens robustos afagava as correntes dos relógios e via o capital acumular-se.

– Vivemos tempos difíceis, que se tornarão ainda mais difíceis antes que esta má ordem seja substituída. Isto não é o fim da nossa demanda, é o início! – Ouviram-se aplausos e um chapéu foi atirado para o palco. Não houve vénias, mas sim um punho erguido, um gesto a um tempo de despedida e encorajamento.

Sim, pensou Edward Burton, levantando-se e levando a mão ao peito em fogo. *Sim, estou a ver: mas como?*

Num banco, num pequeno parque quadrado, comia batatas fritas com vinagre. Na berma da estrada aguardavam crianças com roupas festivas e atrás delas os ardinas bradavam as notícias vespertinas do *Standard*.

– Mas como? – perguntou ele. – Às vezes sinto-me estúpido. Leio e ouço tanta coisa. Tenho raiva dentro de mim e não sei o que fazer com ela.

– É assim que eles querem – replicou Martha. – O trabalho do escravo assalariado não é pensar. As raparigas na Bryant e May, os rapazes nas pedreiras... Acha que têm tempo para pensar, para conspirar, para revolucionar? É esse o grande crime: não é preciso acorrentar ninguém quando as mentes já estão agrilhoadas. Cheguei a pensar que não passávamos de cavalos presos ao arado, mas é muito pior. Somos meras peças da maquinaria deles: os parafusos da roda, o eixo que não para de girar!

– Mas como? Tenho de trabalhar. Não posso fugir à máquina.

– Ainda não – disse ela. – Ainda não, mas a mudança é lenta. Até o mundo gira aos poucos.

Edward, exausto, recostou-se no banco. Creso espalhara a sua riqueza pelos castanheiros, pelos carvalhos e pelas tílias de Londres; tinha a amiga ao seu lado.

– Martha – disse. Apenas isso, e naquele momento chegava.

– Está pálido – observou ela. – Ned. Deixe-me levá-lo a casa.

Beijou-o, e na boca tinha uma pedra de sal.

Edward Burton
4 Templar Street

Martha, não quer casar-se comigo? Não ficamos tão bem juntos?

Edward

Em mão

Querido Ned,

Não posso casar-me consigo – não posso sequer casar-me.

Não posso prometer amar, respeitar e obedecer. Só obedeço ao que me é ordenado pela razão. Só respeito aqueles cujas ações obrigam a que os respeite!

E não posso amá-lo como uma mulher é obrigada a amar um marido. Antevejo o dia em que Cora Seaborne se fartará de mim, mas eu nunca me fartarei dela.

Julga que a política fica à porta de casa? Acha que se trata apenas de caixas de sabão e piquetes, que não entra na vida privada de cada um?

Não me peça que entre numa instituição que me aprisiona e o deixa livre. Há outras maneiras de viver – há laços além dos sancionados pelo estado! Vivamos tal como pensamos – livres e sem medo. Unamo-nos apenas pelo afeto e pelo objetivo que temos em comum.

Se não pode ter uma esposa, aceita uma companheira – aceita uma camarada?

A sua amiga,

Martha

Edward Burton
4 Templar Street

Querida Martha,

Aceito.

Edward

3

A pequena Harriet, a mais nova das meninas sorridentes, vestida de amarelo, acordou antes do amanhecer e vomitou na almofada. A mãe agitou-se a um canto, e, ao levantar-se para reconfortar a filha, inspirou o ar matutino, engasgou-se e também vomitou. Chegado de Blackwater, trazido por um vento quente de ocidente, um cheiro imundo entrara no quarto por uma vidraça partida. Depois de atravessar o Fim do Mundo, onde nada encontrou, seguira caminho e chegara aos limites de Aldwinter, onde poucas eram as luzes a brilhar. Deixou a criança nos braços da mãe, dirigiu-se à casa dos Banks e, levado pela brisa, agitou as velas vermelhas das barcas no embarcadouro. A transbordar de bebida, Banks dormia demasiado profundamente para ser acordado, mas algo o agitou no escuro, dizendo três vezes o nome da filha perdida. Seguiu caminho, passou pelo White Hare, onde junto da porta um cão vadio gemia pelo dono há muito partido; passou pela escola, onde Mr. Caffyn, já levantado, a corrigir trabalhos de gramática e a lamentar o uso medíocre das vírgulas, soltou um grito de repulsa e correu a beber água. No Carvalho do Traidor começavam a juntar-se gralhas, cheirando um banquete no ar fétido. Na casa de Cora entrou por cima da porta, por baixo do lintel; entranhou-
-se no tecido dos lençóis e não a encontrou. Contornou a torre da Igreja de Todos os Santos e chegou à janela da reitoria: William Ransome, acordado no seu escritório, pensou que talvez houvesse um rato a apodrecer debaixo do soalho. Levou o punho da camisa à boca e ajoelhou-se por baixo da secretária, ao lado da cadeira vazia que tinha junto à sua, e não encontrou nada. Stella apareceu à porta, vestida com a camisa de noite de cetim azul através da qual se deixavam ver as omoplatas, como pequenas asas hirtas.

– O que é isto? – perguntou, as palavras entre o riso e a ânsia. – O que é *isto*? – insistiu, e levou um raminho de alfazema ao nariz.

– Alguma coisa morta – respondeu Will, envolvendo-a com o casaco, por recear que fosse acometida por um dos ataques de tosse que faziam estremecer o corpo miúdo como as mandíbulas de um predador. – Talvez qualquer coisa no pasto, uma ovelha...

– Espero que não seja a *Magog* – disse Stella. – Nunca nos perdoariam.

Mas não; o último elemento da família Cracknell estava ao fundo do jardim, a tomar tranquilamente um pequeno-almoço antecipado.

– Will, devíamos acender a lareira... Oh! Oh, que nojo, que nojo. Vai ao pasto ver se a terra se abriu e os pecadores estão a olhar para cima, de ossos quebrados e lábios rachados com a sede!

Os olhos cintilaram-lhe, como se a ideia lhe agradasse, algo que incomodou mais Will que o ar nauseabundo, o ar cujo sabor quase sentia na ponta da língua: algo fétido, com uma espécie de doçura horrenda. Deveria sair? Talvez devesse... É claro que tinha de sair: quem mais poderia procurar a causa de tudo o que nos últimos tempos acontecera à aldeia? Acendeu a lareira, e pouco depois o fedor foi substituído pelo fumo da lenha. Stella atirou a alfazema às chamas e sentiram um breve e pungente aroma estival.

– Vai – incitou ela, ordenando os papéis na secretária (tantas cartas! Seria possível que nunca as guardasse?), devolvendo-lhe o casaco. – Mais dez minutos e o sino toca, e vai haver quem precise de ti noutro sítio qualquer.

Will beijou-a.

– Talvez um barco de pesca se tenha virado nas salinas e espalhado a carga, e o peixe esteja a apodrecer. A manhã já está a aquecer... – sugeriu.

– Gostava que os nossos meninos aqui estivessem – disse ela. – A Jojo teria acordado antes de todos os outros e saído com uma lanterna, para ver por ela, e o James teria feito um desenho para os jornais.

Na Rua de Cima juntara-se uma pequena multidão. Mr. Caffyn enrolara um pano branco à volta da cabeça, como se estivesse ferido; outros pressionavam a manga contra a boca e olhavam desconfiados para Will, procurando sinais de uma Bíblia ou de outra arma oculta debaixo do braço. Só naquele momento, só quando sentiu no ar o cheiro do medo além do da podridão, ocorreu a Will que podia haver outro motivo para o fedor, além do infortúnio. Mas lá estava a mãe de Harriet (a chorar, como era seu hábito), a benzer-se; lá estava Banks, ainda embriagado, a dizer que não desceria até à água, não fosse a besta ter vomitado madeixas de cabelo ruivo. Evansford, de camisa preta, cada vez mais parecido com um cangalheiro sem cadáver, recitava passagens do Apocalipse com um prazer evidente. Até Mr. Caffyn, que todos os anos ensinava aos alunos que o dia 31 de outubro era apenas o aniversário da data em que Martinho Lutero pregara as 95 teses à porta da catedral, parecia inquieto (ou assim pareceu a Will).

– Ora bom dia, e que bonito parece que ele vai pôr-se – cumprimentou. – Ora então o que é que nos arrancou à cama? – Não houve resposta. – Todos sabemos que não sou marinheiro – observou alegremente com uma palmada no ombro de Banks –, e não faço ideia de coisa nenhuma que por aqui se faça. Mr. Banks, o senhor que conhece o Blackwater melhor do que ninguém, o que acha que está a provocar esta coisa terrível? – O vento soprou com mais força e o cheiro tornou-se mais intenso. Will engasgou-se. – Talvez algas, vindas do mar? Um cardume de arenques encalhado nas pedras?

– Nunca cheirei nada assim, nem ouvi falar de quem cheirasse – respondeu Banks, de voz abafada atrás da manga do casaco. – Mas não é natural, disso não tenho dúvida.

– Bem, é a sua opinião – disse Will, de olhos a lacrimejar. – É a sua opinião, mas não há nada mais natural que o cheiro a coisas mortas, que é o que isto deve ser. A seu tempo nós os dois também vamos cheirar assim. – O pequeno grupo observou-o com repulsa e Will decidiu que o momento não pedia humor. Muito bem: tentaria as Escrituras. – Por isso nada receamos, mesmo que a terra trema, mesmo que as montanhas se afundem no mar, e tudo isso!

– *Eu* digo-lhe o que é – exclamou a mãe de Harriet. – E não preciso de lhe dizer a si, Banks, pois não? Nem a si, ou *a si*... – apontou para Mr. Caffyn com um aceno decidido da cabeça, bem como uma ou duas mulheres que pareciam indiferentes ao fedor e já tinham começado a percorrer a Rua de Cima a caminho do Blackwater, onde se refletia a primeira luz da alvorada. – A Serpente do Essex, a besta do rio, veio finalmente à nossa procura, e ninguém está pronto! Primeiro veio à procura da minha menina! Acreditem, acreditem! Veio por ela, que anda a vomitar as tripas e não há nada que a reconforte.

Evansford observou que afinal fora o próprio Redentor que prometera lágrimas, gritos e ranger de dentes. Encorajada pela observação, a mulher prosseguiu:

– É o *hálito* da coisa, o *hálito*, digo-vos eu, e nele estão os ossos e a carne de tudo o que já teve nas mandíbulas: o miúdo de St. Osyth, o homem que nos veio parar à costa...

– Um miasma fétido, como aprenderam os nossos pais – adiantou Mr. Caffyn –, e com ele vem a doença. Olhem! Eu tenho febre. *La Peste!* Já começou. – E a sua testa alta de erudito estava realmente orlada de gotas de suor, e, perante os olhos de Will, começou a tremer e a contorcer a boca no que poderia ser o início ou de um soluço ou de uma gargalhada.

– O mar cuspiu os mortos que lá tinha! – anunciou Banks, cada vez mais excitado (podia ter perdido a esperança de recuperar Naomi com vida, mas pelo menos teria o prazer de lhe dar sepultura). – E a morte e o Inferno devolveram os mortos que lá tinham!

– Inferno! Miasma! – exclamou Will, cada vez mais exasperado, ao mesmo tempo que se apercebia de que ou o cheiro começara a desvanecer-se ou ele se acostumara à repugnância. – Serpente! Peste! Mr. Caffyn, o senhor não está doente, só precisa de uma chávena de chá. O que se passa!? Sei que todos são inteligentes... Banks, lembra-se de me ter mostrado como funciona um sextante! Caffyn, vi-o ensinar a minha filha a calcular a distância a que se encontra uma tempestade! Não estamos na idade das trevas, não somos crianças postas na linha com histórias de fantasmas e demónios! Quem vivia nas trevas foi finalmente iluminado... Não há lá nada, não há nada a recear, nunca houve: se formos lá só vamos encontrar uma ovelha trazida pela corrente dos lados de Maldon, não vamos ver uma... uma abominação enviada para nos castigar!

Mas seria assim tão descabido imaginar a Inteligência que em tempos dividira o Mar Vermelho a dar-se ao trabalho de mandar um pequeno aviso aos pecadores de uma paróquia costeira do Essex? O apóstolo Paulo enfiara a mão num cesto de cobras e retirara-a sem veneno à laia de sinal: o mundo dera milhares de voltas desde então, mas o tempo dos sinais e das maravilhas teria realmente acabado? Porque lhe parecera sempre tão ridículo que houvesse alguma coisa à espera no estuário? Não acreditaria na serpente ou não acreditaria no seu Deus? Foi então que Will sentiu o medo da multidão, o gosto do cobre de uma moeda na língua; e não era o receio de que estivessem a ser julgados pelo divino, mas sim de que não estivessem, nem nunca viessem a estar. *Cora*, pensou, dando consigo a gesticular no ar vazio, como se porventura fosse capaz de invocar a mão forte dela: *Cora! Se ela ali estivesse... Se ela aqui estivesse!*

– Muito bem – disse, zangado, mas tentando ocultá-lo. – De que vale ficar aqui, com as nossas ânsias e fantasias? Vou ver com os meus olhos, e vocês podem vir ou não, como queiram, mas garanto-vos que ao pôr do sol isto terá chegado ao fim, e não voltará a falar-se de serpentes.

E dirigiu-se para leste, pela Rua de Cima, a caminho do Blackwater e da origem da abominação. Entre resmungos e imprecações, a pequena multidão seguiu-o.

A mãe de Harriet tomou-lhe o braço e disse-lhe, num tom discreto:

– Despedi-me da miúda à porta quando vim para aqui, sem saber se regressaria a casa.

As gralhas que enchiam o Carvalho do Traidor pareciam almas penadas. Will pisou a sombra da árvore e o rebanho ávido fez silêncio. O fedor tornou-se intolerável e Mr. Caffyn, ao ver as janelas iluminadas da escola, afastou-se do grupo em busca de refúgio, dizendo que não devia ter aceitado aquela colocação num lugar tão remoto e lamacento, mas não podia dizer que não fora avisado. Depois o vento acalmou e mudou de direção; as gralhas levantaram voo do carvalho, como cinzas negras sopradas de folhas de papel em chamas. Com a mudança do vento o mau cheiro começou a desvanecer-se, soprado de regresso ao estuário, onde outros acordariam com a malina pela manhã. Ganhando coragem, Banks entoou um fragmento de canção de bordo e bebeu um gole de rum.

Chegaram ao Fim do Mundo, onde todos desviaram o olhar. Embora já tivessem visto o alto no chão onde Cracknell jazia, à espera da lápide, era impossível não esperar encontrá-lo a arrancar bichas-cadelas da manga do casaco. Já só restava meia dúzia: William Ransome, com uma mãe à esquerda e um marinheiro à direita, e atrás deles Evansford, felizmente em silêncio.

As duas mulheres que haviam assumido a dianteira tagarelavam alegremente, apontando para os farrapos de nuvens avermelhadas pelo nascer do Sol, virando-se para agitar as mãos no ar, como se pudessem afastar o mau cheiro que voltava a tornar-se mais intenso quando se aproximaram das salinas. O estômago de Will revirou-se com a repulsa e o receio: não acreditava que em breve pudessem encontrar a Serpente do Essex de asas finas abertas ao sol, a regurgitar um fragmento de osso, mas na verdade sentia-se inquieto.

– *Cora* – disse em voz alta, consternado com a própria voz, com o tom de um homem que blasfemasse. Ao seu lado, Banks ergueu um olhar confuso, e talvez também fosse dizer alguma coisa, não tivesse uma das mulheres da frente parado, apontado para a margem e começado a gritar. A companheira estremeceu com o choque, pisou a bainha do vestido, tropeçou, e, incapaz de se endireitar, cambaleou declive abaixo, a boca escancarada de medo.

Mais tarde Will recordaria um momento imóvel, como na chapa de um fotógrafo: a mulher a cair, Banks a mover-se na direção dela, e ele próprio, inútil, na boca a imundície adocicada que lhe chegava da maré que subia no estuário. Depois a imagem fragmentou-se e, de repente, de uma forma que nunca seria capaz de explicar, estavam todos nas salinas, junto dos ossos negros do Leviatã, a olhar com terror e piedade para aquilo que o mar trouxera.

A carcaça de uma criatura putrefacta estava disposta paralelamente à água. Teria uns seis metros de comprimento, com uma extremidade que parecia afunilar até terminar quase num ponto; não tinha asas nem membros, e o corpo prateado brilhante estava retesado como a pele de um tambor. Ao longo da coluna viam-se os restos de uma barbatana única: protuberâncias que lembravam as varetas de um guarda-chuva, com fragmentos de membrana desfeitos entre elas, a secar com a brisa de leste. A mulher em queda detivera-se junto à cabeça: dois olhos grandes, com o diâmetro de um punho fechado, fitavam o infinito e atrás deles um par de guelras fendia a carne prateada e exibia lá no fundo uma franja carmesim que lembrava a parte de baixo de um cogumelo. Ou fora atacada ou embatera no casco de uma barca do Tamisa que se dirigisse à capital: em vários pontos o couro retesado, que nos sítios onde o sol incidia cintilava com as cores do óleo na água, abrira-se em feridas exangues. Deixara um resíduo gorduroso na lama e nos seixos onde tocara, como se a gordura houvesse começado a derreter-se e a brotar através pele. Na boca aberta, com um aspeto que lembrava o bico de um tentilhão, viam-se dentes muito finos. Enquanto olhavam, uma porção de carne separou-se da espinha de forma tão perfeita como se houvesse sido arrancada com uma faca de jantar.

– Olhem – disse Banks –, era só isto, era só isto. – Tirou o chapéu, que levou ao peito, e ficou numa pose absurda, como se ali, naquela alvorada do Essex, tivesse encontrado a rainha a caminho do Parlamento. – Coitadinha, era só isto, sozinha no escuro, perdida, ferida, digo eu, presa no sapal e arrancada de lá outra vez com a maré.

E realmente parece uma pobre desgraçada, pensou Will. Mesmo aparentando ter saído das margens iluminadas de um manuscrito, nem o mais supersticioso dos homens acreditaria que aquele peixe putrefacto fosse um monstro mitológico: era apenas um animal, como qualquer outro, e estava morto, como todos viriam a estar. Ali ficaram, chegando num acordo silencioso à conclusão de que o mistério não fora solucionado, mas sim negado: era impossível acreditar que aquela coisa cega e em decomposição, arrancada ao seu elemento natural, onde os flancos prateados seriam ágeis e belos, poderia ser a causa do terror de todos eles. Onde estavam as asas prometidas, os membros musculosos de onde brotavam garras? Talvez pudesse ter envolvido Cracknell num abraço molhado no estuário de Blackwater, mas Cracknell morrera em terra seca, com as botas calçadas.

– O que fazemos? – indagou Evansford, parecendo lamentar o nascer do Sol, o *pathos* do cadáver a seus pés, o fim da mão do julgamento. – Não pode ficar aqui. Vai envenenar o rio.

– A maré leva-a – afirmou Banks, com segurança: ninguém sabia tanto de peixes mortos como ele. – A maré, as gaivotas.

E então...

– Está qualquer coisa a mexer-se – apontou a mãe de Harriet, que avançara um pouco e se detinha onde a barriga da criatura assentava nos seixos. – Está qualquer coisa a mexer-se lá dentro!

Will acercou-se e viu algo a estremecer e a contorcer-se por baixo da pele; o movimento parou e ele esfregou os olhos, imaginando que a visão estivesse toldada pela madrugada e pelo Sol baixo. Voltou a abri-los e, de repente, como se inúmeros pequenos botões se desabotoassem, o ventre abriu-se e derramou uma massa pálida que se retorcia. O fedor era insuportável: todos recuaram, como se agredidos, e Banks teve de correr para os ossos do Leviatã, onde vomitou. Não podia olhar, não era capaz: receava encontrar uma madeixa de cabelo ruivo entre os fragmentos brancos ainda em movimento. Mas uma das mulheres, indiferente à visão, mexeu no monte brilhante com o pé e declarou:

– É uma ténia. Olhem só, tantos metros de comprimento e continua com fome. Talvez tenha sido ela que matou o monstro: matou-o à fome por dentro. Já vi essas coisas acontecerem. Não quer olhar, Reverendo? Descobriu que afinal há alguma coisa a recear?

Inclinando a cabeça (sabia quando era derrotado), Will espreitou, sentindo-se atordoado; viu os derradeiros movimentos do verme, e o seu aspeto peculiar, uma fita branca comprida entremeada com tiras irregulares. O que teria o criador na cabeça ao fazer tão repugnante criatura, que ainda por cima se aproveitava da vida alheia? Imaginava que serviria um qualquer propósito.

– Banks – chamou Will, reprimindo a vontade de apresentar uma breve homilia que sublinhasse que tivera razão ao contrapor a razão divina aos receios supersticiosos dos aldeãos: – Banks, o que acha que devemos fazer?

– Deixamo-la – sugeriu Banks, em cujos olhos haviam rebentado novos vasos sanguíneos. – A maré alta leva-a, aí pelas onze, o mais tardar. A natureza sabe o que faz.

– E não fará mal aos arenques, às ostras?

– Vê as gaivotas? Está a ver as gralhas que nos seguiram? Elas tratam do assunto, mais a água: no domingo já não há vestígios.

Naquele momento, nada se mexia. A lente do olho da criatura ficava leitosa; mesmo sabendo que estava a ser tolo, Will imaginou um derradeiro fôlego a escapar-se da boca aberta. Os seixos estremeceram, a maré aproximou-se: viu uma mancha escura na biqueira da bota, e as bordas estavam sujas de sal.

Katherine Ambrose
A/C Reitoria de Todos os Santos
Aldwinter

11 de setembro

Querida Cora,
Já soubeste? Com a tua determinação de deixares de te interessar pelo nosso pobre Essex (a sério que nunca tinha visto um dos teus caprichos desaparecer tão depressa!), imagino que continues alheia ao que se passa, de maneira que terei o prazer de te informar de algo que ainda não sabes:

ENCONTRARAM A SERPENTE DO ESSEX!

Ora acomoda-te e vai buscar uma chávena de chá (o Charles, que está a ler por cima do meu ombro, diz que se o Sol já for baixo deves ir buscar um copo de alguma coisa mais forte), e eu conto-te tudo. Como neste momento me encontro em Aldwinter, soube-o em primeira mão pelo Reverendo William Ransome, que ambas sabemos incapaz de exageros – portanto este relato será tão sóbrio e fidedigno como se saído da pena do Reverendo em pessoa.
Aconteceu da seguinte forma. Ontem de manhã, a aldeia acordou com um cheiro repugnante. Julgo que terão começado por pensar que haviam sido envenenados, pois o fedor era suficientemente forte para vomitarem na cama: imagina só!
Bem, parece que ganharam coragem, dirigiram-se à costa, e lá estava o monstro, mas morto. Tão grande como receavam: o Will estima uns seis metros, mas não muito volumoso. Parecia uma enguia, disse ele, brilhante como prata ou madrepérola (está a ficar poético com a idade). Quem viu a criatura percebeu de imediato que haviam sido tolos – afinal não havia monstro, e muito menos asas: parecia capaz de arrancar uma dentada de uma perna, mas teria dificuldade em sair da água para apanhar uma ovelha ou uma criança. Julgo que terá havido um momento desagradável com um tipo de parasita que não pretendo descrever, mas aí tens: uma besta, é verdade, mas não mais estranha nem mais perigosa que um elefante ou um crocodilo.
Sei que estás a perguntar a ti mesma se se assemelharia às serpentes--marinhas que a tua estimada Mary Anning tinha por hábito desenterrar, e

lamento informar que não. O Will diz que não tinha quaisquer membros, e que, pese a dimensão e a estranheza, não passava de um peixe. Falou-se em notificar as autoridades – o Will enviou uma mensagem ao Charles, pois na altura encontrávamo-nos em Colchester –, mas ao que parece ela desfez-se com a maré e foi levada para o mar. Não consigo deixar de ter pena, Cora! Que desilusão! Esperava poder ver a criatura num expositor no Museu Britânico, uma serpente-marinha monstruosa, empalhada e com olhos de vidro, e o teu nome numa placa de bronze na parede. E que desapontamento para quem esperava o dia do juízo: será que se arrependem do seu arrependimento? Eu arrepender-me-ia!

No dia seguinte, chegámos a Aldwinter, na esperança de ainda ver a desgraçada criatura, por isso estou a escrever do escritório do Will. O tempo está ameno: tenho a janela aberta e vejo uma cabra a comer a relva no jardim. É curioso estar aqui sem os pequenos Ransome, sabendo que se encontram na nossa casa em Londres! O mundo está virado do avesso. E é curioso estar entre coisas que reconheço como tuas – as tuas cartas (não as li, embora me sentisse profundamente tentada!), uma luva que sei pertencer-te, um fóssil (uma amonite, segundo creio) que só pode ser teu. Quase sinto o teu cheiro, que lembra sempre a primeira chuva da primavera – como se tivesses acabado de te levantar da cadeira onde me encontro! O Will tem livros curiosos para um vigário – aqui estão Marx e Darwin, que sem dúvida se darão muito bem.

Aldwinter sofreu uma grande transformação. Quando chegámos, esta manhã (a uma aldeia que, sinceramente, sempre considerei enfadonha), decorria um festival. As crianças voltaram a brincar na rua, pois já não correm o risco de encontrar um monstro atrás das sebes, e as mulheres estenderam cobertores na relva, onde trocam mexericos sem fim. Acabámos a sidra de verão (deliciosa, e muito melhor que qualquer vinho que tenha provado neste condado), e despachámos um presunto do Essex inteiro. A querida Stella – juro que ainda mais bonita do que da última vez que a vi (parece-me tão injusto) – usou um vestido azul e dançou um pouco ao som dos violinos, mas teve de se deitar. Não a vejo desde então, embora a ouça andar lá em cima: passa a maior parte do tempo deitada, a escrever no caderno. Trouxe-lhe presentes dos filhos, e cartas, mas ela ainda não as leu. Não acredita que o peixe estranho que deu à costa fosse a Serpente do Essex, mas tem andado com ideias tão estranhas ultimamente que me limitei a apertar-lhe a mão (tão quente, e tão pequena!) e a dizer é claro que não, é claro que não, e deixei-a pôr-me uma fita azul no cabelo. É uma doença cruel, mas está a tratá-la com delicadeza.

Muito bem, Cora. Compadece-te da dignidade dos meus anos e permite-me que te censure. Soube pelo Charles que ainda não visitaste o Luke Garrett, que ainda não escreveste à Stella nem ao Will, embora saibas que ela está doente (a morrer, segundo imaginamos – não estaremos todos, à nossa maneira?) e que tem de passar sem os filhos.

Minha querida, sei que tens sofrido. Admito que nunca soube ao certo o que te atraiu no Michael, que sempre me assustou um pouco (importas-te que o diga?), mas foi alguma coisa. A ligação quebrou-se e ficaste livre – e agora parece que estás a cortar todos os teus laços! Cora, não podes afastar--te eternamente daquilo que te magoa. Todos gostaríamos de o fazer, mas não podemos: o simples facto de estarmos vivos implica que nos magoemos. Não sei o que aconteceu entre ti e os teus amigos, mas sei que ninguém foi feito para estar sozinho. Certa vez, disseste-me que te esqueces que és uma mulher, e agora compreendo-o. Achas que ser mulher é ser fraca, achas que a nossa fraternidade vive do sofrimento! Talvez assim seja, mas não será preciso mais força para andar um quilómetro em sofrimento do que sete sem queixas? És mulher e tens de começar a viver como tal. Com isso quero dizer: coragem.

Com estima,

Katherine

PS Uma coisa estranha: tanto alívio, tanta ligeireza – o violinista com uma flor na lapela, a comida maravilhosa – e ninguém se deu ao trabalho de subir ao Carvalho do Traidor e tirar as ferraduras lá penduradas? Quando o Sol se pôs levantou-se o vento, e elas lá estavam: a girar e a cintilar nos seus cordéis. Não te parece estranho?

Cora Seaborne
A/C The Midland Grand Hotel
Londres

12 de setembro

Minha querida Katherine,

Aceitei de bom grado a tua censura e isso em nada diminuiu o amor que sinto por ti. Ao que parece desagradei a toda gente, e já me habituei à situação. Achas que vivo em autocomiseração? É verdade, embora parasse com isso, caso descobrisse a sua origem! Por vezes julgo ver o que me incomoda, mas no último momento desvio o olhar, o que me parece absurdo: alguma vez se viu uma mulher tão arrasada com a perda de um amigo?

Sendo assim a Serpente do Essex foi encontrada. Há um mês ficaria furiosa, mas hoje em dia em geral dou comigo calada. Acho que me imaginei, tanto agora como na altura, na praia, a ver o focinho de um ictiossauro a espreitar das águas do estuário (sabe Deus que vi aí coisas bem mais estranhas!), mas já não me lembro disso. Parece absurdo: os devaneios de outra mulher. Na semana passada fui ao Museu de História Natural e fiquei a contar os ossos dos fósseis que lá se encontram, a tentar recuperar o deslumbramento de outrora, mas não senti nada.

Talvez saibas como fui cruel com o Dr. Garrett. Como podia eu saber, Katherine? Eles não me querem lá: escrevo e ele não me responde. Também não sei se o William Ransome me quer ver. Sou desastrada – parto coisas – e acabei por ser tão pouco competente enquanto amiga como enquanto esposa ou mãe...

Oh (ao ler o que acabei de escrever), mas que autocomiseração! Não me servirá de nada. O que diria o Will? Que todos estamos aquém da glória de Deus, ou algo do género: seja como for, nunca pareceu propriamente incomodado com os defeitos alheios, já que se trata de uma consequência da condição humana, algo que é de esperar. Claro que, a ser esse o caso, devia aceitar melhor os meus defeitos, ou pelo menos informar-me quanto aos que mais lhe desagradaram...

Vês no que me tornei? Nunca fui tão infantil, tão lamuriosa! Mesmo em criança! Mesmo de luto!

Vou escrever ao Luke. Vou escrever à Stella. Vou a Aldwinter.

VOU PORTAR-ME BEM. PROMETO.

Com toda a minha estima, querida K – com efeito, é toda tua, já que mais ninguém a quer...

Cora Seaborne

Cora Seaborne
A/C The Midland Grand Hotel
Londres

12 de setembro

Querida Stella, querido Will,

Sei que é normal começar-se com «Espero que esteja tudo bem» – mas sei que não é o caso. Lamentei profundamente saber como adoeceu, e envio-lhe todo o meu amor. Consultou o Dr. Butler? Dizem que é o melhor que há.

Vou regressar ao Essex. Diga-me o que posso levar-lhe. Diga-me o que mais gosta de comer. Levo-lhe livros? Há um homem junto ao hotel a vender peónias: levarei tantas quantas possa enfiar numa carruagem de primeira classe.

Soube que a Serpente do Essex foi encontrada, e que não passava de um peixe grande, e ainda por cima morto há muito! A Katherine diz-me que toda a Aldwinter celebrou. Como gostaria de ter estado presente e de ter assistido.

Atenciosamente,

Cora Seaborne

4

– Ele não está – disse Stella, e fechou o bloco de apontamentos azul, que atou com uma fita. – Vai ficar cheio de pena de não a ter visto... Não, não se sente ao meu lado. Não estou com tosse, mas às vezes aparece quando não estou à espera. Ah, o que é isto? O que é isto?! O que é que me trouxe?

Cora sentiu que perdia as forças de alívio e desilusão ao mesmo tempo. Escondendo-o por trás de um sorriso, pôs um embrulho no colo da amiga.

– É só um livro de que achei que ia gostar e uns bolos de maçapão do Harrods. Lembrámo-nos de como gosta deles. Frankie, vem cumprimentar a Stella.

Mas Frankie sentia-se tão confuso e desnorteado que se deixou ficar à porta a olhar. Nunca, em todos os seus anos de colecionador de tesouros, vira nada que se parecesse. Julgava-se um perito na arte de colecionar, mas sabia reconhecer quando era superado. Stella Ransome estava deitada num sofá branco entre duas janelas abertas com cortinados azuis. Usava uma camisa de dormir azul e chinelos de quarto igualmente azuis e estava coberta de contas turquesa. Tinha as mãos cobertas de anéis de fantasia e nos peitoris de todas as janelas havia vidro azul: garrafas de xerez, frascos de veneno e pequenos frascos de perfume, pedaços de vidro apanhados na rua e seixos azulados trazidos pela maré. Sobre a mesa e em cima das cadeiras estavam objetos variados organizados pela intensidade e pelo tom do pigmento: rolhas e fundos de garrafa, pedaços de seda e folhas de papel dobradas, penas e pedras, tudo azul. Espantado, Francis ajoelhou-se um pouco afastado.

– Gosto das suas coisas especiais. Eu também tenho coisas especiais.

– Nesse caso, partilhamos o hábito de procurar a beleza onde mais ninguém a vê – respondeu-lhe Stella, que voltou para ele os olhos azuis sem surpresa nem censura. – Também os anjos têm esse hábito, e às vezes rodeiam-nos sem darmos conta disso, e ultimamente têm sido muitos.

Cora sentiu-se perturbada quando a viu pôr o dedo em frente dos lábios como quem pedia segredo e Francis repetir o gesto. Stella tornara--se sem dúvida mais estranha durante a sua ausência. Teria sido a doença? Porque não lhe teria escrito Will a contar?

A seguir Stella recompôs-se e recuperou a vivacidade.

– Mas agora tenho imensas coisas para perguntar e para contar – disse, ao mesmo tempo que brincava com o tecido da camisa de noite. – Como está o Dr. Garrett? Fiquei desolada quando soube. Nunca vou esquecer a maneira como me tratou no dia em que fui ao hospital. Não tem aquela amabilidade vulgar, a que estamos habituados. Falou comigo de igual para igual, e não os deixou esconder-me nada. É verdade que não vai poder voltar a operar? Eu estava na disposição de o deixar fazer o que entendesse comigo, mas suponho que agora isso está fora de questão.

Cora percebeu que não conseguia falar do *Mafarrico* sem um aperto na garganta.

– Oh, o Spencer disse-me que ele está a recuperar bem – respondeu descuidadamente. – Será assim tão grave? Não perdeu nenhum dedo, e uma briga de rua não seria suficiente para o fazer perder a cabeça. Frankie, não. Isso não é teu.

O rapaz tinha começado a retirar pedras azuladas de um parapeito e a dispô-las na carpete. Ignorando a mãe, aqueceu uma com o bafo e poliu-a na manga do casaco.

– Deixe-o brincar – pediu Stella. – Estou convencida que ele me compreende.

Juntas observaram por um momento como Francis dispunha as pedras em estrela, ao mesmo tempo que ia erguendo para Stella o que Cora percebeu com surpresa ser um olhar de adoração.

– Levaram-me os meus meninos – lamentou-se Stella, perdendo a alegria por um momento. – Continuo a lembrar-me do rosto deles, claro, até porque tenho as fotografias aqui, mas estou a esquecer como é bom ter os braços deles à volta do pescoço e o peso deles ao meu colo. Sinto-me feliz por tê-lo ali, ele que faça o que lhe apetecer – depois inclinou-se contra as costas curvas da cadeira e as cores no seu rosto tornaram-se ainda mais brilhantes. Quando voltou a levantar a cabeça tinha as raízes do cabelo escuras da transpiração. – Mas vão voltar. A Katherine Ambrose vai trazê-los – acrescentou, e tocou na Bíblia. – O nosso Pai celeste nunca nos dá mais do que podemos suportar.

– Eu diria que sim – concordou Cora.

– E ao que parece descobriram a Serpente do Essex. Afinal, não passava de um peixe podre! – Stella inclinou-se para diante como quem quer fazer uma confidência. – Mas não se deixe enganar, Cora. Ainda a noite passada encontraram um cão morto em Brightlingsea, com o pescoço partido, e até agora ainda não há sinais da filha de Banks...

Parece tão satisfeita, pensou Cora. *Estou convencida de que por vontade dela a serpente voltava ao Blackwater...*

– À noite oiço-a sussurrar – revelou Stella –, mas nunca percebi o que ela diz.

Cora pegou na mão da amiga, mas que poderia dizer-lhe? Os olhos da doente brilhavam, como se não visse o instrumento de justiça, mas o da redenção. Stella escreveu qualquer coisa no bloco de apontamentos e depois abanou a cabeça como se acordasse de um sono breve.

– E como está a Martha? Ia jurar que aborrecida por se ver outra vez em Aldwinter.

Ainda não perdera o hábito de coscuvilhar e as duas detiveram-se algum tempo a discutir a vida dos conhecidos mútuos enquanto Will enchia a sala com a sua ausência.

Francis continuava sentado a alguma distância, a observar, como era seu hábito. Viu como Stella agarrava com força o bloco de apontamentos, acariciando a capa azul, e como a sua atenção se fixava por alguns momentos com avidez no que Cora dizia até que se dissipava e ela começava a devanear. De vez em quando pronunciava frases estranhas («O que é certo, e não tenho dúvidas de que concorda, é que este corruptível tem de adotar a incorrupção e este mortal a imortalidade!») e logo a seguir, com vivacidade, «*Magog* não parece sequer dar pela morte de Cracknell, o leite dela continua tão bom como sempre». Entretanto, os olhos da mãe iam escurecendo, como acontecia sempre que estava perturbada. Acariciava a mão de Stella Ransome e acenava, sem nunca a contradizer, e depois dizia qualquer coisa como «Explique-me como

arranja o cabelo com tanta elegância: por mais que tente não consigo!»
e servia outra chávena de chá.

    – Vai voltar brevemente, não vai? – perguntou Stella quando Cora se
levantou para sair. – Deve estar cheia de pena de não ter visto o Will, mas
eu dou-lhe os seus cumprimentos. Menino Seaborne – disse, voltando-
-se para Francis e pegando-lhe nas mãos –, temos de ser amigos, nós os
dois. Compreendemo-nos um ao outro como ninguém. Volta e traz-me
os teus tesouros para os compararmos, está bem?

    – Tenho três penas de gralha e uma crisálida – respondeu ele. – Posso
trazê-las amanhã, se quiser.

Cora Seaborne
2, Largo de Aldwinter
Aldwinter

19 de setembro

Caro Will,

Voltei ao Essex. A casa está fria. Escrevo-lhe sentada tão perto do aquecedor que sinto um joelho a arder e o outro gelado. Estou rodeada por uma humidade que parece vir das paredes. Tenho a impressão que isto se dirige contra mim, pessoalmente. Por vezes durante a noite parece-me sentir um cheiro a sal e a peixe – muito leve, vindo da janela – e afinal ao que me dizem tudo não passava de um pobre peixe morto levado pela maré. Mesmo assim imagino a Serpente do Essex ainda à espreita, à espera, talvez à porta, desejosa de entrar...

Vivo em estado de desgraça. A Martha está zangada comigo: quando me traz chá pousa-o de qualquer maneira e salpica-me sempre. Quer voltar para Londres, e não posso deixar de pensar que se prepara para me abandonar. O Luke pediu-me que não o visite, apesar de o Spencer o ter trazido para Colchester para mudar de ares, e isso quase me convence de que posso ir lá visitá-lo. O Spencer escreve-me, mas termina com «cumprimentos sinceros» e não acredito numa palavra do que me diz. Katherine Ambrose deu em lançar-me um daqueles olhares compadecidos que não suporto. É um olhar compreensivo, como se quisesse dar-me a entender que vai tomar o meu partido independentemente do que eu tenha feito. Com franqueza, acho que preferia que me esbofeteasse.

Com o Frankie, claro, nunca deixei de estar em desgraça, mas agora mais do que nunca. Estou convencida de que viu em Stella alguma coisa que sempre procurou em mim, sem nunca o encontrar. Respeita-a! E porque não? Tanto quanto sei nunca conheci ninguém tão corajoso como ela.

Por amáveis que sejam as suas cartas, penso muitas vezes que posso cair em desgraça também junto de si. Duvido da minha própria sensatez: deixar o Luke fazer o que entendeu com a Joanna – naquela estranha noite em junho – e mesmo ter simplesmente vindo para aqui.

A Martha diz que fui egoísta, que tentei prender toda a gente a mim e não pensei no que os outros pudessem querer. Disse-lhe que é assim que todos vivemos, ou então todos estaríamos sós, e ela bateu com a porta com tanta força que partiu um dos vidros.

321

Só a Stella não parece zangada comigo. Passei uma tarde com ela – contou--lhe? – e beijou-me as mãos. Receio pela mente dela – de um momento para o outro, mergulha no desespero para, no momento seguinte, parecer já às portas do além. E a beleza dela é tal como nunca vi – com o cabelo espalhado na almofada e os olhos brilhantes, penso que levaria qualquer pintor a correr para os pincéis. Não acredita que a Serpente foi encontrada. Contou-me que a ouve, que lhe sussurra, embora ela não perceba o que diz.

Diga-me como está. Continua a acordar demasiado cedo e a beber café antes de se vestir e de qualquer outra pessoa em sua casa acordar? Chegou a ler aquele romance horrível sobre Pompeia? Já viu algum guarda-rios? Alguma vez sentiu a falta de Cracknell e lamentou não poder inclinar-se sobre o portão dele para o ver esfolar as toupeiras?

Posso vê-lo em breve?

Sua,
Cora

Reverendo William Ransome
Reitoria de Todos os Santos
Aldwinter

20 de setembro

Querida Cora,

A Stella contou-me que veio visitá-la. De qualquer maneira eu ter-me-ia apercebido: quem, senão a Cora, teria gasto uma pequena fortuna em doces do Harrods? (A propósito, obrigado. Estou a vê-la debicá-los e fico satisfeito por ver que ingere alguma coisa além de chávenas quentes de Bovril.)

A Stella adora o Francis. Diz que são almas gémeas, o que parece ter alguma coisa a ver com o hábito recente dela de colecionar todo o tipo de coisas. Disse-lhe que lhe estou a escrever e ela pede-me que lhe diga que gostava que ele voltasse cá a casa brevemente porque tem qualquer coisa para lhe dizer. O médico acha que como a tosse não está muito forte ela pode receber visitas, desde que não seja por muito tempo.

Notou alguma coisa? A mudança de ar em Aldwinter? Tenho a certeza que lhe falaram de como encontrámos aquela pobre criatura morta junto da costa, e como ela nos acordou a todos com um cheiro pestilencial. Gostava que tivesse estado cá. Lembro-me de ter pensado nisso na altura, de ter tentado perceber como era possível que se tivesse ido embora...

Essa noite foi como a festa do primeiro de maio e a festa das colheitas no mesmo dia. Toda a noite houve cantos e danças no largo de Aldwinter com o alívio que todos sentiam. Eu próprio o senti, apesar de saber que nunca houvera nada que recear. O pobre Evansford está desolado sem um dia do juízo em perspetiva. Agora aos domingos há mais alguns bancos vazios na igreja. Seja como for, congratulo-me com os que têm as consciências tranquilas. Ainda assim, é difícil não desesperar. A casa está silenciosa como um túmulo. Deixei de fechar a porta do escritório porque já ninguém tenta entrar. Os meus filhos escrevem quase todos os dias e para a semana vêm fazer uma visita. Quando os imagino a correr pelo carreiro do jardim tenho vontade de pendurar uma flâmula, de disparar uma salva!

A Stella está contente com a visita deles, mas percebo que o coração dela já não está aqui. De vez em quando diz-me que não vai morrer, mas só o faz para me consolar. Logo a seguir diz que o que lhe interessa é a vida eterna e fico com a impressão de que já está a caminho da cova. Eu amo a Stella. Amamo-nos há tanto tempo que não cheguei a ser homem sem a ter amado. Sou tão incapaz de imaginar a vida sem ela como sem pernas e braços. Em quem me tornarei se ela partir? Se ela não estiver lá a olhar-me continuarei a existir? Não olharei um dia para o espelho só para descobrir que o meu reflexo desapareceu?

Ao mesmo tempo como pode isto ser verdade se a notícia da sua chegada me torna mais feliz do que tenho o direito de esperar?

Todas as manhãs dou um passeio por volta das seis na direção de ocidente, longe do sapal e do estuário. Chego a convencer-me de que o meu nariz nunca se vai livrar daquele fedor horrendo – prefiro sem dúvida voltar costas à água e caminhar pelos bosques.

Gostava de a ver. Venha comigo. Continua a gostar de caminhadas, não continua?

William Ransome

5

Ficou parada no largo com o casaco de homem de *tweed*, sempre à espera de ver aparecer Will. O fim de tarde estava demasiado quente para a gola de lã: o outono era tão hesitante como o verão fora suave. No entanto, nos últimos tempos, Cora sentia-se um pouco desconfortável, e não só quando recordava a pressão da mão de Will na sua cintura. Tinha vontade de se enfaixar em roupas pesadas, de esconder a feminilidade por trás de tecidos grosseiros e sapatos toscos. Se Martha não tivesse escondido a tesoura, teria cortado o cabelo curto. Assim limitara-se a fazer um penteado severo, como o de uma rapariga de escola pela manhã.

Há tanto tempo que não via o amigo que quase não tinha a certeza de que o ia reconhecer – a ansiedade quanto à maneira como ele a ia cumprimentar deixava-lhe a boca seca. Mostraria o seu lado mais severo – em parte rigoroso em parte desapontado? Mostrar-se-ia caloroso, como acontecia em tempos, ou frio, daquela maneira que a arrepiava?

O vento que soprava sobre o Blackwater trazia com ele o cheiro a maresia. Os cogumelos cresciam no meio das ervas altas com cutículas cor de pérola, como ostras. Chegou em silêncio, como um rapazinho que se aproxima furtivamente. A mão leve dele tocou-lhe acima do cotovelo.

– Não era preciso ter-se vestido especialmente por minha causa – disse uma voz.

A cadência medida e a lentidão provinciana de algumas vogais eram tão familiares, e tão queridas, que não conseguiu sequer recordar porque estivera um pouco receosa e abriu as abas do casaco numa vénia.

Ficaram a observar-se mutuamente por momentos, incapazes de conter um sorriso. Will não trazia o colarinho nem usava casaco, com o desdém do homem da aldeia pelo estado do tempo. Trazia as mangas arregaçadas como se tivesse trabalhado no campo toda a tarde e usava o botão de cima da camisa desabotoado. O cabelo estava mais claro desde a última vez que ela o vira, e crescera. À luz do fim de tarde parecia quase âmbar. A cicatriz no rosto mantinha a inclinação da pata da ovelha e os olhos pareciam sujos, como se os tivesse esfregado quando lia um jornal da tarde.

Anda a dormir mal, pensou com uma ternura perturbadora.

Cora tinha consciência de que ele nunca a vira tão pouco atraente. Passara grande parte do verão em casa e estava com más cores, e além disso tinha o cabelo descuidado. Só continuava a ver-se ao espelho para observar com um olhar desapaixonado as linhas finas que se abriam em leque a partir dos cantos dos olhos e o vinco entre as sobrancelhas. Sentia tudo isto de forma aguda e com alívio. Fosse o que fosse que tivesse causado o mal-entendido daquele momento no verão, tornara-se impossível evocá-lo: Cora não correspondia a nenhuma imagem admissível de uma amante. A ideia era de tal modo absurda que deu por si a rir-se com alívio. O som agradou a Will porque fez desaparecer as semanas que se haviam passado desde a última vez, e levou-a de novo à sala quente onde pela primeira vez ela lhe estendera a mão.

– Venha, Mrs. Seaborne, vamos – incentivou ele. – Tenho imensas coisas a contar-lhe.

Em vez de se sentir censurada ou contida, Cora teve a impressão que o peso que a oprimira nos últimos tempos se dissipava. Caminharam depressa, os passos coordenados, deixando para trás a aldeia e o cheiro a maresia do estuário. Passaram pela Igreja de Todos os Santos e nenhum mostrou embaraço, porque não lhes ocorreu que pudesse haver o que quer que fosse de condenável num passeio pela fresca.

Os dois tinham uma tal reserva de histórias e pequenas queixas, de contos e doutrinas a partilhar que a primeira meia hora se passou sem qualquer pausa. Cada um fez um inventário do outro, reunindo com prazer gestos familiares ou expressões muito usadas, a tendência para diminuir ou exagerar, o hábito de mudar subitamente para assuntos novos que o outro seguia com entusiasmo. Estavam encantados um com o outro como acontecia desde o princípio e não achavam indecente sorrir tanto nem rir-se com tal prontidão enquanto Stella se afundava nas suas almofadas azuis e levava à boca um pedaço de algodão que retirava manchado de sangue, e em Colchester Luke Garrett se sentia à deriva. Mais que perdoar ter-se sentido traídos um pelo outro, pareciam esquecer: tinham selado o que acontecera e sentiam-se inviolados.

– E afinal não passava de um peixe morto! – exclamou Cora. – Lá se foi a Serpente do Essex, com as asas e o bico. A verdade é que nunca me senti tão tola. Meti-me em salas de leitura e cheguei mesmo a pensar tê-lo visto por lá, e estudei o assunto como uma menina aplicada. Vi o peixe-remo que deu à costa na praia das Bermudas há trinta anos e li que veem à tona quando estão prestes a morrer... Tenho de me desculpar perante Mary Anning por envergonhar o nosso sexo e o ofício dela.

– Mas era um peixe! – continuou Will, e descreveu como a pele brilhante da barriga estalara e o seu conteúdo se espalhara nas pedras.

Quando falaram de Stella, Cora voltou o rosto para o lado. Já tinha mostrado as lágrimas a Will uma vez e resolvera não voltar a fazê-lo.

– Pediu-me que lhe mostrasse a preparação do microscópio – contou Will, uma vez mais intrigado com a coragem da mulher. – Olhou para aquilo que saíra do seu próprio corpo e em que se via a morte e encarou-a melhor que eu. Estou convencido que há meses que sabia.

– Ela é uma daquelas mulheres que os outros não percebem. Pensam que por ser tão bonita e se vestir tão bem, e por gostar de tagarelar e de mexericos, não passa de uma bailarina de caixa de música, sempre a girar, a girar... Mas eu percebi logo pela primeira carta dela que é uma mulher perspicaz. Não me parece que lhe escape nada, mesmo agora.

– Agora menos que nunca, embora alguma coisa tenha mudado – haviam entrado num bosque e o caminho estreitara. Nos ramos dos carvalhos viam-se corvos e as silvas agarravam-se às roupas dos dois. As amoras tinham ficado por colher porque durante os meses que durara o Problema ninguém se lembrara de sair pelos bosques sozinho com uma cesta debaixo do braço. – Qualquer coisa mudou, e tinham-me avisado de que isso ia acontecer, mas não esperava uma coisa assim. Ela tem fé, é claro, ou eu não poderia ter casado com ela... Estou a ver que ficou horrorizada! Mas como podia eu pedir a uma mulher que sacrificasse os domingos e metade das semanas se não servisse o mesmo Deus? Sim, ela sempre acreditou, mas não assim. Era... – procurou a expressão exata – uma crença educada, percebe? Agora é diferente. Chego a sentir-me embaraçado. Põe-se a cantar... Às vezes acordo a meio da noite e ouço--a a cantar do outro lado do corredor. Acho que misturou as histórias da Serpente do Essex com as da Bíblia e não acredita que ela tenha mesmo desaparecido.

– O Will parece mais um funcionário público que um sacerdote! Nunca lhe ocorreu que aquelas mulheres que foram para o túmulo... não me lembro dos nomes... podiam ser um pouco assim? Cegas pela glória, já meio mortas, ansiosas por que esta breve passagem terminasse de vez? Não, não estou a troçar de si, e Deus é testemunha de que nunca troçaria dela, mas se o Will insiste na sua fé devia pelo menos conceder que se trata de um caso estranho que pouco tem a ver com batinas bem engomadas. – Sentiu que estava um pouco irritada, esquecera a facilidade com que se arreliavam um ao outro, e apeteceu-lhe deixar a conversa deslizar para terreno pantanoso. No entanto, era cedo de mais para isso. – Mas eu percebo – concluiu por fim, tornando-se conciliadora. – Claro que percebo. Não há nada mais perturbador que uma mudança naqueles que amamos. Às vezes tenho um pesadelo, já lhe falei nisso, em que volto para casa e encontro a Martha e o Francis com as mãos à frente da cara e quando as afastam, como se fossem máscaras, por baixo vejo ódio... – e ao dizer isto Cora estremeceu. – Mas ela continua a ser a Stella, a estrela do seu mar. Não é amor o amor que muda quando com a mudança se depara. Que pensa fazer? Que tratamento é ainda possível?

William falou-se da tarde de ansiedade no hospital, entre um Dr. Butler amável de um lado e um Luke sardónico do outro, de como ela fizera o seu próprio diagnóstico e aceitara com frieza as indicações que lhe haviam sido dadas.

– O Dr. Butler é cauteloso, quer voltar a vê-la, quer dar-lhe tuberculina, que é agora a grande moda. Charles Ambrose diz que paga, e como posso recusar? Não tenho posses para manter o orgulho.

– E o Luke? – Cora continuava a não conseguir pronunciar o nome sem sentir a vergonha enrubescê-la.

Will poderia, com esforço, ter perdoado ao *Mafarrico*, mas o seu credo não mencionava expressamente a obrigação de desenvolver afeto por aqueles que o tinham prejudicado.

– Desculpe, mas na verdade sinto-me satisfeito por ele não poder continuar a operar. A ideia dele era comprimir um dos pulmões de cada vez enquanto o outro se curava. Não quero que me entenda mal, sinto muita pena por aquilo que lhe aconteceu, mas tenho dificuldade em ver para lá do interesse de Stella e do bem-estar dela, que é tudo o que me interessa neste momento.

Depois corou, como se tivesse sido apanhado em mentira. *Tudo o que me interessa*, dissera, e devia ser! Devia ser!

– E o que pensa Stella?

Cora teve consciência de uma sensação muito semelhante à inveja: como seria ser amada tão inteiramente?

– Diz-me que Cristo vem recolher as suas joias, e que está pronta – respondeu Will. – Não acredito que ela se rale muito com o assunto. Às vezes fala como se contasse para o ano por esta altura andar a trepar ao Carvalho do Traidor com o James, e outras vezes encontro-a deitada com as mãos cruzadas sobre o peito como se já estivesse no caixão. E o azul, sempre aquele azul... Manda-me colher violetas e quando lhe digo que não estamos na estação própria quase chora de raiva!

Depois contou-lhe, com timidez, porque isso o envergonhava, da promessa que fizera, e de como estivera na disposição de entregar a mulher nas mãos de Luke se os sinais fossem auspiciosos.

– Depois recebemos as notícias da ferida de Garrett e, embora eu não tenha pensado que se tratava exatamente de um sinal, a Stella sem dúvida pensou. Pareceu-me aliviada, confessou-me que teria aceitado a operação se eu achasse que era o melhor, mas que preferia entregar-se nas mãos de Deus. Por vezes, ocorre-me que quer deixar-nos, que quer afastar-se de mim.

Cora olhou disfarçadamente para o amigo, que parecia sempre tão cheio de domínio de si que a comoveu.

– Ainda me lembro de quando o Michael se sentiu doente pela primeira vez – contou-lhe. – Estávamos a tomar o pequeno-almoço e ele não conseguiu engolir. Ficou rígido e muito vermelho, agarrou-se à toalha e depois começou a bater na garganta. Como ele nunca se deixava dominar pelo pânico nem baixava a guarda, percebemos que alguma coisa grave se passava. Nesse preciso momento, um pássaro entrou na sala e eu lembrei-me daquela velha superstição, sabe? Que diz que um pássaro em casa anuncia uma morte, e senti o coração agitar-se e fiquei a vê-lo sufocar... Oh! – levou as mãos ao rosto. – Que disparate, não sei onde quero chegar com isto. Como posso compará-lo com Stella? É como se pertencessem a espécies diferentes! É só que estas coisas nos afetam de uma maneira estranha, acho eu.

Cora fez um gesto largo com os braços abertos e ele sentiu-se grato: que estranho hábito o dela, de oferecer compreensão com o desacordo em relação a quase tudo o que ele conhecia e valorizava.

A noite caíra com rapidez e o sol violeta foi apanhado por trás de um banco de nuvens negras. A luz só iluminava as folhas mais baixas dos castanheiros e das faias, e o resto ficava ocultado na penumbra; os troncos pareciam filas de colunas de bronze com um dossel escuro e cerrado. Chegaram a uma pequena colina onde o caminho era atravessado a intervalos regulares por raízes que formavam uma espécie de escadaria. Por toda a parte uma camada espessa de musgo atapetava o caminho de um verde-vivo.

Apesar de todo o prazer na conversa, não tinham encontrado a intimidade das cartas, em que falavam tão prontamente deles próprios na primeira pessoa. No entanto, quanto mais o bosque se adensava à sua volta mais fácil parecia aproximarem-se do que realmente lhes importava, ainda que aos poucos, e com timidez.

– Fiquei contente quando me escreveu – disse ele, desafiador. – Tudo aquilo me tinha custado e de repente ali estava a Cora, à minha frente.

– E eu fiquei satisfeita por ter engolido o orgulho – pousou o pé no degrau verde, fez uma pausa breve e acrescentou: – Ficou tão zangado comigo depois de o Luke ter feito as experiências dele com a Jo... E eu nunca me importei que as pessoas se zangassem comigo quando mereci, mas não acho que tenha sido o caso... Foi só uma tentativa de ajudar! Se tivesse visto o que eu vi, aquelas raparigas a rirem-se, a maneira como se riam e como voltavam a cabeça para trás e para a frente...

Will acenou a cabeça com impaciência.

– Não vale a pena voltarmos a falar do assunto. De que serviria isso agora? – riu-se. – Sempre gostei de discutir consigo, mas não sobre coisas realmente importantes.

– Só sobre o bem e o mal...

– Exatamente. Repare, estamos numa catedral. – Vários metros acima deles as árvores inclinavam-se e formavam um arco; um ramo fora arrancado de um carvalho próximo e deixara atrás uma cavidade por cima de uma espécie de soco. – É como se Cromwell tivesse dado um escopro e um cinzel a um santo.

– Já vi que pelo menos despachou a serpente da sua igreja... – disse Cora. – Fui lá no dia em que regressei e só encontrei uma ou duas escamas. O que é que o fez perder a paciência?

Will recordou o momento embaraçoso no verão depois de os ter deixado a todos para trás e tossicou.

– A Joanna tinha-me esbofeteado se a notícia da morte de Cracknell não tivesse chegado mesmo a tempo. Olhe, tantas castanhas, logo aqui que não há crianças para as apanhar. – Inclinou-se para pegar em meia dúzia e deu uma a Cora, ainda no ouriço verde. Com uma unha, ela abriu-o e retirou a castanha do seu leito branco e suave. – Estava furioso – continuou Will. – Foi só isso. Agora que o Problema terminou quase não me lembro do que aconteceu... de como as pessoas mal saíam de casa e não ouvíamos as crianças a brincar, e de como o que eu pregava não convencia ninguém de que não havia nada a recear a não ser os medos criados por nós próprios.

– Eu senti isso na aldeia assim que voltei – comentou ela. – Uma mudança no ar. Ouvi o coro da escola e só quando cheguei a casa é que me lembrei do dia em que as raparigas não paravam de rir e alguma coisa correu seriamente mal. E pensar que quando cheguei aqui era raro ver-se alguém no largo, e parece-me que as pessoas olhavam para mim de lado, como se a culpa fosse minha! Como se tudo aquilo tivesse alguma coisa a ver comigo!

– Às vezes parece-me que tinha – retorquiu Will, de braços caídos, aos pontapés ao musgo. Lançou a Cora um dos seus olhares reprovadores que só em parte era trocista.

– Posso não ter sido eu a criar o Problema – disse ela com uma risada –, mas não posso dizer que tenha ajudado. Criei outros problemas. O que me disse na sua carta, que chegara ao fim de tudo o que era novo, foi então que percebi como tinha feito disparates. Introduzi-me à força. Foi como se tivesse partido uma janela. Imagine sugerir que devíamos escrever um ao outro quando vivíamos a menos de um quilómetro de distância! E tudo porque falámos uma vez...

– Também houve a questão da ovelha – lembrou Will.

– E a ovelha, claro.

Olharam-se aliviados por ter ultrapassado a brecha que se abria aos seus pés, mas ela continuou a alargar-se e ambos tropeçaram.

– As minhas janelas já estavam partidas – confessou Will. – Não, eu é que as tinha deixado no trinco, e porquê? Porquê, quando eu tinha tudo o que um homem pode pedir! Mas vi-a e desde então fiquei satisfeito por...

– Para mim isso não tem nada de surpreendente. – Cora tirou a castanha da casca e rolou-a entre as mãos. – Achava realmente que por amar *aqui* não podia amar *ali?* Pobre Will, pobre rapazinho! Achava que havia assim tão pouco? Olhe, acha que a coza, que a asse ou que faça *pickles?* – e fez um gesto como se a fosse atirar, mas ele voltou-se e subiu um ou dois degraus feitos de raízes.

Cora olhou-o sombriamente e (pelo menos foi o que ele achou) com um certo divertimento, visível nos cantos dos lábios, e isso levou-o a dizer o que queria de maneira mais cruel do que tencionava:

– Olhe bem para si! Que Cora é esta? A que se veste de seda e usa diamantes ou a que usa roupas que até o Cracknell teria deitado fora? A que se ri de nós ou a que faz protestos de amor a quem quer que lhe dê ouvidos? A Cora isola-se porque sabe tão bem como eu que quase deitou fora a sua juventude sem ter sido amada como devia...

– Pare com isso – pediu ela.

Debaixo da cúpula negra da floresta, toda a intimidade que procurara por carta se tornara insuportável ali. Cora queria voltar para a segurança do seu território de papel e tinta, em vez de estar ali, onde a cor lhe subia ao rosto e onde achava que sentia o cheiro, acima do aroma doce de um fogo distante, do corpo dele por baixo da camisa. Era indecente, ele estava praticamente selado num envelope, que Will fosse tão claramente feito de ossos e carne, que fosse impossível ignorar a veia grossa intumescida no pescoço.

– Desça daí. Não discuta comigo. Não acha que já discutimos o suficiente?

Um pouco envergonhado, ele inclinou-se por trás de um castanheiro, procurando ouriços no meio das folhas caídas e entregando-lhos um a um.

– Quem me dera que fôssemos crianças! – exclamou Cora, fechando os dedos sobre eles e recordando o tempo em que os considerara verdadeiros tesouros. Depois aproximou-se e sentou-se ao lado dele no musgo.

– Porque não havemos de poder ser como as crianças, de brincar juntos...

– Porque a Cora não é inocente – respondeu Will, e estas palavras continham um sentimento estranhamente vertiginoso, como se o que haviam dito um ao outro os atirasse a uma altura perigosa de onde ainda não tivessem caído. – A Cora não é inocente, e eu também não. Finge que é, protege-se de mim. – Pegou na manga dela, um pouco bruscamente. – Acha que por usar um casaco de homem eu posso esquecer quem o usa?

– E acha que foi por *sua* causa que eu o fiz? – perguntou ela. – Esqueço que sou mulher, ponho isso de lado. Deus sabe que não sou uma verdadeira mãe e também nunca fui grande esposa... Acha que devo torturar-me com saltos altos e pintar as sardas para o Will se proteger de mim?

– Não, acho que se está a proteger de si mesma. Uma vez disse-me que gostaria de ser apenas intelecto, sem corpo, sem interferência da carne...

– E gostava! Gostava! Desprezo-o, ao meu corpo, que até hoje sempre me traiu. Não é nele que eu vivo, mas aqui, na minha mente e nas minhas palavras...

– Sim – concordou ele –, sim, eu sei, sim, mas também está aqui, *aqui* – e desviando as abas do casaco de Cora apertou a blusa no sítio onde ela estava entalada na saia, no sítio onde uma vez lhe tocara, e com isso se perdera. Mas dessa vez a desgraça manteve-se ao largo. Pareceu-lhe que manter-se afastado dela nesse momento seria obsceno. Como poderia ter-se tornado familiar com cada recanto da sua mente e não conhecer aquele tom particular da pele dela, o seu cheiro e sabor? Não lhe tocar nesse momento seria quebrar uma lei da natureza. Mas ela mantinha-se reclinada contra o verde suave do degrau na obscuridade e fixou os olhos nos dele, sem surpresa, num desafio. Ele levantou-lhe e saia e ali, na fenda que se abriu no tecido negro das vestes dela, encontrou o seu ventre macio, muito branco, marcado pelas linhas prateadas que o filho fizera. Beijou-a, e não conseguiu parar, e ela rodou contra ele em deleite.

O Sol desceu, a floresta fechou-se sobre eles, e o cobre dos pilares das árvores tornou-se esverdeado. O templo dourado desapareceu e no seu lugar ficou o cheiro das folhas a decompor-se e das maçãs caídas no caminho. Cora procurou os olhos dele, abertamente, como sempre, e deixou-se ir ao encontro dele como um rio a transbordar.

– Por favor – disse ela, puxando a saia. – Por favor – e ele ouviu uma ordem.

Encontrou-a com facilidade, e a mão dele insinuou-se e moveu-se nela, e a cabeça brilhante dela descaiu e ela ficou em silêncio. Ele mostrou-lhe a mão, e como ela brilhava. Pôs um dedo na boca dele e na dela, e os dois partilharam-na por igual.

6

Um pouco mais tarde nessa mesma noite, a menos de dez quilómetros de distância, Luke Garrett caminhava sozinho ao longo de um campo de cevada ceifado que parecia branco. Metera na cabeça caminhar até encontrar o rio Colne e pusera-se a caminho àquela hora anterior à aurora em que mesmo o menor cuidado parece sem solução e a perspetiva do amanhecer risivelmente remota.

Embora a Lua não fosse visível, o céu a oriente estava manchado de luz e dos campos erguia-se uma espécie de neblina. Aqui e ali a bruma cerrava-se em fragmentos que iam ao encontro dele; lembravam um sopro húmido no seu rosto que se dissipava como um suspiro. Há algum tempo que perdera a direção do Colne e não sabia nem queria saber de que lado ele ficava: se pudesse, ter-se-ia afastado a correr da própria pele. Para o seu olhar londrino, o Essex era uniformemente estranho: todos os campos eram negros e estavam lavrados, exceto aqueles em que a cevada fora ceifada recentemente e que à luz pálida do luar tinham um brilho pálido que as sebes baixas recortavam com vida.

Chegou a certa altura a uma colina coberta de erva densa, de onde se avistava, para lá de várias elevações modestas, uma aldeia que dormitava num vale, e encostou-se a um carvalho para descansar. Por doença ou pouca sorte, as folhas tinham rebentado antes do tempo e entre os ramos o visco mostrava o seu verde vivo apesar da pouca luz. Supôs que outro homem poderia ver ali bocas enlaçadas em beijos entre ramos de árvores natalícias, mas ele sabia que se tratava de um parasita, que sugava do hospedeiro tudo aquilo que tinha de bom. Suspensas dos ramos nus, as ramificações de visco pareciam-lhe na verdade tumores a crescer num pulmão.

Essa paragem permitiu-lhe aperceber-se de muitos incómodos: os pés, pouco habituados a percorrer mais de um quilómetro nas ruas da cidade, estavam feridos do contacto com as botas, e o joelho inchara no sítio onde se magoara ao cair sobre uma laje. O pior é que tinha caminhado com a mão ferida solta e o sangue acabara por provocar uma dor latejante no ponto onde a ferida sarava. No sítio onde a faca e o escalpelo haviam cortado a palma da mão pareceu-lhe ver uma boca fina cozida com linha.

Ainda assim não conseguia sentir-se irritado com o desconforto das dores. Pelo menos distraíam-no do infortúnio que era a sua vida desde que chegara de Londres com uma mão inutilizada e a carta de Cora num bolso.

Como se atreve?, perguntava ela, e Luke sentia a fúria dela e percebia-a: como se atrevia? *Não queira nada que não seja belo ou útil,* dissera-lhe ela uma vez, e ele não era uma coisa nem outra. Uma criatura acabrunhada e façanhuda, a meio caminho entre um homem e um animal, e ainda por cima (pressionou o polegar da mão esquerda contra a palma magoada da direita e estremeceu com o choque) inútil.

Desde o dia em que fora ferido acordava todas as noites alagado em suor, de tal maneira que formava pequenas poças nas clavículas e lhe ensopava a almofada. *Inútil,* dizia então, batendo com o punho fechado nas têmporas até a cabeça lhe doer. *Inútil, inútil:* tudo o que dava sentido à sua vida lhe fora tirado em poucas horas.

Por vezes não se lembrava imediatamente ao acordar, e por breves segundos o mundo estendia-se convidativo à sua frente. Tinha os cadernos de apontamentos e os modelos do coração, com as suas câmaras e ligações, havia a carta de Edward Burton escrita nos primeiros dias da sua recuperação, e ao lado um envelope em que Cora lhe enviara um pedaço de rocha com uma nota explicativa na sua letra de rapazinho de escola. A seguir lembrava-se e via que tudo era falso como um cenário de teatro e era então que a cortina negra caía. Não era melancolia o que sentia. Isso era uma coisa que poderia ter aceitado de boa vontade. Imaginava que fosse possível desfrutar de uma tristeza que encontrasse uma espécie de alento nestas recordações. Em vez disso, no entanto, hesitava entre uma fúria amarga e uma apatia curiosa e limitava a sua capacidade de sentir a pouco mais que um encolher de ombros.

Foi-se acalmando, sentado debaixo do carvalho a ver nascer a aurora. *Se sou inútil,* pensou, *não será melhor dispor simplesmente de mim?*

Não tinha qualquer obrigação de continuar a viver, nem sequer de caminhar mais meia dúzia de metros. Não havia um Deus que o censurasse ou consolasse: a única inteligência a que respondia era a sua.

A leste, uma luz rósea iluminou as nuvens baixas ao mesmo tempo que Luke enumerava razões para viver e as ia achando insuficientes. Em tempos, a ambição fizera-o vencer a pobreza e a vergonha, mas isso pertencia já a uma era perdida. Sentia-se lento e confuso, mas de qualquer maneira de que serviria uma mente lúcida ligada a uma mão mutilada? Em tempos, o amor por Cora poderia tê-lo alimentado, mas também isso perdera: a indignação dela não o extinguira, não propriamente. Apenas o transformara em algo secreto e furtivo, de que se envergonhava. Lamentaria ela a sua morte? Supunha que sim, e imaginou-a com um daqueles vestidos pretos que tornavam a sua pele tão pálida, e invocou a imagem de William Ransome a levantar os olhos dos livros para a observar, os lábios um pouco entreabertos, uma lágrima a brilhar-lhe no rosto... Ah, sem dúvida ia lamentá-lo: afinal era uma coisa que fazia tão bem...

Tentou imaginar o sofrimento da mãe. Até ao momento não pusera a fotografia dele sobre a pedra da lareira, mas talvez encontrasse uma moldura de prata barata no mercado e lá pusesse um dos seus caracóis de bebé. Depois havia Martha, claro. A recordação quase o fez esboçar um sorriso. O que tinham feito naquela noite de verão dera prazer aos dois, mas ao mesmo tempo fora um fraco sucedâneo. *Que trapalhada*, pensou. *Que trapalhada em que nos metemos*. Se o amor fosse um arqueiro, alguém lhe tinha arrancado os olhos e deixara-o à solta a atirar às cegas, sem nunca acertar no alvo.

Não, não havia razão para continuar. O melhor era deixar cair o pano no momento que entendesse. Levantou os olhos para os ramos do carvalho e pareceram-lhe suficientemente fortes para fazer uma forca.

Mais um momento na Terra, com a neblina a dissipar-se, e depois, visto que não havia nem um Inferno a evitar nem um Céu a conquistar, desapareceria com o barro do Essex debaixo das unhas e o aroma da madrugada nos pulmões. Respirou profundamente e no ar sentiu todas as estações: a verdura da primavera na erva e algures uma rosa-silvestre a florir, o aroma furtivo dos fungos que cresciam à volta do tronco do carvalho e por baixo algo mais áspero numa promessa de inverno.

Uma raposa aproximou-se e voltou os olhos amarelados para ele. Depois recuou e ficou a observá-lo. Por fim esfregou a cabeça, estudou a posição dele no seu território, concluiu que ele era capaz de ficar e, perdendo o interesse, enfiou o focinho na mancha branca do peito. A seguir desceu a colina com sofreguidão, aos saltos, detendo-se ora para observar alguma coisa no meio da erva ora de patas estendidas com as unhas de fora, até a sua cauda flamejante desaparecer. Nessa altura, Luke sentiu um amor por ela que quase o fez chorar, e soube que nunca um homem tivera despedida mais bela.

7

Mais ou menos na mesma altura em que Luke escolhia a sua forca entre os carvalhos do Essex, Banks estava sentado ao lado de uma fogueira perto dos ossos carbonizados do Leviatã, a escrever no diário de bordo: *Visibilidade fraca, vento de nordeste, maré alta 6.23.* Embora tivesse visto o grande peixe de prata com a barriga aberta do meio do sapal, Banks sabia, com uma certeza que começara a sobrepor-se a todas as outras, que a Serpente do Essex não fora encontrada. Como poderia ter sido, se todas as noites acordava com o seu bafo no rosto, e esperava acordar coberto pelas suas asas negras? Quando toda a aldeia de Aldwinter celebrara, esgotando os barris de sidra até à última gota, Banks sentara-se afastado, sozinho, a pensar na filha perdida e no seu cabelo cor de coral.

— Sozinha, abandonada — dissera em voz alta —, com a marca da Serpente.

Oh, não tinha dúvida de que andava por ali alguma coisa. Vira-a e marcara-a: era negra, nalguns sítios estriada, e tinha um apetite insaciável. Banks afogara as mágoas em mau *gin*, e com isso protegia-se das piores imagens que o atacavam durante a noite, mas ali, de frente para a maré que subia, essas imagens voltavam com vivacidade: a serpente no Blackwater com os olhos amarelados, o focinho arredondado e a maneira como abraçava a filha, que tentava fugir-lhe no meio da escuridão.

— Fiz o que pude para a proteger — disse Banks em voz alta, com os olhos húmidos, a olhar à volta em busca de uma testemunha e sem encontrar nenhuma. Naomi nascera com uma membrana, e matara a mãe ao nascer, e ele fizera o que faria qualquer bom marinheiro e pusera um pedaço da membrana num medalhão que ela trazia sempre para afastar os espíritos. – Fiz tudo o que pude – repetiu, e o nevoeiro aproximou-se e deteve-se junto da fogueira.

Banks tirou uma garrafa do bolso e despejou-a até à última gota. O álcool irritou-lhe a garganta e teve um ataque de tosse que o fez dobrar-se sobre si mesmo. Quando levantou a cabeça viu, a observá-lo placidamente do outro lado da fogueira, o rapaz de cabelo negro, filho da mulher de Londres que se metera com o reverendo.

– Não é um bocado cedo para andares por aqui? – perguntou-lhe.

O miúdo sempre lhe mexera com os nervos, com aquele olhar fixo e o hábito de apalpar constantemente os bolsos. Se a besta tinha mesmo de levar uma criança podia bem ter escolhido aquela, que o arrepiava sempre que a via e que uma vez apanhara a roubar cinco doces azuis na loja da aldeia!

– Mas não é a mesma hora para mim e para si? – inquiriu Francis Seaborne. – Também viu?

– De que é que estás a falar? O que é que queres? – perguntou Banks, decidido a negar a existência da serpente. – Não anda aqui ninguém, rapaz, não há nada para ver.

– Não acredito que o senhor pense isso – comentou Francis, que se aproximou. – Porque se pensasse o que estava aqui a fazer? E o que está a escrever no seu livro? Não faz sentido.

– A visibilidade é má – retorquiu Banks, que acenou para o rapaz com o livro de bordo. – E está a piorar. Mal te consigo ver a ti, quanto mais ao Blackwater.

– Eu consigo – disse o rapaz, e tirou do bolso uma mão com que apontou para leste, onde o nevoeiro formara um banco por cima do sapal. – Tenho boa vista. Ali. Não está a ver?

– Onde está a tua mãe? Ela deixa-te sair assim? Vai-te embora. Onde é que ias?

Francis afastou-se da fogueira e desapareceu na neblina branca deixando Banks sozinho por um momento. Depois uma figura delgada apareceu um pouco à esquerda de Banks.

– Então não viu? – perguntou outra vez. – Não está a ouvir?

– Não, não há ali nada – disse Banks, e pôs-se de pé num salto atirando terra salgada à fogueira. – Não há ali nada e eu vou para casa, e tu deixa-me em paz. Até hoje só houve uma criança que lhe pegou e essa criança já partiu e não vai voltar.

A mão fria na dele tinha uma força sem qualquer proporção com os pequenos dedos e o rapaz insistia em puxá-lo para junto da água.

– Olhe melhor, olhe com atenção. Não está a ver?

Banks sacudiu-o, com medo, não do que pudesse encontrar-se ali no meio da lama, mas do rapaz, que o olhava de forma implacável.

– Agora vou para casa – informou Banks, e voltou-se, mas nessa altura ouviu alguma coisa mover-se ali perto.

Era um som curioso, baixo, abafado pelo nevoeiro intenso. Lembrava um ranger de dentes lento, ou alguma coisa que procurasse firmar-se na areia. Depois ouviu-se um gemido um tanto agudo que terminou numa espécie de guincho e o ar esbranquiçado e espesso levantou-se com o vento e Banks viu a curva baixa de alguma coisa escura, reclinada, nalguns sítios lisa e brilhante, noutros irregular e áspera. Deslizava sobre a areia grossa, e voltou a ouvir-se um gemido. Banks chamou o rapaz, mas o nevoeiro envolveu-o num sudário pálido e deixou de ver o que quer que fosse. Por fim, viu as brasas da fogueira e correu para elas, aos tropeções no meio da lama e dos tufos de erva do sapal. Caiu e sentiu a rótula deslocar-se debaixo da pele, e depois arrastou-se para casa a coxear. Pelo caminho foi-se sentindo aliviado apesar do terror. *Afinal sempre tinha razão! Era eu que tinha razão!*

Entretanto, Francis não recuou. Supôs que sentia medo porque tinha as palmas das mãos transpiradas e a respiração entrecortada, mas do seu ponto de vista isso não era razão para voltar costas. Era raro pensar em Cora, não por desdém, mas porque a mãe era uma constante e por isso não lhe parecia que se justificasse perder muito tempo com ela. Mas nesse momento lembrou-se dela, e de como tantas vezes se inclinava sobre um fragmento de rocha e o desenhava, e de como o chamava para lhe ensinar os nomes das coisas que encontrava. Talvez pudesse fazer o mesmo ali, ou uma coisa do mesmo tipo: observar um fenómeno o mais de perto possível, fazer um relatório e mostrar-lho. A ideia deixou-o satisfeito. Avançou e, para lá de uma cortina pálida, o sol sobrepunha-se por fim ao nevoeiro. A lama molhada tinha um brilho dourado e a água começava a correr em pequenos regos na direção da areia. Foi então que voltou a ouvir o ranger e a alguns metros de distância uma forma escura deslizou e mostrou-se tão lentamente como se se tivesse materializado a partir do ar. Francis avançou mais um passo. Uma rajada de vento de leste varreu o nevoeiro e houve um momento em que a visão foi tão clara que percebeu com nitidez o que fora lançado à costa.

Francis catalogava os sentimentos com o mesmo rigor com que catalogava os seus tesouros: a primeira coisa que sentiu foi alívio, e com isso a sua respiração tornou-se mais regular e o coração começou a bater mais devagar, a seguir foi desapontamento, e quase ao mesmo tempo chegou o divertimento. O riso dominou-o com tal intensidade que não conseguiu suprimi-lo; teve de o libertar como se se tratasse de tosse, ou de um vómito. Por fim, o riso acalmou-se e Francis voltou a si. Secou os olhos na manga do casaco e pôs-se a pensar no que fazer. O que vira desaparecera, escondido por trás de um novo banco de nevoeiro, ou arrastado pela maré, e era importante decidir o que fazer. Para começar, teria de contar a alguém, e foi em Cora que pensou em primeiro lugar. Mas não, era melhor não. Não devia ter saído de casa tão cedo, e isso levou-o a imaginá-la a pôr de parte o que ele tinha a contar para lhe explicar que agira mal, e a ideia pareceu-lhe intolerável. Depois lembrou-se de Stella Ransome, e de como a visitara no caramanchão azul, e de como o deixara mexer nos tesouros dela, e como percebera logo as coisas que ele levava nos bolsos, a moeda deformada, o fragmento de ovo de gaivota e o ouriço vazio de uma castanha. Estava tão habituado a ver as coisas dele encaradas com desconfiança ou estranheza que o afeto espontâneo de Stella conquistara a sua lealdade infinita. Ia contar-lhe o que vira e ela dir-lhe-ia o que fazer.

Querida Mrs. Ransome,

Tenho uma coisa para lhe contar. Por favor, queria visitá-la a uma hora que lhe convenha.

Atenciosamente,

Francis Seaborne

PS Vou pôr esta carta por baixo da porta para poupar tempo.

8

O Dr. Garrett viu um ramo suficientemente forte para aguentar um homem pesado. Morrer enforcado era sem dúvida desagradável; teria preferido uma queda e um pescoço partido a uma pressão prolongada no pescoço, mas percebia o que ia acontecer, e como a língua ia descair, os intestinos relaxar-se e os vasos sanguíneos desenhar teias vermelhas nos seus olhos, e nunca receara nada que percebesse. Desapertou a fivela do cinto usando especialmente a mão ferida (já não importava se produzia alguma lesão ou se pressionava demasiado os pontos) e quando voltava a apertá-lo para formar o nó passou o polegar sobre os desenhos que formavam o símbolo que a fivela descrevia. Ali estava, a cobra enroscada, a marca do seu ofício: a língua estendida sublinhada com os instrumentos do gravador, o olho... Parecia troça. Já não tinha direito a usá-la. E pensar que em tempos exibira orgulhosamente um símbolo de deuses, de deusas! Pior, isso recordou-lhe Spencer, o seu rosto longo e ansioso, a sua lealdade, o seu hábito de o seguir com a intenção de prevenir algum desastre. Era extraordinário que quando se sentara junto da forca a considerar uma a uma as razões para viver não tivesse pensado uma só vez no amigo. Era como se a sua presença fosse tão constante, tão segura, que tivesse deixado de a notar. Voltou a passar os dedos sobre o símbolo, perturbado com a sua intromissão, e procurou igualmente pôr Spencer de lado. No fim de contas, era um homem adulto, com bolsos tão fundos como o seu coração era grande, à primeira vista aparentemente apagado, mas de maneira geral apreciado: sentiria a falta de Luke, mas como se ele tivesse partido para outro país. Só que Luke sabia que isto não era verdade. Desde que se tinham sentado lado a lado nos bancos da universidade a dissecar mãos amputadas para observar os ossos e os tendões que lá se escondiam, Spencer dedicava-lhe uma amizade mais firme do que algum irmão lhe poderia ter dedicado. Suportara com paciência todos os insultos e humilhações (e haviam sido muitos); com a sua riqueza e boas maneiras protegera-o da cólera de professores e credores; com a sua aprovação silenciosa tornara possíveis todos os pequenos passos de Luke em direção ao seu objetivo. Aos poucos, tinham estabelecido uma intimidade mais fácil que a que cada um experienciara com qualquer amante. Luke recordava uma ocasião em que Spencer, depois de ter bebido de mais, adormecera encostado ao seu ombro e como ele não se mexera por receio de o acordar, apesar de sentir o braço dormente. Depois pensou nele nesse preciso momento, talvez a acordar no George com o seu pijama absurdo às riscas com monograma, o cabelo louro com entradas, provavelmente a pensar em Martha e depois no amigo no quarto ao lado, em como se vestiria demasiado bem e desceria para comer o seu ovo a tentar adivinhar quando acordaria Luke, e em como acabaria por ficar preocupado quando ele não aparecesse e iria bater-lhe à porta. Chamaria a polícia ou iria ele próprio à sua procura? Encontraria o amigo enforcado, com a fivela enterrada na pele por trás da orelha? Tentaria soltá-lo do ramo?

Não, era impossível pensar em fazer tanto mal, mas por outro lado era injusto: teria de continuar a lutar contra a indiferença por causa de George Spencer? Era humilhante que nem a glória profissional nem a perspetiva de vir a possuir Cora Seaborne pudessem manter o seu pescoço fora do nó, que esse papel pertencesse simplesmente a um amigo. Humilhante e um novo fracasso, tão perto do fim! A calma que sentira desapareceu e, em seu lugar, surgiu a raiva familiar: chicoteou a erva de forma selvagem com o cinto, atirando pelo ar pedaços de lama, ao mesmo tempo que por trás dele alguma coisa se movia nos ramos do carvalho porque vira o Sol nascer.

Pouco depois do meio-dia, Spencer estava parado à frente do Hotel George a torcer as mãos quando viu uma carruagem parar. O condutor abriu a porta e estendeu a mão para receber e por fim Luke apareceu, com a mão ferida aconchegada contra o ombro e o cabelo preto em pé. A indignação de Spencer desvaneceu-se quando viu como o outro homem o olhava fixamente, com uma ferida no rosto como se tivesse caído.

– Meu Deus, o que é que te aconteceu? – perguntou Spencer, estendendo a mão para o ajudar a entrar. No entanto, Luke enxotou-o como uma criança petulante e entrou no átrio do hotel à frente dele enquanto o cocheiro contava as moedas. – De onde é que ele vem? – perguntou-lhe Spencer. – A que distância estava?

O cocheiro não respondeu. Limitou-se a abanar a cabeça em reprovação e a fazer um sinal expressivo com o indicador na testa. *Doido varrido, aquele.* Num andar superior, uma porta bateu e fez estremecer as janelas. Spencer subiu as escadas a correr.

O amigo estava encostado à janela a observar as ruas de Colchester. Todo ele estava rígido. Ocorreu a Spencer que podia lançar-se da janela e desfazer-se em pedaços no chão.

– O que aconteceu? – perguntou Spencer, aproximando-se. – Está tudo bem?

Quando Luke se voltou, Spencer sentiu-se gelar com a amargura do seu olhar.

– *Bem?!* – disse Luke, e na sua boca os dentes rangeram uns contra os outros. Quase parecia que queria rir-se. Depois abanou a cabeça e rosnou, antes de se lançar sobre Spencer e atingi-lo com a mão esquerda na têmpora, rasgando-lhe a pele sobre o olho. Spencer chocou contra uma cómoda feia e praguejou. Por trás das estrelas que lhe dominaram a visão, Luke, no meio da sua raiva e infelicidade, atirou-lhe:

– Se não fosses tu, já estava tudo resolvido, tudo acabado. Valha-me Deus, para de olhar para mim! *Nunca te quis aqui!*

Depois, como se houvesse estado preso por um fio que alguém tivesse cortado de repente, caiu de encontro à porta fechada e enroscou-se, agarrado à mão enrolada em compressas. Não fez nada simples como chorar; soltou um gemido grave e ritmado, que mais parecia de um animal que de uma pessoa.

– Lamento muito – disse Spencer, um pouco timidamente. – Não serve de nada. Não vou desaparecer. – A seguir, cautelosamente, preparado para outro golpe, sentou-se ao lado do amigo, e mantendo uma respeitável distância inglesa deu-lhe uma palmada no ombro. Depois de uma pausa pôs-se a esfregá-lo com violência, como ao pelo de um cão a que tivesse perdoado uma má ação. – Não me vou embora. É melhor chorares. Era o que eu fazia. E depois vamos tomar o pequeno-almoço e

vais sentir-te muito melhor. – A seguir, corando violentamente, inclinou-
-se e beijou o amigo no sítio onde os seus caracóis se afastavam numa
risca, pôs-se de pé. – Limpa-te e muda de roupa. Eu espero por ti lá em
baixo.

Stella Ransome
Reitoria de Todos os Santos

22 de setembro

Querido Francis,

Obrigada pelo teu bilhete. Nunca tinha visto uma letra tão bonita!

Tens de vir visitar-me o mais cedo possível, até porque estou sempre em casa, e ansiosa por saber o que tens para me contar.

Se antes de vires encontrares alguma coisa azul gostava muito que a trouxesses.

Com amor,

Stella

Cora Seaborne
2, Largo de Aldwinter
Aldwinter

22 de setembro

Querido Will,

Quanto tempo ficaste sozinho debaixo das faias no escuro? Conseguiste dormir quando foste para casa? Sentes-te perturbado? A culpa já chegou? Evita-a se puderes. Por mim, não sinto nenhuma.

Já chegou a manhã e por causa do nevoeiro a luz no meu quarto é curiosa, e também o cheiro do estuário – às vezes penso que nunca vou escapar a este cheiro, como se já me tivesse afogado nele. O nevoeiro está tão próximo da casa que tenho a impressão de que toda ela flutua numa nuvem.

Alguma vez te falei do pomar dos meus pais? As árvores eram preparadas para crescer em filas ordenadas por uma espécie de estrutura de madeira: lembro-me de pensar que tinham sido torturadas para abandonar a forma natural e durante dois anos não comi a fruta que elas deram.

Recordo-me de certa vez termos almoçado nesse pomar. Devia ser uma criança porque me lembro de usar o cabelo em tranças, e de ser louro, como quando eu era pequena. E devia ser primavera porque as flores voavam para as nossas chávenas e para os nossos pratos e eu tentei fazer uma coroa de flores. Nesse dia tivemos um convidado, não me lembro do nome dele, um dos amigos do meu pai, um homem tão engelhado e com uma cor tão amarelada que parecia ele próprio uma maçã, mas que tivesse ficado demasiado tempo na fruteira por comer.

Mas do que me recordo melhor é do seguinte. A certa altura disse-me: «Há duas palavras na língua inglesa que se escrevem da mesma maneira, se pronunciam da mesma maneira, e têm significados opostos. Que palavras são essas?» Eu não consegui descobrir a resposta, o que o deixou encantado. Disse ele, com um floreado como os que os mágicos fazem quando tiram lenços de seda das mangas, que era «cleave». O verbo significa agarrarmo-nos a alguma coisa com todas as nossas forças, mas se se aplicar a um objeto significa fendê-lo em duas partes.

A noite passada essa palavra ocorreu-me com tanta clareza como se tivesses sido tu a falar-me disto apenas algumas horas antes. A recordação confundia-se com as flores de maio a florirem e o rasgão na bainha da tua camisa. Nunca consegui explicar o que acontece aqui nas nossas cartas, ou quando nos sentamos juntos numa sala aconchegada, ou quando passeamos pelo bosque, e nem sequer sei se isso é necessário, nem sequer agora que ainda te sinto em mim. Seja como for, por agora essa palavra é a melhor que encontro.

Estamos juntos e estamos separados, tudo o que me aproxima de ti me afasta de ti.

Vou mandar esta nota pelo Francis, que diz ter uma coisa para contar a Stella. Além disso, tem mais objetos para lhe dar: um bilhete de autocarro azul de Colchester e uma pedra branca com uma fita azul. A Martha diz que vai com ele e leva um frasco de doce de ameixa.

Cora

9

– Está com muito bom aspeto – disse Martha com sinceridade, mas também um pouco assustada. Stella Ransome parecia ter demasiada vida. – Tem a certeza que não estamos a incomodá-la? O Frankie queria vir e diz que tem prendas para si, e a Cora manda-lhe doce, mas desconfio que não esteja no ponto. O dela nunca solidifica.

Stella estava sentada no coxim azul, embrulhada em vários cobertores. Vira-os atravessar o largo, primeiro a lanterna a oscilar no nevoeiro e depois as duas figuras rodeadas por um halo. Por momentos chegara a pensar que era o chamamento, mas concluíra que era pouco provável que os anjos que a vinham recolher lhe batessem à porta. Além disso, o rapaz de cabelo preto avisara que vinha contar-lhe qualquer coisa.

– Sinto-me bem – assegurou ela. – Sinto o coração a bater depressa e com força e a minha mente a abrir-se como uma flor azul. A minha passagem pela Terra é breve e gostava muito de a viver intensamente. Frankie! – mostrou-se satisfeita por ver o rapaz. – Senta-te aqui ao pé da janela, onde eu possa ver-te bem. Não tão perto. Tenho tido alguma tosse nos últimos dias, mas nada grave.

– Trouxe-lhe algumas coisas – disse Frankie, que se ajoelhou a uma distância discreta e lhe apresentou o bilhete de autocarro, a pedra com a fita azul e um papel de rebuçado da cor de um ovo de pisco – Azul-petróleo, cião e azul-marinho – descreveu, tocando em cada uma à vez. Depois meteu a mão no outro bolso e tirou um envelope branco. – E depois tenho isto, que é uma carta da minha mãe para o seu marido.

– Cião – repetiu Stella encantada. – Cião! Azul-petróleo! – Realmente aquele rapaz tinha um encanto inexplicável. Os seus próprios filhos voltavam para casa no dia seguinte. Também compreenderiam? Desconfiava que não. – Coloca os teus tesouros no peitoril da janela, ali, onde eu deixei aquele espaço, e vamos dar a carta ao William. Ele vai ficar contente, não a encontrou quando ela veio cá.

Depois voltou-se para Martha, que perguntava a si mesma o que Stella veria e não veria.

– Ele está em casa? – perguntou Martha, com curiosidade.

Cora chegara tarde no dia anterior, estonteada como se tivesse bebido, embora o seu hálito não deixasse transparecer qualquer cheiro a álcool, e dissera: «Demos um passeio tão grande.» Depois enroscara-se num cadeirão e adormecera.

– Está no jardim a dar de comer a *Magog*, se conseguir encontrá-la no meio deste nevoeiro. A Jo volta para casa amanhã e a primeira coisa que vai fazer é ir ver como ela está e vai querer saber o que ela anda a comer pela manhã e se ainda sente a falta de Cracknell. Vá ter com ele. Porque não lhe vai levar a carta?

Stella piscou o olho a Francis, que percebeu que a nova amiga queria ficar a sós com ele e se sentiu cheio de satisfação.

– Tenho uma coisa para lhe contar – disse ele assim que Martha saiu. Estava precisamente onde lhe haviam dito que ficasse, muito direito e rígido, consciente da importância do que tinha para dizer.

– Foi o que percebi – respondeu Stella. *Deixai vir a mim os pequeninos!* Os seus próprios filhos estavam prestes a chegar, e, entretanto, ali estava outra criança, que teria embalado se pudesse. Por vezes olhava para os próprios braços e tinha a impressão de ver amor sair-lhe pelos poros. – E o que é? Sabes que não vou ficar aqui muito mais tempo, por isso tens de te despachar.

– Desobedeci à minha mãe – contou Francis, um pouco a medo. Não considerava que se tratasse de nenhum pecado, mas tinha notado que não era uma ação olhada com favor pela maior parte das pessoas.

– Ah – disse Stella. – Não te preocupes. No fim de contas, Cristo não veio pelos justos, mas para chamar os pecadores ao arrependimento.

Francis não sabia, mas, aliviado por ver que não lhe iam ralhar, aproximou-se um pouco, enquanto dentro do bolso brincava com o botão entre o indicador e o polegar.

– Hoje de manhã levantei-me às cinco e meia e fui para o sapal e estava lá aquele homem, o Banks, e havia muito nevoeiro. Eu queria vê-la. A Serpente. O Problema. Aquilo que dizem que está na água. Disseram-me que a encontraram, mas eu não tinha a certeza porque não a vi.

– Ah, a Serpente do Essex, a minha velha adversária, a minha inimiga! – Os olhos de Stella brilhavam e a cor das faces espalhou-se por todo o seu rosto. Inclinou-se um pouco e confidenciou-lhe: – Eu ouço-a, sabias? Ela fala-me em sussurros e eu escrevo o que me diz.

Folheou o bloco de apontamentos azul e mostrou-o a Francis, que viu, em duas colunas muito direitas, «cá vou eu».

– Não tenhas medo – aconselhou Stella, sem saber se teria assustado o rapaz. – Nós percebemo-nos um ao outro, como eu sempre disse. Eles foram enganados, Francis. Eu conheço o inimigo, e ele pode ser aplacado. Não seria a primeira vez.

Olhou para as mãos e leu-as. Sem dúvida havia marcas nos sítios onde as linhas da vida cruzavam as da memória. Levantou-as e mostrou-as a Francis, mas o rapaz não viu nada.

– Bom – explicou ele –, havia muito nevoeiro e eu não consegui ver bem, mas depois ouvi um barulho e lá estava. – E agitou um braço como se a Serpente do Essex pudesse saltar de trás da mesa. – Estava ali mesmo, grande e escura e a mexer-se. Se tivesse atirado uma pedra acertava-lhe. Bom, olhei e olhei e tentei chamar o Banks, mas ele não queria ir. Mas depois o nevoeiro desapareceu e veio o sol e eu vi o que era.

Contou-lhe o que vira e como tinha rido, e como depois o nevoeiro e a maré a levaram.

– Oh! – exclamou ela, um pouco incrédula, como ele receara, um pouco dececionada, e depois: – Oh! – e também ela se rira sem conseguir parar.

Francis observou-a, recordando como o pai uma vez se agarrara ao pescoço como se isso pudesse acalmar a dor. A doença do pai interessara--lhe sem o perturbar, mas quando os olhos de Stella ficaram marejados de lágrimas os dele responderam. Não deveria ajudá-la? Avançou alguns passos e deu-lhe um copo de água. O ataque passou e ela bebeu agradecida. Depois, com as mãos no colo, perguntou-lhe:

– Bem, Francis, e agora, o que vamos fazer quanto a isto?

– Acho que devíamos mostrar-lhes – respondeu ele. – Devíamos ir lá a baixo e mostrar-lhes.

– Mostrar-lhes... – meditou ela. – Sim, a substância das coisas esperada, a evidência das coisas que não são visíveis... – Tocou com os

353

dedos as gotas de suor que se tinham formado sobre o lábio superior. – As pessoas que viviam na escuridão vão ver uma luz imensa! Vamos libertá-las do medo. Dá-me o caderno e a caneta. Estou sempre cheia de vontade de escrever. Anda cá – e bateu no lugar vazio ao lado dela, onde Francis se ajoelhou, inclinado sobre o braço de Stella, a vê-la folhear o caderno escrito com tinta azul. – Já te mostro o que vamos fazer nós os dois. – Começou a desenhar, esquecido o momento de fraqueza. O seu corpo pequeno e frágil irradiava vitalidade e determinação. – O meu momento chegou – disse Stella. – As areias estão a afundar-se, ouvi-a chamar! Estou mergulhada até aos tornozelos em água azul...

Francis não soube se havia razão para ficar preocupado, ou se devia chamar Martha. As mãos brancas de Stella tremiam, as palavras que pronunciava eram como fiadas de contas brancas entrelaçadas, e as pupilas negras dos seus olhos haviam-se espalhado pelas íris. Mas Stella estendeu o braço e atraiu-o para ela, e Francis, que não suportava as tentativas tímidas da mãe para o mimar, encostou-se a ela e sentiu o calor do seu braço e do seu pescoço.

– Sem ti não consigo – disse-lhe ela em tom de confidência. – Sozinha não consigo, e quem é que me compreende sem seres tu, Frankie? Quem poderia ajudar-me?

Depois explicou-lhe qual era a ideia dela. Qualquer outra criança teria ficado assustada, ou teria apoiado a cabeça no ombro dela e chorado. No entanto, quando ela pegou no caderno de apontamentos e lhe mostrou a parte que lhe caberia, ele teve pela primeira vez a impressão de ser querido, e não porque isso fosse um dever de alguém. Era uma sensação nova, que examinou e em que voltou a pensar mais tarde, quando ficou sozinho. Achou que podia ser orgulho.

– Quando vai ser? – perguntou-lhe.

Ela rasgou as páginas do caderno (Francis admirou a maneira clara como ela desenhara os planos, e o cuidado com que planeara tudo) e meteu-as no bolso dele.

– Amanhã – respondeu. – Depois de ver os meus meninos. Ajudas-me? Prometes?

– Ajudo – confirmou ele. – Prometo.

*

No jardim, Martha observava como Will tentava adornar *Magog* com uma coroa de boas-vindas, mas a cabra, que estava a ficar gorda com os restos com que a alimentavam, não a aceitava e olhava-o de uma maneira que ambos percebiam significar que nunca teria ocorrido a Cracknell sujeitá-la a tal indignidade. Por fim, recuou para um extremo do jardim escondido na bruma com os seus olhos entreabertos.

– Quando é que os miúdos voltam? – perguntou Martha. – Deve ter sentido a falta deles.

– Tenho rezado por eles todos os dias – respondeu Will. – Nada tem corrido bem desde que se foram embora.

Parecia muito jovem, com uma camisa rasgada no ombro e bagas vermelhas da coroa abandonada presas no cabelo. Abandonara a voz do púlpito, que substituíra pela pronúncia de província, com as suas vogais arrastadas. O efeito era curioso, e parecia chamar mais que nunca a atenção para os seus braços musculados.

– Voltam amanhã, no comboio do meio-dia.

Martha deteve-se um pouco a observá-lo. Atrever-se-ia a perguntar--lhe onde fora o passeio do dia anterior com Cora? Não estaria também ele um pouco estranho desde então, um pouco inquieto? Talvez fosse por os filhos voltarem para casa, e entretanto Stella ardia de febre na sua sala azul.

– Estou cheia de vontade de voltar a vê-los – afirmou Martha. – De qualquer maneira vinha trazer-lhe isto – disse-lhe e entregou-lhe a carta, que ele olhou sem nenhum interesse particular.

– Pode deixá-la aí – respondeu ele. – Tenho de ir buscar a *Magog*.

E, levantando-se, fez a Martha uma vénia curiosa, meio irónica meio cómica, e desapareceu no meio do nevoeiro.

Quando voltou a casa para levar Francis, Martha ficou parada sem crer no que via. Frankie, que mesmo em criança não aceitava facilmente que lhe pegassem, estava sentado ao colo de Stella com os braços à volta do pescoço dela. Ela tinha passado um tecido azul à volta dos dois e embalava-o docemente.

Mais tarde, o que Martha viria a recordar mais vivamente desses últimos dias nebulosos foi isso: a mulher de William e o filho de Cora, unidos como pedaços de louça colados.

O rapaz dos olhos negros voltou e mostrou-me o caminho.

O SENHOR seja louvado Oh minha alma!
E tudo isto estava dentro de mim Deus abençoe o Seu santo nome!

Não afastes de mim este cálice pois estou sedenta

Ah e tenho a língua seca

10

– Não é uma boa manhã para isso – disse Thomas Taylor vigiando a rua de Colchester iluminada pelos candeeiros.

Levantou o braço e viu em cada fibra do casaco uma gota de humidade a brilhar à luz artificial. O nevoeiro vindo do mar descera sobre a cidade havia dois dias e, embora Colchester tivesse sido poupada ao sudário de maresia que rodeara Aldwinter, as ruas estavam ainda assim estranhamente silenciosas. Apenas de quando em vez alguém tropeçava no passeio ou caía nos braços de um desconhecido. Atrás dele, nas ruínas, os braços de névoa deslocavam-se sobre as carpetes e suspendiam-se em armações metálicas inúteis, e além disso alguns hóspedes imaginativos do Red Lion asseguraram ter visto uma silhueta cinzenta correr os cortinados da janela mais alta.

Nos últimos tempos, Taylor costumava estar acompanhado por um aprendiz que se sentava numa laje junto dele de pernas cruzadas. Era um rapaz ruivo de aspeto um pouco estranho, magro e calado, que ouvia as instruções de Taylor com atenção e nas manhãs em que o tempo estava melhor fazia boas caricaturas dos turistas, que se separavam de boa vontade de meia dúzia de moedas em troca da recordação e muitas vezes voltavam para lhe pedir mais.

– Não se vê um palmo adiante do nariz – queixou-se o discípulo. – Ninguém nos vê. Mais valia irmos para casa.

Taylor encontrara o miúdo havia um mês, enrolado no que em tempos fora a sala de jantar, a dormir com uma pedra caída por almofada. Por mais que tivesse perguntado não conseguira descobrir de onde viera, ou para onde ia. O rapaz limitara-se a falar de um rio e de uma longa caminhada, e de facto as bolhas nos pés e as feridas nos joelhos indicavam que fizera uma viagem que não fora fácil. Taylor lá se arrastara como pudera por aqui e por ali até tirar o rapaz da casa em ruínas com admoestações sérias sobre os perigos que correra e depois mandara-o ao café do outro lado da rua buscar dois chás e a maior sanduíche de presunto que lhe fizessem. *Nunca mais vejo aquele dinheiro*, pensara ao ver o miúdo afastar-se a arrastar um pé ferido, mas ao fim de algum tempo lá voltara ele com um pacote de papel e duas chávenas a fumegar.

— Chegaste há pouco tempo? — perguntara-lhe, vendo-o comer com dentadas ao mesmo tempo delicadas e decididas, mas não obteve resposta.

A refeição produziu efeito e a criança aceitou o mais limpo dos muitos cobertores de Taylor e quando encontrou um pedaço de carpete lá concluiu que era mais ou menos seguro dormir algumas horas seguidas. Taylor ficou encantado com a descoberta de que não há nada que toque o coração como uma criança adormecida com um rosto sujo e nessa tarde ganhou o dobro do costume. A sua avareza natural pôs-se a desafiar o seu bom coração; quando o rapaz acordou, procurou de novo descobrir de onde ele vinha e quem eram os pais, além de ter feito uma referência discreta ao polícia da terra. Estas linhas de inquérito depararam-se com silêncio e pânico, respetivamente, de modo que Taylor achou justificado oferecer-lhe sociedade num negócio florescente, de que fariam parte cama e roupa lavada. Para mostrar a sua boa-fé, entregou-lhe uma proporção modesta dos ganhos do dia, que o rapaz observou com surpresa durante algum tempo antes de os contar e guardar cuidadosamente no bolso.

— Olha que eu tenho uma filha — tranquilizou-o Taylor. — Não estou à espera que tomes conta de mim, embora não fosse má ideia empurrares aqui o velho carro, que as minhas mãos estão a ficar com artrite. Até acho que ela vai gostar de te ter por lá, porque nunca chegou a casar. Não queres dizer-me como te chamas? Não? Bom, se não te importares, vou chamar-te *Cenourinha*, como um gato que eu tive em tempos, porque acho que podemos fazer boas caçadas os dois.

E na realidade deram-se muito bem. A filha de Taylor já lhe tinha aturado bem pior e além disso achava que por o pai não ter pernas seria de esperar que uma vez por outra fizesse uma maluquice qualquer. O *Cenourinha* nunca desenvolveu aquilo a que Taylor chamava o dom da palavra, mas bastava darem-lhe papel e lápis para ficar satisfeito, apesar de uma vez por outra lhe ter dado para fazer febrilmente desenhos um bocado extravagantes que Taylor nunca conseguiu perceber o que representavam.

– O melhor é irmos para casa – disse o rapaz, tentando ver alguma coisa através do nevoeiro.

Mas nessa altura começaram a ouvir aproximar-se um grupo que vinha dos lados da torre de St. Nicholas, e Taylor preparou-se:

– Esconder-nos só por causa de um bocadinho de nevoeiro não é bom negócio – opinou, e fez tilintar o chapéu. O grupo aproximou-se e as suas vozes ouviram-se: *Só uns minutos para vermos como ele está, o que é que acham? James, não te deixes ficar para trás que temos de apanhar o comboio* e *estou cheio de fome e tu prometeste...*

– Ora se não são os meus velhos amigos – disse Taylor, que vislumbrou uma casaca escarlate e um chapéu de chuva com ponta de bronze. – Mr. Ambrose...

Mas nessa altura ouviu-se uma porta a abrir e os amigos do aleijado desapareceram um a um entre as vidraças brilhantes do Hotel George.

– Que diabo, *Cenourinha!* – protestou Taylor, procurando o rapaz e não o vendo. – É um cavalheiro muito generoso! O que aconteceu? Onde é que te meteste?

O aprendiz tinha abandonado o posto sem fazer ruído e sentara-se por trás da coluna de mármore, a fazer beicinho para tentar conter as lágrimas.

Miúdos!, pensou Taylor a revirar os olhos para o céu e dando-lhe um pedaço de chocolate. Mais lhe valia ter arranjado um cão.

– Valha-me Deus! – exclamou Charles Ambrose quando olhou para Spencer e Luke Garrett.

Spencer tinha um corte na sobrancelha direita seguro com vários pensos finos e Luke, além de ter a mão direita embrulhada em ligaduras, tinha o rosto cinzento e perdera muito peso, de tal maneira que os ossos pesados da testa lhe davam um ar ainda mais simiesco que de costume. Os dois homens estavam sentados ao lado um do outro, como rapazes que tivessem sido apanhados em falta. Katherine saudou-os de forma maternal e beijou-os a ambos no rosto, sussurrando qualquer coisa a Luke, que corou e se voltou para o lado. Tinham com eles os miúdos, que sentiram, cada um à sua maneira, qualquer coisa pesada no ambiente e fizeram o que podiam para o aliviar.

– Têm alguma coisa que se coma? – perguntou John, e percorreu o quarto com o seu olhar experiente.

– John, és um cerdo! – protestou Joanna. – Dr. Garrett, como está a sua mão? Posso vê-la? Gostava de ver os pontos. Sabe que vou ser médica? Já estudei todos os ossos do braço para mostrar ao meu pai quando chegarmos a casa: *humerus, ulna, radius...*

– Então já não vais ser engenheira... – disse Katherine, e afastou a rapariga de Luke, que ainda não abrira a boca e se limitara a encolher-se como se Joanna tivesse começado a dizer palavrões e com um olhar meio envergonhado tentara esconder a mão.

– Ainda tenho tempo para pensar – explicou Joanna. – Falta imenso tempo para ir para a universidade.

– O mais certo é não ires – matraqueou James Ransome desdenhosamente. Desde que Jo se afastara da magia para se dedicar às ciências (da mesma maneira inconsequente, em sua opinião), sentira-se deposto da posição de génio da família. – Olhe – disse ele voltando-se para Spencer e tirando uma folha do bolso –, desenhei um novo tipo de válvula para retretes. Tinha pensado que podia usá-las nas suas novas casas. Se quiser pode instalá-las gratuitamente – acrescentou, sentindo-se generoso. Também não era imune à influência marxista de Martha. – Posso registar a patente depois de fazer os seus edifícios.

– Isso é realmente muito generoso – sorriu Spencer, que observou os planos, suficientemente pormenorizados para se assemelharem a todos os que já vira.

Charles Ambrose cruzou com ele um olhar de uma gratidão quase paternal.

– Ouviu falar da Martha? – perguntou Charles, que se sentou ao lado da lareira enquanto Katherine puxava Luke Garrett de lado e tentava interessá-lo com uma conversa inconsequente qualquer.

Spencer corou um pouco, como sempre que ouvia falar da companheira de Cora.

– Escreveu-me duas vezes. Disse-me que Edward Burton e a mãe estão prestes a perder a casa. O senhorio quase duplicou a renda de um dia para o outro. Os vizinhos já foram expulsos. E entretanto as nossas coisa andam tão devagar... Ela é muito bondosa, preocupar-se assim com um homem que mal conhece.

– Eu fiz o que pude – disse Charles com sinceridade. No que dizia respeito à tentativa de transformar a lei da habitação em pedra e cal, a imagem de Luke Garrett ferido na valeta conseguira chegar onde a consciência e os argumentos falharam. Estava ciente de que nada compensava o fim das ambições de uma vida, mas pelo menos podia esforçar-se por que tudo não acabasse por se perder. – Há algum entusiasmo no Parlamento, mas aquilo que nos Comuns passa por entusiasmo era capaz de ser considerado preguiça noutro sítio qualquer.

– Quem me dera ter boas notícias para lhe dar – disse Spencer, a torcer as mãos, incapaz, como de costume, de esconder o motivo pessoal por trás da sua filantropia.

O seu rosto longo e tímido enrubesceu e Spencer penteou uma madeixa de cabelo fino com a mão. Charles, que gostava do jovem, pela sua boa natureza e candura, e que se correspondera ele próprio com Martha, sentiu o coração apertar-se de compaixão. Não seria melhor contar àquele jovem de que lado soprava o vento, e dissipar-lhe as falsas esperanças? Se calhar era, embora ele próprio não soubesse bem o que aquela mulher exasperante tinha em mente, e desconfiasse que tinha mais alguma coisa na manga. Olhou para as crianças e, vendo que estavam ocupadas com outra coisa, continuou, com delicadeza:

– Não é só por bondade que Martha se preocupa com a renda de Burton. Ao que me dizem o destino dos dois parece estar ligado.

O golpe acertou no alvo. Spencer recuou como se quisesse evitar ser atingido de novo.

– Burton? – perguntou. – Mas...

Abanou a cabeça como um cão desorientado e Charles, com a sua bondade, procurou mudar o tom da conversa.

– Ficámos tão chocados como o Spencer! Dez anos com Cora e agora troca tudo de um dia para o outro por uma cabana e uma sopa de peixe! Mas não há data marcada para o casamento, e ninguém consegue sequer imaginá-la de véu...

Spencer abriu e fechou a boca, como se tentasse pronunciar o nome de Martha sem conseguir. Parecia diminuído. Olhava com perplexidade as próprias mãos como se não soubesse onde metê-las. Charles desviou os olhos. Sabia que ele acabaria por se recompor. A um canto, John comia com dedicação e ar contemplativo um pacote de bolachas de água e sal que tinha encontrado, enquanto Joanna e James implicavam um com o outro a propósito de quem encontrara um desenho de uma bacia corroída pela doença. Voltou-se e viu Spencer a abotoar o casaco, como se empacotasse o que quer que tivesse ameaçado espalhar-se.

– Vou escrever-lhe para a felicitar – disse ele. – Sabe bem receber boas notícias, para variar.

Os olhos de Spencer desviaram-se para Luke com um brilho de lágrimas mal contidas. Luke, por sua vez, mantinha os dele pregados no chão ao lado de Katherine, que perdera toda a esperança e já só tentava convencê-lo a comer.

– É verdade – concordou Charles, incomodado por se sentir dominado pela compaixão e ansioso por que o tempo passasse. Aldwinter esperava--os, e depois poderiam regressar a casa. – Tem sido um ano mau, mas ainda só passaram três trimestres.

Spencer, que podia não ter um raciocínio rápido mas era metódico, torcia as mãos e, por fim, acrescentou devagar:

– Já tinha pensado porque estaria ela tão preocupada com o aumento da renda de Edward Burton. Parecia uma coisa tão insignificante, considerando o grande esquema das coisas... Luke, sabias? Já te contaram?

Voltou-se para o amigo, obedecendo ao velho impulso de procurar orientação ou de se sujeitar à troça, mas Luke desaparecera.

– Bom – continuou, dirigindo-se a Charles com uma animação forçada –, vai-me mantendo a par?

Apertaram as mãos com um misto de simpatia, determinação e embaraço e as crianças foram recolhidas pelos cantos da casa. Depois de perguntarem onde estava Luke e como estava a mão dele, John desculpou-se por ter ido para ali comer, mas lembrou que se lhe tivessem dado o bolo que lhe haviam prometido as coisas podiam não ter chegado a tal extremo, e prometeu devolver um pacote de bolachas assim que juntasse dinheiro suficiente.

– Ando preocupada com o nosso *Mafarrico* – disse Katherine, que deu as mãos a Spencer e reparou na palidez dele, que atribuiu à ansiedade pelo amigo. – Onde é que ele foi? É como se as luzes se tivessem apagado... – Todo o seu instinto maternal, até então distraidamente dedicado aos filhos dos Ransome, se fixou no cirurgião, que estivera sentado ao lado dela com a mão direita escondida debaixo da esquerda, como se tivesse sido apanhada a fazer alguma coisa vergonhosa. – Ele tem-se alimentado? Anda a beber? Tem visto a Cora?

– Ainda não passou tempo suficiente – informou Charles, que ajudou a mulher a vestir o casaco e o abotoou até ao queixo. Já tivera melancolia mais que suficiente na última hora e estava ansioso por levar as crianças para casa. – Pelo Natal já vai estar recuperado. Spencer, venha almoçar brevemente. Temos de voltar a olhar para o projeto. Joanna, James, agradeçam ao Spencer o tempo que perdeu convosco. Hão de voltar a ver o Dr. Garrett não tarda. Adeus!

John parou à porta e abraçou a irmã.

– Vamos voltar a ver a mamã! – lembrou-se de repente. – Achas que ela está melhor? E vai continuar bonita?

Já na rua, onde o sol, mesmo fraco, começava a dissipar a névoa, Joanna pensou na mãe e sentiu o estômago revolver-se. Ao princípio sentira muito a falta dela, como uma moinha por causa de uma ferida antiga. Tudo parecera virado do avesso. Katherine Ambrose era boa para eles, mas não da mesma maneira que a mãe, e o quarto dela também era cómodo, mas não era aconchegante como se tivesse sido a mãe a prepará-lo. Jantavam demasiado cedo, e a comida era servida em pratos que não eram bem como deviam ser. Não havia violetas nos parapeitos das janelas, Katherine ria-se de coisas de que não devia e não se ria de outras de que devia rir-se, e bebiam leite quente antes de ir para a cama, em vez de chá de camomila. Nos primeiros tempos, escrevia à mãe todos os dias e pegava na pena mais de uma vez para lhe contar tudo, a todas as horas, e à noite não conseguia adormecer sem pensar na figura de fada loura com um vestido bordado a azul. Mas as imagens depressa se desvaneceram. As cartas de resposta eram calorosas, mas vinham numa linguagem estranha e raramente falavam do que Joanna tinha dito nas dela. Depois tornaram-se mais espaçadas e quando chegavam mais pareciam folhetos devotos distribuídos por mulheres com meias de lã grossa na estação de Oxford Street, e faziam-na sentir-se embaraçada.

Em poucas semanas tornou-se uma verdadeira londrina, à-vontade no metro e no autocarro, capaz de olhar as vendedoras do Harrods nos olhos, com opiniões firmes sobre o melhor sítio para comprar cadernos e lápis. Aldwinter começou a desaparecer ao longe, enterrada em lama e desinteressante, e a Serpente do Essex tornou-se um bicho demasiado apalermado para assustar quem quer que fosse. Sentia a falta do pai, mas nada que a deixasse ansiosa, e achou que a separação seria boa para os dois. Lera as *Mulherzinhas* e achava que se Jo March podia passar sem pai por uns tempos ela também podia de certeza. Tinha a resistência própria da juventude, o que a ajudava a manter-se firme, tirando quando vislumbrava uma pena de corvo caída ou uma aranha a enrolar uma mosca na teia. Nessas alturas, recordava os seus tempos de feitiçaria, com a amiga de cabelo ruivo, e por um momento era dominada pela culpa e pela tristeza.

Foi assim que, quando olhou para as ruínas do outro lado da rua e viu o aleijado e a criança esfarrapada de pernas cruzadas sobre uma coluna de mármore inclinada por cima de algumas folhas de jornal, se libertou do abraço do irmão e atravessou a rua a correr. De repente, foi iluminada pelas luzes de um autocarro e, logo a seguir, desapareceu por trás de um grupo de turistas idosos que se dirigia ao museu do castelo.

– Joanna! – chamou-a Katherine, que não conseguiu impedir-se de sentir náuseas, imóvel no passeio, procurando ao mesmo tempo alcançar a rapariga e impedir os irmãos de se atirarem para o meio da rua.

Charles, com uma confiança inabalável de que nenhum veículo do Essex se atreveria a enlamear a sua casaca vermelha, aproximou-se da casa em ruínas com um andar pausado. Para sua surpresa, encontrou Joanna aos gritos com o pedinte e a bater-lhe no ombro sem parar.

– Como pôde fazer uma coisa destas à Naomi?! – gritava. – Veja o que fez ao cabelo tão bonito dela!

Charles interpôs-se entre os dois, de modo que acabou por ser ele próprio agredido.

– Joanna – disse por fim –, sou o primeiro a admirar a tua frontalidade, mas parece-me que desta vez foste longe de mais. Peço desculpa, cavalheiro, pela minha... na verdade, Jo, o que é que tu me és? Lamento profundamente que tenha sido atacado desta forma tão desagradável. Permita-me que o compense... – e com isto começaram a chover moedas no chapéu de Taylor e os homens apertaram as mãos.

– Vamos lá a ver – continuou Charles, dominado por um desejo veemente de se encontrar em qualquer lugar que não aquele. – O que é que te deu?

Joanna não o ouvia. Limitava-se a andar para cá e para lá entre Taylor e um miúdo magrito com um casaco muito sujo. Estava pálida, e o seu rosto parecia oscilar entre a fúria de uma mulher adulta e a perturbação de uma criança. Durante todo esse tempo o rapaz nunca tirou os olhos do chão. Estupefacto, Charles deu a mão a Joanna.

– Puseram-se todos a dizer que tinhas roubado na loja, mas eu disse que tu nunca farias uma coisa dessas – dizia Joanna, que quase se engasgou a tentar suprimir um soluço. – Depois nunca mais apareceste e pensámos que o Problema te tinha apanhado, e afinal estavas aqui! Naomi Banks, devia pôr-te um olho negro!

Por momentos, pareceu que Joanna ia cumprir a ameaça, mas por fim, em vez de lhe bater, abraçou-se à criança que entretanto Charles percebera que não era um rapaz, mas sim uma rapariga magra com o cabelo cortado curto e caracóis desordenados da cor do cobre a brilhar ao sol. Por fim escapou-se ao abraço de Joanna, que chorava quase histérica, e cruzou os braços com uma expressão altiva.

– O Problema? – disse Taylor, que voltou a pensar que devia ter arranjado um cão. – A roubar? O meu *Cenourinha?!* Confesso que não percebo nada – disse por fim, ao mesmo tempo que agitava as moedas no chapéu.

– Julgo que podemos depreender – interrompeu-o Charles – que aqui o seu empregado tem andado a enganá-lo e na realidade não é um rapaz, mas uma menina chamada Naomi que é amiga da Joanna.

As suas conclusões ficaram-se por aqui, já que ninguém pensara em contar-lhe a história da filha perdida do barqueiro de Aldwinter. Por fim, a menina ruiva desfez a pose orgulhosa e retribuiu o abraço de Joanna com um gemido.

– Eu queria ir para casa, a sério que queria, mas tinha medo de andar perto da água e de qualquer maneira ninguém gostava de mim! – Recuando, olhou Joanna com um ar severo e com as pestanas molhadas de lágrimas. – Tu já não querias ser minha amiga e todos tinham medo de mim por causa do que eu fiz na escola e daquela coisa na água e eu não queria, nem sei o que aconteceu, só que estava tão cheia de medo que não consegui parar de rir...

– *Cenourinha?* – estranhou Taylor, resumindo a situação o melhor que conseguiu. – Eu não tomei conta de ti como deve ser? – e com isto atirou um olhar astucioso a Charles, que pôs mais algumas moedas no chapéu insaciável.

– A culpa foi toda minha, eu sei que foi! – choramingou Joanna.
– Não fui uma boa amiga!

– Foi aquela mulher – disse Naomi, com as sardas a aparecerem no rasto das lágrimas que lhe sulcavam o rosto. – Depois de ela ter chegado as coisas nunca mais foram como antes. Foi ela que o pôs lá! Foi ela que pôs o monstro no rio!

– Tu não soubeste? – perguntou Joanna, descobrindo que crescera tanto que a cabeça de Naomi lhe dava só pelo ombro. – Já desapareceu, a Serpente do Essex foi-se embora. Na verdade, nunca houve nada, era só um pobre peixe, grande, mas morreu na água. Volta comigo, Naomi – e com isto beijou a mão da outra criança, que lhe soube ao pó das ruínas e à imundície da cidade. – Não queres voltar a ver o teu pai?

O que restava do orgulho de Naomi desapareceu, e ela teve vontade de chorar, não com violência, como uma criança, mas com o desamparo calmo de uma mulher.

Quando Katherine Ambrose chegou, com John por uma mão e James pela outra, viu Joanna sentada numa coluna de mármore numa pose de *pietà*, com uma criança magra no colo e a murmurar-lhe qualquer coisa que parecia um feitiço para crianças.

– Desconfio – disse Charles com uma espreitadela ao relógio – que arranjámos mais uma.

11

No caramanchão azul, Stella ouviu os filhos chegarem e abriu-lhes os braços. Conhecia o barulho que John fazia com os pés à entrada e os passos mais refletidos de James. Também sabia que Joanna ia atirar o casaco e aproximar-se a correr, o mais depressa que conseguisse. Depois viu Will à porta, com o sorriso triunfal de um homem que vem carregado de dádivas.

– Chegaram, querida. Vêm altos como postes de telégrafo. – Depois voltou-se para Joanna. – Cuidado, a mãe está mais fraca do que parece.

A filha vinha com receio de encontrar a mãe de cama, com a pele cinzenta e os olhos encovados, a remexer nos cobertores com nervosismo, mas à sua frente Stella surgiu com os olhos brilhantes e um toque de *rouge*. Arranjara-se para receber os filhos, com um colar de contas turquesa de três voltas e um xaile com borboletas azuis esvoaçantes.

– Jojo – disse Stella, inclinando-se na direção dos filhos, ansiosa por abraçá-los. – A minha Joanna... – pronunciou, e saboreou os nomes de todos eles. – James, John...

Conhecia bem o cheiro particular de cada um: o cabelo de John, que sempre lhe recordara os flocos de aveia ainda quentes, e de James, um pouco mais brusco, aguçado como a sua mente. Joanna sentiu os ossos da mãe por baixo do xaile e estremeceu. Stella percebeu e as duas trocaram um olhar cúmplice.

– Gosto muito do teu colar – elogiou John com admiração. Depois pegou em meia tablete de chocolate e deu-lha. – Trouxe-te uma prenda.

Stella sabia que se tratava de um sacrifício e beijou-o. A seguir voltou--se para James, que não parara de falar desde que entrara em casa acerca do *Cutty Sark* e do metro, e da sua visita aos esgotos construídos por Bazalgette.

– Um de cada vez – pedia Stella. – Um de cada vez. Não quero perder nada!

– Não a cansem – pediu Will, que observava junto da porta, com um nó de prazer e tristeza na garganta.

Teria podido ficar ali uma hora, a ver Stella abraçar os filhos. Sentia o mesmo desejo de os ter nos braços, quentes, sólidos, a espernear. E ao mesmo tempo não podia deixar de pensar em Cora, em como lhe descreveria a cena, em pessoa ou por carta, no prazer que isso lhe daria, em como os seus olhos cinzentos se encheriam de lágrimas.

Deus me perdoe, fui dilacerado, pensou. Mas não. Não era que estivesse ali em parte e em parte na casa cinzenta do outro lado do largo. Estava presente por inteiro nos dois sítios.

– Não a cansem – disse por fim, avançando e deixando-se submergir pelas mãos pequenas dos filhos. – Só mais um bocadinho, e depois vamos deixá-la dormir.

– Agora já vos tenho a todos – comentava Stella. – Já vos tenho todos comigo, meus queridos. Fiquem comigo, antes que eu parta.

ELE chama-me para casa para a sua casa de banquetes

A sua flâmula para mim é AMOR

ELE envia a serpente ao jardim de flores azuis do Éden e envia-a agora e a penitência tem de ser feita para que a desobediência de um homem não leve os pecadores de Aldwinter a juízo e por isso pela minha obediência serão libertados

A serva de Deus a serpente nas águas do Blackwater veio para levar os nossos tributos

Pagarei pelos pecados deles e ela irá para o sítio de onde veio

e eu
atravessarei
os portões em GLÓRIA!

12

Junto do cais, Banks está sentado ao lado das velas a deitar contas às suas perdas – mulher, barco, filha, tudo lhe escapou entre os dedos como água salgada. Por trás da neblina, o mar cresce com a maré e ele recorda o rapaz de cabelo negro junto da fogueira nessa manhã, e como ele procurou arrastá-lo para a costa.

– Não vi nada – resmunga sem se dirigir a ninguém. – Não vi nada de nada.

Mas na sua mente lá estava, a Serpente do Essex inchada, com a cauda em forma de seta, a contorcer-se sobre os seixos do sapal. De vez em quando, a neblina pálida dividia-se e as luzes das barcas que passavam brilhavam através da cerração. Depois o pano voltava a cair e Banks ficava de novo só.

– *A luz de estibordo é verde ao anoitecer...* – ia cantando para manter algum alento.

Mas de que serviam luzes protegidas por vidros coloridos quando no fundo do mar alguma coisa estava à espreita, à espera do melhor momento?

Quando a pequena mão lhe pousou no ombro fê-lo com tal suavidade que ele não se assustou. O toque era familiar e possessivo; mais ninguém poderia tocá-lo assim. As recordações que despertou abriram caminho através da névoa densa da bebida.

– Vieste para casa, minha pequenina? – pronunciou a medo, erguendo a própria mão numa busca esperançada. – Voltaste para o teu velhote?

Embrulhada num casaco velho de Joanna, Naomi desceu os olhos sobre a cabeça do pai, onde o cabelo parecia mais ralo do que o recordava, e foi dominada por uma ternura nova e inesperada. Por momentos sentiu-o, não como seu pai, mas como uma extensão de si própria, de tal maneira que nem lhe ocorreu pensar nele. Percebeu pela primeira vez que também o pai tinha medo e estava dececionado, que acalentava esperança, sofria e sentia prazer. Comoveu-se e isso fê-la crescer muitos anos. Voltou à velha posição, acocorada ao lado do pai no embarcadouro, e puxou uma rede. Habilmente, examinou-a até encontrar um buraco.

– Deixa estar, eu reparo esta, se quiseres.

Sempre detestara aquele trabalho. Ficava com golpes nas membranas entre os dedos que depois lhe ardiam por causa do sal. Ainda assim, as mãos reencontraram o velho ritmo e isso reconfortou-a.

– Desculpa ter-me ido embora – lamentou ela, unindo os fios cortados e voltando-se para o deixar chorar sem ela ver. – Andava com medo, mas agora está tudo bem. Além disso – e estendeu as mãos para lhe abotoar o casaco – ganhei algum dinheiro! Vamos para casa e podes ajudar-me a contá-lo.

A meio da tarde, o nevoeiro reuniu forças e avançou sobre Aldwinter vindo de leste. Penetrou nas casas por baixo das janelas, enroscou-se em recantos e abafou o toque do sino da Igreja de Todos os Santos. Cora atravessou o largo e olhou de frente para o Sol. A superfície estava marcada pelos pontos escuros das tempestades solares. *A quem posso falar disto senão a ele?*, pensou. *Quem além dele me acreditaria quando falo de coisas impossíveis?*

– Estou cansada – disse Stella na sua sala azul. – Vou deitar-me.

Enroscados a um canto, James e John levantaram momentaneamente os olhos de um jogo de cartas, para logo a seguir voltarem a baixá-los, satisfeitos e sem curiosidade, como bichos que regressassem à toca. Joanna, que lera várias vezes um parágrafo de Newton sem por isso ter ficado mais sábia, observou como a transpiração brilhava na testa da mãe e como o cabelo ficava colado à pele, e teve medo. Stella, tão perspicaz como sempre, chamou a filha com um gesto.

– Eu sei que tu vês, Jojo. Sei que tu vês e eles não. Mas eu sinto-me feliz. Às vezes, mesmo quando vocês não estão e a casa está silenciosa, penso que me sinto mais feliz do que nunca. Não acreditas? Não queria afastar-me uma hora que fosse do meu sofrimento, porque ele elevou-me, mostrou-me o caminho da vida! – Levantou um pouco a saia e começou a reunir os seus tesouros um a um: as conchas azuis de mexilhão, os fragmentos de vidro, os bilhetes de autocarro, os ramos de alecrim. – Devia fazer uma arrumação – comentou, olhando à sua volta. – Traz--me tudo, Jo. As garrafas, ali, as pedras e as fitas... Quero tudo aqui ao pé de mim.

No escritório, Will pôs uma folha branca de papel ao lado da carta de Cora, mas não conseguiu pegar na caneta. *Evita a culpa se puderes*, dizia ela, como se fosse possível escapar-lhe, como se fizesse alguma ideia do que isso era! Afastara-se de tudo isso. Não imaginava sequer que não se tratava da mera impressão de ter feito alguma coisa errada, mas sim de um ferimento pessoal e particular. Que enterrara um pouco mais os cravos nas mãos e nos pés, que era como se tivesse pegado numa coroa de espinhos e a colocasse na cabeça de Stella. *Sou o maior dos peca-dores*, pensou, mas não havia nisso ponta de orgulho. Era apenas mais um pecado em cima de muitos outros. Pensou em Cora e a imagem dela ocorreu-lhe de imediato – as sardas nas maçãs do rosto, os olhos cinzentos e firmes, a maneira como se erguia de um salto com o seu casaco velho, e por momentos sentiu-se dominado pela fúria (mais um pecado: era só acrescentá-lo à conta). Sabia desde o momento em que abrira a carta de Ambrose, estava o ano no princípio, que os ventos começavam a mudar. Devia ter descido os cortinados, em vez de se voltar para enfrentar a tormenta. Mas era sempre Cora (e disse o nome em voz alta), *Cora*, que entrara na sua intimidade a primeira vez que tinham apertado as mãos – não, antes disso, quando se atolaram na lama –, que seduzia e exas-perava, era generosa e egoísta, que troçava dele como nunca ninguém fizera, que não era capaz de chorar à frente de ninguém senão dele. Sentiu a fúria apaziguar-se e recordou a pressão da sua boca no ventre dela, como era quente, macia, como parecia um animal desinibido. Na altura não tivera a impressão de pecar, e nesse momento também não o sentia. *Era a graça,* pensou, *a graça, uma dádiva que nunca procurara e não merecia.* «Quanto tempo ficaste sozinho no escuro?», escrevera ela, e fora bastante. Descera até à foz, aos ossos negros do Leviatã, e olhara para lá do estuário, desejando que a serpente se erguesse e o engolisse como a Jonas. *Junto aos rios do Essex sentei-me e chorei*, pensou, e no piso de cima a porta do quarto de Stella fechou-se suavemente e ouviram-se passos no patamar. No seu âmago fez-se uma ligação dolorosa. Ali estava

Stella, a sua estrela brilhante, a consumir-se num turbilhão. Teve receio que deixasse atrás um buraco escuro em que ele estivesse condenado a cair. Quis subir, ir ter com ela, deitar-se ao lado dela na cama e dormir como em tempos, com ela agarrada a ele, mas não era possível. Agora queria estar sempre sozinha, a escrever no caderno azul, os olhos avidamente fixos num ponto distante. Deixou-se ficar sentado no escritório às escuras, incapaz de escrever, de rezar, a ver o Sol avermelhado e a perguntar a si mesmo se Cora estaria a fazer o mesmo.

Do outro lado do largo, Francis Seaborne está sentado de pernas cruzadas, a olhar o relógio da igreja. Tinha tantas pedras azuis nos bolsos que, por mais que procurasse posição, não conseguia sentir-se confortável. Enquanto isso, a mãe anda de um lado para o outro em casa, perturbada e inquieta. De vez em quando vai ter com ele e pousa-lhe um beijo na testa, sem dizer nada. O filho tem nas mãos o bilhete de Stella Ransome, com instruções claras escritas a azul e uma imagem que o assusta, apesar de bonita. Dobra e desdobra o papel. O ponteiro dos minutos anda devagar, e ele quase deseja que andasse ainda mais devagar. Não que duvidasse da sensatez das ordens que recebera, mas não tinha a certeza de ser capaz de as pôr em prática. Às cinco em ponto, vestiu o casaco e calçou as botas para enfrentar o nevoeiro. Olhou para o céu, tentando vislumbrar a lua de sangue, que estava escondida e só voltaria daí a um ano.

Joanna deixou a mãe a dormir e foi ter com a amiga. Queria reclamar o velho território dos seus mexericos e feitiços, e mostrar-lhe que o sapal estava livre da sombra da serpente. Depressa se tornou claro que os tempos da bruxaria se haviam tornado uma recordação infantil que só com um rubor poderiam invocar. Ainda assim, era bom voltar a percorrer os velhos caminhos, acertando o passo.

– O Cracknell estava ali quando o encontrei – contou Naomi, apontando para uma área de seixos junto de um pequeno regato. – A cabeça dele estava inclinada para o lado. Quando fui ter com ele pensei que tinha caído. Era tão velho, não era? E as pessoas velhas caem. Mas tinha os olhos abertos. Vi qualquer coisa escura e pensei que talvez fosse a última coisa que ele viu, talvez fosse o monstro, mas depois mexeu-se e era só eu, como se estivesse a olhar para dois espelhos. Dizem que foi por ser velho e estar doente... É estranho pensar que estávamos convencidos que tinha sido a serpente...

Passaram pelo Leviatã, com o ar húmido a dar-lhes no rosto. O nevoeiro nas margens do Blackwater era denso, cheio de partículas húmidas e brilhantes. A alguma distância, um vigia deve ter acendido uma fogueira e abandonado o posto. As brasas lançavam uma luz amarelada que parecia deslocar-se com o vento através da névoa.

– Já desapareceu – comentou Joanna –, e não há nada a recear. Mesmo assim o meu coração está a bater com força, estou a senti-lo! Não tens medo? Queres ir andando?

– Quero – respondeu Naomi. – Vamos. – Era preciso ter medo para ter coragem, ensinara-lhe o pai na sua barca. – Vamos embora. Cuidado aí, que é fundo. – Naomi conhecia bem o sapal, com os seus arbustos e pequenos regatos. – Agarra-te ao meu braço e não te preocupes – instruiu Joanna. – A maré já mudou há uma hora, não há razão para termos medo.

Gostava de estar ali outra vez com a amiga, mas agora tudo mudara. Já não era a pobre Naomi, que lia devagar, era dócil e se deixava impressionar pela filha do reitor. Ali estava no elemento dela, e sentia o seu domínio. Ainda assim, foi uma noite estranha, um pouco constrangedora. O nevoeiro desvendava pequenas áreas do sapal (dissipava-se e revelava uma pequena garça à espreita) e depois voltava a cerrar-se e as duas ficavam de novo sós. A certa altura, o sol penetrou na névoa e descobriram que estavam rodeadas de todos os lados por mergulhões que pareciam choramingar.

– Estão tão perdidos como nós – observou Joanna com uma risada, mas lamentando não se encontrar já em casa. – É melhor irmos andando. E se não conseguirmos dar com o caminho?

Agarrou-se a Naomi, desprezando-a um pouco por ter assumido o comando, e com um pequeno grito tropeçou nos postes apodrecidos de um leito de ostras.

– E se ainda estivesse aqui? – perguntou Naomi, que só em parte brincava. – Se afinal continuasse aqui e viesse atrás de nós? – Com um desejo vergonhoso de vingança soltou o braço de Joanna e recuou no nevoeiro. De mãos em concha à volta da boca lançou uma espécie de apelo. – Vou chamá-la – afirmou, apesar de meter medo a si mesma, mas sem vontade de interromper a brincadeira.

– Para – pediu Joanna, com dificuldade em conter as lágrimas pouco adultas. – Para e volta para trás! Não consigo encontrar o caminho.

– Quando Naomi apareceu, um pouco envergonhada, bateu-lhe num ombro. – És horrorosa, *horrorosa!* Podia ter caído à água e ter-me afogado e a culpa era tua! O quê? O que é que foi? Naomi, para com a brincadeira. Sabes bem que era só um peixe grande...

Ao seu lado, Naomi ficara muito quieta, e com a mão fazia-lhe sinal para não se mexer. Não olhava para o estuário, onde o Blackwater misturava as suas águas com as do Colne, mas para trás, para a margem, onde a fogueira continuava a brilhar com a sua cor viva.

– O que foi? – perguntou Joanna, e sentiu na língua o gosto metálico do medo. – O que é que viste? O que foi?

Sobre o seu braço a mão de Naomi apertou-a e puxou-a. Aproximou-se da amiga e falou-lhe ao ouvido:

– Chhhiu! – sussurrou. – Chiu! Olha ali, ao pé do Leviatã. Estás a ver?

Joanna ouviu, ou pensou que ouviu, uma espécie de gemido, ou alguma coisa a ser moída, com arrancos e pausas, sem que se percebesse porquê e sem um ritmo certo. Parou, depois voltou, e pareceu-lhe mais próximo. Sentiu um arrepio da cabeça aos pés, que a deixou pregada ao chão. Estava ali, estivera sempre ali, à espera, à espreita. Era quase um alívio pensar que afinal nunca estiveram enganadas.

Depois o manto pálido levantou-se e ali estava, a uns cinquenta metros, e não mais: negro, de nariz arrebitado, mais volumoso do que qualquer delas imaginara. Ou não tinha asas ou estava deitado, com cauda arredondada e uma superfície feia e irregular, nada que se parecesse com as escamas sobrepostas de um peixe ou de uma serpente. Naomi não sabia se havia de rir ou de gritar. Voltou-se e enterrou o rosto no ombro de Joanna.

– *Eu tinha-te dito!* – sussurrou. – *Não foi o que eu disse?*

Joanna avançou um passo, estranhamente temerária. Depois aquilo mexeu-se e voltou a fazer o mesmo ruído, como de dentes enormes a rangerem com fome. Com um grito, voltou a recuar. O nevoeiro fechou-se de novo e tudo o que conseguiram ver foi uma sombra, à espera.

– Temos de ir – exigiu Joanna, com dificuldade em conter um grito de medo. – Achas que consegues encontrar o caminho? Olha, lá está a fogueira na margem! Vamos para lá, Naomi. Não tires os olhos dela e não faças barulho...

Mas os tições da fogueira enfraqueceram, a luz perdeu intensidade e, por momentos, as duas avançaram às cegas e aos tropeções através dos seixos, a conter as lágrimas por puro orgulho. Entre golfadas de ar, Naomi murmurava as palavras de um hino de igreja para afastar o medo. A seguir, o Sol, já baixo, penetrou no banco de nevoeiro e as duas aperceberam-se de que tinham ido contra o flanco negro e molhado do monstro.

Joanna gritou e levou a mão à boca: ali estava, *ali*, depois de todo aquele tempo, a apenas um braço de distância. Talvez cega, ou adormecida, desamparada sobre a margem. Na água, o seu elemento natural, seria menos pesada? Tornar-se-ia brilhante ao deslizar sob as ondas? E as asas, que se abriam como chapéus de chuva, segundo dissera alguém, teriam sido cortadas? E por quem? E ainda havia outra coisa, uma marca azulada no ventre, qualquer coisa quase familiar, que com um pouco de esforço talvez conseguisse reconhecer através do neveiro.

Ao lado dela, Naomi pôs-se de pé com um salto, de mãos erguidas, à beira de um ataque de riso como o que quase enlouquecera as companheiras na escola. Apontava para as marcas, a sorver o ar com sofreguidão. Lá estava outra vez o barulho, e apesar do sobressalto Naomi aproximou-se mais.

– Mamã – disse ela. – *Mamã*...

Por um momento Joanna pensou que a amiga estava a chamar pela mãe, enterrada no cemitério debaixo da laje mais barata que o pai arranjara.

– Olha – sussurrou Naomi. – Olha para ali! Estou a conhecer aquelas letras, mesmo de pernas para o ar. Diz Gracie, Gracie, o nome da minha mãe, o primeiro que eu soube escrever e que nunca hei de esquecer...

Correu para diante sobre os seixos, no meio do nevoeiro que começava a levantar-se, e Joanna tentou fazê-la voltar. Mas o medo abandonara a amiga, e levara com ele o seu próprio terror, de tal maneira que avançou também ela em direção à mancha escura que deslizava no sapal.

O sol, agora mais forte, lançava uma luz clara sobre as pedras, de maneira que as duas viram, no mesmo momento luminoso, o que viera à tona. Era um barco preto, pequeno e feito de tábuas sobrepostas, afundado há muito no Blackwater e coberto de lapas que o faziam parecer uma pele coberta de cicatrizes. O casco invertido começara a apodrecer e a afundar-se, e por isso parecia um focinho arrebitado a tentar enterrar-se na areia. A maré estava a baixar e fazia a madeira ranger de encontro aos seixos. De vez em quando as tábuas também faziam ouvir um protesto. Por baixo de uma camada de algas, o nome GRACIE destacava-se num tom azul-claro. O barco de Banks, há muito dado como desaparecido, estivera todo aquele tempo mergulhado nas águas do estuário, a fazer a aldeia perder o juízo.

Agarraram-se uma à outra sem saber se deviam rir ou chorar.

– Afinal esteve sempre aqui – concluiu Naomi. – Ele achava que lho tinham roubado e eu disse que não, que ele é que nunca o prendia bem...

– E Mrs. Seaborne com o caderno de apontamentos, com pena de não ter trazido a máquina fotográfica, a sonhar com uma placa no Museu Britânico... – comentou Joanna, sentindo-se desleal, mas certa de que Cora perceberia o humor do caso.

– E as ferraduras no Carvalho do Traidor, e os homens de vigia, e as crianças a não poderem sair de casa...

– Devíamos ir contar ao meu pai – decidiu Joanna. – Devíamos trazer aqui toda a gente, para eles verem... Imagina que voltamos e a maré o levou e ninguém acredita em nós...

– Eu fico aqui – ofereceu-se Naomi. Era quase impossível acreditar, àquela hora em que o Sol baixo coloria o sapal, que alguma vez tinham tido medo. – Eu fico. No fim de contas, o barco é praticamente meu. – *Gracie*, pensou. *Seria capaz de o reconhecer fosse onde fosse.* – Vai, Jojo, o mais depressa que fores capaz, antes que fique demasiado escuro.

– É engraçado – disse Joanna, voltando-se para o caminho. – Parece haver uma coisa azul por baixo. Estás a ver? Parecem centáureas, mas nesta altura do ano já não devia haver...

A alguma distância, sentado entre as costelas do Leviatã, a tirar fragmentos de madeira escura que se tinham espetado na palma das suas mãos, Francis Seaborne observava, sem ninguém o ver, e sem ninguém ter dado pela sua falta.

No seu escritório, Will dormitava um sono sem sonhos. Acordou tão ansioso e perturbado que teve dificuldade em distinguir o sono da vigília. A folha branca continuava à sua frente, mas de que lhe servia? Não tinha esperança de conseguir transmitir a Cora como as fundações de toda a sua vida haviam sido abaladas, desfeitas, de novo reconstruídas. Todas as frases que lhe ocorriam eram desmentidas logo a seguir por outras de verdade igualmente indiscutível e oposta: violámos a lei – obedecemos-lhe; quem me dera que nunca tivesses saído de Londres – ainda bem que vivemos no mesmo tempo, que partilhamos esta Terra! O efeito era anular-se: não tinha nada a dizer. *Não desprezes um coração contrito e arrependido*, pensou, desejando que o seu coração estivesse mais arrependido e contrito.

Foi despertado por um ruído – passos, um portão que se abriu e fechou. Pensou em Stella a acordar no piso de cima, talvez a precisar dele, e sentiu-se menos oprimido, como acontecia sempre. Pôs de lado a carta de Cora com um gesto de desagrado. Era uma mácula, no pior dos casos, uma distração no menos mau, numa altura em que todos os seus pensamentos deviam estar centrados na sua amada, que já só em parte se mantinha neste mundo. Afinal era apenas Joanna, que voltava do sapal com o cheiro ainda agarrado ao casaco, os olhos a brilharem, alegres e travessos.

– Tem de vir, pai – anunciou a filha, a puxá-lo por uma manga. – Tem de ver o que descobrimos! Vamos mostrar a toda a gente e tudo se vai resolver.

Cautelosamente, para não acordarem Stella, atravessaram o largo, onde na penumbra o Carvalho do Traidor lançava uma sombra longa e o nevoeiro partira.

– Tem de esperar – disse Joanna, obrigando-o a correr e negando-se a responder-lhe («Estou tão cansado, Jojo. Porque é que não me contas?», «Espere que já vê»).

Continuaram pela Rua de Cima, onde o chão molhado brilhava com a luz. Quando chegaram à igreja viram Francis Seaborne correr para casa, como qualquer rapazinho vulgar. Depois passaram pelo Fim do Mundo, que sem Cracknell perdera de tal maneira o caráter que já quase se confundia com o barro do Essex.

– Só mais um bocadinho – anunciou ela, continuando a arrastá-lo. – Ao pé do Leviatã. A Naomi está lá à nossa espera.

E estava, com os seus caracóis brilhantes, e um pouco mais adiante via-se uma fogueira acesa no centro de um círculo de pedras.

Will ouviu os guinchos das gaivotas, aliviado por o ar estar limpo a toda a volta. Inspirou e sentiu o cheiro do sapal e o aroma adocicado dos leitos de ostras. As rolas-do-mar agitavam-se nos regatos e ouvia-se o canto dos maçaricos. Nessa altura Naomi chamou, e depois acenou-lhes, e Will viu o que elas tinham encontrado. À luz límpida do fim de tarde lá estava o barco naufragado, com o fundo coberto de lapas e algas. Alguma coisa na sua inclinação, como se desse pequenas cabeçadas nos seixos da margem do estuário, fazia-o parecer vivo. Aproximando-se, viu com clareza GRACIE escrito no casco.

– Depois de tudo o que aconteceu, era só o barco do teu pai?

Naomi confirmou, orgulhosa, como se tivesse sido tudo mérito seu, e com uma inclinação de cabeça o reverendo apertou as mãos das raparigas à vez.

– Bom trabalho – elogiou-as. – Deviam ser condecoradas pela aldeia.

Em silêncio, pronunciou para si mesmo uma prece sentida: *Que isto ponha fim a tudo, ao medo, aos rumores e às raparigas meio enlouquecidas!*

– Vamos buscar o teu pai, Naomi, e pôr fim a isto. E pensar que afinal havia duas serpentes do Essex e nenhuma fazia mal a uma mosca!

– Pobre barco – suspirou Joanna, inclinada ao seu lado a bater com os dedos na madeira e a magoá-los com as lapas. – Pobre barco, acabar assim, em vez de a caminho do mar. Vejam, flores azuis no meio das pedras, como se alguém as tivesse posto lá, e vidro azul. – Pegou num pedaço e meteu-o no bolso.

– Agora venham para casa – disse Will arrastando-as pelas mãos. – Não tarda faz-se noite e temos de avisar Banks.

De braços dados, como bons companheiros, voltaram costas ao Blackwater com a impressão de deixar para trás um dia produtivo.

Cora levantou os olhos do livro que não estava a ler e viu Francis à porta. Viera a correr, percebeu. Tinha a franja colada à testa e o seu queixo fino estremecia rodeado pela gola do casaco. Era tão raro vê-lo perturbado daquela maneira que Cora pôs-se de pé e foi ao encontro dele.

– Frankie? Magoaste-te?

O filho deixou-se ficar à porta, como se não soubesse se devia entrar. Por fim, tirou do bolso uma folha de papel que desdobrou cuidadosamente e alisou contra a manga. A seguir levou-o ao peito e disse, com os olhos fixos nela numa expressão de apelo que ela nunca, mas nunca, lhe vira.

– Acho que fiz um disparate.

Nunca falara com aquele tom infantil. Depois, sem queixumes nem soluços, começou a chorar em silêncio.

Cora sentiu-se dominada por alguma coisa que lhe pareceu a soma de todo o sofrimento que alguma vez sentira. Ficou-lhe preso na garganta e por momentos não conseguiu dizer nada.

– Eu não ia fazer nada de mal – acrescentou Francis. – Ela disse-me que precisava da minha ajuda, e foi simpática, e eu dei-lhe as minhas melhores coisas.

Cora teve de se dominar para não correr para ele e abraçá-lo. Já o tinha feito tantas vezes e fora rejeitada... O melhor era esperar simplesmente que ele se aproximasse.

– Frankie, se estavas só a tentar ajudar como é que podes ter feito alguma coisa mal?

De repente Frankie estava ao colo dela, com a cabeça coberta de cabelo escuro aninhada no ombro dela e os braços a rodearem-lhe o pescoço. Sentiu as lágrimas quentes do filho e como o coração dele batia depressa contra o dela.

– Bom – disse ela tomando-lhe o rosto entre as mãos, meio receosa de que ele se afastasse e nunca mais voltasse –, agora diz-me o que fizeste e eu digo-te como vamos resolver tudo.

– Foi a Mrs. Ransome. Eu queria mostrar-te, mas prometi-lhe que não mostrava!

A impossibilidade de conciliar o que prometera com o que queria fazer perturbava-o profundamente. Fizesse o que fizesse, alguma coisa acabaria por correr mal. Acabou por soltar um pouco o papel e Cora tirou-lho. Escritas com tinta azul, viu as palavras AMANHÃ/SEIS/SERÁ FEITA A MINHA VONTADE e por baixo um desenho um pouco infantil de uma mulher, de cabelo comprido e sorridente, deitada sobre uma onda enrolada. Stella Ransome assinara e por baixo escrevera: *Veste o casaco, pode estar frio.*

– Meu Deus, Stella – disse Cora, mas não podia assustar Francis nem expulsá-lo do seu colo para correr para a porta. E se o filho nunca mais voltasse para ela, de braços abertos e olhos suplicantes? Dominada por uma náusea, perguntou-lhe devagar, como se a resposta dele não tivesse grande importância: – Frankie, onde é que a levaste à água? Ajudaste-a?

– Ela contou-me que tinha sido chamada para casa, que a Serpente do Essex a queria, e eu disse-lhe que não havia nada no estuário e ela disse que os caminhos de Deus são insondáveis e que já ficou demasiado tempo.

Francis levou as mãos ao rosto e começou a tremer, como se continuasse no sapal e o Sol já se tivesse escondido.

– Pronto, pronto – confortou-o Cora. – Tem calma.

Reconfortou-o, surpreendida por ele se submeter e chegar ao ponto de procurar o seu abraço. Ficou com ele nos braços, tanto para o apaziguar a ele como a si mesma, e chamou Martha, que veio logo. A frieza que sentia não resistiu ao que viu.

– Fica com ele, Martha, por favor – pediu-lhe Cora. – Meu Deus, meu Deus, onde está o meu casaco, as minhas botas? Frankie, fizeste o melhor que pudeste, e agora vou eu fazer o que for capaz. Não, não, fica aqui. Eu não me demoro.

Will vinha pela Rua de Cima entre Joanna e Naomi. *Estão tão orgulhosas!*, ia pensando com um sorriso, tentando encontrar, como sempre, a melhor maneira de contar a Cora, tentando adivinhar do que ela gostaria mais. Mas talvez isso se tivesse tornado impossível. Tudo se desfizera, se recompusera, e ele não percebia o que estava a acontecer.

– Cora! – chamou Joanna de repente, e acenou-lhe.

E lá vinha a amiga a correr, ou quase. Por um breve instante, em que não conseguiu conter uma exclamação, pensou que ela vinha procurá-lo, que não conseguira ficar fechada em casa nem mais um minuto.

– O que aconteceu? – perguntou Naomi, agarrando o medalhão.

Alguma coisa acontecera, disso não tiveram dúvida. Cora tinha a boca entreaberta e o rosto húmido. Nas mãos trazia um papel com que lhes acenou, sem que nenhum dos três tivesse conseguido decifrar o sentido do sinal. Quando chegou junto deles, quase sem uma pausa, agarrou na manga de Will.

– Acho que a Stella está ali em baixo, ao pé da água. Aconteceu alguma coisa.

– Mas nós vimos de lá agora. Não é nada, era só o barco que Banks perdeu.

Mas Cora partira a correr, depois de ter atirado a Will o papel, que caiu no chão molhado. Por momentos, Will ficou parado, sem ser capaz de se mover ou de proferir qualquer palavra. Alguma coisa estava mal, sim, e ele devia ter percebido logo. Joanna inclinou-se para apanhar a folha e na sua mente formou-se uma imagem de tal maneira terrível que a levou a agitar os braços como se quisesse afugentar um morcego.

– Pai – disse Joanna sem conseguir conter as lágrimas. – Ela não está a dormir? Não tinha ficado lá em cima no quarto?

– Mas eu ouvi-a – respondeu-lhe o pai, muito branco e a cambalear. – Eram os passos dela, a porta a fechar, e ela tinha dito que queria descansar...

Viram Cora aproximar-se do lugar onde o caminho terminava no sapal, e como ela atirou o casaco para correr mais à-vontade. Will seguiu--a, amaldiçoando um corpo que parecia ter-se tornado subitamente pesado e desobediente, como se pertencesse a outro homem e ele próprio não passasse de um espírito que o possuía.

Foi o último a chegar ao barco naufragado. Cora já lá estava, ajoelhada na lama, a empurrar o casco com tanta força que os músculos das costas se moviam por baixo do corpete do vestido. Ao lado já lá estavam as raparigas, inclinadas de uma maneira que as fazia parecer suplicantes em frente de um deus malévolo a quem de nada servia dirigir preces. Viu (como podiam ter-lhe escapado?!) as pedras azuis, a fita e garrafa de vidro azul de pé no meio dos seixos.

– Ela disse que estava cansada e tinha chegado a hora de repousar – continuou Will, agitado. O que estavam elas ali a fazer, no meio da lama, com os vestidos sujos, as cabeças inclinadas com o esforço?

– Stella, Stella – chamavam repetidamente, como se a mulher fosse uma criança que tivesse ido dar um passeio e não tivesse voltado à hora marcada.

As mãos das três escorregaram na madeira molhada e por fim o barco ergueu-se. Não era tão pesado como parecia e desintegrou-se de imediato.

Oculta na sombra, embrulhada, rodeada por todos os seus objetos azuis, esperava-os Stella Ransome.

Quando a viu, o marido gritou, e o mesmo fez Cora, que não conseguiu manter o barco seguro e o soltou no sapal, onde se desfez. Stella foi iluminada pelos últimos raios do dia e o vestido azul fino que usava deixou ver os seus ossos frágeis. Tinha nas mãos um ramo de alecrim que continuava a libertar um aroma forte e à volta estavam as suas garrafas azuis e os pedaços de tecidos. A cabeça assentava numa almofada azul de seda e aos seus pés estava o caderno de apontamentos azul, engelhado com a humidade. A sua própria pele estava azulada, bem como os lábios e as veias visíveis através da pele. Só as pálpebras pareciam avermelhadas.

William Ransome, de joelhos, puxou a mulher para ele.

– Stella – disse ele beijando-a na testa. – Estou aqui, Stella, para te levar para casa.

– Não nos deixe, querida, não nos deixe já – suplicou Cora, que pegou na mão pequena da outra mulher entre as dela e tentou aquecê-la.

Joanna procurou cobrir os pés da mãe com o tecido do vestido.

– Ouçam, está a bater os dentes. Não estão a ouvir?

E pegou no próprio casaco e no do pai e tentaram protegê-la do vento fresco.

– Stella, querida, está a ouvir-nos? – perguntou Cora, que sentia um toque pouco habitual de culpa no seu desespero afetuoso. E sim, estava. As suas pálpebras estremeceram e por fim ergueram-se e lá estavam os seus olhos, com a cor violeta habitual.

– Não hesitei na presença da sua glória – disse Stella. – Fui convidada para o banquete do Senhor e por cima de mim a sua flâmula era o amor.

A sua respiração era superficial. Por fim Stella foi dominada por uma tosse que lhe deixou ao canto da boca uma mancha de sangue que Will limpou com o polegar.

– Ainda não, pelo menos por enquanto. Eu preciso de ti. Lembras-te que prometemos que nunca nos deixaríamos?

E foi alegria o que sentiu, uma alegria que o dominou de forma indecente. Estava perante a redenção, ali no meio dos seixos da praia, sem um pensamento que não fosse para ela.

É de novo a graça!, ocorreu-lhe. *A graça dispensada sobre o maior dos pecadores.*

– Vamos partir juntos no mesmo dia, como velas apagadas por uma janela aberta – disse ela com um sorriso. – Sim, tens razão, estou a lembrar-me. Mas eu ouvi-os chamarem-me para casa, e havia qualquer coisa na água que me sussurrava durante a noite, e estava faminta, e eu vim para o rio para a apaziguar e proteger Aldwinter. – Depois voltou-se nos braços de Will e olhou para a foz, onde o céu límpido deixava ver a estrela da tarde em todo o seu fulgor. – Veio buscar-me? – perguntou, ansiosa. – Veio?

– Já se foi embora – respondeu-lhe Will. – Foste corajosa como uma leoa e mandaste-a ir. Agora vem connosco para casa, vem.

Foi fácil pegar-lhe, com Joanna e Naomi a ajudarem-no a pôr-se de pé, como se já tivesse começado a dissipar-se no ar.

– Cora – disse Stella, chamando-a tranquilamente e estendendo-lhe a mão. – Vocês são tão doces, sempre foram. Diga ao Francis que pegue nas minhas coisas, na minha coleção, que as deixe ficar e as entregue ao rio, para tornarem o Blackwater azul.

NOVEMBRO

O mundo gira como sempre, e Orionte percorre os céus estrelados do Essex com o velho cão atrás. O outono defende-se de um inverno diligente: novembro é um mês ameno, claro, de uma beleza excessiva e bárbara. No velho largo de Aldwinter, os carvalhos brilham como cobre e as bagas tornam as sebes vermelhas. As andorinhas partiram, mas no sapal os gansos ameaçam os cães e as crianças. Henry Banks queima o velho barco podre junto do Blackwater. A madeira húmida faz muito fumo e a tinta forma bolhas.

– Gracie – diz Banks. – Afinal aqui estavas tu.

Ao lado, Naomi observa de pé, muito direita, a maré a começar a mudar. Sente-se como se tivesse sido imobilizada a meio de um gesto, um pé no mar outro na costa. *E agora?*, pensa. *E agora?* Na pele que une o polegar ao indicador há uma lasca de madeira preta do casco do barco: um talismã em que toca, perplexa com tudo o que as suas mãos fizeram.

Londres capitula sem combate e acena com as bandeiras brancas. Em meados de novembro já há gelo nas janelas dos autocarros no Strand. Charles Ambrose volta a brincar aos pais e aos filhos. Sentada como sempre à sua secretária, Joanna revela um gosto infalível pelos seus livros menos recomendáveis, e James, que ao pequeno-almoço encontrou um par de óculos na valeta, à noite já tinha construído um microscópio. Tem de esconder a sua preferência por John, com o seu apetite insaciável e uma natureza plácida em que se revê a si próprio. Nesse momento, está deitado de barriga para baixo a jogar às cartas; na noite de Guy Fawkes rompe o casaco, mas não se importa. Ao fim da tarde cruza um olhar com Katherine e ambos abanam a cabeça. A presença dos três na sua casa ordenada e requintada é pelo menos tão estranha como qualquer monstro saído das entranhas de um rio. As cartas entre Londres e Aldwinter são frequentes, de tal maneira que dizem que há um comboio noturno sempre à espera por causa deles. John acredita e pede que o deixem fazer um bolo para o maquinista não desistir.

Charles recebe uma carta de Spencer. Falta-lhe o vigor dos esforços anteriores. Continua eticamente empenhado em melhorar a política para a habitação, mas de momento está mais concentrado em escolher aplicações prudentes para a sua enorme fortuna. Nos tempos que correm não há como o imobiliário, assegura (vagamente, não havia necessidade de pormenores), mas Charles não se deixa enganar. Seria capaz de jurar que há um novo senhorio em Bethnal Green, com bom coração e fraca cabeça para os negócios.

Edward Burton, que ainda não voltou ao trabalho, levanta os olhos das suas plantas e vê Martha sentada à mesa. Cora Seaborne deu-lhe uma máquina de escrever que faz uma barulheira, mas não se importa. Porque havia de se importar? Começou o mês ameaçado por um despejo e nesse momento sente uma segurança que continua a surpreendê-lo quando acorda de manhã. Todo o bloco foi comprado por um senhorio que pagou a dois empregados para fazerem uma vistoria a todas as casas. Os homens apareceram com uma máquina fotográfica e recusaram o chá que lhes ofereceram. Tomaram nota do caixilho da janela que apodrecia, da porta empenada, do terceiro degrau da escada, sempre barulhento. Tudo foi reparado numa semana e a rua começou a cheirar a estuque e a cal, enquanto operários e amas, empregados de escritório e mães e homens idosos começaram a preparar-se para uma subida proibitiva das rendas que acabou por não vir. Entretanto os vizinhos começaram a encontrar-se nas escadas, perplexos com o sucedido, e em geral prevalece a opinião de que o homem é um tolo. Em público mostram um certo ressentimento. *Não preciso da caridade de ninguém,* dizem vários, desafiadores, mas em privado seriam capazes de abençoar o seu nome, se o conhecessem.

Martha costuma trazer com ela um bilhete enviado por Spencer a desejar-lhe felicidades. «Durante muito tempo tentei perceber para que sirvo, porque a única coisa que tenho é dinheiro. Brinco aos cirurgiões porque é uma maneira respeitável de passar o tempo, e em criança a ideia atraiu-me, mas nunca me empenhei muito no trabalho, e a verdade é que não sou nenhum Luke Garrett. Foi graças a si que descobri uma finalidade na vida que me permite olhar para o espelho e não me sentir farto de mim próprio. Gostaria que me amasse, mas sinto gratidão por me ter ajudado a amá-la a si, e a tentar reparar os males que me ajudou a ver.» É tão humilde e bondoso que dá por si a pensar se os seus caminhos não poderiam ter seguido a par. Mas não: na ausência de Cora é Edward Burton que quer, com o seu silêncio e as suas mãos hábeis, o seu camarada e amigo.

Estranhamente, o seu desejo por Cora não é maior em Bethnal Green do que era em Foulis Street, em Colchester, na casa cinzenta ou no largo de Aldwinter. É fixo como a Estrela Polar, e não tem necessidade de o observar. Não lamenta os seus anos de camaradagem; percebe que as coisas mudam com o tempo e que aquilo que em tempos foi necessário pode deixar de o ser. Além disso (levanta os olhos da máquina e vê Edward franzir a testa enquanto estuda os seus planos), Cora é uma pobre mulher cuja única ambição é ser amada. E ela tem mais em que pensar.

Nos aposentos de Luke Garrett em Pentonville Road deu-se um verdadeiro encontro de mentes. Há momentos em que cada um deles deseja ver o outro no fundo do Blackwater, mas não seria possível encontrar par mais dedicado entre a nascente e a foz do Tamisa.

No princípio de novembro, Spencer abandona a sua casa em Queen's Gate (que considera cada vez mais embaraçosa) e muda-se para a do amigo. Luke sente-se na obrigação de protestar um pouco (não precisa de nenhuma enfermeira, obrigado; não quer ver ninguém, nunca mais; sempre achou Spencer invulgarmente aborrecido), mas na verdade está satisfeito. Além do mais, Spencer encontrou uma máxima antiga sobre salvar a vida a alguém, e uma vez que Luke impediu que ele morresse Spencer é ao mesmo tempo sua pertença e sua responsabilidade.

– Na verdade tornei-me teu escravo – confessa, e pendura um retrato da mãe ao lado do de Ignaz Semmelweis.

Não parece haver grandes melhoras na mão ferida. Os pontos já foram tirados, não há perda de sensibilidade, mas os dois dedos estão visivelmente a retrair-se e têm dificuldade em pegar em qualquer coisa mais fina que um garfo. Luke sujeita-se (ainda que contrariado) a uma série de exercícios com uma tira de borracha, com mais esperança que expectativas. O espetro de Cora continua sempre à sua frente. Há duas perspetivas que o empolgam: a primeira, sofrer uma necrose que o deixe uma lástima, e que a condene a ela a uma vida de remorsos; a segunda, ser capaz de se curar e logo a seguir fazer uma operação de tal ousadia que o torne famoso de um dia para o outro, e com isso conquistar a adoração dela para a seguir a abandonar desdenhosamente com toda a gente a ver. Apesar de tudo o que dissera em tempos, falta-lhe a capacidade de Spencer de amar em silêncio e sem esperança, e o seu ódio implacável por Cora sustenta-o mais que a insistência de Spencer em fazê-lo tomar um pequeno-almoço decente («Estás muito magro, e isso não te faz nada bem...»). Spencer, mais inteligente do que parece, percebe o que Luke nem sequer imagina: que a separação entre amor e ódio é mais fina e frágil que uma folha de papel, e que bastaria a Cora tocar-lhe para esse ódio se transformar no seu perfeito oposto.

Mas não é só a lealdade e a amizade que faz Luke ir comprar costeletas de porco para o jantar, ou Spencer mais ou menos obrigar o amigo a sair para estudar ou comer. O arranjo dos dois tem um lado prático. Spencer arrastou Luke de novo para o Royal Borough, onde é ao mesmo tempo médico e paciente, e propôs-lhe uma solução. A sua própria destreza como cirurgião nunca se comparou com a de Luke, é um facto, mas não é má, e até é melhor que a de muitos. Aquilo que falta a Spencer, como ele próprio admite alegremente, é a coragem e a dedicação do amigo, para quem nenhuma ferida ou doença representa uma ameaça, mas sim, pelo contrário, uma oportunidade de exibir a sua perícia. Sendo assim, diz Spencer, não poderiam construir entre os dois uma espécie de quimera, em que as suas mãos substituiriam as de Luke?

– Prometo não me atrever a pensar – diz Spencer. – Sempre disseste que nisso não sou grande coisa – continua, e abre a porta da sala de operações, na esperança de que a imagem se revele irresistível.

E revela. O cheiro do fenol, o brilho dos escalpelos nos tabuleiros metálicos, a pilha de máscaras de algodão, tudo isso atua sobre Luke como um choque elétrico na base da coluna. Desde que a sua mão foi cosida que não entra ali. Acha que seria como mostrar um bom prato a um homem faminto que não o pode pagar. Mas na realidade a visão anima-o. A sombra da forca no carvalho que lhe parecia estar sempre aos seus pés recua e o corpo enfraquecido descobre novas reservas de energia. Depois chega Rollins, a cofiar a barba, e desafia Spencer como se a ideia tivesse acabado de lhe ocorrer.

– Está aí a chegar uma fratura múltipla da tíbia, uma coisa feia, e o homem não pode pagar. Nenhum de vocês quer pegar naquilo?

É domingo, e William Ransome está no seu púlpito. Toma mentalmente nota de um vidro partido numa das janelas, e depois vê o banco escuro com o braço partido e desvia os olhos. Como seria de esperar, os fiéis são poucos, agora que os boatos deixaram de chamar os paroquianos, mas são animados. «Cantemos com alegria...», ouve Will, e sente a boa vontade que os anima. As ferraduras foram tiradas do Carvalho do Traidor, à exceção de uma, que está a uma altura tal que o mais certo é continuar no mesmo sítio até todos esquecerem porque foi lá parar. Só voltou a falar da serpente uma vez – da ilusão que representava, da falsidade do medo que despertou –, mas escondeu a referência numa homilia amável sobre o Jardim do Paraíso. Todos saem a pensar em como foram tolos, embora isso até fosse compreensível, e decidem ter tento na língua.

Desce a escada estreita do púlpito (tem cuidado com uma das pernas, que lhe tem doído pela manhã) e cumprimenta apressadamente os que o esperam à porta: quarta-feira à tarde, claro que irá, não, o Salmo 46 não, talvez o 23..., ela manda cumprimentos, e tem pena de não ter podido vir.

Tudo foi perdoado, e William é mais apreciado que nunca: continua a falar-se da mulher de Londres que ainda há tão pouco tempo parecia não sair da sua casa, mas todos sabem como salvou a mulher no sapal. As falhas tornam-no mais amado: não é de aço, é de prata. Além disso sabem o que o espera para lá da porta da reitoria, e porque vai a correr para casa; a mulher, com os seus olhos azuis, que uma vez por semana, mais ou menos, dá uma volta ao largo coberta de roupa quente para apanhar ar e cumprimentar os vizinhos e que depois volta a casa sem fôlego. Deixam-lhe xaropes de roseira-brava e avelãs ainda com casca à porta, e também lenços tão pequenos e finos que não servem para nada.

Quando chega a casa tira o colarinho e despe o casaco preto de vigário. Ultimamente é uma coisa que faz com impaciência, apesar de logo a seguir se apressar a vesti-los de novo. Stella está à espera, enroscada como um gato debaixo dos cobertores, e estende-lhe os braços.

– Conta-me o que viste e o que eles disseram – pede ao marido, com um dos seus assomos de mexeriqueira.

Com uma pequena palmada bate na cama e chama-o para mais perto, e os dois voltam a ser crianças, ou quase – riem-se, ignoram todos os outros, repetem expressões que ninguém perceberia se as ouvisse.

Mas ninguém ouve: a casa está vazia, os filhos partiram por algum tempo, e com a sua ausência tornam-se matéria de lenda.

– Lembras-te da Jo? – dizem um ao outro. – Lembra-te do John e do James.

Sentem prazer nas saudades; é um sofrimento a que qualquer bilhete de comboio ou selo de correio pode pôr fim.

Will, sempre incomodado com as salas pequenas e os tetos baixos, e com dores musculares por falta de exercício, torna-se criada e mãe. Por vezes põe o avental e surpreende os dois com o jeito para os assados e para fazer a cama com lençóis limpos. O Dr. Butler vem de Londres e diz-se satisfeito. Agora é uma questão (diz ele) de organização, o que é mais fácil de fazer ali que em qualquer outro sítio, desde que com as devidas precauções. Depois lava as mãos em fenol. Não se esqueça de fazer o mesmo, recomenda.

Stella continua a mais feliz dos dois. Sente que largou amarras, que partiu em busca do vento. Tem muitas saudades dos filhos. Por vezes não sabe se é o amor ou a doença que a faz agarrar-se à beira da cama, os dedos brancos, a tentar respirar. No entanto (diz ela), todos os cabelos da sua cabeça estão contados e, se o Senhor olha pelo mais insignificante pardal que povoa os céus, quanto mais não cuidará de que John não fique debaixo de um autocarro em Londres?

Quando se lembra da Serpente do Essex, e lembra, embora raramente, é com uma espécie de compaixão, esquecendo que afinal tudo não passara de carne, madeira e medo. *Pobre bicho*, pensa então, *nunca teve possibilidade nenhuma contra mim*. Por vezes, zanga-se. Procura o caderno de apontamentos azul, mas a maré do estuário levou-o, as suas fibras dissolveram-se no Blackwater.

Will dá todos os dias um passeio pelos campos, onde o trigo lança rebentos tão finos, tão macios, que é como caminhar sobre longas extensões de veludo verde. Com um esforço que chega a pensar que um dia fará o seu coração parar de bater, põe Cora de lado enquanto se encontra debaixo de qualquer teto de Aldwinter, para voltar a acompanhá-la nos bosques, junto da estrada de Colchester, no sapal do Blackwater. Deixa-a mostrar-se como se a trouxesse escondida no sobretudo e pensa nela à luz do dia ou do luar perlado do outono, tentando perceber o que ela representa para ele. Não consegue encontrar paz. Não sente a falta dela, tão insistentemente presente, nos líquenes amarelos que rodeiam os ramos das faias, no francelho que viu uma vez a debicar num carvalho com a cauda a estremecer. Quando chega aos degraus verdes – agora com uma cor menos viva, enlameados – recorda a mão impaciente dela na saia, o sabor dela, e perde o autodomínio, claro que perde. Mas não é isso que importa. Como seria simples, e desprezível, se fosse. Mas a verdade (e continua um discípulo da verdade) é que quando tenta dar um nome ao que ela é para ele não lhe ocorre nada mais exato, nem mais honesto, que dizer «é minha amiga».

E apesar de tudo não lhe escreve – não sente necessidade disso. Ela surge-lhe nas crinas das éguas, nas expressões a que o habituou e noutras que adotou dele, na cicatriz curva do rosto. E imagina que também lhe aparece dessa maneira, que as suas conversas continuam, em silêncio, na inclinação de uma semente de sicómoro.

Cora Seaborne
11, Foulis Street
Londres

Querido Will,

Aqui estou outra vez em Foulis Street, sozinha.

A Martha já foi viver com o Edward – meio mulher, meio conspiradora –, mas continua aqui comigo, no cheiro a limão da minha almofada e na maneira como os pratos estão empilhados. O Frankie foi para o colégio, e escreve-me, uma coisa que antes nunca fazia. As cartas dele são curtas e a caligrafia dele é elegante como a letra de imprensa. Assina O TEU FILHO, FRANCIS, como se pensasse que posso esquecer-me. O Luke está a melhorar, embora mais pelo Spencer que por mim. Espero vê-los a todos em breve.

Ando de sala em sala a levantar os lençóis que protegem a mobília e a passar as mãos por todas as mesas e cadeiras. Passo o meu tempo sobretudo na cozinha, onde a lareira está sempre acesa. Pinto, escrevo e catalogo os meus tesouros do Essex. São pobres – uma amonite, alguns dentes, uma concha de ostra irrepreensivelmente branca –, mas fui eu que os encontrei e pertencem-me.

À noite o meu jantar é um ovo, que acompanho com Guiness. *Leio Brönte e Hardy, Dante e Keats, Henry James e Conan Doyle. Marco as páginas e depois volto atrás e vejo que sublinhei coisas que tu também poderias ter sublinhado. Depois desenho a Serpente do Essex nas margens, com asas fortes, que lhe permitam voar.*

A solidão assenta-me bem. Às vezes calço as minhas velhas botas e visto o meu casaco de homem, outras visto roupa de seda, e ninguém ganha nada com isso, muito menos eu.

Ontem de manhã fui a pé a Clerkenwell e parei ao lado da grade de ferro por cima do sítio onde corre o Fleet. Fiquei à escuta e pareceu-me ouvir a água de todos os rios que já conheci – a nascente do rio Fleet em Hampstead, onde brincava em pequena, e o Tamisa, e o Blackwater, com os seus segredos que não valia a pena esconder.

Depois senti-me transportada até à costa do Essex, ao meio do sapal e dos seixos, e senti nos lábios o sabor do ar salgado, tão semelhante aos das ostras, e pareceu-me que o meu coração se dilacerava, como no meio das árvores, nos degraus verdes feitos de raízes, e como o sinto agora: alguma coisa se separou, alguma coisa se uniu.

O sol que me bate nas costas através das vidraças é quente e ouço um tentilhão. Sinto-me ferida e cicatrizada – quero tudo e não preciso de nada – amo-te e sou feliz sem ti.

Ainda assim, vem depressa!

Cora Seaborne

NOTA DA AUTORA

Estou em dívida com vários livros que me abriram as portas para uma era vitoriana tão semelhante à nossa que estou quase convencida de que a recordo.

Inventing the Victorians, de Matthew Sweet (2002), desafia a ideia de uma época puritana escravizada pela religião e com hábitos incompreensíveis; pelo contrário, mostra-nos um século XIX de grandes lojas, marcas, carregado de desejo sexual e fascinado por fenómenos estranhos.

Um livro obscuro de um vigário anónimo do Essex, *Man's Age in the World According to Holy Scripture and Science* (1865), mostra-nos um clero que não vê a fé e a razão como fenómenos mutuamente exclusivos. Diverte-me imaginá-lo nas estantes de William Ransome.

Em *Victorian Homes* (1974), David Rubinstein reúne relatos contemporâneos de crises de habitação, senhorios venais, rendas intoleravelmente elevadas e manobras políticas que não pareceriam deslocados nos jornais de hoje. *The Bitter Cry of Outcast London* (1883) foi compilado pelo Reverendo Andrew Mearns e é fácil de encontrar *online*. Insinua paralelos absurdos entre pobreza e falta de virtude moral que podem sugerir ao leitor contemporâneo paralelos com a retórica política moderna.

Os que imaginam a mulher vitoriana constantemente sujeita a desfalecimentos sob o olhar de um marido de longas patilhas têm a ganhar com ler a biografia de Eleanor Marx, da autoria de Rachel Holmes (2013). No prefácio, a autora afirma: «O feminismo não nasceu nos anos 70 do século XX, mas sim do século XIX.»

Na investigação do tratamento da tuberculose – em particular dos seus efeitos sobre a mente –, tenho a agradecer a Helen Bynum, tanto em correspondência como através do seu livro *Spitting Blood* (2012). *The Sick Rose*, de Richard Barnett (2014), fala da beleza perturbadora que pode ser encontrada na doença e no sofrimento.

O trabalho magistral de Roy Porter, *The Greatest Benefit to Mankind: A Medical History of Humanity from Antiquity to the Present* (1999), a sua visão geral da história da cirurgia, *Blood and Guts* (2003), e *A Surgical Revolution* (2007), de Peter Jones, foram preciosos na definição da mente e do trabalho do Dr. Luke Garrett. As imprecisões e as omissões nos aspetos médicos do romance – e em todos os outros – são, como é evidente, apenas da minha responsabilidade.

A natureza da *spes pthisica* de Stella Ransome foi profundamente influenciada por *Bluets*, de Maggie Nelson, uma meditação extraordinária sobre o desejo e o sofrimento, filtrada por uma lente azul.

«Strange news out of Essex», o panfleto a alertar os habitantes de Henham-on-the-Mount para a presença da Serpente do Essex, é real. Tanto o original, de 1669, como o fac-símile de Miller Christy, de 1885, podem ser vistos na British Library; há uma cópia do fac-símile na biblioteca de Saffron Walden, no Essex, onde foi impresso pela primeira vez. Os títulos das quatro partes do romance foram retirados do texto desse panfleto.

Os «dragões-marinhos» de Mary Anning estão expostos no Museu de História Natural de Londres.

AGRADECIMENTOS

Em primeiro lugar a minha gratidão vai para o meu querido Rob, cuja companhia é uma fonte inesgotável de interesse e encanto, e que me falou pela primeira vez da lenda da Serpente do Essex.

Como sempre, estou profundamente agradecida a Hannah Westland e a Jenny Hewson pela sua sensatez e pelo seu apoio, bem como pelo velho hábito de lerem a minha mente melhor do que eu própria. É um privilégio e uma alegria trabalhar com elas. Agradeço ainda a Anna-Marie Fitzgerald, Flora Willis, Ruth Petrie, Emily Berry, Zoe Waldie e Lexie Hamblin, que, todas elas, me ajudaram e contribuíram para este livro.

Os meus agradecimentos à minha família, que tão bondosa tem sido comigo, em particular o Ethan e a Amelie, viajantes intrépidos do espaço e do tempo. Obrigada ainda às minhas três musas mais pequenas: Dotty, Mary e Alice.

Agradeço a Louisa Yates, a minha primeira leitora e minha mestre; a Helen Bynum, que teve a amabilidade de me aconselhar quanto a alguns aspetos da tuberculose; e a Helen Macdonald, pela orientação em questões ligadas a flores e aves. Uma grande parte deste livro foi escrita na Biblioteca Gladstone, onde desconfio que um fragmento da minha sombra continua sentado à secretária de sempre. Agradeço a todos os amigos que aí deixo, em particular a Peter Francis.

Pela paciência, pela amizade e pela sabedoria, o meu afeto e os meus agradecimentos a Michelle Woolfenden, Tom Woolfenden, Sally Roe, Sally Craythorne, Holly O'Neill, Anna Mouser, Jon Windeatt, Ben Johncock, Ellie Eaton, Kate Jones e Stephen Crowe. A minha gratidão vai também para outros escritores, muitos dos quais admiro há anos:

obrigada em particular a Sarah Waters, John Burnside, Sophie Hannah, Melissa Harrison, Katherine Angel e Vanessa Gebbie. Às mulheres do FOC, que foram as primeiras a ouvir-me ler este livro, o meu amor.

Não teria podido escrever *A Serpente do Essex* sem o apoio do Arts Council, a que estou profundamente grata. Agradeço ainda a Sam Ruddock e Chris Gribble, do Norwich Writers' Centre.

Coleção Clepsidra:

1. A Serpente do Essex, de Sarah Perry